$\mathcal{D}$uke diary
公爵日记

白泽 路寒 著

湖南人民出版社

Duke diary

目录
CONTENTS

章一 · 传承之血
-002-

章二 · 过往
-024-

章三 · 葬礼
-047-

章四 · 评议
-063-

章五 · 漫长之夜
-078-

章六 · 不灭的王之血
-098-

章七 · 圣痕
-124-

章八 · 雷万丁之剑
-141-

Duke diary

目录
CONTENTS

章九·是，岳父大人
-163-

章十·约定
-183-

章十一·万能之釜
-204-

章十二·归亡之骨
-221-

章十三·最后的驱魔人
-240-

章十四·神怒之日
-259-

尾声
-280-

他来的日子,谁能当得起呢?

他显现的时候,谁能立得住呢?

因为他如炼金之人的火,如漂布之人的碱。

——亨德尔《弥赛亚》

▶ 章一·传承之血

"请问,有鸡蛋灌饼吗?"

如果阿联酋航空也有吉尼斯世界纪录这种东西的话,那么夏离的这句话定然能入选"乘客提的最令人尴尬的问题"。

白色的客机飞翔在云海之上。阳光照进头等舱,照亮了少年好奇的眼瞳。

"请问,有鸡蛋灌饼吗?"

看着面前的乘务员,少年手捧着菜单,再次问了这个问题。

空姐半蹲着,微笑着看着少年。

可在沉默中,她的表情却变得极为复杂。

夏离觉得她没有理解自己的词,双手开始比画:"我是说,鸡、蛋,没错,egg,圆圆的那个……"

在解释"灌饼"的时候,他卡壳了,因为他不知道"灌"的英语单词是哪个。到最后,他只能深情凝望面前的大姐姐——"言传"达不到的话,那只能试试"意会"了。

只不过,不管怎么想,这样的场景都让人尴尬,周围的乘客忍不住悄悄笑了起来。

然后,少年听到低沉的声音在身旁响起,叫醒了已经"当机"的空姐。那人说了两句什么,紧接着,如蒙大赦的空姐连忙点头,从餐车里端出了各种少年认识或者不认识的菜品。

先是法式蘑菇汤和鹅肝酱,然后是牡蛎,最后是三分熟的牛排配白葡萄酒,还有巧克力慕斯作为饭后甜点……

一分钟之后,夏离面前的桌布上已经摆好了刀叉,一整套法国菜散发着诱人的香味。空姐微微弯腰:"夏离先生,请慢用。"

夏离看着她推着餐车离开时的背影,听到身旁的声音。

"殿下,我们就快到了。"

夏离扭头,看到窗外浩荡的云层掀起波澜。

一阵大风吹来,大地之上的雾气和云层骤然被吹散了,原本影影绰绰的城市从浓雾中突显,庞大的建筑群如同森林一样笔直地伸向天空。无数的玻璃折射着太阳的光线，照亮夏离的眼瞳。

　　就像是在经历了怪兽攻击之后，缓缓从地下升起的钢铁城市，陌生的景色一直蔓延到视野的尽头，庞大的城市终于映入眼中。

　　就好像完成新手任务之后，阻拦在道路尽头的迷雾终于消散，夏离仅仅是望着城市的一角，便觉得心潮澎湃，宛如飞舞在空中。

　　而在窗前，那个低头翻书的男人显得格外安静。可当他抬起眼瞳时，便能够从那一片湛蓝中感觉到化不开的深沉和肃冷。

　　虽然已经相处有几天了，但夏离看着那一双眼睛，总觉得还是有些不安。

　　"殿下，有什么吩咐？"

　　他合起了书页，轻声询问。虽然语气平淡，可是这个男人抬起头时，侧影却永远像是逼近的刀锋，给人莫大的压力。

　　"没什么。"

　　夏离露出笑容："早上好，康斯坦丁。"

　　夏离第一次见到他的时候，还是几天前。

　　在那之前，他从来都不知道自己还有一个在旧金山的富豪外祖父。直到七天前，外祖父去世，死讯带着一大笔遗产从天而降，砸在夏离头上，令他分不清东南西北。

　　而作为外祖父的私人秘书和代表人，康斯坦丁也是在那个时候出现在他的世界中。

　　虽然他的伯父曾经跟他说过：人生大起大落实难预料。但他万万没想到：自己六天前还是无所事事地待在高中学校，现在已经快要到达大洋彼岸的旧金山。

　　直到快要吃完的时候，夏离才想到有些不对："康斯坦丁，那个空姐怎么知道我的名字？"

　　一张带着夏离名字的烫金卡片被推到少年的面前。

　　"家族有阿联酋航空的股份，百分之三，自您登机之后，每一个机务人员都应该清楚您的身份。现在的您，是他们的股东。"

　　于是，一瞬间，夏离切牛排的动作凝固了。

　　虽然他一直都知道自己的那个家族是豪强，但万万没想到，竟然"豪"到连航空公司都有了！果然公爵家就是财大气粗……

　　想到这，夏离忍不住低头看了看胸前"玫瑰与剑"的徽章。

　　这是除了钱和不动产之外，外祖父留给他的另一个东西，一个代表着特殊的"头衔"的家族徽章。

那是一个在如今这样一切都在向前飞奔的时代中,更显稀少和珍贵的称呼:第十三代斯图亚特大公爵。

阳光之下,客机从天而降,在跑道上落下。

当夏离从廊桥走下时,发现一辆礼宾车已经停在身旁。穿着西装的司机弯腰行礼。刚下扶梯没走两步,脚没怎么沾地的夏离就这样被送进了车里。

"不是要过海关的吗?怎么现在就坐车了?"

少年坐在宽敞到有点令人炫目的加长轿车里,觉得有些不大适应。相比之下,对面继续看书的康斯坦丁就淡定许多:"些许特权而已。"

轻描淡写的语气中,少年开始憧憬自己成为公爵之后呼风唤雨的未来:帝国主义真是骄奢淫逸,骄奢淫逸啊……

轿车没有停留,载着夏离冲入街道之中,于是,如森林一般的大厦,还有陌生的风景扑面而来。

在车马的洪流中,街角少女的长裙微微掀起,跑步的年轻人外套上Lady Gaga的黑眼圈分外醒目。在不知道从何处传来的隐约钟声里,夏离忍不住伸出手,按在车窗上,仿佛这样便能感应到近在咫尺的城市呼吸。

"……就是这里?"

夏离好奇地看着窗外的旧金山:"和我想的有些不一样。"

"变化总是难免的。"

"变化?"少年凝望着窗外,"或许会有吧。"

那一瞬间,夏离忽然觉得:有什么已经结束了,又像是什么即将开始。那样的感觉太快,快得他抓不住这一缕思绪的尾巴。

穿过人潮汹涌的都市,又经过了高悬在海面之上的金门大桥,汽车一路畅通无阻,沿着盘山的公路前进。而窗外的景色,也从都市森林和宽阔海景变成现在的阴沉模样。

浓密的树荫渐渐遮蔽了阳光,夏离看着道路在背后消失,忽然觉得自己正在前往什么古怪幽深的地域。

行进到道路尽头时,他终于看到了自己家的门。可现在的景象,完全超越了他最狂野的想象。

"那是什么?"

就在前方,葱绿的树荫被漆黑如剑的影子撕碎了,那是一扇钢铁之门。

在漆黑的铁门之上，浮雕铭刻着骑士和恶龙的对决，狰狞的尸骨骑士像是要从铁门上扑出，给人莫大的压力。

大门的顶端，被斩下的龙首低垂，凝望着面前的来者，那种森冷的视线宛如有生命，仿佛下一秒潜藏其中的意志就会使其活过来。

"第十一代公爵的收藏，现在是庄园的大门了。"

康斯坦丁带着夏离下车，手中提着夏离的行李，向前走去。

距离越近，夏离感受到的压力就越发具体。他有些想要回去，可扭头却发现礼宾车已经无声地消失在密林深处。

仿佛站在异境之门的前方，夏离感觉和人世间的最后一线关系也被隔绝了。

就在那一瞬间，庞大的黑铁之门轰然洞开。阳光如潮水般涌来，驱散林中的阴晦，也照亮了少年的脸庞。

有风从门后吹来，吹起少年的头发。

夏离呆立在门前，许久。

"这是我家？"

葱绿色的草地在视线中拓展，笔直的道路冲破了绿地的阻挠向着前方延伸，甚至跨越了一个清澈的湖泊，直到尽头，茂盛梧桐的掩映中，白色的别墅隐隐露出一角。

透过窗户，夏离能够看到微风里飘动的窗帘。窗口下的花圃中，海棠花盛放，随着风飘来一阵轻微的香味。少年沉默地注视着宽广的庄园，直到现在他才发现自己想象中的家族和现实比起来有多渺小。

可是他想破头都想不明白，外祖父在国外的产业，究竟是什么样的。

"殿下，跟我来。"

康斯坦丁的声音令他从呆滞中回过神来，跟上前去。

可就在前进中，他感觉到有人在扯着自己的袖口。在扭头之后，夏离终于看到一双巨大的眼瞳，还有两行白净的牙齿在咬着自己的袖管。

那一张瘦长的脸凑近了，蹭着少年的脸颊，然后又伸出舌头舔了两下，令一惊一乍的夏离放松下来。

那是一匹金黄色的小马。它似乎刚出生不久，脚步轻柔，像是恶作剧一样地跑了过来，舔着少年的脸。

夏离试探性地伸出手，抚摸着它的脸颊，感受着它舔舐时带来的温度。小马的眼睛在看着他，眼睛眨啊眨，令他有些心动。

"看来它喜欢你，少爷。"

在少年的前方，苍老的声音响起。

阳光下，老人的银发一丝不苟地梳理在脑后，礼服庄重而矜持，向着少年行礼："初次见面，请恕我来迟。"

"庄园的管家，亚伯。"

康斯坦丁为夏离介绍时，神情依旧冷淡。

老人像是习惯了，只是笑了笑，抚摸着小马的马鬃感叹："它出生才一个月。除了母亲，没见它跟谁太亲近。看来少爷您和它真的很有缘分啊。"

老人轻轻地拍了拍马颈，小马打了一个响鼻，有些恋恋不舍地望了夏离一眼，跑远了。

"少爷，一路舟车劳顿，辛苦了。"亚伯弯腰行礼，然后提起了少年沉重的背包，"请跟我来。"

听到他的中文也说得这么流畅，夏离顿时有种惊喜感，家族果然高端洋气，就连管家都是个外语人才。

管家走在前面，而康斯坦丁却停下了脚步，说："接下来就交给你了。"

亚伯点头，夏离目送着秘书走远，总觉得不知道为什么松了口气。

"自从老公爵去世之后，康斯坦丁先生的压力就越来越大了。"

亚伯低声解释："康斯坦丁先生虽然严肃，但对家族忠心耿耿，他有时候说话可能不中听，但也是为了少爷好，希望少爷不要在意。"

夏离苦笑，点头称是，跟着管家走向前方。而庞大的别墅，已经近在眼前。

"玫瑰庄园的别墅是十一代公爵时期修建的，老公爵还在的时候曾经翻修过两次，但大体上没有什么变化。主馆供您会客和起居，佣人们都住在附馆中。"

老人带着少年走在通往别墅的道路上，一路上不断有路过的男女向夏离和老人行礼，其中不乏魁梧的中年男人和妙龄少女。亚伯低声介绍："铁枝庄园的常驻人员一共有九十七人，其中大部分都在外围工作。还有一部分负责艺术品的养护和保管，每个月来一次。这些事情您不用操心。接下来我带您看一下您的住所。"

大门无声地开启，亚伯微笑着为少年让开了通道。在门口，少年犹豫了一下，然后走进了自己的新家。

"会客厅是1982年才经过翻修的，那个时候的小……呃，修建成了洛可可式的风格，相对其他的地方比较轻快和新颖一些……"

厚实而光滑的木质地板在脚下发出清脆的声音，夏离眼花缭乱地看着那些艺术品和画饰，厚重或轻灵的油画点缀在墙壁上，狮子或者飞鸟浮雕盘旋在廊柱之上，令人目眩神迷。

在前进中，没有注意脚下的少年忽然觉得自己撞到了东西。

紧接着，身旁的茶几被撞翻了，镶嵌着金丝和装饰着珐琅的茶杯迅速落地，摔得粉碎。

夏离低头看着脚下的碎片，有些尴尬。

"呃……刚才没站稳。"

"少爷，还请小心。"亚伯挥手让仆人收拾东西，紧接着说，"很遗憾没办法让您尽兴游览，我们要看的东西还很多。"

"没关系。"

夏离挥手，努力端出了公爵的威严，但看起来却像是鬼子进村："前面带路。"

"接下来是宴会厅。"

亚伯带着夏离穿过走廊，沿途的仆人们恭谨地为他们打开一扇扇门。夏离已经快要忘记自己究竟是怎么走进来的了，他完全迷路了。

在宽阔的舞池里，少年环顾着四周。金碧辉煌的穹顶上描绘着他无法辨识的油画，如果刚才的会客厅算得上简单朴素的话，那么此刻的这里就是极尽奢华。

"老公爵在世的时候，很少举办宴会，但第十一代公爵是一位喜欢社交和贵妇的狂人。每个星期都会邀请各方的名流来自己的城堡，画家、建筑师、音乐家和贵族在这里举杯相谈……顺带冒犯地说一句，您的这位先祖是位不折不扣的花花公子，前后换了十六任妻子，最短的一次婚姻甚至只维持了半个月。"

夏离目瞪口呆："就这样还有人愿意跟他结婚？"

"当然，您的每一位先祖都继承了家族人的英俊和魅力，以及对情人的慷慨……不过在您的外祖父出生之后，他就再也没有和其他人来往了。"

"听起来好像就我一个人比较丑啊。"夏离望着镜子里的自己，摸着脸，忍不住有些自卑。

"少爷您还是少年，真正的男士魅力也并不在于是否英俊。"

亚伯管家笑了笑，帮他推开了一扇门："接下来是教堂和祈祷室……"

"……"

"家族的教堂修建于二十世纪的八十年代，建筑师是来自欧洲的……"亚伯在介绍。

"祈祷室在您的左边，以前神父还常住于此，但后来出了些事情，神父变得有些不受欢迎……接下来是书房。"亚伯依旧在介绍。

"……"

"书房一共收藏了二十多万本的古代文本，由专人打理，其中包括孤本两千本，有三分之一是各方面的记录文献，现在的书有些少了。因为以前老公爵嫌太多，给长者信仰学院捐赠了一大半。"亚伯还在介绍。

……

音乐室、摄政厅、私人电影院、花园、马厩、马球场、车库、酒窖、地窖、吸烟室、女仆班、仆人的休息室……亚伯整整介绍了一个下午。

令夏离诧异的是，明明答应来这里才不过是两天前的事，可他们似乎已经把所有的东西都给自己准备好了。

想到这里，他再一次回忆起自己刚进马球场时的场景——参观完马厩之后，管家一挥手，就不知道从哪里跳出几个穿着骑马装，干练且养眼的女孩儿。

异国的少女大多发育得较早，而且身材高挑。这几个女孩中最年轻的人和夏离差不多大，但都隐隐要比他高出几厘米。见到了他之后，也并不害羞，还有胆大的女孩儿向他悄悄眨眼睛。

"少爷，她们都是旧金山马球俱乐部的精英，负责教授您与马球相关的运动。"

管家说着递上了一根球杆，征求着他的意见："您需要现在上场看看吗？"

他们就连打马球的小伙伴儿都帮自己找好了，夏离表示很感动，然后拒绝了亚伯。

姑娘们一个一个都这么漂亮养眼，万一我把持不住怎么办？要不要再给我准备一个贴身的女仆啊！

夏离忍不住胡思乱想，这时，就听见亚伯的声音。

"其实您还有一位贴身女仆，她正在为您采购一些生活用品，晚饭过后应该就可以见到她。"亚伯笑了起来，向他挤了挤眼睛，露出有些感慨的笑容，"她从小在庄园里长大，是个漂亮的好姑娘啊。"

还真有……

夏离假装淡定："亚伯，晚上还有什么安排吗？"

"来自英国的两位裁缝师刚刚下了飞机，预计晚上会到达，您的尺寸我在登机之前已经发给他们了。他们将会带来成品供您试穿。您喜欢较为西方一点的正装，还是较为体现中国传统风格的衣服？"

说到这里，亚伯遗憾地感叹："虽然现在的裁缝技术已经没法跟过去相比，但只要给钱，英国人的服务态度还算不错。"

管家很矜持地表露出"不过是钱的问题而已"的神情，但夏离却觉得有一股土豪的气息扑面而来，令他忍不住想要扑上去抱住管家大腿哭叫：土豪我们做朋友好不好？

幸好，他及时反应过来，这都是自己的钱啊！自己抱自己的大腿多不雅……

然后，他整个人跌进奇怪的联想中去了……

"亚伯，我现在有多少钱？"

夏离对回答满怀期待，可管家的神情却有些疑惑起来："具体的资产金额和投资是由康斯坦丁先生管理的，我除了家族的企业之外，了解的也不多。请恕我无法回答。"

说到这里，他又想起了什么："不过前些年，有个能说会道的年轻人觐见了老大公。老大公用打桥牌的赌资投资了他的数码产品公司，据说这两年经营得不错了。庄园里的电子设备都是他赠送的。"

说着，亚伯从口袋里掏出自己的手机，指着背面的水果商标："应该就是这个。"

良久的沉默，少年的表情抽搐了一下："那个……乔帮主不是死了吗？"

"只是大多数人都这么以为而已。"亚伯意味深长地笑起来。

一整个下午都耗费在游览中，夏离双腿几乎走得发软，却只是迷糊地逛完了一圈。直到最后，管家的脚步终于停止："少爷，这里就是今天您最后要看的地方了。"

少年疑惑地抬起头，看到大门之上的厚重浮雕和诡异装饰。

这里是整个庄园的建筑群中最核心的地方。建筑的样式还保留着几百年前的模样，甚至没有任何窗户，就像是要隐藏什么不能见光的秘密。

"这里是庄园最重要的地方之一，家族的私人博物馆。"

苍老的管家弯腰行礼，语气带些遗憾："未经允许，在下不便进入。不过，康斯坦丁先生会在里面等您，请恕在下告退。"

说完，亚伯点了点头，转身离开。

天色将暗，门前只剩下夏离一个人。他抬起头看向大门，或许最后的秘密就在面前了。

在少年的面前，大门无声开启。

随着厚重的大门开启，其中的阴暗终于显露出来。

墙壁上的烛台像是感应到了主人的到来，纷纷亮起，数十支火苗无法照亮整个庞大的建筑，却足以让人看清走廊大概的模样，还有墙壁上的油画。

那些油画大多数是肖像，上面每个人都穿着严肃的大礼服。

有人端坐，神情严肃；有人手捧诗集；还有人按剑挺立，俯瞰城池……他们大部分人都是面容肃杀的男人或者女人，偶尔有人微笑，可是眼神却冰冷一片。

每一幅油画看起来都是大师之作，下面的金属铭牌上写着肖像主人的生卒年月和大概生平。夏离看不懂英文，但却能够感觉到字里行间的厚重和流逝的时光。

夏离不安地前行，偶尔抬头看向那些肖像油画时，仿佛过往的历史扑面而来。

直到最后，走廊的尽头是宽阔的大厅，在同样暗淡的烛光里，沉默的男人端坐在椅子上，看向走近的少年。

"康斯坦丁？"夏离轻声呼唤。

冷峻的秘书就坐在那里，夏离只有看到他现在的模样时，才觉得这个秘书并非看起来那么年轻。第一次见到康斯坦丁时，他觉得康斯坦丁只有二十多岁，在归来的路上，他觉得康斯坦丁可能三十多岁，可现在他却忽然觉得……康斯坦丁已经很老了。

他看起来年轻，棱角分明，强大而富有力量，就像是一尊希腊式的英雄雕像。想要识别他的年龄，只能去拂拭他身上时光留下的灰尘。

"殿下，你到得比我想象的要晚，但时间正好。"

他指了指面前的座位，示意少年落座。

夏离看着四下隐约的黑暗："康斯坦丁，这里是哪儿？"

"家族的私人博物馆。"

康斯坦丁抬起头，淡淡地说："我觉得有些东西，应该让您知道了。"

说着，他起身，用桌子上的烛火点燃了墙壁上的烛台，室内略微亮起。冷峻的秘书抬头看着那些俯瞰着他们的油画："历代公爵和家族成员的肖像都存放在这里，斯图亚特家族大多数时候都是一脉单传，所以也很少有兄弟或者姐妹同代的情况发生。初代和二代公爵的肖像已经遗失，这里只有十幅肖像。其他的大多都是足以证明他们生平的古董和战利品。"

"战利品？"

"没错。"

康斯坦丁用烛火照亮了角落中的沉重盔甲，它们折射着冰冷的光芒。胸甲和武器上布满了刀剑劈斩、箭矢贯穿的伤痕。

"斯图亚特家族自诞生以来便以勇武和善战出名。自从家族创建伊始，我们便不断经历战争，从以前，到现在。如果您有兴趣的话，改天可以去家族旗下的军工产业看一看。"

康斯坦丁毫无停顿："在老公爵在世的时候，我们还赢得了伊拉克作战美军的订单。"

"康斯坦丁……"

少年诧异地举起手，像是个小鬼子："难道，我们是为战争贩子干活？"

可就在抬头的瞬间，他却从康斯坦丁的背后看到一个未曾注意的狰狞黑影。它拔地而起，身体怪异地扭曲着，开枝散叶，几乎覆盖了大半个天花板。夏离的视线就像是被它虬曲狰狞的棱角挂住了，无法移开。

在寂静中，夏离忍不住倒吸了一口冷气。

察觉到他的眼神，康斯坦丁漠然地举起了桌上的烛台，照亮了身后那个东西的容貌。

那是一棵黑铁和青铜铸就的枯树。

无数虬曲的枝节在空中生硬而尖锐地转折，枝杈如刀锋般锋利，笼罩他们头顶的，只不过是一个小小的分支。

盘根错节的铁之树足足占据了半个展示厅，破碎的钢铁交织成它的身体，扭曲的铁条化作它的枝干，无数的破碎剑刃和武器成为它繁茂的枝叶。尖锐的青铜枝干如同荆棘一般盘旋着它，散发着冰冷的气息。仅仅是烛火稍微亮起，便令它开始愤怒地颤抖，无数锋锐的剑刃和铁片共鸣着，交汇成令人惊恐的啸声。

"这是……什么？"

"殿下，这就是家族的象征，也是我们称号的由来。"

康斯坦丁放下烛台，冷峻的双眼中像是倒映着时光的沧桑。

"1189年，罗马帝国、法国和英国的君王在教皇的号召下组建了规模最为浩大的第一次东征，而作为他们敌人的是被贬斥为恶魔的阿拉伯人和穆斯林。那一支军队的指挥官，是家族的第四代公爵——奥古斯丁。

"战争持续了三年，留下的尸首和毁灭的刀剑足够堆积成山峦。直到奥古斯丁被超过三十倍的军力围攻死去，东征军都不曾失败。

"在那一场围攻的大战里，黑教团损失惨重，而我们奋战至最后一人。奥古斯丁临终之前手刃了数十名敌人，所有人都不敢上前去向他挑战，最后他被弓弩的箭矢穿刺而死，又被斩下头颅和四肢……"

夏离无法想象那样暴戾而残忍的场景，可是眼前却如同亲眼看见一样，看到了一个鲜血淋漓的身影站在无数的敌人面前。

他的背后是无数的尸首，脚下是碎裂的刀剑。

夏离恐惧地深呼吸，却仿佛被魇住了，动弹不得。

他身不由己地被拉入往事之中，看着那个男人如何怒吼咆哮，又如何死去，仰天倒下……

康斯坦丁仿佛带有魔性的声音从黑暗中传来："贵族的尸骨将葬在故土，可战场上却没人能够找到奥古斯丁的全尸。因为他的血肉沾染在每一片碎裂的刀剑上，所有人都束手无策。

他的儿子将他的尸首碎片和那些损毁的武器全部带回了家族，然后将它们投入炼炉。

一连三日，鼓火的工匠们都能听到炉火中的狮子咆哮和战场杀伐的声音。

据说他们拼命添炭吹火，令火焰变成地狱中的赤红，可上千度的高温也无法融化那些沾染了奥古斯丁鲜血的剑刃碎片。到最后，熔炉炸裂，这一座青铜之树从中诞生。

"这就是奥古斯丁的归亡之棺，树干之上有他的儿子亲手刻下的铭文。"

康斯坦丁轻声低语，却引起无数铁枝如潮一般的鸣啸，震颤不休。

"自此日起，'铜棘与铁枝'便缠绕在斯图亚特之上。"

夏离陷入了黑暗之中。

仿佛无数人在耳边低吟呢喃，康斯坦丁的嘴唇不断地开合，在飞速地念诵着什么。

那样的声音太过模糊可又轰鸣如雷，响彻他的躯壳。宛如漆黑的噩梦骤然来到，将他送到冰冷而寂静的深海中。巨大的压力将他的思绪打断，身体不由自主地颤动起来。

可是，却无法动弹。

四肢百骸像是被尖叫的怨灵所束缚，夏离努力地睁大眼瞳，看着康斯坦丁割破了手腕，手指轻触着自己的额头，赤红色的鲜血如活物一般游弋而来。

在不可言喻的重压中，康斯坦丁凝视着夏离的眼瞳，说出了最后一句话。

那一瞬间，夏离听见了东西破碎的声响，寂静结束，无数人的呢喃被切裂了，康斯坦丁的手掌被无形的力量弹开。

蜡烛熄灭了。

在黑暗里，只有夏离紊乱的喘息，像是心脏被恐惧所攥紧："你……刚才说什么？"

良久之后，烛火再一次亮起，黯淡的光照亮了那个男人的眼瞳，带着血色。

像是在短短的瞬间耗费了绝大的力量，秘书冷峻的脸上也显现一丝苍白，他垂下眼睛，低声回答："只是普通的咒文而已。"

"康……康斯坦丁,你的气色不太好。"

夏离的声音有些发颤:"你的眼睛,怎么是红色的……还有牙,有些长啊。"

就在黯淡的烛光中,康斯坦丁缓缓抬起头,富有弧度的犬齿从嘴唇的间隙中伸出来,眼瞳血红。

如果平时的康斯坦丁是一个冷峻严肃的年轻人的话,那么现在的他却笼罩了一层阴森的鬼气,妖异无比,也英俊得不像是人类。

他掏出口袋巾,擦了擦自己指尖的鲜血:"血族的牙齿而已,殿下你为何不看看自己呢?"

那一瞬间,少年悚然一惊,随即扭头望向镜中之人,那是熟悉的样貌:如他一样恍然,如他一样沉默,如他一般模样。

还有血红色的眼瞳,唇齿间突出的犬齿……

那一瞬间,像是冰冷的雨水倒灌,将少年吞没,令他回想起记忆深处的暴风,那些狰狞的身影呼啸而来,墙壁上的阴影如蛇狂舞。

"原来……"

少年怔怔地抚摸着铜镜,低声呢喃:"我是吸血鬼?"

恐惧从他的心中升起,可很快又在膨胀中消散了。

他想要笑,可是从心中浮现的却只有苦涩和怅然。十多年来,他一直不知道自己竟然是一个吸血鬼,一个隐藏在人类之中的怪物。

血族的起源至今已经不可考究,但可以延伸到公元之前的某一年。

在传说中,血族是从坟墓中复生的亡灵,从地狱中爬出的恶鬼。但这个世界上没有什么能够抵挡生老病死的规律。血族和人类一样也不过是活着的生灵而已。

我们的起源无从考证,但至十世纪之时,血族已拥有了主宰欧洲的庞大帝国。

长期以来,无数人都在探究着血族和人类的差异,随着科技的进步,我们的成果也越发清晰。目前我们可以肯定的是:血族和人类只有基因上的微小差别。遗传因子的完善与否造就外观上的巨大差异。

也正因为如此,血族获得了缺陷和力量……

——Ricardo Yang《1997年新生代血族遗传因子分析报告》

在黯淡的烛光里,夏离沉默地看着英俊到不似凡人的秘书。他有一肚子的问题,它们在脑中卷成了一团乱麻,他努力地整理着思绪,到最后却只能从千头万绪中拉出一根单独的线:"吸血鬼……呃,好吧,'血族'。血族怎么可能在太阳下出现?"

"一切都会变化的,殿下。早在古埃及的时代,统治埃及的血族法老就留下了

《亡灵书》，以阿蒙的口吻阐述了血族的宿命——进化。"

康斯坦丁从书架上取下了一本用莎草纸书写的古旧书本，缓缓推到他的面前："这是《亡灵书》的抄本，它本来的名字叫作 *Prt M Hrw*，其意为，'与日偕行'。"

在少年的面前，以朱红色的植物汁液所书写的封面就像是被血浸染过的一样，仿佛隐含着什么不祥的东西。夏离犹豫了一下，没有去触碰它。

接下来，康斯坦丁将博物馆中所收藏的历代典籍摆在他的面前。从古至今，石板、莎草纸、羊皮卷、丝绸，直到现在的白纸。甚至还包括一份来自曼哈顿的基因研究报告。

种种资料排成一行，将血族从古至今的进化之路展现在少年的面前。

……

在大多数人的认知中，血族吸取活物的鲜血，栖息在古堡中，可以变成蝙蝠或者狼，害怕大蒜和十字架、圣水，畏惧阳光害怕银……

这一切认知，几乎全部都是错的。

他们确实以吸取鲜血为生，天生就视力超群，神经反射强大到经过锻炼后能够看到飞射的子弹、器官和细胞的活力、身体的灵活程度和体力，乃至一切都超出常识的范畴。

但是，血族从不怕大蒜，也不是没有出过卖大蒜的菜贩子；血族不怕圣水和十字架，其中甚至还有不少教徒。至于古堡，现在都已经是科技社会了，生活天翻地覆，说不定哪个没钱的吸血鬼就住在车站的候车室呢。

可以变成蝙蝠或狼纯属胡扯，能量守恒定律可从不开玩笑。血族虽然很神奇，如果硬要说变形的话，血族中变得最厉害的是一个瑜伽爱好者，骨瘦如柴，但柔软得可以用身体摆出26个英文字母。

唯一正确的是，大部分吸血鬼，确实怕光和银，因为银和紫外线会加速破坏他们的基因序列。虽然现在不少血族已经对阳光有了抗性，但对银和高强度的紫外线依旧束手无策。

这也是他们最后的缺陷。

血族的基因在为他们带来超强大力量和超人体质的同时，相对人类本身来说太不稳定，缺失了太多关键因子的DNA非常容易老化和崩溃，而且还造成红细胞的衰弱和异变、造血功能的缺失。正因为如此，血族才需要定期吸取新鲜的人类血液。不止是因为无法造血，而且也是为了从进食中补全自己的基因序列。

但就算是如此，血族吸取的血越多，DNA就会变得越来越冗余。在漫长的时光之后，DNA将在某一天突如其来地崩溃。

而那一天，就是他们的死期。

不过，就算是有那一天也是几百年之后了，公爵的寿命更是凌驾于所有人之上，这意味着夏离在短时间内不用担心自己老死了，但可惜的是，百分之八十的血族似乎都是非正常死亡……

在看完报告之后，夏离彻底陷入沉默。

夏离，男，18岁，身高183cm，体重70kg。四肢不算发达，头脑略有些简单，能吃能睡，成绩中下。

他一直以为自己是个普通人，直到不久之前，他才知道自己是一位公爵的继承人。可半个小时前，他才发现……他虽然继承了爵位，但后面那个"人"字却得去掉了。

沉默中，他看着镜子里的少年：头发不长不短，面色因为贫血有些苍白，双手的指头各有五根……

可怎么就变成吸血鬼了呢?！

夏离的神情充满苦涩："我总觉得……我是人类啊。"

"殿下，您传承了尊贵之血。"

康斯坦丁在阴影中，以无可置疑的坚定语气说："您从出生开始，便注定是铁枝和铜棘的公爵。"

少年沉默地和他对视着，康斯坦丁的眼神依旧锋锐如刀，宛如铁锥最后一次挥落，将他认知中的自己彻底砸得支离破碎。

对视中，惨败的少年低下头："我的房间在哪里？"

他麻木地起身，扶着墙壁走出："我需要睡一觉来面对'我不是人'这个残酷的现实。"

……

目送着少年离去，康斯坦丁站在博物馆的门口，沉默地看着庭前的月色。

亚伯从阴影中走出，有些激动地问："仪式成功了吗？"

"血脉感召，对他不管用。"

康斯坦丁终于从背后抬起了那一只被自己隐藏起来的手掌。手掌不复往日的光洁和修长，而是变得干瘦如枯骨，如同经过烈火灼烧。就算是以血族惊人的恢复力也无法在短时间内完全愈合，因为血肉仿佛被猛兽啃噬殆尽，只剩下一层皮膜包裹着指骨。

"没有觉醒的他，竟然抗拒了你？你太心急了。"

亚伯一愣，无奈摇头："如果他不承认自己的身份，那么永远都不可能唤醒公爵之血。"

康斯坦丁就像是什么都没有听到，面无表情地越过他，走进黑暗中。

卧室中，躺在床上的少年看着天花板，失魂落魄。

人生如戏，夏离前半生都觉得自己活在励志剧的前半截，总是带着傻笑面对着磨难和痛苦。好不容易盼到时来运转，准备开始励志崛起了，结果戏剧的走向变成欧美贵族风。

本来他以为接下来就是无忧无虑的《唐顿庄园》，结果却没想到剧情陡转直下成了《德库拉》……这一波三折的转变，有些让人接受不了。

在寂静中，他从床头爬起，扭头环顾着整个房间。

如同整个庄园基调一般的华丽，但是却没有令精致的装饰贴满每一个角落。相对其他地方，有一种厚重和锐利的感觉。这是似曾相识的气息，令夏离瞬间明白这里原本的主人是谁。

他在榉木书桌上找到了自己的外祖父——梅丹佐公爵以往的照片。似乎是在庄园的主宅前方拍摄的，苍老的公爵身着黑色的大礼服，手中无剑也没有玫瑰，但阴沉严峻的眼神却有着刀剑的冷意，令观看的人忍不住想要后退。

这就是第十二代公爵：梅丹佐·勒内·阿贝尔·弗兰索瓦·奥古斯丁·德拉·范·斯图亚特，夏离的外祖父。可现在他却觉得，这个从未见过面的外祖父，就像是个陌生人。他甚至连外祖父的名字都记不全，况且，外祖父还是个吸血鬼……

就连他自己也是一个吸血鬼。

夏离失落地收回视线，听到雨水落在窗户上的声音。淅淅沥沥的小雨从窗外的天空中落下，细微的声音填满了寂静的世界。

那种声音就像是海潮，席卷着连日以来的困倦不断地向自己涌来，拉扯着夏离向黑暗的更深处坠落。

他闭上眼，沉入梦中。

就像是一瞬间的恍惚，夏离觉得什么东西消失了。

其实这一切都是他的幻觉，其实什么都没有发生。一些该来的都还没有到来，他不希望离开的东西也没有消逝在雨中。

深夜中，他坐在空无一人的教室里，看着窗外的暴雨，他还是那个喜欢穷开心的少年，熟悉的伯父从雨中推门而入，露出笑容。

他来接夏离回家，撑着一把很可笑的粉红色的伞。

梦中回家的路很长，城市寂静，下着雨，夏离躲在伯父的伞下面，遥望着渐渐熄灭的世界，抓紧了伯父的衣角。

一路上，伯父揽着他的肩膀，不断讲各种笑话。不知为何，夏离笑不出来。可他却记得，伯父一直在笑着，自己从来没见过伯父那么快乐。

再后来，伯父忽然停下了脚步，将伞交给他，跟他说："对不起，人一老了就走不动了。我先休息一下，以后你要一个人走了。"

于是夏离接过他手中的伞，继续前进。

在冰冷的雨中，他扭头看向身后，看到城市的灯光渐渐熄灭，雨中的伯父没有痛苦和难过，只是挥手，向他道别。

雨水淋在脸上，他低下头。

那个时候，夏离就知道，伯父已经永远地离开了。

从此以后，他就是一个人了。

那一瞬间，少年惊呼着从梦中惊醒，窗外驰骋的闪电照亮他苍白的面孔，暴雨声将他吞没。

漆黑云层之中，穿梭的电光带来阵阵的光亮，令墙壁上悬挂的刀剑闪烁，也照亮了床头厚重漆黑的油画。

油画中的男子被戴甲的士兵包围，一盏孤灯照亮了他神情泣血的面孔，无比狰狞，仿佛在咆哮怒吼。

《基督被捕》。

夏离依稀记得这是文艺复兴时期卡拉瓦乔的名作，可有些地方却和记忆中的不同，那种不祥的感觉带着寒意漫延，就像是深海多足动物的触角，一根根地将他缠绕。

在油画中基督的俯瞰之下，整个卧室都变得诡异起来了。惊雷的声音中，角落中的书架在疯狂地颤动，一本厚重的羊皮书卷从书架上坠落，看不见的风卷动书页，露出各种晦涩的字母和图纹。直至最后，隐藏在最后的封面显露出来，逆十字上泣血的女人在尖叫。就在最下面，一截惨白指骨深深地嵌入封面中。

那是压垮少年心弦的最后一根稻草，夏离像是见鬼一样地后退了一步，风声里仿佛有幽灵在他耳畔尖啸。

在他的背后，卧室的房门无声开启。

漆黑的夜色之中，夏离所见过的一切都变了。

原本庞大而华丽的庄园骤然变得阴冷而狰狞，高耸的尖塔在夜色中如同妖魔。当时针和分针重合的时候，阴冷而尖锐的钟声响彻整个夜空。

少年在如同迷宫般的建筑里狂奔，他不愿意停下，也不想去思考那些被沉没在暴雨中的回忆。

庞大的古宅仿佛在旋转，复杂的结构每时每刻都在令人头晕目眩地变动。走廊、宴会厅、花园、车库、摄政厅。白日里华丽的装饰此刻统统变成了令人惊怖的阴森。隐约的管风琴声在古宅中尖鸣，如同夜枭和铁片摩擦的声响令他想要尖叫。

他想要离开这个地方，却找不到出口。四下里，一个人都没有。

终于，他停止狂奔，他喘息着靠在廊柱上，神情复杂地看着墙壁上平滑如镜的金箔。

在金属的倒映中，少年的面容苍白如纸，面容混合着惊惧和不安，他大口喘息，眼瞳血红……

"血红色……"

他呆呆地抚摸着墙面上自己的眼睛，看到那个人眼中的茫然和无助，却忍不住想要笑："原来你真的是个吸血鬼啊。"

他是个吸血鬼，可他还是没法接受，他从来没吸过血，他甚至不想要这个血统带给他的一切。

他抬起头，环顾着四下，却发现自己回到了门前。之前的狂奔毫无意义，只是将他送回了原点。

他回到了房间里，抬头看着泣血的基督，却察觉到卫生间旁边有一扇门。

犹豫了一下之后，那一扇门被少年推开。没有想象中的鲜血、白骨或者可怕的祭品。

只有一排排衣架，上面挂着各种严肃或华丽的衣服，衬衫、外套，还有简练的骑装和严肃的正装。沿着时间从中世纪的奢华到现代的简练演变。走进其中，夏离觉得自己要被一层层的服装淹没了。

"衣帽间都比我家的卧室大啊……"

或许是略微狭窄的空间令他产生了一丝安全感，他坐在地上，低声嘟哝着，可是却笑不出来。熄灭灯光，他疲惫地蜷缩在角落里。闭上眼，他想象自己还在中国那一栋破旧的居民楼里。

在很久以前，无数个静谧的夜色里，睡不着的少年会坐在窗前，仰望着远处的都市在黑暗中的层层阴影。

有的时候他会想：世界如此广大，但穷尽人的一生又能看到多少东西呢？有人告诉他要接受世界，可他却觉得困守一隅也不赖。

就像是一只鸭子拒绝跑到海上去，固执地守着自己的破水沟，守在自己的一亩三分地里多好啊，开心的时候就呱呱叫，不开心的时候也呱呱叫，偶尔还能吓唬路过的小孩儿。

这样就足够了，只要有一条破水沟，这只蠢鸭子就会心满意足。哪怕有人来告诉它你是天鹅，它也不在乎。

可有朝一日，它被身不由己地丢进海里时会怎么样做呢？夏离只觉得，它在溺死之前，一定会怀念那一条属于自己的水沟。

可是，现在那一条水沟，又在哪里呢？

夏离梦见自己变成一只小黄鸭，无忧无虑地在破水沟里游啊游，躲过了抓捕他去腌制鸭脖子的厨师，又躲过了抓他去做烤鸭的厨师，最后又躲过了抓他去煮汤的厨师……反正就是躲过了厨师之后，来到了一片无尽的大海中，在海潮中艰难挣扎。在他即将溺毙的时候，有奇怪的歌声响起了。

然后，他终于醒来，看到眼前水池中起伏不定的塑料小黄鸭。

模糊的水雾中，一只手抓着自己的小腿，就像是洗猪蹄一样地搓洗着。

少女金色的齐刘海在水汽中微微晃荡着，她坐在浴池的旁边，嘴里哼着歌儿："如果感到幸福就快快拍拍手呀，看哪大家一齐拍拍手……"

哼唱到最后的时候，还伸出修长的五指拍了一下夏离的脚心，啪啪！

在奇怪的歌声里，少年茫然地仰望白色的天花板，浴池中身体赤裸。

他忽然觉得自己还没醒，但这梦变得好似升上天堂一般：有个笑容甜美的少女在给自己洗花瓣浴，说花园里的果子金灿灿，河里流淌的是牛奶和蜂蜜……

"少爷，您醒了？"

仆人装束的女孩儿发出一丝惊喜的声音，她放下了少年的小腿，很小心地向他行礼："您要在早餐之前先用一点食物吗？"

夏离呆滞地点头，却看到少女双手试图盘起脑后的长发。

在从肩头垂落的金色长发中，女孩儿胸前稚嫩而隆起的曲线在他面前鼓起，像是小兔子一样晃啊晃。

她终于盘起了长发，手指优雅而缓慢地解开自己的蕾丝领结，然后是领口的扣子，露出修长的脖颈。

好像哪里不对？

她带着期待和紧张的神情闭上眼，低声呢喃："我还是第……第一次……请您轻一点。"

夏离艰难地转动思维，终于令自己清醒了一点，直到这个时候他才发现，不是哪里……是全部都不对啊！

直到此时，他才想起昨天晚上诡异的场景，于是如梦初醒地惨叫，连滚带爬地向后挪动，战战兢兢地缩在墙角。少年双手护着胸部，终于明白自己坚守了多年的清白已经不知不觉被一个不认识的女孩子看光了，顿时慌乱之余，还有些小激动。

可很快他就发现：自己似乎完全没有色相能够引诱到这么漂亮的女色狼啊……

想到这里，夏离赶快掐掉这个念头，神情严肃地问："你……你是谁?！你想干什么?！"

一阵尴尬无比的沉默，被溅了一身洗澡水的少女有些狼狈。女仆的装束全都紧贴在胸前，脸颊上淌着水滴。

"我是您的专属女仆，爱丽丝·雪莱。"少女起身，有些尴尬地提着裙角行礼，"昨天晚上刚刚赶到庄园，没有来得及和您见面。"

夏离看到她微微发红的眼瞳，心惊胆战："那也没必要刚一见面就脱衣服吧！"

"亚伯管家早上吩咐我来帮您洗澡，可能是我没有做惯这种事情，把您吓到了吧？"

"我不是说我啊……"夏离搂着胸口，呆滞地看着少女，"我是说你。"

"您不是说要在早餐前用一点食物吗？"爱丽丝疑惑地看向他，"作为您的备用血袋，O型血不合您的口味？"

"我又不是吸……"

夏离有些愤怒地辩解，可说到一半就连他自己都觉得有些无力。

自己怎么可能不是吸血鬼呢？

昨天明明看到了，眼睛都变成血红色了，不是才怪吧？可是自己从不吸血啊，从小到大都没有吸过，忽然有个漂亮姑娘跳出来，露出修长的脖子让自己啃两口，他接受不了这个现实。

他失落地低下头，疲惫地叹息："我不吸血的，以后不要这样了。"

几乎像是错觉一样，他听到了爱丽丝松了口气的声音。他茫然地看过去，却看到少女如释重负的神情。少年诧异的模样令她不好意思地笑了起来。

"因为从来没有被人吸过血，所以，有些……有些紧张。"她按着胸口，像是松了口气一样，露出笑容，"不过少爷果然和我想象的一样，是一个好人。"

当少爷第一天就被贴身女仆送了一张好人卡，夏离不知道这算不算独一份了。在手忙脚乱地制止少女继续帮自己洗澡的打算之后，夏离听到了一个悲伤的消息。

"康斯坦丁先生说，请您洗澡之后前去用早餐，他有很重要的事情对您讲。"

想到康斯坦丁那一张阴沉的脸，夏离忍不住发出无力的呻吟。

少年倒在浴池里，捞起泡沫中的小黄鸭，捏扁又松开："你们还是干脆点，砍了我吃鸭脖子算了……"

半个小时后，充满困意的少年走进了餐厅。他换上了漆黑的严肃礼服，梳妆打扮抹发蜡，可是却觉得有些呼吸困难。

早上的天气并不算好，雨水依旧在淅淅沥沥地下着，吊灯的光照亮夏离的脸色，有些苍白。他坐在长桌的尽头，打着哈欠，提不起精神来。

爱丽丝为他端来餐具，轻声问："刚刚为少爷洗澡的时候注意到了，少爷您有些贫血吗？"

"从小就这样了。"夏离勉强地笑了一下。

正在摆放早餐的亚伯笑了笑："殿下只有一半的人类血脉，虽然对于紫外线和银的抗性获得了增强，但贫血是很正常的事情。"

说到这里，他看向夏离的眼神就有些惋惜："其实，解决的方法很简单……"

"……亚伯，吸血免谈。"

夏离掐断了管家的话，陷入沉默。

或许是经过一夜的思考，现在的他已经理智多了。

其实自己是什么完全无所谓，他们说自己是吸血鬼那就是吸血鬼吧，反正他还是觉得自己和以前没有什么两样。

没错，只要不吸血的话。

"早上好，殿下。"

肃冷的声音从背后出现，康斯坦丁从门外走进来："但愿您昨晚睡得还好。"

夏离又感觉到寒意袭来了，秘书仿佛随时随地自带冷场光环，让人不知道说什么好。

康斯坦丁就是这种人，哪怕他拥抱着贵族少女，手持玫瑰在求婚，表情和语气也冷峻得仿佛手里抓着蝴蝶刀要捅死敌人一样。

他永远冷静严峻，好像武装到牙齿之后要奔赴战场，夏离根本就没有见到过任何疑似微笑的表情出现在他脸上。

现在，那一张仿佛刚从零下几十度的冷库里取出来的严峻表情就在自己的对面，这令他如临大敌，有些害怕。

"下面，在下觉得应跟您讲一讲老公爵去世的原因了。"

"嗯？"夏离一愣，"不是心脏病吗？！"

"不，是谋杀。"

康斯坦丁的声音如匕首，刺进少年的心窝："如您所见的那样。"

夏离抬头看向窗外，他有一种错觉，暴雨在那一瞬间扑面而来。

"几天之前，老公爵在出门的时候，遭到刺杀。数十名'堕落之血'的继承者联手向一位至高的公爵发起攻击。我赶到现场的时候，老公爵重伤垂死，只来得及留下最后遗言。"

在康斯坦丁的叙述中，少年的声音有些微颤："是谁干的？"

"现场发现了'圣痕'的残留痕迹，应该是那一群失去往日荣光的堕落者。所有血族的死敌。"

"堕落者？"夏离听了忍不住想笑，"吸血鬼就够堕落的了吧？"

"在工业革命之前的时候，当时的血族世界还是由十二个家族共同维护秩序，当时我们几乎主宰了整个欧洲。

"直到在后来，在一场内战中，有一部分人背叛了血族，对整个血族造成了巨大的损害。为了除掉他们，血族几乎一蹶不振。

"从那之后，十二个家族的数量就锐减到了七个。其中六大家族成立了黄昏议会，订立了新的秩序。唯有我们斯图亚特家族没有选择加入，而是独立在黄昏议会之外，不接受任何一方的管辖。

"而那五个被剿灭的家族所残留下来的末裔，便被称为'堕落之血'。"

亚伯的眼瞳里显露出一丝猩红："所有人都没想到，这么多年之后，他们竟然死灰复燃……殿下，想必您在中国的时候，也见过他们的模样了吧？"

沉默忽然到来。

少年的笑容忽然僵硬了，就像是回忆起了什么。

没错，自己曾经见过他们，而且他们还没有放弃，还想要杀掉自己……可像外祖父那样的强者都被暗杀掉了，自己怎么可能活得长？

想到这里，他忍不住想笑："看来，我以后就是他们刺杀的主要目标了？"

"没错。"

亚伯回答："我们和他们之间早已不死不休。唯有找到他们，杀死他们，您才能够维护斯图亚特家族的荣耀和统治。"

夏离沉默地看着他，许久之后轻声呢喃："可是这样会死很多人。"

"殿下，人类从出生开始，就注定死去，但死者的牺牲不能没有意义。"

"我也在牺牲之中吗？"夏离轻声呢喃。

"或许。"

康斯坦丁的声音毫无温度。他近乎无礼地直视着少年的眼瞳，语气像是嘲笑："如果没有面对现实的勇气，就没有接受遗产的资格。"

就像是世界在那一瞬间陷入寂静，少年困倦的双眼终于睁开了，眼瞳漆黑。

"康斯坦丁，你以为我是为了遗产来到这里的吗？"

有一种莫名的气息在扩散，令康斯坦丁挑起眉，如同看到某个新奇的东西："那殿下为什么要来这里？"

少年沉默了。

寂静里，只有窗外雨水从天空中坠落的声音，它们成群结队，交织成令人窒息的雨帘。雨声如潮，充斥了每个寂静的角落。

"因为这条路足够的窄啊，康斯坦丁。"

少年抬起眼瞳，却像是魔鬼终于拔出剑来，撕裂寂静："只要我往前走，总有一天会找到那些人，所以我来到这里……"

在惊雷声中，少年垂下了灼热赤红的眼瞳，轻声低吟："为了复仇！"

那一瞬间，天空中回旋的阴云似乎交织成旋涡，它们撕裂了记忆中的掩饰和蒙尘，显现在这个世界上。

暴风裹挟着带着血腥味道的回忆，席卷而来。

一切都坠入了黯淡的记忆中。

那是六天之前，在一个人的生活里，一切都和现在不同。

章二·过往

八月二十九日，下午五点。晴空烈日，万里无云，气温三十六度，是一个炽热的好天气。

教学楼的走廊上，窗门大开着，任由操场上吹来燥热的风。"北京十四中三十周年校庆文艺会演"的条幅在午后的夕阳下有气无力地吊在半空，摇摇欲坠。

会演结束之后，归家的学生们在走廊里追逐打闹，有的人还兴奋地议论着会演上的骚乱，比画着当时的场景。

就在走廊的人流中，一个白色的物体有气无力地蹲在教导室的门外，瞪大了两只呆滞的眼睛。凑近了看的话，才能够看清楚，那是一整套穿戴在少年身上的戏服。从外表上来看，有些像一个刷了白漆的垃圾桶，这套戏服应该是一只动画中的鸭子，名字叫作"伊丽莎白"。

现在，"伊丽莎白"蹲在台阶上，有气无力地掰开了自己的大嘴。少年还带着汗水的脸颊费劲地从嘴洞里钻出来，大口地喘息。

"哎哟，夏离，这身衣服还挺帅哈。"路过的同学夸奖。

"客气客气。"少年挤出笑容，拱手相送。等人走远之后，他又变成有气无力的样子，靠在墙上。

就在他身后的办公室中，最后的判决即将到来。

隔着大门，寂静的走廊里隐约可以听见办公室里单方面的争吵。夏离几乎能想象教导处主任老田的愤怒神情。

"这究竟是怎么搞的?!怎么搞的?!我说老夏啊，咱可是老交情，当时我可是看在你的面子上才让他入学的，对不对？"

"没错，没错。"

"不是我说夏离这个孩子，是今天他闯的祸，实在是……"

……

隐约的声音传来，夏离揉着胳膊上的瘀青，低下头。很快，大门打开了，田主任皱着眉，示意他进来。

"夏离，跟你伯父说说是怎么回事儿吧。"

教导主任的秃顶反射着阳光，如太阳一般愤怒。

夏离看向了坐在椅子上的伯父。伯父今天为了参加夏离的文艺会演，专门还租了一套大号的西服。稀疏的头发涂了发蜡之后梳了个背头，看起来好似跟赌神一个造型。

发现夏离看过来，他无奈地向着自己的侄儿挤了挤眼睛，示意夏离赶快求情。

夏离连忙点头哈腰地凑上去，苦着脸说："这不关我的事儿啊，老师。"

"好好的文艺会演都能让你弄成打群架了，你还说不关你的事儿！"田老师越发地怒了，"你知不知道台下面有多少领导？造成了多恶劣的影响？是不是等你把学校炸了你才肯承认啊？"

"可本来说好的不是这样啊。"

夏离穿着伊丽莎白的戏服艰难地做了一个摊手的动作，表示错误并不在己，然后解释："按照剧情，我上场走个来回不就行了？可他们非要加一个反派被打倒的剧情……"

"结果呢？"田老师没好气儿地问。

"结果那群孙子是真打啊！"

夏离愤怒地一拍大腿，指着自己的眼眶说："老师你看，我眼眶都被打青了。"

偌大的伊丽莎白在逼近，黄色的大嘴挺出，头顶上两只呆滞的眼睛明显给了田主任不小的压力。

"等等，你还穿着这一套衣服干什么？"田老师向后靠了一下，"给我脱下来！"

夏离只好缩到墙角，蹩脚地脱下衣服。

虽然事到如今说谁对谁错有些晚了，但一切错误的根源，归根结底，都在于本次文艺会演的人数不够！

否则学校绝不会让所有兴趣爱好小组都准备节目，包括夏离所在的"动漫社"……动漫社本来就仨瓜俩枣，一个舞台剧都演不出来。社长被逼上绝路，只好铤而走险，把自己的校花表妹拉进来做宣传材料，结果引得武术社和篮球队的群狼蜂拥而至，险些挤爆了他们的活动室。

然后，剧情的变化就开始变得微妙起来……

原本定下的舞台剧主题是《银魂》，按照夏离资深副社长的地位，起码很有机会来扮演主角"银时"，到时候还能和校花演个对手戏，悲剧的是在一个个新来帅哥的冲击之下，夏离的地位不断下降。

原本分配给夏离的角色是"冲田总悟"，可是很快就变成"土方十四"，紧接着又成了"猩猩组长"接下来又成了"桂小次郎"。

就这样，夏离一路凄惨下滑，最后就连毫无存在感的"志村新八"都没有留下，只剩下了原本只是布景和道具的"伊丽莎白"。

于是，伊丽莎白·夏在自己的人生道路上迷失了方向。

按照舞台剧的剧本，"江户"发生了神秘杀人案，主角一行人奉将军的命令调查凶手，结果一路大家都被神秘凶手一个个在暗地里宰掉，直到最后，真相大白，凶手竟然是……

没错，竟然是"伊丽莎白"。

原本说好了只是上去走个过场，没想到扮演主角的那几个武术队成员临阵喝了点酒，上手一刀劲力十足，就把夏离打蒙了。

估计对方也蒙了，夏离夺刀反击的时候他们竟然没反应过来，然后事态此时彻底失控了……

"冲田总司"上台时喝得有点多，结果被打吐了！

而夏离也怒了，仗着自己的戏服"皮糙肉厚"，先是搞定了打酱油的"定春"（此角色由民俗社两位舞狮的兄弟扮演），然后又掀翻了"坂田银时"，最后手风顺利得不可思议，一路"无双"，竟然无人能挡。

等三分钟后他清醒过来的时候，台上已经没人了。

到最后没法收场，幸好"伊丽莎白·夏"灵机一动，捡起了自己说话用的木牌，掏出油性笔，笔走龙蛇。

"——攘夷义士们被'伊丽莎白'杀至扑街，故事到此完结，谢谢观赏。"

舞台剧结束，而台下的学生山呼海啸……这舞台剧演得太精彩了，竟然真打！

一位退休后被请来的老领导不明就里，还夸这孩子的毛笔字写得好，有魏晋风骨，只有校长和社长两人在台下相拥取暖，泪流满面。

……

时间回到办公室里，下午五点二十三分。

"不是我说，夏离这个孩子，今天他闯的祸，实在是……"

教导主任说着说着，又怒起来，拍着桌子感叹："你说平时旷课、成绩不好也就算了，起码没违反过其他的纪律，可没想到一犯就是这么大的错啊。夏离同学的特殊情况我们也清楚，可父母不在了，你也应该对他多加管教才对啊。"

"老师，我爸妈只是失踪了。"

夏离抬起头，小心翼翼地纠正着这一点。

伯父打断了他的话，有些不好意思地笑了起来："小孩子嘛，冲动是难免的……夏离这个孩子呢，虽然学习和人缘都不大好，但我知道，他是个好孩子。您就不要跟他计较了。"

"好孩子怎么了？他是好孩子，谁是坏孩子？！你们没看见下面校长的脸都青了吗？！今天这事对我们学校的声誉造成的损失，被他打的学生的医护费，谁来赔偿？！"

"我来，我来。"夏槐阴连忙点头，"我来，赔偿交给我就好。"

"赔？你开一年出租车能赚多少钱？！"教导主任再次拍桌，"少说十多万，你能赔吗？你不过日子啦？"

夏离低着头，觉得有些难过和困倦。他知道这不是他的错，也不是其他人的错，这只是一起意外，但总要有人来对意外负责。

他扭头看着窗外的阳光，还有在盛夏舒展开来的嫩绿新叶。

夏离忽然想到……再过两天，就是他十八岁的生日了，距离父母失踪，也已经十三年了。

可这样的生活，还会持续多久呢？

十三年的时间漫长得像是很久很久之前，久远到他连父母的样子都记不起来。他只记得有一天幼儿园放学，他目送着小伙伴们被父母一个一个接回家，可是等了很久都等不到有人来接自己。

直到深夜，才有一个神情憔悴的男人推开门，向着他伸出手掌。夏离沉默地望着他，良久之后才握住他的手。

这是他跟伯父第一次见面，却有着一种本能的亲近。在他长大之后，他渐渐地理解了什么叫作失踪。

有人说当天白天的时候夏离的家里发生了一场大爆炸，有人和夏离的父母打电话却始终无人接听，宛如人间蒸发。从那以后，他们就再也没出现过。

有人说他们死了，可是夏离却不相信：他觉得父母可能是忽然有一天醍醐灌顶，觉得这个世界了无留恋，于是就将儿子像是扔塑料袋子一样丢给了别人，飘然出世当和尚尼姑去了。

说不定将来等他有了钱，去尼泊尔或布达拉宫，还能够找到修行有成的父母。到时候泪流满面地相认，还能合个影。

就算是这样也好，就算是这样夏离也不愿意相信他们已经死亡。

在这个世界上活了十八年，夏离自觉没有什么进步，唯一的特点就是越活越懒，每天上课犯困睡觉，晚上就精神百倍睡不着。犯困的程度和天气闷热的程度成正比。

每天懒洋洋的，话又少，没什么人缘是理所当然的。上课睡觉，成绩不行也在情理之中。虽然没有把"得过且过"当作座右铭，但他其实挺喜欢这种懒洋洋的生活。

在很小的时候，他的梦想是要拯救世界，但过了十四岁，爸妈都没有寄过信来让自己去驾驶EVA，看来这世界多半拯救不成了。

每次想起来他都有些遗憾，可同时又有些庆幸，毕竟拯救世界什么的，也会很累的吧？

而他的伯父、监护人和直接教育者——夏槐阴，也是一个神经兮兮不靠谱的家伙。

早些年年轻的时候，他离家出走去搞非法赛车，和家里写信说自己要出人头地，结果家里人忽然有一天半夜被警察接到医院去交钱，因为他在高速公路上违规竞赛，出了车祸之后被逮了个正着。

住院几个月，腿上绑了钢板，混了一张伤残证书。等到出来之后，伯父终于打算金盆洗手、改邪归正，开始学着做生意。可惜，运气却差到极点。

大家全都下海赚钱的时候唯有他在做赔本买卖。物流行业刚刚起步的时候，他已被挤对到破产。运输行业如火如荼，他却越混越差，直到现在，都还只是一个跑夜班的出租车司机。

这么多年了，人过四十，可还没有结婚。

渐渐的，从风华正茂的北京车神变成一个在傍晚时穿着背心大裤衩遛弯儿的老男人，有时候背后还会跟着一个打哈欠的小孩儿。

谁都不相信他能将夏离抚养大，但现在的少年却觉得，将自己养大的如果不是伯父的话，或许自己的人生永远会缺一点什么。

毕竟，他是自己的伯父嘛。

"别担心，大不了换个学校。"

晚上时分，伯父揽着夏离的肩膀从校门口走出来："反正你就快高考了，不如干脆在家复习。"

"真的？"

夏离松了口气："我以为你要骂我打架呢。"

"说实话，今天看到你打架，我都有种这一天终于来了的感觉。"

伯父的安慰让夏离莫名感动不起来。

"你看你都十八了，还没有到叛逆期，不悄悄抽烟喝酒就算了，也不沉迷网络，也不和人打架，甚至没有去追校花……你究竟是不是我北京车神的侄儿啊？"

"要抽烟喝酒打架就是你侄子的话，那你侄子在中国起码就有几十万啊。伯父你就不能严肃点吗？"

"严肃是什么？紧绷着脸，一点儿意思都没。再说了，男人干大事儿的时候才严肃，平时紧绷着脸自己不瘆得慌吗？"

伯父搂着他的肩膀："我跟你讲，我当年在五环路上，可是被人称为'冷面车神'……"

"是因为你喜欢吃冷面吗？"

夏离听到伯父又开始讲自己过去的光辉战绩，只能用冷笑话去打断他。

"得，就知道你不愿意听。"

走到校门口，伯父将那一整套伊丽莎白的衣服塞进夏离怀里："明天你过生日，咱先去吃顿好的。顺便想想买点什么东西庆祝一下。"

伯父罕见地揉了揉他的头发，将他的刘海弄乱了之后，得意地大笑："要我看，搞个随身听就不错，是叫什么来着？MP5？"

"那是德国的冲锋枪……你是想要让我把同学们全都干掉吗？"夏离深深叹息。

伯父走在前面，拉开后车门，等他坐进车里，才趴在窗户上问："要不，弄两个掌机，咱俩一起玩？"

"伯父，其实是你想玩吧……"夏离一眼看穿了伯父的真面目，"我在小霸王上打拳皇都打不过你。"

"那你究竟想要什么？太贵的我可买不起。"

伯父用耍无赖掩饰自己的尴尬："实在不行，那就只有从你结婚的钱里扣了。"

"我都还没毕业，你已经帮我把结婚的钱都攒好了，我压力很大啊。"夏离顿时有种迷失在人生道路上的感觉，"你要实在想送我点什么，把车库里那辆摩托车送我就行。都报废这么多年了，你都舍不得让我摸一下。"

"……"

出乎预料，或者说如同夏离所料，伯父沉默了。

他收起笑容，蔫蔫地揉了揉自己的脖子，自从他开摩托出了车祸之后，那里的酸痛总是好不了。

"你真想要那个？"他低声问。

夏离知道那是什么东西，那是一辆陪着伯父走完整个年轻岁月的摩托，一个仅存的纪念品。

当年的伯父开着它，创下了北京车神的名头，也正是因为它才出了车祸，导致下半生再也无法跨上心爱的摩托。

被撞坏了的摩托就被关在车库里，被灰色的防尘布覆盖着。一层层的灰尘几乎将它掩埋掉，自从夏离小时候玩捉迷藏，无意中钻进车库，被它狰狞的涂装吓到之后，伯父就再也没有让夏离接近它。

这么多年了，随着夏离的长大，它似乎在渐渐地老去。有时候夏离半夜醒来，发现伯父不在家里的时候，就会走到窗前，看到车库里亮着灯。

夏离点头，伯父沉默地看着他的表情，许久之后，有些羞恼地拍了一下他的后脑勺。"……惦记很长时间了吧？"然后伯父低声叹息，"那就给你吧。"

"真给啦？"夏离有些不敢相信。

"说给你就给你。我什么时候说话不算数了？"伯父起身，将烟卷丢进街角的垃圾桶，夏离看不到他的表情，却总觉得他的语气有些失落。很快，伯父掏出纸巾，擤了一把鼻涕之后，重新露出笑容。

"好了，不说了。今晚去张生记喝老鸭汤。庆祝一下你十八岁的生日。"

他打开车门，却忽然停住了，背后响起了脚步声。

那一瞬间，夏离忽然觉得有些眩晕，就像是大脑中传来破碎音响的尖锐声响，更像是一种……从未有过的共鸣。

紧接着，一丝寒意袭来。

有什么东西，终于来了。

"是夏先生吗？"

当那个声音响起的时候，似乎一切都远去了。街头的人潮和车水马龙变得不再重要，一切的焦点都聚集在了伯父的身后。

一个穿着漆黑西装的男人。看起来像是二十来岁，西装的样式庄重合身，身材略微有些消瘦。从袖口伸出的双手，十指修长，就像是个钢琴家。

第一次，夏离看到一个人，联想到了石像。

就像是受难的希腊英雄，他的眼神冷峻，可表情却彬彬有礼，带着一丝柔和，如同石像一般的沉寂。

伯父转过身，看到他，然后皱起眉头。

"请问是夏先生吗？"

他重新问了一遍，从怀里掏出自己的身份证件，展开："我来自美国斯图亚特家族，是梅丹佐先生的私人秘书，您可以称呼我为康斯坦丁。"

黯淡阳光之外的阴影中，来者的中文流利而低沉："有件关于夏离先生的事情，我们想要跟您谈一谈。"

伯父没有去检查证件，就像是怔住了。他沉默地看着面前的男人，然后扭头对车里的夏离吩咐："车玻璃摇起来，稍微等我一会儿，我很快回来。"

隔着升起的玻璃，夏离看到伯父转身和那个人走到了街角，伯父背对着他，夏离看不清他的神情，可却能够看到那个叫作康斯坦丁的男人。

很快，隔着玻璃车窗，他听见了隐约争吵的声音。在行人侧目里，夏离看到伯父在愤怒地推搡着那个年轻的男人。康斯坦丁任由他推着自己，被逼到了墙角。

不安的预感令他推开了车门，然后伯父的声音瞬间清晰了几十倍，也愤怒了几十倍。

"滚！立刻给我滚回去！"

夏离几乎从没有看到过伯父如此的愤怒,像是一头发疯的狮子,眼瞳血红,择人而噬。

"伯父……怎么了?"夏离将他拉开,低声问。隔着西装外套,他感觉到伯父手臂的颤动,就像是在恐惧什么东西的到来。

"不关你的事儿,别担心。"伯父将夏离拉到自己的身后,声音低沉,可语气是前所未有的暴躁和愤怒。

"夏槐阴先生,我觉得这件事儿,让夏离来听听比较好,毕竟……"

"不需要!"夏槐阴打断了他的话,"他还没满十八岁,我就是他的监护人!我有权力为他安排一切事情!包括让你滚!听到了没?!"

这么多年了,夏离从来没有听见过伯父如此失态的怒吼,被伯父拦在身后,他也看不到伯父的面容。

"希望您能好好考虑一下。"

康斯坦丁的神情依旧不变,只是伸手从怀里掏出一张名片:"我还有两天就会回国,如果您改变主意的话,可以给我打电话。"

说完,他转身离开。

当他和夏离擦肩而过的时候,夏离却感觉到他看向自己的眼神,幽深而复杂,就像是一片空洞。空洞中,有两个心跳的寂寞回响。

少年下意识地按在胸前,低声喘息,可当他转身看向身后时,康斯坦丁已经消失不见。

"去你的洋鬼子!"夏槐阴将手里的名片撕碎,丢进下水道里之后,发泄一样地踩扁了一个易拉罐,怒不可遏,"死骗子!"

"伯父,没事儿吧?"

少年站在他身旁,有些担忧地看着他。

"一群外国骗子而已,不长眼,骗到我头上了。别担心,走吧。"

余怒未消的夏槐阴深呼吸了半天之后才恢复过来,他勾起了少年的肩膀:"还有我在呢,怕什么?"

伯父的笑容逆着夕阳的光,令夏离有些看不清楚。

当汽车缓缓行驶时,少年却忍不住扭头看向身后。身后渐远的人潮人海之中,他隐约又一次看到了那一双眼睛。

他在看自己,如此的复杂,也如此的沉默。

翌日,清晨五点。

夏离浑浑噩噩地从梦中醒来,睁开眼睛,窗外的天色还没有亮。

不知道为什么，他的睡眠质量从小就糟糕到极点，宛如吃错了"白加黑"：晚上吃白片不瞌睡，白天吃黑片睡得香。而且昨天晚上他一连做了好几个噩梦，究竟是什么内容他也忘光了，就记得梦中一直有嘈杂而又尖锐的金属摩擦声。

昏昏沉沉地从床上爬起来，他麻木地洗脸刷牙。直到无所事事地坐在了沙发上时，他才反应过来：伯父竟然不在家?!

少年低下头，看到一张纸条在窗外的风里微微飘起，上面是伯父有些歪歪扭扭的字迹。

——下楼看看，有东西送给你。

"要不要这么神秘啊？"他低声感叹，推门而出。就在他走下楼梯的时候，却被眼前景象冲击到说不出话来。

就像是看到凶兽袭来。

清晨的阳光越过高楼的间隙，照射在居民楼的前方。

满地的零件和残片里，一辆庞大而狰狞的摩托静静地沉睡，拼凑起来的外壳之下，层层的线缆盘根错节地裸露出来，就像是黑色的血管。

哪怕看起来残破如此，但和那些小踏板的温驯摩托车比起来，它简直就是一头凶兽，一旦开始行驶，就会在轰鸣之中将一切都甩在脑后。

夏离总算是明白梦中金属摩擦声来自于何处了，也明白了那如同金属咆哮的声音是因何而起。

"吓到了吧？"

就在摩托前面，穿着黑色背心的男人低头，得意扬扬地将嘴角的烟卷点燃，吐出浓郁的烟圈。

当他夹着烟卷时，仿佛变成一个苍老的牛仔。戴着圆毡帽，满面风沙，却随时准备战斗，整装待发。

"所有的配件差不多全都换掉了，花了一夜，看来我的手艺还没有丢下……风冷四行程直列双气缸，双气阀，排气量八百cc，油箱容量十升，轴承推杆气门，前任车神亲自改装。"

夏槐阴低头，拍着摩托的油箱："刚刚试着出去跑了一圈，开起来像是野驴一样，带劲！开着它，别说是上学，就是上白宫都没问题。"

说着，他掐掉烟卷，看向少年："对你的生日礼物感觉如何？"

"很……很好……"

夏离有些语无伦次，可是最后却不知道说什么才好。他弯下腰，看着那辆静谧的摩托，忍不住去抚摸着它的线缆和仪表盘。

厚重的机油味带来了一丝前所未有的悸动。那是每个男人内心都潜藏着的冲动。在每一个寂静的夜晚，心中的愤怒和烈火灼烧着他们，令他们夙夜难眠，他们从空旷的街道上驰骋而过，留下嘶哑的咆哮。

夏离很喜欢那种放纵的感觉。他曾经想过做一个摇滚歌手，天地为家，四处流浪。只要人有吃的，车有汽油就可以不断走下去。

随着他越大越懒，流浪歌手的幻想渐渐被遗忘。可现在，夏离却重新有了一种"摩托在手，天下我有"的奇怪雄心。

新的冲动和懒惰的本性之间开始冲突，令他忍不住低声叹息。

"叹什么气啊小子，你还没到叹气的时候呢。"

夏槐阴大笑着拍他的肩膀，跨上摩托："我骑一圈给你看看，要不要一起来？"

夏离看着开始低沉咆哮，冒出黑烟的摩托，不知为何，有些恐惧。他后退了一步，缓缓摇头。

"啧，那你看着！"

夏槐阴无奈地摇摇头，猛然拧开了油门，浓烈的黑烟从排气管中轰鸣着冲出。庞大的摩托开始震动。就在刹车松开的那一瞬，夏离听见轮胎摩擦地面的尖锐声，紧接着摩托疾驰而出！

轰鸣的摩托灵巧地在小区里环行着，风中传来伯父的欢呼。不知道他扯开了哪根绳子，一条巨大的横幅飘扬在空中猎猎作响。

夏槐阴扭头望着目瞪口呆的夏离，大笑。他松开车把，在风中张开怀抱，大声地喊出了横幅上的话语："夏离生日快乐！"

十八岁的这一天，夏离第一次听到如此震耳欲聋的祝贺声。风中狂飙的伯父老夫聊发少年狂，以一种不可救药的得意姿态带着自己的生日标语狂奔。

一路之上，引擎的轰鸣和夏槐阴的咆哮惊醒了无数睡梦中的人，令他们愤怒地拉开窗户，大声抱怨，有的甚至丢下塑料瓶以示抗议。

一连串砸在地上的声音就像是鞭炮急促的回响，"喜庆"得无可言喻。

此时此刻，夏离的心情真是要多复杂有多复杂，有一种捂脸叹息的冲动。可伯父扭头看过来的时候，他还是得给伯父撑起场面，鼓掌叫好。

这可真是一个难忘又疯狂的生日啊……

"别愁眉苦脸的，不就是打架吗？挺起胸膛来，像英雄一样走进去！"

校门前，伯父一脸认真地拍着夏离的肩膀，露出微笑："天气预报说今天晚上有雨，到时候我来接你？"

夏离打着哈欠，摇头："我自己回家吧，下雨的时候活儿多。"

"可笑，我自己赚着钱，让我侄儿淋着雨回家，我北京车神还要不要做啦？"夏槐阴哼哼笑了起来，也不等夏离回话，最后一次揉了一下他的头发，"好了，不多说了，我上班去了。"

说完，伯父就开着出租车扬长而去。

可夏离才向着校门走了两三步，脚步却戛然而止。

就在校门口的拐角处，一个沉默的男人看过来。

依旧是整洁而严肃的黑色西装，冷峻而年轻，就像是从电影里走出的杀手。可是他站在来来往往的人群当中，却没有一个人注意到他。

就像是等待了很久，他的指尖还夹着一根熄灭了的烟卷。

"夏离先生。"

康斯坦丁掐掉了烟卷，低声说："我想我应该和你谈一谈，可以借一步说话吗？"

夏离的心脏下意识地紧缩，有些不适地后退了一步，神情变得警戒起来："不好意思，虽然你的中文说得很流畅，但我觉得有什么事儿在这里说就好了。"

伯父告诉他，这个外国来的男人是骗子，想要用一些很不切实际的理由来拐卖自己，夏离虽然觉得匪夷所思，但总觉得还是防着一点比较好。

"也好。"

康斯坦丁的神情不变，似乎对这个提议没有什么意见，只是淡淡地说："这件事，是关于你的母亲。"

然后，夏离蒙了。

虽然他曾经设想过父母都在西藏灵修或者在暗中反抗企图毁灭世界的大魔王，但是他从没有想到过：有一天，会有一个骗子找到自己，想要和自己谈一谈自己的母亲……

就像是给自己所预留的最后一块土地被人踩在了脚下，留下了肮脏的鞋印。

"你说什么？"

夏离抬起头看着他，黑色的眼瞳里满是沉默，可是却在愤怒地颤动着，像是已被点燃。

康斯坦丁依旧冷峻，表情却变得非常复杂："你的伯父有没有告诉你，你的母亲其实是一个外国人？"

"你妈才是外国人呢！"夏离骂完了之后才觉得有些不对，这家伙本来就是一个外国人。

"看来他真的什么都没有告诉你。"

康斯坦丁似是低声叹息："几天之前，你的外祖父去世了，他生前曾经立下遗嘱，所有的遗产将送给他最后的亲人，也就是你。总额共计……"

"扑哧……"

明明愤怒得想要把这个家伙狠揍一顿，可夏离却忍不住笑了。他实在没想到"尼日利亚王子"这种滑稽的骗局会落在自己的身上："是不是在继承遗产之前我需要先交一些保证金？不多，也就几万块？还有，你们不是还知道我母亲吗？为什么不去找她？找到的话，别说遗产了，我都愿意给你钱。"

夏离不愿意再理会他，准备转身离开，却冷不防被他攥紧手腕。

"我知道你对相关的真实性有所怀疑，我携带了全部的产权文件以及身份证明。"康斯坦丁的声音低沉，"至于你的母亲……"

他的声音停顿了一下，像是回忆起了什么，黑色的眼瞳中蒙上了一层灰色的雾："她已经死了。"

那一瞬，夏离终于扭过头，看着他的脸，然后无法再压抑自己的愤怒。

他握紧右手的五指，愤怒地砸在康斯坦丁的脸上，带着他都不知道从哪里爆发的巨大力量："你妈才死了呢！"

在突如其来的打击之下，康斯坦丁鼻子下面流出一线红色的血丝，就连夏离都没有想到自己竟然用了这么大的力气。可就算是这样他的左手还是被康斯坦丁攥着。

夏离奋力地挣脱着他的牵制，有些不解恨地又踹了他一脚："神经病，放手！"

灰色的鞋印留在整洁的西装上，康斯坦丁依旧没有松手："听着，你很快就会有危险……"

"要有危险也是你带来的才对吧！"夏离怒视着他，"再这样下去，我报警了啊！你以为学校没有保安吗？"

就在远处，学校门房里的保安察觉到这里的状况，走了过来。

夏离愤怒地瞪着康斯坦丁的眼睛，直到许久之后，康斯坦丁低下头，松开手腕。夏离扭头跑进了学校，老远之后，他才扭头看向背后。

在人群的围观和指指点点中，那个男人不再像刚才那么冷峻了，反而有些狼狈。他低着头，鼻血一点一点地落在他的衬衫上，裤腿上还有一个鞋印。

他看着远处的少年，眼眸里像是包含着什么说不清道不明的东西。

夏离忽然觉得，这个神经病其实也挺可怜的。可很快，他就自嘲地笑起来，转身离开。

自己在可怜他，可谁又来可怜自己？

"昨天学校所有老师召开了一次会议，重点强调了一些事情，尤其是——'纪律'!"

讲台上，班主任愤怒地挥舞着文件，压下了早自习高亢杂乱的背诵声。

人到中年就精神不济，尤其是老师，每天除了上课还要解决班里发生的各种奇怪事件，老得更快。被上级批评了之后脸上简直写满了"我今天很不爽，你们不要讲话做小动作，否则滚出去"的字迹。

被班主任的眼睛看着，"旷课惯犯"夏离习惯性地低下头，有种不好的预感。

"校长重点强调了学校的纪律，在宿舍和厕所抽烟的人如果被抓到，扣五分的操行分。上课玩手机游戏，看小说、漫画的人也要扣分，另外叫家长来……"

班主任有些不耐烦地念诵着手里的文件，语气毫无抑扬顿挫，充满了愤怒的感觉。最后念完，将文件丢到桌子上，语气阴沉："大概就是这个样子了，明白了没有？"

"明白了！"台下学生们的回应震耳欲聋。

班主任点头："很好，希望大家注意学校的纪律，维护班级荣誉……尤其是夏离，听到了没有？"

一片哄笑声里，夏离顿时有些尴尬地点头。焦点很快就从他身上挪开了，在乱糟糟的背诵声里，他趴在桌子上，面前的英语书竖起展开，挡住了自己的脸。

天空是阴沉的淡灰色，云层遮蔽了日光，纯白和灰黑夹杂着，笼罩了天空。

窗户外的天空里遍布阴云，不知什么时候细雨已经悄悄落下来了。风卷着微凉的水汽从窗户外面吹进来。

……

整整一天，从早自习到晚自习，夏离都是看着窗外的雨水发呆度过的。

白天的他状态一向萎靡，雨天的他看起来越发没精神了。

确切地说：除了杯装水、瓶装水、桶装水和洗澡水，夏离下意识地不喜欢任何和"水"这种流动介质搭上关系的东西，尤其是游泳池。

在他很小的时候，伯父每一个夏天都会带着他去游泳。他站在游泳池的旁边，看着伯父在深水区来回游弋，游过一个来回之后，就兴奋地向夏离呼喊。

可夏离却从来都没有下过水，只是站在岸边，哪怕邻居家小孩在学过两次之后也能像模像样地在水里扑腾两下了。这时候的夏离就站在池边上羡慕地看着他们打水仗，却不曾接近一寸距离。

直到后来，一个强壮的小孩子从后面忽然将他推了下去，一个单纯的恶作剧。

他像是一根朽木，坠入深水中，尖叫着挣扎。在岸上那个小孩子得意地哈哈大笑，可夏离却渐渐沉下去了。在深蓝色的绝望包围中，穿过水面的阳光耀得他睁不开眼。他艰难地张开口大喊。冰冷的水灌进肺腑，他觉得自己真的要死了。

那是未曾体验过的巨大恐惧，名为死亡的猛兽缓慢吞噬着他，那种痛苦令他无数次从噩梦里惊醒，辗转反侧。

最后的时刻，他只听见一个模糊的声音，在喊自己的名字。

"夏离！夏离！"

那个声音似乎愤怒了，将课本摔在了讲台上，怒吼："夏离！"

夏离从回忆中惊醒，茫然地抬起头。讲台上的班主任在愤怒地敲打桌子："我刚刚喊了你三次！"

夏离愣愣地看着她，下意识站起来却不知道说什么好。

旁边的人传来低声的笑，这时候他才注意到所有人都在看着自己。而几秒钟前的自己，却在看着窗外夜色中的雨。

他到现在才想起来，晚自习的第二节课换了，换成了班主任的英语。黑板上写满了ABCD，可是夏离一头雾水，连上的哪一课都想不起来。

班主任阴沉着脸，指着黑板上的英文："上课的时候不要发呆，刚才我说的那个问题你来回答一下。"

"他根本什么都没听。"

讲台下面传来一个轻笑的声音，然后全班哄堂大笑。在笑声里，夏离沉默地低着头，没有说话。就像是早就预料到他的反应，班主任抬起手，指着门外。

这是理所当然的发展，于是夏离发呆的地方换到了走廊。静谧的夜晚中，每一个教室都静悄悄。

寂静中，只剩下孤独的少年，他抬起头，仰望着明灭不定的灯。

他忽然有些厌恶这里了。

放学之后，理所当然地被训斥了。

关于夏离昨天在台上打人的惩罚也下来了，除了赔偿之外，夏离要在周一升旗的时候，当着全校的面做检讨，然后打扫一个月的教室，从今天开始。

夏离孤零零地坐在寂静的教室里，手里提着拖把。窗外的夜色里，雨反而越来越大了。打扫完毕之后，他发现自己已经赶不上回家的最后一班公交车了，最后只能从保安那里借了电话，打给伯父。

"我刚买到了摩托的涂料和油漆，正准备去接你呢，你等着，立马到！"

电话里伯父的声音充满愉悦，恐怕现在已经在来的路上了。那一瞬间，夏离听着听筒那一头传来的雨声，忽然想要说些什么，可他不知道自己要说什么好，到最后只能"哦"一声。

他不知道怎么跟伯父说赔偿的事情，那不是一个小数目。

他想说"对不起，我惹了祸"，可是却不知道怎么开口。

寂静里，他一个人坐在还亮着灯的大厅里，看着门外的大雨。隐约的灯光照亮了黑暗里的雨幕，浓厚又冷得让人喘不过气。

他第一次感觉到了自己的无力。

等待的时光好像被拉长到无法忍受的程度了，淅淅沥沥的雨声填充了一切寂静。不知道过了多久，夏离终于听见车喇叭的声音。

有些暗淡的车灯照亮了坠落的雨，出租车开进了学校的操场，一路畅通无阻。隔着老远，夏离就看见伯父从车窗里探出头来挥手。

伯父一直是个很会拉关系的人，他第一次来学校的时候，花了一包烟和十分钟的工夫就跟门卫大叔混熟了。从此夏离就获得了连班主任都没有的待遇，能够享受直入校门的出租车接送。

雨水中，伯父兴奋地打着车灯，向二楼窗口前面的夏离挥手："这里，这里！"

"要不要这么嚣张啊。"

少年低声嘟哝着，起身张开了伞，可双眼被伞面遮蔽的那一瞬间，他听到了破碎的轰鸣。

那一瞬，他诧异地抬起头，感觉到整个世界的暴雨似乎都停滞下来了。

在停滞中，一辆漆黑的卡车轰鸣而来，就像是一头在雨夜中狂奔的大象。它碾碎了校门口的车卡，摧枯拉朽，带着狂躁穿透雨夜，撞破层层雨幕。

阻挡在卡车前面的出租车就像是一只渺小的虫子。炽热的车灯照亮了夏槐阴还来不及凝固的笑容。

一瞬间，巨响轰鸣，震碎了少年的耳膜。

在钢铁破碎，车壳干瘪的尖锐声音里，变形的出租车飞起来了，在风中翻滚，点燃。最后落在操场的台阶上，分崩离析。

后备厢里装着的染料和油漆罐破碎了，淅淅沥沥地流出来，染脏了操场上的塑胶跑道。

在破碎燃烧的声音里，卡车的车厢被推开。黑色的皮靴踩在地上的泥浆中，披着黑色雨衣的魁梧身影们走进暴雨中。

泼洒的雨水从他们的帽檐儿上落下，也覆盖了他们的面孔，令人无从猜测那背后究竟是黑暗还是狰狞。

在熄灭的灯光里，夏离呆滞地看着那群黑衣男人，感觉到刺骨的寒意正顺着四肢爬上了自己的躯壳，如蛇纠缠着，令他动弹不得。

他看着那群影子拆开了燃烧的车，将染血的男人从残骸里拖出，又看着他们扯着伯父的头发，将他丢到地上。

最后，从怀里掏出手枪，顶在了伯父的后脑。

那一瞬，夏槐阴终于抬起头来，低声地说了一句话。

往日的轻佻和欢快都从他的身上消失了，只剩下了难过。他抬头看着窗前的夏离，眼神静谧而难过，像是要将他灼伤。

"快跑啊！"

夏离听见他模糊的呼喊，他用尽最后的力量尖叫："傻子，跑啊！！！"

细微的枪声响起，他的呼喊戛然而止，被雨水吞没了。

猩红从他的身上流出，落在了地上的油漆中。黑的、白的、红的，杂糅在一起，变成痛苦的暗红。仿佛被魔住了，夏离在沉默中石化。就像是感觉黑暗里有什么东西在流淌，将他淹没、吞掉了。

他低下头，大厅之外的雨水蜿蜒流淌，淹没了他的脚背，带着一缕暗红色，就像是伯父的血。

"跑啊！"隐约的声音传来，令他终于发出痛苦而绝望的哀鸣。

"伯父！！！"

就像是每一次从噩梦中惊醒的恐惧在此刻彻底爆发了，凄厉的声音刺破了暴雨，也令夏离彻底陷入疯狂。

暴雨之中，汽车燃烧的残骸即将熄灭。悲鸣切裂了寂静。

那群人影忽然骚动起来了，他们看向少年，眼神中浮现了无法掩饰的饥渴和贪婪。无须命令，他们分开两列，一列把守着教学楼所有的要道，另一列冲进了楼中，疾奔着前往夏离所在的大厅。

那一刻，夏离总算明白。

——他们趁夜而来，不是想要杀死伯父，而是要带走自己。

这群杀手每一个都带着足以和正规军团交手的火力，可此刻却严阵以待，只为了抓捕一个孩子。

燃烧的火光里，站在尸体旁边的黑衣人收起枪，黑暗里的面容仰起，望着夏离的脸。雨水从他苍白的脸上滑落，火光里的眼瞳血红。

"殿下，请跟我来吧。"

而夏离，已经被暴雨淹没。

在寂静的黑暗里，只有雨水从天而降的声音。少年难过地弯下腰，竭力喘息，空气炽热如火炭,因为整个世界都已变成痛苦的汪洋。

他终于回想起,那一天落入水中的自己最后听到的声音。

——那是自己的名字。

当整个世界都像是抛弃了自己,离自己远去的时候,有人呼喊着他的名字跳进了水中,然后用力地握住了他的手,在他耳边高喊:"夏离!抓住我的手,不要怕!"那个人用自己粗糙的手掌赶走了迫近的恐惧和死亡,告诉他:"不要害怕,我会来救你的。"

可是那个人已经死了啊……

再也没有人从深夜里拉着你的手带你回家了,再不会有人租了西服来看你的演出,然后在你生日时像个神经病一样狂奔呼号,和世界分享自己的喜悦。

这是世界上最残酷的离别,代表着终结,永不相见。

"你们,你们这群……混蛋。"

夏离攥紧雨伞的手掌颤抖着,压抑着声音里的哽咽。在即将熄灭的火光里,他终于抬起头,漆黑的眼瞳在颤动着,却无法掩盖最深处的暴戾猩红。

那是整个世界的绝望和愤怒汇聚起来后所发出的色彩,像血一样。

夏离的声音像是铁片在刀锋上摩擦,尖锐地刺破了雨幕。

"混蛋啊!!!"

宛如癫狂,少年面前的旋转玻璃门在瞬间破碎,少年的身体从裂口之中飞跃而出,踩着泥泞,狂奔。黑暗的雨水中,一切都变得模糊,可是那一双红色的眼睛却暴戾得像是在燃烧。

雨水迸射在脸上,夏离却感觉到血液宛如在燃烧,刺激着消瘦的身体迸发出前所未有的痛苦和力量。

那群人拔出枪,但却发现那个呼啸而来的影子竟是如此迅捷。倏忽之间,它便越过了数米,唯一显露的猩红双眼在黑暗中留下了光的轨迹。

雨水落在夏离的身上,很快便在不可思议的体温中蒸发,在大雨中,这个家伙简直像是一块燃烧的铁!

数枪不中,原本和夏离对视的男人弃枪后退,身体轻巧得像是不存在重量。可是陷入疯狂的身影却如影随形地跟上来,距离在飞速拉近。

男子后退,拔刀,银色的短刀向前方刺出。镀银的刀锋斩裂雨水,却和一把举起的东西交错而过。

男人不可置信,刀锋上传来的巨大力量令他几乎无法握紧。直到此时,他们才看清少年手中,竟然还有一把黑色的雨伞。

在交错的瞬间，那一把雨伞的骨架便已经裂开，分崩离析。

夏离的手臂被刀锋切裂了，深可见骨。黏稠的血液滴落在银白色的刀锋上，咻咻作响，几乎将刀锋烧至灼红！

可在破碎的雨伞中，尖锐的金属伞尖却已深深刺入敌人的胸膛，从后背穿出！

两个人近距离对视，夏离甚至能够看清楚他帽檐儿之下的扭曲面孔，还有泛起血色的眼瞳。那一双眼里充满了愤怒和暴戾，可唯独没有恐惧。

紧接着，一瞬的电光照亮了他们的眼瞳。

被贯穿的男人举起右手，按在夏离的额头。炽热的电光从他的指尖迸发，瞬间麻痹了少年的身体，也带来了剧烈的痛苦。

紧接着，那个男人的手肘如同铁棍一般敲打在夏离的耳侧，令他的意识模糊。一张银色的网从天而降，迅速收紧。

夏离终于看清那个男人双手中的光，那是缠绕在指尖的电蛇。他举起拳头，砸在少年的脸上。这是毫不留情的狠戾殴打，简直让人难以相信一个胸部被贯穿的人还可以如此剧烈地发劲。

在罗网中，少年终于倒下，落在淤积的雨水中。双瞳中的血红飞速消散，瞳孔扩散开来。

突如其来的力量离去了，他陷入麻痹之中。

直到夏离不省人事后，男人散去了指尖的电弧，对着身旁的队友说了句什么。黑色卡车的后车厢轰然敞开，如同铁棺一样的东西被打开了，散发着阴冷的寒气。

一个医生模样的人在为那个被贯穿的男人稍微处理了一下伤口之后，便不再管他了，而是蹲在了少年身旁，取出一支银色的注射器，针管之中早已充满了深蓝色的液体。

特制的强效麻醉剂，分量足够干翻一只非洲象。注射后五秒钟起效，会让人变得像是标本一样，毫无知觉。少年在银网中艰难挣扎，愤怒地想要去咬碎那一只扳起自己下颌的手掌，可是却无能为力。

"晚安，高贵的殿下。"那个人低声冷笑着，将针管对准了他的颈动脉，可他的动作却忽然停顿了。

那一瞬，温热的血泼洒在夏离的脸上，针管落地，尸体随之倒下。

紧接着，轰鸣绽放，在黑夜里宛若惊雷。

一名黑衣人的心脏应声而碎，血浆在雨水中泼洒，像是一幅充满狂气的画。

就像是瞬间被惊起的乌鸦，那群杀手不安起来。他们愤怒地四顾，举起武器瞄准了枪声传来的地方。就在正面的那堵墙上，出现了两个巨大的洞口。子弹从那里穿透了墙壁，又带走了一个人的生命。

凄厉的死亡呼啸而来，染红了所有人的眼睛。

寂静的黑夜里，有一个脚步声响起，沉重而缓慢。

那个人行走在学校的矮墙之后，看不到身高和样貌，但是却依稀能够从墙头看到一柄黑色雨伞。

随着雨伞嚣张而肆意地前进，轰鸣声如同心跳一般不断迸发，子弹将墙壁穿出一个又一个巨大的空洞。每一颗子弹都击碎了一个人的颅骨，而黑衣杀手们的愤怒扫射却无法令那个脚步声紊乱丝毫。

直至最后，执伞的人终于走过了矮墙，出现在了校门口。

在滂沱大雨中，穿着黑色西装的年轻人踩入染红的泥泞，炽热的枪管垂落在他的身侧，雨水泼洒中，哧哧作响，随着他的脚步而微微摇晃。

"十个后天吸血鬼，七个纯血，还有一个拥有爵位的堕落者……"

康斯坦丁丢掉了雨伞，慢条斯理地为自己换上了沉重的弹夹："出乎预料的阵容，是为了对付我吗？你们觉得这么点儿人真的足够？"

在一片死寂中，无数枪口对准了他。

"很好。"

震惊于他们的勇气，康斯坦丁缓缓点头，眼瞳中的杀意似乎都收敛起来了。

无人回应，同时，数把半自动步枪一起开火，在雨幕中交织出了金属风暴。

无数灼红的子弹从空中飞过，带来一闪而逝的闪光，也在最后的那一瞬间，照亮了康斯坦丁眼神中的狰狞。

不知何时开始，如同咒纹一般的青色血管便已爬上了他的脖颈，在脸颊之上蔓延，令这个年轻人变得诡异无比，就像是黑暗里的妖魔。

就在那一片灼红即将吞没他的时候，他却忽然消失了。这不是消失，是几乎将物理定律践踏在脚下的急速！

那一瞬，康斯坦丁撞破了暴雨，宛如骑乘着雷霆电光，呼啸而来。

银色的曲折闪光在空中掠过，就像是一道银色的丝线在黑夜里延伸，穿透了雨幕之后，缠绕在人群之中，轻柔而快捷，那种光芒凌厉得令人不可逼视。

只是一瞬，消失的康斯坦丁便越过了漫长的距离，来到了为首者的面前，手中的枪顶在了他的脑门上。

所有人惊觉转身，可是却投鼠忌器，不敢开枪。

直到此时，他们才发现，那一线银光的真实面目竟然是一把短小而冰冷的匕首，在康斯坦丁的左手中浮现了一瞬，便已消失。

而在银光掠过的地方，一道血线终于浮现。

那一瞬，鲜血喷涌的声音盖过了雨水坠落的声响。就在康斯坦丁的背后，那数名杀手已经跪倒在了地上，猩红的血从他们的躯壳的裂口中喷出，如同瀑布。

"堕落者的圣痕？"

康斯坦丁用枪管拨开了那个男人的衣领，看到了他胸前被雨伞贯穿的伤痕，还有一道如同电光一般曲折狰狞的漆黑刺青。

"我认识你，戴恩·维克多，臭名昭著的末裔……看来你还没有被黄昏议会吊死。"

讥诮的语气终于在瞬间将为首者激怒了，戴恩眯起眼睛，电光隐现："贵族永不消亡！"

那一瞬间，无法压抑的杀意从康斯坦丁的眼中迸发，几乎将雨水冻结。

在泼洒的雨水之中，他抬起血红的眼瞳，声音肃冷："鬣狗一样，也配称为贵族吗？"

下一瞬，银色的电光从戴恩的躯壳中迸发，而子弹也从枪膛中飞出。狂暴的雷霆撕裂了雨幕，穿透了两个人的躯壳，戴恩在最后的瞬间闪过了子弹，可半张脸已经被银质的子弹所撕裂。

他翻滚在泥浆里，迅捷而又狼狈地向后退出，脸上的伤痕如同被烧灼一样迅速焦烂。

"开枪！开枪！"戴恩怒吼，所有幸存的杀手扣动扳机。

一场一对多的悬殊战斗，可在康斯坦丁的面前，却只是一场乏味的猎杀。

暴雨不断被子弹击碎，在轰鸣和嘶吼之中，那一把漆黑的雨伞在风雨中翻飞，飞起落下，就像是巡视的死神，带走一个个罪恶的灵魂。

在十六道惊雷的轰鸣消散之时，未曾死去的黑衣杀手只剩下沉默的戴恩。

纵使在下属舍命的保护之下，他的一条手臂也依旧被子弹打断。但不知为何，他的恢复速度却超过了常人千百倍，焦黑的血肉之下竟然依稀能够看到肌肉在顽强地生长。

康斯坦丁缓步逼近，像是察觉到了他的意图，戴恩焦黑的脸上浮现出嗤笑："你什么都得不到。"瞬息之间，他从腰间拔出匕首，对准自己的心口，贯穿而过！

镀银的刀锋瞬间穿透心脏，令他的身体迅速地朽坏、衰败。千百倍的腐烂和衰朽仿佛降临了他，令他的身体在短短的几秒之内燃烧殆尽，变成泥泞的灰。

寂静里，康斯坦丁停下脚步，回到少年的身旁。

当他撕开银色的罗网时，他发现少年早已连说话的力气都消失了，少年只是空洞地看着下雨的天空，眼瞳中的愤怒和哀伤如黑云回旋。

"终于看到您了,殿下。斯图亚特家族的直系,尊贵的无冕之王。"

看着那一双充满执拗和悲伤的眼瞳,康斯坦丁半跪在雨水中,恭谨地行礼。

最后,他背起地上的少年,走进黑暗里。

阴郁的云层在天空中崩裂,在雨水的泼洒中,世界重新陷入寂静。

当夏离睁开眼睛的时候,他发现自己已经回到房间里。昨夜的一切仿佛是一场噩梦,可夏离却知道,一切都已残缺。

他环顾四下,发现了自己手背上的针管,还有墙上的点滴。在床边,那个冷峻的男人坐在一把椅子上,用一把小刀削着苹果,切下来的小块就放在床头的盘子里。

"我没有想到他们来得那么快。"

康斯坦丁低着头,却忽然发出了声音,就像是在解释什么。

夏离看着他,却觉得再没有昨天的愤慨和悲伤了,就连他都觉得自己理智得过分。没有悲伤和难过,只是心里多了一个空洞,他听见里面传来麻木的风。

"那群家伙,是什么人?"他低声问。

"杀手、堕落者和叛徒。"康斯坦丁回答。

"他们来这里,是为了杀我?"

"杀掉,或者变成更有价值的商品。"康斯坦丁似乎一点都不懂得顾及别人的情绪,直白得近乎残忍。

"为什么?"夏离看着自己的手掌,第一次觉得世界如此陌生,他有些想要笑,"难道我还有什么利用价值吗?"

康斯坦丁放下了手中的苹果,沉默地看着他,许久之后问:"你还记得你的父母吗?"

"记不清了,他们失踪很多年了。"夏离摇头,"我就连他们的名字都记不得了。"

"你的母亲来自一个传承很多年的家族,她拒绝了家族给她安排的婚姻,嫁给了你的父亲,和家族断绝了关系。可是在几天之前,你的外祖父去世了,你是家族唯一的继承人了。我找到了你,可你的伯父却预见到其中的危险,他怒斥我,让我这个魔鬼远离你的生活。"

"遗产?钱?就因为那种东西?"

夏离抬起头,颤抖的声音里无法掩盖那种几乎令他发疯的愤怒,他向着康斯坦丁失控地大吼:"那种东西……我才不想要啊!你们爱找谁找谁好了!为什么要来毁掉我的生活?!"

寂静里,康斯坦丁并没有愤怒,只是将水杯推到他的面前,示意他喝点水。夏离将脸埋在膝间，缓缓摇头。

"他死了，对不对？"夏离抬起头，低声问。

就像是被极细的针刺到了，康斯坦丁的手臂微微颤动了一下，却没有说话。

纵使一切都已经发生，再也无从改变，可是这个问题的答案对于夏离来说太过残忍。

夏离渐渐低下头，有些哽咽的声音像是在痛苦地笑。从他的眼神中，夏离读到了那个绝望的答案。

可是他却没有感觉到昨晚那样的难过，就像是痛苦和悲伤已从原本的地方挣脱。它们丢下自己逃走了，永远留在了那个下着雨的夜里。这样他就不必再感到难过。

可是眼泪却一滴一滴地从眼眶里流出来，止不住。

因为有的人，已经不在了。

康斯坦丁沉默地看着他，没有说话。他从来都不擅长安慰人，眼前似乎也不打算破例。他只是看着少年流泪，然后在许久之后，他才发出声音，却近乎冷酷。

"如果幕后的凶手，看到你的样子，或许会觉得那十几个杀手牺牲得太过不值。"

他看着夏离，轻声说："只要把你丢在这里，你就会自生自灭，泯然众人。早晚有一天，你会忘记你死去的伯父，忘记昨天发生的所有的事情……就这么庸庸碌碌，然后老死在没有任何意义的地方。"

"我不会忘，永远不会……"少年的声音嘶哑。

"可那又能怎么样？你什么都没有。我可以借你我的手机，要拿去打110吗？"

康斯坦丁终于看到少年眼中的空洞被什么东西撕裂了，那是像熔岩一样翻滚的愤怒和猩红。

那种眼神他曾经见过无数次，在里昂、伦敦的贫民窟或者是燃烧的废墟里，活着的人从地狱里爬出来，带着来自恶魔们的赠礼——痛苦和仇恨。

那种眼神就像是剑刃，只是看便会感觉到被割伤。

就在看到那种眼神的瞬间，康斯坦丁便知道自己即将完成使命。可这样做却令他有种莫名的失落，他不清楚自己这么做的对与错，可他必须将这个少年带回去，去让少年面对自己应面对的命运。

他从怀中抽出一块保存妥善的羊皮卷，缓慢展开时，上面所记载的姓名便穿越了时光，重新出现在这个世界上。

一共十二个名字，有着共同的后缀——斯图亚特。

他将钢笔压在羊皮卷上，推向少年："签上你的名字，跟我走，去继承一切你应有的东西，你会拥有一切，包括力量。这一条路很窄，只要你往前走，总有一天，他们会再一次出现在你的面前。"

少年看着他，许久之后，伸出手，握紧了那支笔，倾尽所有力量写下了尖锐的笔画，漆黑的墨迹落在上面，变成如血般殷红。

"现在，我们可以走了吗？"

少年轻声问，眼神却陷入了寂静的沉默。

"谨遵您的意志。"

康斯坦丁向着少年低下头，就在他背后的窗外，天空中骤然掀起飓风，轰鸣的声音响彻云端。

漆黑的直升机破开云层降落，青铜荆棘的商标在阳光中反射出金属的光芒。

盘旋的直升机落在了大楼的天台之上。数名黑衣警卫清扫着沿途要道上的一切阻碍，直至最后，将赤色的地毯铺到他的脚下。

康斯坦丁为少年轻轻推开门，随着护卫们半跪在他的脚下。

"殿下，欢迎回来。"

夏离跨前一步，走上了通往命运的歧路。

▶ 章三·葬礼

六天之后，清晨。

老公爵的葬礼就在今天举行，漆黑的车队自庄园中开出，穿过旧金山闹市区，开上郊区公路。

夏离抬头看着窗外的天空。今日的天空阴沉，淅淅沥沥地飘着薄雨。雨敲打在黑色车壳上，声音流进车里，世界模糊一片。

汽车停在山脚时，山坡顶上的墓园大门已经依稀可见。康斯坦丁下车，为夏离撑起黑伞。夏离站在雨中，总觉得管家和康斯坦丁的脸上都带着一丝冷意。直到他看到康斯坦丁肋下的黑色枪套，他才愣住："葬礼没必要带枪吧？"

"今天是葬礼，所有人都会来，凶手也定然藏在其中。"

康斯坦丁的话让夏离冷了一下，他忽然开始觉得每个走过来的人都像是带枪的凶手。

"不必紧张。您的安全交给我就好。"康斯坦丁说话的神情气派如施瓦辛格，仿佛化作子弹打在他身上都钻不出个眼来。夏离心中却痛苦万分：要是真动手的话，几十条枪漫天风雨地扫过来，秘书你挡不挡得住啊？

他心虚地抬起头，羡慕地望着一行从雨中飞过的信鸽，恨不得化身成一只小黄鸭拍着翅膀扑棱扑棱地跟上去。变成烤鸭也至少比被人乱枪射死要强啊！

细碎的雨幕中，灰翼的鸽子振翅飞起，破碎的雨水落进夏离的眼中。

有什么东西在面前飞过，飘转如叶。他下意识地伸手拦住，才看清那是一顶女式礼帽。深蓝色的绸面，像是少女细腻的肌肤。

当帽子从面前挪开时，夏离看到了她。

黯淡的灰色世界仿佛在那一刻亮起，少女的裙摆在风中展开，如同郁金香开放。

那是一个静止的侧影，似曾相识，少女低垂着精致的脸颊，黑色的长发盘在脑后，在雨雾中微湿。她像是一个人孤独地到来，手握着湛蓝色的玫瑰，站在人群之外，视线从人群中穿过，落在夏离的脸上。

如同似曾相识。那种眼神里包含的意味令夏离有些疑惑，有那么一瞬，他想要说些什么，可却不知道说什么才好，只好沉默地将帽子放回少女的手中。

帽子重新在女孩头上戴好，她微微颔首，转身离开。风声骤然狂暴，雨水密集，淹没了那个身影。

夏离最后向那个方向看了一眼，转身走进墓园中。

"葬礼的过程很简单，会见宾客、主持下葬、再进行一份简短的致辞……"

亚伯正在介绍葬礼的过程，可看到夏离茫然的眼神，便忍不住苦笑："少爷，早上一定很辛苦吧？"

夏离轻轻点头："有些突然。"

"很抱歉让少爷一来就要面对这么严峻的事情，但这在血族的世界里并不罕见。"亚伯低声说。可是忽然有一个人影斜插上来，看着夏离的眼睛。

"不要让悲伤蒙蔽了你的心。"苍老的神父握紧了他的手，解下自己的玫瑰念珠套在少年手上，"可怜的孩子，愿主的荣光能够抚平你的不安和彷徨。"

夏离傻傻地看着面前的老头儿，总觉得哪里有些不对。

为什么血族公爵的葬礼上会有神父？他低头看着手中的玫瑰念珠，念珠上垂落的十字架有些奇怪，上长下短，好像放反了？少年下意识地后退了一步，他觉得老神父下一刻就会毙了自己这个妖孽。

"老梅丹佐还有这样年轻的子嗣，是族类之幸，也是主的祝福。"

神父念了一段长长的经文之后就转身离去，剩下原地的夏离低头看着手中的念珠。直到此刻他才回想起老人眼中散不开的猩红……他竟然是血族？！

"他的名字是西庇太。七大家族中'逆十字'的教长，也是与您并列的七大公爵之一。"亚伯解释。

"吸血鬼也信教吗？看起来是个好人……"

"主张血族代主放牧羔羊的教会在我们看来是'善'，但在人类的眼中就是恶吧？"

亚伯轻描淡写地击碎了夏离的三观："几十年前，每次圣诞，逆十字教团都会举行血祭，人类的头骨堆积成祭坛，鲜血蓄满了水池，血族在这一天畅饮鲜血，祭奠主的荣光……"

夏离脸色一白："那不就是邪教吗？！"

"罗马一直都这么说。"老管家表示赞同，"可血族也有精神需求嘛。不过，他是凶手的嫌疑人之一。"

"什么？！"

夏离的惊呼险些引起旁人的注意。

"自从1920年开始，老公爵就禁止他们在旧金山发展信徒，而且不止一次在百年议会上公开驳斥对方的信仰。在西庇太的父亲大卫死去之前，我们就是政敌了。"

夏离实在没办法将那个老头和杀人凶手联系在一块，这个世界真是太疯狂了。

"走吧，殿下，还有几位重要的客人需要您去面见。"

亚伯转身，却忽然皱起眉头。

"看来斯图亚特家族还是一如既往缺乏教养和礼仪。在我之前，他没有其他人要见。"

傲慢的金发男人走进墓园的大门，声音冷漠。看起来大概四十来岁，介于精力旺盛的中年和饱经沧桑的老年之间。他的身材宽大而魁梧，几乎高出夏离一个头，给人一种强烈的压迫感。人群不敢接近他，却也不敢疏离，只能敬畏地站在他周围。

时间仿佛瞬间倒退了几百年，浓墨重彩的庄重贵族出现在夏离面前，耸立如山。

"一个混血？"他低头看着夏离，皱起眉头。

"七大家族之一的龙血家族，赤龙之裔的公爵。"

亚伯解说的声音传达出一丝敌意。他挡在夏离的身前，恭谨中带着戒备："尤瑟公爵，我们似乎并没有向您发出葬礼的请帖。"

"公爵之间的谈话，什么时候有下人插嘴的余地了？"

尤瑟·彭多拉贡踏前一步，如山一般的身影仿佛要将瘦弱老人摧垮："滚开，老狗。"他毫不掩饰自己血红的眼瞳，那瞳中有风暴和漩涡，散发着莫大的力量。

亚伯被推开了，宛如海潮之前的浮萍，那种隐秘的力量无可抗拒。这是血脉的压制，血族之间阶级的绝对权威，只要是活物，便无法抵抗。可就在一瞬间，那种庞大的压力却猛然消散了，如同阳光下迅速蒸发的水银，康斯坦丁挡在了他的身前，手指按在腰间的枪套上，沉默地凝视着尤瑟的眼瞳。

而尤瑟公爵只是露出轻蔑的冷笑。

"可怜的孩子，不要让悲伤蒙蔽了你的心。"

老神父不知道又从哪个角落跑出来了，操起另一条玫瑰念珠缠绕在尤瑟的手腕上，带着十二万分的真挚："愿主的荣光能够抚平你的不安和彷徨。"

于是，暗流汹涌、剑拔弩张的气氛在瞬间被冰冻住了。谁都没想到西庇太会跳出来调停这一场冲突。在他手中的念珠面前，无形的威压全部消散，或者说，被某种更神秘的东西所取代了。西庇太扣住了尤瑟的手腕，将念珠一层一层地给他套上："难过的话就说出来吧，主会保佑你的。"

这一刻，不论是葬礼的哀伤严肃，还是公爵之间的阴森冷厉，都被这种莫可名状却又强悍至极的气息冲得消失不见。

而龙血大公麻木地被他拍打着肩膀，被他拉扯到墓园外面去了。

尤瑟离开后，不知道从哪里出现的康斯坦丁向夏离颔首，又无声地走掉了。

夏离沉默了片刻，然后拉住管家的手，认真说：“亚伯，我可以肯定刚才那个家伙就是凶手了，我们要不要做了他？”

"……少爷，请以大局为重。"

亚伯低声劝告："虽然尤瑟·彭多拉贡和斯图亚特家有世仇，但他可是七大公爵之一的龙血大公。龙血家族的疯子要战胜自己的敌人只会在战场上，不会用卑劣的暗杀手段……而且如果要杀死一位公爵的话，我们的人手略显不足。"

说完，他有些复杂地看了夏离一眼，充分地表示出"不是每个公爵都像少爷你这么无用的"……夏离悲愤地叹息："他跟我就那么势不两立吗？"

"人类之中也有鹰派和鸽派之分吧。龙血家族是老派贵族，一直都认为血族应当振奋起来，走上台前，恢复中世纪时期的铁腕统治。而老公爵一手缔造了二战时两族签订的和平血契，自然和他成为敌人。"

"我外祖父究竟惹了多少个敌人啊……"

"上不了台面的货色大概也就几百个吧。"亚伯轻描淡写将夏离的仇人名单扩充到了三位数。

"我还是去死算了。"夏离考虑着要不要一头撞死在第四代大公爵的墓碑上。

"殿下无须担心，最有嫌疑的人，只剩下一个了。"亚伯的单片镜面上闪过一道寒光，扭头看向不远处的宾客。在那里，一个中年男人正在安慰一位苍老的妇女，神情哀伤而柔和。和习惯蓄长发的血族们不同，他留着干练的平头，穿着严肃的黑色西装，看起来完全就是一个商业精英，一个正值壮年的企业家。

"柯尔·奥兰治。"亚伯低声介绍，"他是七大家族中最为富有的天平家族成员。"

"也是公爵？"夏离有些眼晕。

"不，只是附庸家族的子爵而已，但是他很擅长权谋和资本运营，是天平家族的代理人之一。前几年，他太过得意忘形，过线了。老公爵将混合了银的钉子刺进他的脊椎里，让他瘫痪了五年，给了他一个小警告。"

"我的天，这么狠？"

"血族的律令从来都不是空泛的条例。柯尔是一个心胸狭窄的伪君子，不排除他怀恨在心的可能。"

"……完全看不出来。"夏离觉得自己的眼神一定有问题。

"他的外号叫作'杜鹃鸟'，因为他最擅长的就是借巢生蛋。他前后有过六任妻子，每一任妻子都死于非命，其家族也被奥兰治家族彻底吞并。她们都清楚他是一条毒蛇，但照样没有办法抵御他的诱惑……类似的事，数不胜数。"

等亚伯说完，夏离眼中的柯尔脑门上已经贴上了"变态"和"渣男"的记号。

他以为小心翼翼地绕过去就没事儿了，却没有想到，柯尔·奥兰治在看到他之后，竟然大步走来。

"不会吧！"夏离心中哀鸣。可回应他的却是带着悲悯和同情的眼神，还有突如其来的拥抱。

"我的孩子，我为你感到难过。"柯尔·奥兰治轻轻地拥抱他，温暖得恰到好处，夏离甚至感觉到他的心脏在悲戚地颤动。短暂的拥抱松开，柯尔·奥兰治弯腰行礼："我很高兴看到您没有被悲伤冲垮，愿您能够重新扬起斯图亚特的荣光。"

这一刻，夏离真心感觉到了演技上的差距，幸好亚伯帮他解围："奥兰治子爵，感谢您的到来。"

"请不要这么说。"柯尔·奥兰治惨淡地笑了笑，"这是整个血族的悲伤，又一位可敬的长者离我们而去……公爵大人，感谢您原谅了我的冒犯，如果我能够为您做点什么，请尽管开口。"

"会有这么一天的。"亚伯淡淡地回应。

直到走到远处，夏离也能够看到柯尔仍恭敬地弯着腰送别他们。

"有没有搞错？真的是他？"

"在被他杀死之前，每个人都不相信他是凶手。"

接下来是走马观花地会见家族各地企业的投资人、政客和商人，甚至还有两个足球经理人……在简单见过面之后，他们就不再打扰夏离了，回到了人群中，带着一种难言的秩序感。

虽然不曾公开，但血族和人类之间巧合地一样划分成两个圈子，泾渭分明。一边的人穿着现代的严肃西装，另一边的人则仿佛还停留在维多利亚时期，穿着黑色的礼服和长裙。

葬礼很快就正式开始了，在公爵神父西庇太主持的弥撒和诵经之后，老公爵便开始下葬。夏离象征性地填了一铲土。略微湿润的泥土落在灰黑色铁棺之上，覆盖了上面荆棘和铁树的图纹。

紧接着，宾客们手持着代表哀伤的白色玫瑰，列队献花。

有的人会对夏离说几句安慰的话，也有的人神情阴冷，行色匆匆，像是要逃离魔鬼的阴影。夏离麻木地向每一位宾客们表示感谢，直到听见一个苍老的女声。

"亚伯，他就是梅丹佐的外孙吗？"黑伞下的老妇人穿着严肃的礼服，带着黑色蕾丝手套，帽檐儿上垂下了一截遮面的纱巾，仿佛油画中的贵族。亚伯颔首回应，神情恭谨。

夏离被老妇人黑纱之后的眼神打量着，他忍不住心慌，低声问："这也是我外祖父的仇人？"

"……是情人。"亚伯的回应宛如五雷轰顶，让夏离目瞪口呆。

"乔治薇娅夫人不是血族，是联合钢铁产业公司的执行总裁。她年轻时是公爵大人的仰慕者，特地从纽约飞来参加老公爵的葬礼。"

苍老的贵妇将玫瑰轻轻地放在大公的墓前，抚摸着墓碑。黑纱之后严肃矜持的眼神渐渐地软化，浮现出一丝泪光："孩子，我为认识你的外祖父而感到骄傲，请不要让他蒙羞。"

她的声音严肃，又渐渐地泣不成声，眼泪从苍老的面容上落下来，令夏离也觉得有些难过了。他拥抱着老夫人，低声抚慰："夫人，请节哀。"

在送走泣不成声的老夫人之后，夏离摇头感叹："没想到我外祖父还有情人。"

"确切地说，只是仰慕者。自从公爵夫人去世之后，老公爵就再没有接受过任何人的感情。"

就在夏离感叹外祖父的忠贞不二的时候，却听到面前再次传来了苍老的声音。

"亚伯先生，他就是梅丹佐的外孙吗？"

夏离扭头，再次看到了穿着肃穆礼服的苍老妇人，但这次却不是一个，而是……一群！如同贵族名媛在午后的聚会，神情哀伤的苍老妇人们在侍从的陪伴下到来。依稀能够看出她们年轻时都是风华绝代的美人。纵使老了，也充满雍容和恬淡的气度。

"管家……她们该不会都是我外祖父的仰慕者吧？"

"没错。"亚伯淡定颔首，"老大公的仰慕者……数量比较多。"

这都有一二百了，已经不是比较多的范畴了好吗？

此刻的夏离心中只剩下了叹息：有一个加强连的情人为外祖父悲伤，他现在觉得外祖父在下面一点都不寂寞了。有这么多老情人在想着他的好，就算是在地狱岩浆里泡澡都会快活似神仙。

接下来的半个小时，他开始麻木而机械地挨个拥抱她们，然后轻声告诉她们："请节哀。"

不断拥抱中，他忽然觉得有些不对，抬头看到了一张比他还要小几岁的稚嫩面孔。竟然是一个十三四岁的小女孩？！

夏离愣住了，扭头看向亚伯："……怎么还有一个小姑娘？"

"这是西尔维娅夫人的孙女。"亚伯解释，"西尔维娅夫人因为心脏病在疗养院里，不便行动，所以让她的孙女代替她来参加葬礼。"

夏离不禁松了口气，他轻轻地拥抱了一下这个少女，目送她在墓碑前放下一支白色的玫瑰。

不知何时，献花的人群已经走到了最后。夏离再次抬起头时，那种似曾相识的感觉又来了。

少女的黑色长裙出现在他面前，略显苍白的脸颊上还沾染着细微的雨水，裙摆在风中飘动，像是一笔浮动的浓墨。

"你就是梅丹佐公爵的外孙？"少女轻声问，眼神是寂静又复杂的沉默。夏离错愕地看着面前的少女，礼节性地拥抱她。

那一瞬，仿佛能够感觉到她微微悸动的心脏。在薄雨中，少女沾湿的长发有栀子花香。夏离心猿意马：这比刚才抱那些老太太和小丫头的感觉简直好多了！

天气阴沉，下着小雨。时间仿佛停止了，夏离抱着少女柔软的身体，忽然有些莫名的感动。他怔怔地看着她精致的耳垂，很努力地想要说点什么。酝酿了许久，终于用了充满悲悯的语调："别伤心，我为你的奶奶感到难过。"

"……"少女的身体僵硬起来，眉毛微微挑起，带着一丝嗔怒。

"少爷，她不是代替长辈来参加葬礼的。"亚伯低声说。夏离一愣："那她是代表谁来的？"

"她代表她自己。"亚伯的回答吐字清晰，可每一个音节都像是铁锤在敲夏离的脑袋，"她是您的未婚妻，少爷。"

"啥？！"

庄园、车马、美食、华服、贴身女仆……夏离一直都觉得家族把自己照顾得还是蛮周全的，但是万万没想到，他们竟然连未婚妻都给自己准备好了？！此刻他的心情无比复杂，可是在看到少女精致的侧脸时又觉得，这么安排，其实也不讨厌啊……

"哈、哈喽……"他挤出一个勉强的笑容，准备跟少女握手，英语依然结结巴巴。

"又见面了，夏离先生。"令夏离诧异的是，少女说的话竟然是纯正的中文。她的神情依旧淡定，眼神却有一种无法言喻的凛然，令夏离压力巨大。

"我的名字是克里斯汀·安托瓦内特，您可以称呼我的中文名字'晏小苏'。"她轻轻地握了一下夏离的手，稍触即分，神情略微有些疏远和冷淡，"您的幽默感令我惊诧。"

她不再理会呆滞的少年，只是弯腰将湛蓝的玫瑰放在墓碑前。在墓前的白色玫瑰中，那一支湛蓝色的玫瑰静静沐浴着薄雨。

夏离隐约听见她轻声说了句什么，然后在雨声中，转身离开。

夏离怔怔地看着她的背影，怀疑自己刚刚说错话了："亚伯……她好像不大高兴的样子。"

"克里斯汀小姐一直都是这么凛然严肃的人。少爷你无须担心，她虽然是人类，但本身就是万里挑一的'神圣之女'，资质无可挑剔。"

夏离的表情抽搐了一下，他还来不及询问什么是"神圣之女"，以及自己一个吸血鬼为什么会有一个人类未婚妻，亚伯就将一份发言稿放进他手中："少爷，到您致辞的时候了。"

夏离低头翻开，发现里面一份简短的致辞中不仅包含了英文和中文的对照版，而且一些拗口和复杂的单词下面还附带了音标……整份发言稿都是用黑色墨水手写而成，笔迹优美，流畅而刚劲，就像是刀锋在磐石上留下的痕迹。

不知为何，看到这一份稿子，他就想起了康斯坦丁。

夏离无奈地叹息，顶着所有宾客的目光，硬着头皮走上台。

在阴天的细雨中，所有人的表情似乎都变得阴沉起来。血族们站在最后，毫不掩饰地用猩红的眼瞳看着他，诡异的场景令他想要哆嗦两下。幸好人群中不远处还站着管家亚伯和一众护卫，管家正冰冷地巡视着人群，眼神锋利。

终于就在墓园的门口，夏离找到了那个消瘦的身影。

沉默的康斯坦丁站在细雨中，在看着他。依旧是给人莫大压力的冷峻，如同刀锋架在脖子上。可不知为何，夏离却感觉不到恐惧和慌乱了。他忽然觉得，脖子上架着这么一把刀，或许也还不错？

他掀开了手中的稿子，最后的致辞开始了。

致辞进行得很顺利，当然要排除掉他磕磕绊绊的英语。康斯坦丁写的发言理所当然没有什么催泪的内容。简练而直接，甚至不到半页纸。

开场先说大家一起默哀三分钟，趁这个时间夏离可以熟悉台词，然后简单地说几句话，就连语气都已经在下面标好，如果夏离再做不到，就真是猪脑袋了。整个过程的秩序维持得很成功，没有预料之中的拔枪扫射，也没有人投掷手榴弹，宾客们都彬彬有礼地鼓掌，或者回报以尴尬的沉默。

葬礼的最后环节终于结束了，不知为何，夏离觉得大家像是松了口气，或者是庆幸着什么。

或许他们到现在还觉得，老公爵那样的人不可能就这么死掉吧？说不定会在最后关头出现，手中提着幕后元凶的头颅。或许他只是老得无聊了，自己给自己举办了葬礼，悄悄站在一旁看笑话，最后一刻才跳出来戳穿。

可这一切终归没有发生，一切都已经尘埃落定。

所有人都明白：这一天，梅丹佐·斯图亚特，第十二代公爵殿下的归亡之棺埋入了土中，与世长辞。

夏离回头看了一眼墓碑，觉得有些难过。

"夏离先生，请节哀。"

"谢谢。"

宾客最后一次跟他握手，转身离开。

葬礼结束了，夏离站在墓碑前面，和宾客们握手道别。细雨溅射在墓碑上，抚摸的时候，触手冰凉。

他看着每一个离开的人，他们和自己握手，带着郑重严肃的眼神，或者是掩饰巧妙的庆幸，有的人只是冷笑或者漠然。哪怕他们说出的话礼貌且优雅，他们的眼神也不是哀悼，而是一座大山消失之后的如释重负。

"夏离先生，请节哀。"

"谢谢。"

"夏离先生，请……"

……

虚假的表情越来越多，直到最后，夏离已经习惯，他需要做的只是简单地握手，然后说一说客套话，看着他们转身离开。就像是幻觉一样，数不尽的宾客消失得那么快，整个墓园都空了，就像被雨水洗净的灰尘。

夏离看着散去的人潮，缓缓地收回视线。

今天是外祖父的葬礼，但是来这里的人，没有一个人为他的死而感到难过。

"人死了会知道别人为他难过吗？亚伯。"夏离轻声呢喃，低头抚摸着墓碑。亚伯沉默着，不知如何回答。

夏离没有见过自己的外祖父，可是也已经了解了外祖父的大概生平。包括他年轻时候的战绩，中年时的执拗和晚年时的作为……他很强，可这样一个强大的人也会死。曾经叱咤风云的公爵死后，也要埋葬在泥土中。

对于血族来说，黑暗是朋友。可是只剩下黑暗之后，棺中沉睡的人会感觉到寂寞吗？

活着才是一切的前提。死了，就什么都没了，感觉不到他们的幸灾乐祸，也不对那些冷笑给予回应。因为已经死了，所以就更不会在乎有没有人在乎他。

哪怕为他难过的人一个都没有。

"亚伯，其实我一直都很犹豫。"夏离轻声说。

在管家诧异的眼神中，他复杂地笑起来："你看，毕竟是我外祖父的葬礼嘛……

可是都葬礼了，我是不是应该很难过呢？"

"你不难过？"

"说实话，有一点。可我们都没有见过面啊，这么多年了，我不知道这个世界上还有一个外祖父，就连他死的时候我都什么也不知道……我知道我应该很难过很悲伤，可是我'很难过'不起来。"

他看着人流渐渐离去，庞大的墓园空荡荡的，他站在孤独的墓碑旁边，环顾着四周。

这里的视角比其他地方都要好，从不远处的栅栏看下去，能看到半个旧金山，城市被雨水覆盖，变成灰色。

外祖父就一直生活在这样的城市里，而自己一直在地球的另一端，这么多年来，夏离从没想过自己会有这么一个家人。他和自己隔得那么远，夏离都看不到他的影子。

谁能为没有见过面的人而难过呢？

"少爷，你看那里。"管家伸出手，指向从山脚延伸到视线尽头的车流。

细雨中，交警披着雨衣维护秩序，身旁车流不息。年轻或者苍老的人从车里走出来，撑起黑色的伞，仰望着墓园。从山上向下俯瞰，无数黑色的伞就像是雨滴一样汇聚起来，静谧地流淌，几乎将整个旧金山都覆盖了。

"这些全都是无法来参加葬礼的人，因为他们没有收到葬礼的请帖，可他们都自发地穿了黑色的西装。他们甚至不清楚老公爵的真实身份，他们只知道一位数十年来专注慈善和公益领域的老人在今天去世。"

夏离沉默地倾听，雨水从空中落下，隔着雨伞，像是泪水。

"少爷，人感到难过，并不需要真正和那个人生活很多年。他曾经和你一样地活在这个世界上，你不知道他的存在，可是他却一直在默默地看着你，在你欢呼雀跃时饮酒，在你难过时悲伤。在他死后，很多人追封了他很多荣誉，可恐怕他并不在乎这些东西吧？

"少爷，他唯一会感到欣慰的哀悼，是来自于你啊。

"因为，你是他这个世界上唯一的亲人了。"

夏离愣住了，许久之后低声笑起来："管家其实你不用说得这么严肃的，我知道的……

"我本来不想要伤心的呀……"

他努力地仰起头，让雨水冲洗着泛红的眼眶，可是心酸流泪的冲动却顽固地占据着那里。

那一瞬，夏离又看到了那道似曾相识的眼神。

她站在人群中。人流从她的身旁穿过，只有她一个人回头在看着身后，低垂的帽檐儿盖住了她的脸颊。可有雨水顺着脸颊流下，侵染在胸口，湿迹像花在雨水中凋谢。

第一次，夏离看到她藏在冷漠外壳下的东西，他还记得她的头发在雨水中微湿的模样，也记得她的名字。她是克里斯汀·安托瓦内特，自己的未婚妻。

那么多人里，唯有她在流泪。

隔着雨水，夏离沉默地看着她，他说不清自己心里涌动的是什么，或许是庆幸，或许是一种说不出的难过。

就那么看着人群散尽，她无声离开。

葬礼结束，一切往事都埋入土中，在雨水里模糊。

当一切都陷入寂静之后，夏离站在大门之外回头凝望着缓缓关闭的大门。

在雨水中，撑伞的亚伯听到少爷的呢喃："这里真是个令人悲伤的地方啊。"

雨水带着黏稠的冷意，敲打在车顶上。

"今天还有什么事情吗？"

在车内，夏离昏昏欲睡。亚伯回答："刚刚收到消息，家族在旧金山的一些产业需要您授权签署一些文件。"

"非要我不行吗？"夏离睁开困倦的眼睛，"其实康斯坦丁和你代替我去也一样吧？"

亚伯忍不住叹息："本来这些事情是要交给我们的，但是在十分钟前，'黄昏议会'的代表团已经到达了旧金山，前来觐见，如果您不在的话……"

"黄昏议会？干吗的？"

"血族帝国崩溃之后重新建立的最高权力机构，议会一共有六名成员，由六名公爵担任，他们负责裁定血族世界的争端和纠纷。简而言之，就像是英国上议院一样。"

康斯坦丁说完后，用忧心忡忡的目光看着夏离，这令他有些不安："那……他们来干什么？我们家不是没有加入黄昏议会吗？他们管不到我们啊。"

"公爵的遗嘱中说他死之后，为了令家族不至于衰败，斯图亚特家族将放弃中立，加入黄昏议会，而新的公爵将成为第七名议员……也就是您。"

"那岂不是说，我以后就是公务员了？"夏离忍不住有些开心，"有福利没有？

五险一金，工资多少？有年终奖没？"

"……"康斯坦丁别过头，不知究竟是对这个问题不了解，还是受不了殿下的二百五风格。

"既然是这样的话，那就交给我吧。"夏离信心满满，"我负责接待他们，你们快去快回。"

"请容在下冒犯。"亚伯好奇地问，"殿下准备怎么做呢？"

"……嗯，总而言之。"夏离最后拍板，"就先搞一个欢迎仪式吧！"

亚伯颔首，可康斯坦丁低垂的眼神中却显现出一丝担忧。

在旧金山机场的公路上，一辆漆黑的车无声前行。

不同于外表的朴实，车厢内宽敞而明亮，甚至还铺了一层手织地毯，架设着酒柜和沙发。

就在沙发上，零零散散地坐着来自黄昏议会的五人代表团。作为队长，道森已经很久没有碰到这么棘手的状况了。

他的皮肤白得透明，嘴唇没有血色。端坐的时候，便有一种沉默威严的气质，再配合他在贵族谱系学方面的造诣，绝大多数伪造或者冒名顶替贵族的人都逃不过他的眼睛。

只不过，这一次却似乎有些难办。

"情况如何了，道森？"

说话的是他的兄弟赫尔，声音就像是锈蚀的簧片被拨动。赫尔的出生要比自己的哥哥晚七十年，可是他却已经显得很老了。他的头发几乎掉光，脸上是令人厌弃的皱纹。

"龙血家族不愿意跟我们接洽，奥兰治那个滑头什么都不愿意说……"道森咬牙切齿，"西庇太那个老神经病居然跟我说他看到了主的恩赐！整整半个小时都在让我皈依教团……他们打定主意要让那个假冒的混血杂种进入黄昏议会。"

充满冒犯和逾越的话语令车厢里陷入寂静，可所有人都心照不宣。

斯图亚特家族加入黄昏议会，从此黄昏议会的力量再度膨胀一分，听起来是好事，但其实未必。第七名公爵究竟会给这个议会带来什么样的影响，谁都不知道。

虽然公爵们都没有表态，但在很多人看来，这个新任的公爵无疑会担任洗牌者的角色，大部分人对此都隐约表示了不满，谁都不愿意从原本的利益中再分出一块给这个新成员。

而这一次代表团前来的目的，也并非如同他们口头上说的那样纯粹。临行前，有一位大人物在私下里和道森进行过一次谈话，言语之间暗示着他不欢迎斯图亚特家族的到来，以及对新任公爵的怀疑，并指示他在相关方面保持警惕，随时调查。

就在他毫无眉目的时候，一份重要的情报资料被送到了他手中。一个光是公布就可以造成一次大地震的消息。

考虑到这里，道森眯起了眼睛："斯图亚特家族和他们多有来往，他们不合作也在预料之中，但重要的是我们掌握着决定性的证据。"

说着，他低头，看向了弟弟脚边的行李箱。

这是在今夜，能够令他们一举击垮斯图亚特家族的法宝。

十分钟后，行进的轿车终于停稳，司机恭谨地拉开车门："先生，我们到了。"

"很好。"

他起身，看向车内所有人，嘉许中带着勉励。他用手杖顿了顿地毯，嘶哑的声音中透露出刀剑磨砺的尖锐气息："各位，开始工作吧。"

车厢门缓缓打开，黯淡夕阳里，黑铁铸就的腐朽之门散发着厚重气息。大门之上低垂的龙首冷冷地看着这一群来客，说不出的狰狞。

黑铁青铜的浮雕之后，栅栏间隙中的庄园一片昏暗，在夕阳中竟然没有半点灯光，看起来异常的萧索破败。

他沉默了片刻，低声叹息："看来真的是穷途末路了啊。"

他站在门前，示意侍从按响了门铃。没想到，大门轰然洞开，耀眼的光从大门之后绽放，紧接着就是震耳欲聋的礼炮声轰鸣。

在道森惊叫着以为他们遭遇到了猎魔人袭击的时候，眼前的景象却让他们呆住了。

巨大的热气球升起了，一卷红绸在风中猎猎作响，"热切欢迎"的字样在风中飘展。

硕大的灯牌被架起来，七色光芒照亮了晚霞，草坪上的巨大音响重复地播放着高亢的音乐："请把我的歌，带回你的家，请把你的微笑留下……"

大门开启，穿着日式女仆装的女孩们列队在两侧，手里高举着缤纷五彩的手花，娇嫩美妙的嗓音齐声呐喊："欢迎欢迎，热烈欢迎……"

紧接着，一群刚刚从教会唱诗班里租来的少男少女们从后面冲上来，挨个给五个目瞪口呆的评议员献上鲜花和哈达。

又是紧接着，一个黑影噌地扑过来，动如脱兔，静止之后才看出是一个少年。

"热烈欢迎！热烈欢迎！"

公爵大人握紧了他们的手,无比热情地说道:"欢迎光临斯图亚特家族。"

一种烂俗的气息,就这么忽然蔓延开来……充满杀气的道森忽然无力了。

"在您正式成为议员之前,暂时称您为夏离先生,您看如何?"

道森挤出笑:"我们隶属于黄昏议会辖下的'宗室评议会',将对您加入黄昏议会的事情进行相关接洽,希望您能够包容我们的小小不敬。"

"好说好说……"夏离点头。

"您可以称呼我为道森·威尔爵士,这位是我的弟弟,赫尔·威尔。"

道森顿了一下黑檀手杖,介绍着自己身旁的男人。夏离总觉得这对兄弟似乎掉了个个儿,哥哥跟得了白化病的鬼一样,弟弟却老得快要死掉。

"这位是来自英格兰的梅迪莎·伊丽莎白夫人。"

约莫三十岁的女人轻轻点头,帽檐儿上垂下的黑色纱巾笼罩,衬得她的皮肤越发苍白。可夏离听到伊丽莎白,总是下意识地想起自己曾经扮演过的那只外星鸭子。

"这位是来确保过程正当有效的律师。伯恩·泰勒。"

道森伸手介绍身后神情冷峻的苍老男人。他看起来没有赫尔那么老,反而像是个中年男人一般的精力充沛。他戴着一副无框眼镜,手中提着革制的公文包,西装笔挺中有成熟干练的风范。

"最后一位是负责记录过程的抄写员。"

明显地位最低的年轻人点头,神情恭谨。

"以上就是代表团的全部成员。"道森介绍完毕,看向完全没有记住的夏离,"对此,您有什么意见?"

这样的阵容,恐怕是个鬼就能看出不对来,谁都对"疯狗爵士"道森兄弟稍有耳闻。道森已经做好对方勃然大怒的准备,可是预想之中的一幕却迟迟没有发生。

夏离沉默地看着他们,表情凝重而沉吟,考虑再三之后终于问出心中的问题:"大家大老远地过来……吃了吗?"

"……"

道森的神情一滞,不知如何回答。饶是他奸猾似鬼,也料不到夏离锅里煮的是什么。而夏离却热情洋溢地拍起他的肩膀来:"客气什么呀,还没吃那就先吃!吃完咱再聊。"

他挥手,一群莺莺燕燕的女仆们从角落里跳出来,将他们迎进了餐厅,在评议团还来不及反应的时候,就已经摆好了桌布和烛台、果盘和碗碟。

可惜气氛……依旧是死一样的沉默。

沉默中，十只眼睛冷默地看着夏离，气氛严峻得像是二战前的波兰，只要擦枪走火，世界大战就会被点燃。

在无比的尴尬中，夏离他们勉强地对着笑了笑，但是依旧没有任何回应。他们的神情森冷而沉痛，仿佛只要头顶打一束光下来就可以去北京电影学院门外面应征扮演死了亲人的龙套，而夏离扮演的就是他们面前死去的亲人。

夏离决定缓和一下气氛，他咬牙起身，拿起了果盘里的一把香蕉。在众目睽睽之下掰下一根，小心翼翼地将那一根黄色的香蕉放在了道森面前。

犹豫了一下，又掰下几根来，在每人面前摆上一根。

于是，状况变成所有人面无表情地看着自己面前的香蕉和正在剥香蕉的夏离。

"大家吃香蕉啊。"

夏离带头啃了两口香蕉，却发现根本没有人动，他只好尴尬地坐回去，手里还端着半截香蕉。

状况重新跌回了谷底，所有人都面无表情，面前还摆着一根香蕉……就在尴尬浓度达到顶峰的时候，迟来的爱丽丝终于端上了冰桶和酒："少爷，香槟准备好了。"

夏离松了口气："不吃香蕉，不吃香蕉了……来，大家喝香槟。"

这一次大家好歹都端起酒杯，浅酌了两口。夏离心中欢呼雀跃，忍不住松了口气。而道森的视线也终于落回夏离身上，惨白的脸上露出笑容："夏离先生，斯图亚特家族回归黄昏议会，是近百年来最重要的大事。但由于一部分人因为无知，对斯图亚特家族产生了一些质疑和误会。希望您不要放在心上。"

这么讲礼貌？

夏离大方地挥手："没关系，我呢……嗯……斯图亚特家族是一个善良、包容、谦逊而平和的家族，时间会证明一切。"

最后一句是他从校长以前的演讲里偷学来的，说完之后他自我感觉不错，但瞪了半天都没有掌声雷动，他只能悻悻地板起脸。

"啊哈哈，但愿如此。"

道森露出相当勉强的笑容，助手将相关的文件放在桌上："接下来，我们将对您进行一个小小的评定，不用紧张，只是一个简单的'宗室评议'而已。"

"没关系，尽管来……"

夏离还没说完，就察觉到有些不对，仆人们的表情在瞬间变化了，有的人皱起眉，有的人怒形于色，爱丽丝则在拼命扯他的袖子。夏离犹豫了一下，起身微笑："不好意思，我肚子有些不舒服，诸位稍微等待一下，我立刻回来。"

直到站在明亮的灯光下，俏丽的小女仆才露出怒不可遏的神情，夏离吓了一跳："怎么了？表情这么难看，难道……宗室血统评议不是每个加入议会的人都会经历的？"

爱丽丝咬着嘴唇，缓缓摇头。

"好吧，我明白了。"夏离开始觉得有些不妙。

就在少年的背后，忽然有枪栓拨动的声音响起，只见几个老仆人神情狰狞，手里举着相当暴力的散弹枪，口袋里塞满子弹。

"少爷，他们既然意图侮辱家族的光辉，便要以血付出代价！"老仆阴沉地说，"千年以来，荣耀之血从没有人敢于质疑……"

"等等！"

夏离拦在要大开杀戒的仆人前面。看看他们身上的装备：散弹、手雷、冲锋枪……别说杀人，去抢几十个银行都够用了！

"你们究竟想干什么？"

"少爷，质疑宗室血统在血族的世界里是对贵族最大的侮辱……斯图亚特家族的荣光，不容亵渎！"爱丽丝解释。

"先等等，给我解释明白了再说……"

十分钟后，面色极为难看的少年回到了餐厅里，现在的他一点都不欢迎这群上门来的混蛋了。

"看来您的心情似乎不太好。"

道森嘲讽地笑着，惨白的脸上五官扭成一团："现在，可否开始正式评议了呢？"

▶ 章四·评议

就算是在血族的历史中，针对血统的评议也很少出现过。它仅用于调查私生子继承家业的资格。绝大多数的情况之下，都是在家族的血脉凋零，前三十名顺位继承人全都死光了的前提之下才会出现的事情。而现在，代表团的作为，已经不再是原本的接洽和调查了，而是在质疑斯图亚特家族的血脉和夏离的身份，任何一个贵族都无法忍受这样的侮辱。

在听完爱丽丝的解释之后，夏离就已经恨不得拔出刀来砍死那群王八蛋。奈何自己不如外祖父那般强劲有力，否则今日不爽，就带着爱丽丝在门前竖起"替天行道"碑，反了他黄昏议会……

听完爱丽丝的解释之后，夏离皱起眉问："如果通不过……会怎样？"

爱丽丝拨通了康斯坦丁的电话，对此，正在火速赶回来的康斯坦丁说："计划前期，我们旗下的产业已经和黄昏议会进行了融资和对接，如果这个时候无法通过，他们说不定会反悔，甚至将我们的资金冻结……在我回去之前，请尽量拖延时间，殿下，不要答应他们的任何条件！"

听完这话的夏离已经化作石像，良久，他幽幽地说："也就是说……他们是要抢我的钱咯？"

"……没错。"

"他们敢！"

夏离像是触电一样跳起来，明明刚才一直困倦无比看起来奄奄一息，可现在他却感觉到自己精力旺盛，头顶光圈背负翅膀，行走在熊熊怒火中。进入狂暴状态的少年低吼："做梦！别想抢我的钱，一毛都不行！"

可以理解，穷了十八年，好不容易变成了富豪，现在竟然有一群莫名其妙的神经病想要抢他的钱？开玩笑！

"不就是一个考察团吗？"夏离咬牙切齿地低声呢喃，"应对突击检查我经验丰富啊，反正天下的乌鸦都是一个德性……"

他瞪着充满血丝的眼睛重回了餐厅，留下一群仆人们面面相觑。

"下面，我们对您继承爵位的相关事宜进行考察，公爵位阶的评定共分为三次，第一次是就对您的身世进行考证，如果有失礼之处，还请见谅。"道森的语气古怪，不论什么话从他嘴里说出来，总是阴阳怪气的。

夏离强撑着镇定，缓缓摇头。

"那就开始吧。"道森颔首，示意赫尔从桌子下面提起了合金制造的金属箱，平摆在自己面前。他用食指敲打着金属箱，语气平和，"容我再确认一次，您的名字，是叫夏离吗？您只需要回答是或否。"

"是。"夏离从牙缝里挤出一个字来。

"您是在中国长大的，没错吧？"

"是。"

"能够描述一下你从小到大的经历吗？"道森说，"在哪里上小学，读初中，念高中？人际关系？还有牙医和病例，这些东西可能作为评议的考量……"

"要牙医干什么？"他摇头回答，"我的牙和身体一直很好，不需要医生。"

"记下来。"道森吩咐抄写员，示意夏离继续，"说说生活或者读书的状况吧。做个自我介绍……"

"你们是在面试？血族还有世界五百强？"夏离忍不住有种即视感，但没有人为这个冷笑话发笑。"夏离，男，十八岁，汉族，血族。"

"和我们了解的状况基本相符。"道森点头，"请继续，父母呢，健在吗？"

夏离垂下眼瞳："已经失踪了。要不然继承公爵的事儿能轮到我？"

"抱歉。"道森的声音毫无诚意，"说点学校的生活吧……"

……

接下来的一个小时，他们几乎问完了世界上所有的问题：包括小学成绩如何，擅长什么科目，是不是因为上课睡觉被罚站，有没有档案上的记过，等等。到最后，就连伯父的过往曾经，还有就职的公司都问遍了。夏离不胜其烦。

问询结束之后，他示意夏离休息一下。等抄写员记录完毕，他就将记录递给了夏离："您可以看一下，有没有什么错漏。"

夏离翻了一遍，没好气地丢回桌子上。

"夏离先生，你确认没错？"道森微笑。

"没错。就是应该再好好练练字了。"

道森没理睬夏离的不悦，只是神秘地笑着。终于他的箱子被打开了。

"既然夏离先生你确定，那是你前半生的经历的话……那你又怎么解释，这个东西呢？"

他珍而重之地抽出一页纸，推到夏离面前，就像是亮出了一把剑。

七个鲜红的大字刺痛了少年的眼睛。

死亡医学证明书。满室皆静。

这张死亡医学证明书，属于一个叫夏离的人。证明书的右下角还加盖了海淀区公安分局的公章，确认这个人已在医学和法律意义上彻底死亡，另外还有一个签名和可供查询的档案编号。

夏离愕然地看了他一眼："什么意思？"

"我想说的很简单……"

道森将那一份笔录拍在桌子上，图穷匕见："你是个骗子，夏离先生！尽管你所杜撰的前半生经历确实很真实，但我们在中国的探员却告诉我，查无此人……宗室评议会一直很疑惑为何没有你的档案，所有人都查不到你的出身。其实原因很简单，因为真正的夏离，早已经死了！"

"那你们找来的，所谓的这个公爵，究竟是谁呢？"

夏离愣住了，他很想说你放屁，我从小在北京长大，街坊邻居都可喜欢我了。可直到现在他才发现，他连身份证都没办法掏出来。

原因其实更简单……伯父还没给他办呢！他这么大了就连户口本都没瞧过一眼。

"夏离先生，现在我们有理由怀疑你们欺骗宗室评议会，并且伪造继承人和一位公爵……我希望你能够做出合理的解释。"

一直沉默的赫尔也发出嘶哑的声音："在此之前，我们需要剥夺夏离的身份和继承权，并且对他进行监禁和看管！"

沉默中，伊丽莎白夫人和律师对视了一眼，最后无奈叹息："我放弃发表意见。"

至于最后面的记录员，他正在飞速地动笔，将整个会议过程都详细地记录下来。

寂静之中。只有赫尔的浑浊呼吸声，如同腐烂洞穴深处呼啸的风。道森撑着黑檀木手杖，惨白的脸上一片冷漠。而在众目睽睽下，少年正翻来覆去地端详着一纸证明，像是要看出个究竟来。

夏离小心翼翼地摸了一下自己的胸口，确定心还在跳，顿时松了口气。

没事儿，还活着！身体健康，吃得下，睡得香，就连未婚妻都无比漂亮……犯得着闲得没事儿死过一次吗？

许久之后，他有些犹豫地举起手，好奇地问："那个……我是什么时候死的啊？"

"看来你还是不愿意面对现实。"

道森的声音越发冰冷，从箱子里抽出一份资料，摔在桌子上："真正的夏离在上小学之前，就因为爆炸事故去世了！"

"啊哈哈，不可能！"

夏离哈哈笑了起来，摇头："我上幼儿园的时候我伯父对我可好了，别说是爆炸，就是水坑都没踩进过一次。"

道森的面色阴沉下来，他觉得这个冒牌货是要顽抗到底了，这个不知道是从好莱坞哪个片场找来的演员或者是骗子……该死的斯图亚特家族！

"你以为就凭着你所编造的、漏洞百出的经历就能够让你成为公爵？可笑！一位公爵竟然在中国的平民区中长大，连自己父母的名字都不知道！"

"那当然啊！你爹妈在你几岁时失踪了，你还能记得他们的名字啊！"

夏离有些愤怒地拍了一下桌子："我从小就在北京长大，家就住海淀区魏公村，从北京西站上地铁，一号线转四号线就能到！家里楼下就是火锅店和烤鱼店，还有俩网吧……我跟我伯父相依为命过了那么多年，见过我的人没有一个不夸我聪明懂事讲礼貌的！你们竟然说我是骗子？！"

"伯父？好，那我们就说一下，您的伯父吧？"

道森冷笑起来："根据你的描述，在此之前你的监护人是一名叫作夏槐阴的三十七岁的中国男子，他的工作是开出租车，经常开夜班，对吗？"

"是又怎么着！"

"那就太奇怪了！"道森嗤笑，"根据宗室评议会的记录，梅丹佐公爵的女婿是一位拥有卓越成就的生物学家，并且在学生和朋友之间有着绝佳名声。而他的兄弟怎么会是一个像在黑人区里长大的小混混呢？"

夏离的表情变得难看起来："你什么意思？"

"一个公爵的监护人，竟然是一个中学辍学后和黑社会以及暴力团伙的人来往密切，在十八岁的时候离家出走，开始进行非法赛车和暴力活动的男人？简直无法想象！"

"……飙车、酗酒、斗殴、交通事故，就像飞车党一样目无法纪。他还自称什么……北京车神？可笑！"

道森一桩一桩地数落着夏离口中的伯父，说到最后，不耐烦地将手中的记录甩在夏离面前。

纸片飞起来了。

它们在风中飘起，展开……少年在那些飘散的雪片上重新看到伯父年轻时的往事，就像是又一次看到那个趿着人字拖，穿着大背心，笑起来有些猥琐的男人。

他不是一个庸庸碌碌的出租车司机，也不是一具早已经冰冷的尸体，他曾经活过，笑过，犯下了很多错误，但却迷途知返。

他在这个世界上生活，更在很久很久以前，牵起了夏离的手……

"够了！"

夏离不愿让他再翻下去了，他有些烦躁，低声呢喃："我都知道，不用重复第二遍了。"

道森爵士冷漠地笑起来，仿佛看到这个伪装公爵的人被戳破谎言，被撕破最后的遮羞布的模样。

"简而言之，我对于夏离先生的身世和血脉表示怀疑！"他抛出了最后一击，"我无法相信。我无法相信一个死人的话，也无法相信以勇毅和礼仪成为贵族表率的斯图亚特家族，竟然将自己的继承人交给这么一个贱民去抚养！"

"请住口！"

爱丽丝发出声音，不顾血族中森严的礼仪，美丽而年轻的少女挡在夏离面前，眼中却燃烧着愤怒的火。

"我说错了吗？"道森漠然地看着她，"请不要再打乱评议进程。干扰评议的罪行，可不是你想象的那么简单。"

在那一双如蛇瞳般的目光的逼视之下，连昏暗的烛火都开始不安地颤动。少女不愿意认输，可愤怒却掩盖不住孱弱的恐惧。

"他不是贱民。"那一瞬，略微沙哑的声音响起，少年低着头，轻声呢喃，"他是我的伯父。"

"你说什么？"道森皱起眉。

少年抬起头，手掌按在长桌上，身体前倾，像是被激怒的猛兽，他的眼神却像是沸腾的钢水被冻结，是一种令人悸的灰黑。

"他是我的伯父。"

夏离看着那一张近在咫尺的面孔，告诉他："他已经死了。"

该如何去形容那种感觉呢？

那是久违的恐惧，和猎食者相逢的惶恐、喉咙即将被撕裂的痛楚。

道森的眼瞳颤抖，下意识地想要后退。他和这个少年的距离是如此的接近，接近到他能从灰色眼瞳中看到自己的倒影。

他不敢后退，也不敢抬头，躯壳中传来了幻觉一般的痛苦，就像是被无形的猛兽撕裂。血液变成黏稠的铁浆，带着焦热流淌。

"你想要干什么?!"

道森鼓起勇气，咬牙挺起身，可是面容却在抽搐。就在他忍不住想要尖叫时，迟来的脚步声终于从远处传来，就像是铁锥碾碎了寂静，令那种燃烧着的可怕气息消散了。

夏离漠然地收回视线，坐回原本的地方。就像是魔法的时间结束了，他从猛兽重新变回了少年，低着头，沉默不语。

"道森爵士，希望我没有来迟。"

在急促如落雨般的脚步声里，少女推门而入，声音清亮而婉转，还有她独有的凛然。

满室寂静中，月光照进大厅，照亮了她的身影。她的眼神依旧像是刀剑一样，黑色的长发披散在蓝色的裙上，宛如要来参加的是一场奢华的舞会，而不是冰冷的审判。

"不，您没有迟到。"

道森松了口气，眼神炽热："您来得正好。"

晏小苏越过沉默的夏离，站在了评议团的身旁。

夏离看着她，他还记得她的长裙和长发，她的表情不曾如此漠然。她只是那么看着自己，就足够让自己无力。现在，连他的未婚妻都站在自己的对立面了。

他已经没有愤怒的力量了，像是心里裂开了一个洞，把那些东西都偷走了，只有寂静而冰冷的风吹来。夏离不想流泪，所以只能沉默，在咆哮和嗤笑里闭上眼睛。

等待最后一击到来。

"克里斯汀小姐，这一次请您来是想要让您以证人的身份参加评议，具体的内容，我相信您的叔叔已经对您说过。"

"我需要做什么？"

道森笑起来，苍白的笑容像是幽灵："只是让您亲自辨认一下这个骗子是不是继承人而已。"

"为了维护公爵的正统性和血脉纯洁，我们怀疑斯图亚特家族隐瞒了公爵继承人的死讯，意图欺骗议会，并达到不可告人的目的。您是公爵殿下的婚约者，我希望您能够亲自揭穿这个无耻的骗局。"

那一瞬，所有的视线都汇聚在了少女的身上。有的炽热，有的冰冷，也有愉悦和愤怒。斯图亚特公爵的命运将在此刻决定，所有仆人都不安地在门外等待。

在众目睽睽之中，晏小苏走到了少年的面前。

夏离看着那一双似曾相识的眼瞳，忍不住想要笑。第一次与晏小苏见面，他就已经知道：晏小苏并不喜欢自己。现在，她总算要真正离开自己了。

最后的判决即将到来，不知为何，他忽然松了口气。这一趟荒谬的旅程，总算是要结束了，不论接下来等待自己的是黑牢还是断骨之刑，他都不再害怕。

这个世界上没有什么能够令一无所有者恐惧。

夏离闭上眼睛，回到黑暗中，等待结束。

"伯父，对不起……"

他轻声呢喃。

"嗯，是他。"
他听见晏小苏的声音，清亮而凛然。

那真是漫长的寂静，足以令震惊萌发，足以令道森僵硬的脸上浮现难以言喻的愕然。

"你在……"道森愣了一下，怔怔地看着她，"你在说什么？"

"还需要重申？吸血鬼真麻烦。"

晏小苏转身，眼神如刀剑一般的凛然和傲慢，肃声宣告："我以克里斯汀·安托瓦内特的名义证明：夏离就是尼禄·勒内·阿贝尔·弗兰索瓦·奥古斯丁·德拉·范·斯图亚特。也就是与我订立婚约之人，斯图亚特的正统后代与爵位继承人。还有什么问题吗？"

啪啦！黑檀木手杖碎裂了。道森低声地喘息着，而他表情已经彻底垮掉了。

"克里斯汀小姐，你知道你在说什么吗？！"

"我不清楚你们用什么样的条件收买了我的叔叔，但安托瓦内特的家主，始终是我。"

少女俯瞰着他："你最好趁现在反思一下。在结果尚未得到议会肯定之前，你就公然侮辱了一位公爵和他的抚养者，如果斯图亚特家族在公爵受封之后提出抗议，那么你犯下的罪过足够让你被打入秘银之牢，以银钉贯穿在铁柱之上，沉入烈日之井中。"

仿佛预见到了他的下场，少女的声音充满了怜悯："如果我是你，我会祈祷：议会的仁慈能够降临在你的身上。"

"一派胡言！评议结果将决定一切！"碎裂的手杖砸在桌上，道森嘶声低吼，"他只是一个可笑的赝品！就像是中国人最擅长制造的———一个山寨货！"

回答他的是一封盖着火漆印章的信，漆黑的火漆图纹有一点赤红，那是刺入秃鹫胸膛的长枪，如此的惨烈和猩红，像是要将所有的眼神都点燃。

"这是西泽校长的信，夏离的身份将由信仰学院以及他的名誉来保证。"少女从败者身上收回视线，宣告战斗的终结，"你们的把戏，到此结束吧。"

即使不是被针对拯救的一方，少女的气势也让夏离有些喘不过气。那种气势太过凌厉和傲慢，以致她一进入这个房间，就将整个评议变成惨烈的战争。

她以自己的贞洁和家族的力量证明了夏离的身份，以言辞为刀剑，以律例为力量，将所有的疑问和质疑撕裂，摧枯拉朽。快到令人反应不过来，也令人感觉到畏惧。

现在，战斗结束。

仿佛在一瞬间失去了所有力气，道森瘫倒在椅子上，良久之后才撑着手掌起身，带着下属转身离开。直到走出门口，他才扭头看向眉飞色舞的少年："还有两次，我会再来的。"

"不，你不会了。"

少女淡漠的声音从身后传来："这一次回去，你就会因为渎职被开除、收入净化机关进行调查。相信很快就会有新的人来代替你。"

道森的身体僵硬了一瞬，头也不回地离开了。

当道森走到庄园门口时，他终于看到那个站在门前的年轻男人。银色短发遮住了那个男人的眼瞳，他站在夜色里，纤细消瘦的四肢都像是被黑暗掩埋了。只有在擦肩而过的一瞬，眼瞳才微微抬起，看了一眼道森，没有任何的温度。

直到回到轿车中，远离了整个庄园之后，道森才感觉到冷汗浸透了自己的后背。

他惊惧地看着那个后视镜里消失的身影，惊惧呢喃："那个怪物……还没有死？"

"完了？"

庄园里，如梦初醒的夏离愣愣地看着晏小苏，然后在少女的凌厉目光中迅速清醒过来，鼓掌叫好："帅啊！帮大忙了呀！要不是你今天我就真死了！"

夏离如同遭了旱灾的老农，抓着少女的手，热泪盈眶。她的手又软又凉，触感非常，夏离握住之后忍不住就揉了一下。一瞬，柔荑变铁钳，反掌之间，晏小苏的拇指和食指就扣住了夏离的手腕，毫不留情地将他压在了桌子上。

走进门口的康斯坦丁向少女弯腰行礼，好似没有看到自家少爷的惨痛表情："感谢您的到来，安托瓦内特小姐。"

"我只是顺路而已。"

晏小苏用另一只手将桌上的信笺拆开，展示着里面的印记："现在录取通知书送到了，我也应该告辞了。三天后正式开学，请勿迟到。"

"请走好。"

康斯坦丁颔首，与她擦肩而过。

"康斯坦丁，你老了许多。"

少女最后看了他一眼，转身拉开跑车的门，绝尘而去。

"康斯坦丁，我是不是给她留下了一个糟糕的印象？"夏离望着她离开的方向，"她似乎讨厌我。"

"没错，殿下。"

康斯坦丁依旧是一贯的简单直白，丝毫不懂善意的欺骗和安慰。

听到秘书斩钉截铁的声音，夏离顿时有些悲观。他坐在椅子上，却又忍不住回忆起十分钟之前的种种。

在人生最黑暗的时候，他听见月光的声音，它们就像瀑布一样涌进来，将他淹没。在月光里，女武神宛如擦身而过的雷霆，从天而降，以轰鸣破碎为伴奏，战场骑行。

瞬息间窥视到的凌厉和壮美，便足以令他惊呆，也令他敬畏。

"康斯坦丁……我大概……恋爱了。"

月光从天窗上落下，沐浴在光芒里，夏离却想起了她的背影。

康斯坦丁看到了少年眼中的憧憬，沉默片刻之后，抬头看向天窗之外的银色月光。

"没错，殿下。"

深夜，庄园大厅。

老管家坐在长桌后，眉头在烛光中紧皱。康斯坦丁静静地擦拭着银色子弹，一丝不苟，沉默无言。直到许久之后，亚伯轻声叹息："这个关头，让少爷入学是件好事，可是我担心少爷如今的状况……"

"嗯？"

"自从评议会的人走了之后，少爷就将自己关在房间里，没有出来过。"亚伯摇头，"有关他伯父的事情，是他的逆鳞啊……"

"他是大公，他必须拥有直面暴风雨的责任。"

"我当然知道他是大公，他有这个使命，但他还是个小孩子啊……康斯坦丁，你十八岁的时候在干什么？"

"杀人。"康斯坦丁的语气轻描淡写。

"见鬼，你这种……"亚伯有些无力，"我十八岁的时候还在捧着玫瑰唱情诗啊，而不是考虑继承什么爵位……"

"那又如何？"

"可他才十八岁啊。"亚伯欲言又止，沉默良久之后低声感叹，"有的时候，我真的在想，老公爵是不是真的将圣……"

"亚伯，这种话题不是你我能够谈论的，不要让我再听到。"康斯坦丁打断了他的话。

老人疲惫地颔首，缓缓起身："我去告诉少爷入学的消息。"

厨房做的晚餐传上来了，他从爱丽丝手中接过托盘，走向夏离的房间，在门前却犹豫了良久。

敲门，可门后没有声音。连敲三次之后，亚伯低叹一声，高声说："少爷，我进来了。"

门根本就没锁，一推即开。昏暗的卧室里没有开灯，床上也根本没有人。室内只有窗帘卷动，开启的窗户外吹进冰冷的风。

亚伯扑到窗前，只看到一片夜色……顿时，他的脑中只剩下四个血红大字——离家出走！

大公失踪的后果令他手脚发凉，正在他准备呼唤警卫、拉响警报时，却听见浴室中有动静。

他愣了一下，轻轻地推开浴室的门。

"嘎！嘎！"

迎面而来两声鸭子叫，少年泡在堆满泡沫的浴池中，兴致勃勃地玩弄着漂浮在水面上的小黄鸭："你问我爱你有多深，我爱你有几分，你去想一想，你去看一看，月亮……"

唱到这里就卡壳不会唱了，而且还跑调，但似乎自得其乐？

老管家错愕地看着毫不气馁的少爷，忽然明白康斯坦丁的话：以少爷强大的心灵，果然不是凡人……

"咳咳，少爷。"

亚伯低声咳嗽了两声，问："我可以进来吗？"

"管家？请进。"夏离泡在浴池扑腾着，"这浴缸好先进，你看还有声波按摩！"

说着，他兴致勃勃地按着浴池旁边一个个按钮，神采飞扬，哪里像是受到了心灵创伤，简直愉快得快要飞上天去了！

亚伯的表情忍不住抽动了一下："少爷，您不要紧吧？"

"我没事儿啊？"夏离疑惑地看着他，忽然笑起来，"管家你在担心我？"

亚伯点头，神情忧虑。

"不用担心啦，比那个白皮鬼说得更难听的话我都听过。"

夏离挠着脸上的泡沫，笑容无奈："我从小就这样，我伯父比较神经质，经常做一些奇怪的事，然后被人撵着追到家门口。那个家伙说的其实挺对，我伯父确实混得，嗯……有些不大好。"

岂止不大好，是完全不好啊……伯父混了这么多年都还是一个出租车司机，还只能开夜班。每天晚上出去白天回来。夏离自己都明白，可是被别人说的时候，还是有些伤心。

"别担心我，我伯父都说了嘛，人生在世呢，其实很简单的。"

嘎！嘎！

少年捏着手中的橡皮鸭子："奋斗努力是一辈子，浑浑噩噩也是一辈子。怎么活是自己的事，只要临死前不后悔，就是了不得的成功了。"

这么多年来，伯父感叹过，回忆过，可是从来没有后悔过。没有后悔过他年轻时出去飙车打架，也没有后悔过在那一天牵起他的手。

夏离松开手，任由橡皮鸭子在泡沫之间翻滚，鸭子被捏扁后又膨胀吸水，咕嘟咕嘟沉下去了。

"管家你来找我，是为了那个信仰学院？听起来挺高档，是什么地方？"

"为了七大家族之间的和睦，所有的公爵继承人都会在同一个地方接受教育，这样能够互相增加了解，所以才设立了长者信仰学院。它只对血族内部招生，是一所血族专属学院。老公爵就是在那里毕业的，少爷你去了那里之后，一定很有归属感。"

"慢着！我真的要去？"

夏离惊了一下，忍不住心惊胆战："可我是个普通人啊！一点吸血鬼力量都没有，管家你这不是把小羊羔子丢进狼堆里，给别人送菜吗？"

"没关系，会有人保护您的。"

亚伯露出了神秘的笑容，令夏离感觉分外不靠谱。

好不容易摆脱了中国学校的题海，到了美国继承家业之后，他们竟然告诉自己还要读书……那这和国内有什么区别啊！

"等等，不是还有几个嫌疑人要调查吗？"夏离一脸严肃，"我责任重大啊！家仇未报，何以读书！"

"少爷放心，这些事情我们会办妥的。"管家轻描淡写地击碎了夏离的希望，"而且，在学院里又不是不能查。"

"查？怎么查？"夏离傻眼，"难道他们几个到学院里来给我查？"

"不，他们三家的继承人都已经进入了学院，如果少爷您入学的话，本届的学生成员将达到史无前例的盛况，一名新秀家族的继承者，两名公爵的继承人，还有一名史上最年轻的公爵大人。这对学院来说，也是一件好事。"

"对学院是好事有个屁用啊。"夏离泪流满面，"学院又不是我家开的。"

"确切地说，就是您家开的。"管家笑起来，"家族也有过一部分投资，少爷您本人就是校董会的成员。您的未婚妻也在学院里就读，并且担任二年级的代表。"

管家微笑着说："在下以为，这是一个培养感情的好机会。"

"真的假的？"

夏离再一次回想起那一袭在薄雨中飘起的裙摆，觉得心里荡了一下："她不是人类吗？怎么入学的？"

"作为您的未婚妻，她必须了解血族的生活，让她在长者信仰学院中读书，也是出于老公爵的意思。但似乎由于晏小苏小姐本人身份特殊，导致学院里很多都在热情追求，其中就包括尤瑟公爵的儿子和兄弟会的会长……"

"他们敢！"

夏离的怒火几乎从天灵盖上冒出来，少年怒吼："我可是公爵！妹子是我的！我的！"

公爵的愤怒之魂在熊熊燃烧。

那一夜，夏离认为上学是好的，于是事情就这么定下来了。

从某个角度来说，如果没有议会，没有暗杀，也没有评议的话，那生活还是很美好的。自打道森他们回去后，自知理亏的宗室评议会便暂缓了第二次评定，只是要了一份夏离的血样，就再无声息。而夏离，也从此开始了土豪生活。

每天被贴身女仆叫醒，被贴身女仆服侍着穿衣，用贴身女仆摆好的餐具吃早餐，然后就可以随便想干啥就干啥了……康斯坦丁这两天不在，夏离如同呼吸到新鲜空气，自由奔放得快要飞起来了。

可惜，两天之后，入学的日子就要到了。

长者信仰学院，创办于1709年，由自由学院和阿卡姆学院合并而成。早在合并之前，两个学院就因为治学严谨和保持着贵族传统的风格而闻名于各个家族，学院之中不乏血族成员。在经过血族的投资之后，更是彻彻底底地从公众的眼中消失，变成了一所彻底的血族大学。

据说夏离的母亲就是从那里毕业的，而当时还年轻的父亲也受邀请在那里执教过一段时间。结果谁都没想到，他不但是第一个以研究成果得到了学院"终身教授"荣誉的人类，而且还俘获了未来女公爵的芳心，令她不惜放弃了继承权，随着自己远走高飞。

听到自己老爹曾经这么卓越，夏离也忍不住与有荣焉。

"总而言之，少爷作为校董会的成员和斯图亚特家族的公爵，身份尊贵，在学校基本上是没有什么阻碍的啦。"爱丽丝捧着鲜煮奶茶给少爷蓄满。

"这么说我岂不是可以横着走？"

想到自己平庸了这么多年，竟然有一天能够横行乡里，夏离心中顿时欢欣鼓舞。

"遗憾的是，彭多拉贡家族的长子同样是学校董事会的成员，而且……龙血家族和我们是世代政敌。"爱丽丝充满忧虑,"朱庇特·蒙巴顿·彭多拉贡本身就是学院重要社团——纯血社的社长,奉行精英主义,而且还在追求晏小苏小姐。恐怕不会希望看到又一位公爵的继承人出现。"

"彭多拉贡?"夏离想了一下,问道:"就是葬礼上那个家伙的儿子?"

"朱庇特是他的侄儿,十七岁的时候血统评定就已经达到了侯爵,现在的他才十九岁,堪称血族的明日之星。"

"那有什么好怕的?"夏离端着茶杯,神情轻松,"他顶了天就是一继承人,我还是公爵呢。"

少女的面色发苦,苦思了片刻之后说:"朱庇特在两年前就已经获得了'净化执刑者'的称号,是经过正式授勋的'骑士'。如果真起了冲突的话,少爷你恐怕……不擅长打架吧?"

爱丽丝明显还是很为少爷的自尊心着想的,说少爷战斗力低下还要拐个弯。

夏离产生了不安的预感:"他有多能打?"

"嗯……"爱丽丝又陷入苦思中,良久之后说,"差不多有四分之一个康斯坦丁先生那么能打。"

夏离的表情顿时也苦涩起来:"能用康斯坦丁做计量单位,看来也够能打了。"

康斯坦丁这样的战斗力,二百个夏离都不够用。如果朱庇特能够顶得上康斯坦丁的四分之一,岂不是说他一人能打五十个夏离?

"不行,这日子没法过了啊。"夏离有些忧心忡忡,"我还有其他情敌吗?"

"同样在追求晏小苏小姐的人,还有柯尔·奥兰治子爵。"爱丽丝停顿了一下,继续说,"……的儿子,麦克斯维尔。"

"说话不要大喘气……"

夏离无力喘息,爱丽丝却忍不住偷笑。

"麦克斯维尔是奥兰治的长子,在去年进入了长者信仰学院之后就成为学生会的会长,而且能够和朱庇特的纯血社分庭抗礼,不容小觑。"

夏离吞了口唾沫,低声问:"他能打吗?"

"不能,他将所有针对他的决斗都推掉了,推不掉的就装病在床,或者干脆不去参加。"

听到这里,夏离松了口气,但接下来的话就令他把心又提起来了:"但麦克斯维尔还有一个外号叫作'毒蛇'。去年在朱庇特不在时,他发起会议,足足卡了纯血社一年的预算,并且将纯血社活动场地的租金提高了五倍。等朱庇特归来时,纯血社几乎快要倒闭,而纯血社的副社长也因为屡次酗酒,闯进女子公寓而成为学院史上第一个被开除的纯血社成员。"

"……"

听到这里的时候，夏离仿佛已经看到明枪暗箭笼罩在自己的头顶，还没入学就得罪了学院的两大巨头，作为一个手不能提、肩不能挑而且胸无半点坏水的新晋公爵，他觉得压力很大。

"剩下的还有谁……一并说出来吧。"夏离有气无力地躺在沙发上呻吟。

"还有西庇太公爵的教子，逆十字教会未来的大教长，雅格。"

夏离愣了一下，又想起那个看起来慈悲善目的邪教教主，忍不住觉得心口发凉："他也是我的情敌？！"

"不是，教士是不能结婚的啊少爷。"爱丽丝叹了口气，不知道要怎么跟少爷去恶补常识才好，"但西庇太公爵是所有嫌疑人里嫌疑最大的一个，因为逆十字教团不仅是依靠教众的捐助生活的，还要依靠毒品和军火走私……老公爵死之后，受益最大的就是他们。现在他知道您选择进入学院读书，竟然将自己的教子也同时派到学院去做代理神父，明显是针对您来的。"

夏离听完之后，坐在沙发上，仿佛看到一片灰暗的未来将自己笼罩。

三个仇人，一个是收拢了百分之九十精英的学院社团纯血社的社长；一个是不择手段，如同毒蛇的学生会会长；还有一个成为学校教堂的代表人，负责牧养学生里超过百分之七十的信徒羔羊……这还玩什么呀！

夏离沉默良久，心中泪流满面。

人生就好像是在打星际，他们都已经双矿双基地开局半个钟头，科技树点满了我才进入……这游戏还玩个屁啊！简直可以直接结束了！

他忍着哭叫的冲动抬头："我能不去吗？"

"恐怕不行。"爱丽丝柔声安慰，"不过少爷你不用担心，我会陪着你一起去的。"

夏离疑惑地问："不是说不让带侍从吗？"

"我是作为学生考入学院的，录取通知书前几天刚刚到，和少爷你一样，都是生物系的新生。"爱丽丝狡黠一笑，"以后我就是您的同学了。"

不知为何，看到少女微笑的脸，夏离紧绷的心也放松下来了。

在下午茶时间过后，爱丽丝开始打扫房间，并且为夏离整理入住学院之后的衣物。

夏离坐在沙发上，看着少女纤细的手臂在午后阳光下挥舞，白皙的肌肤折射着阳光，少女肩头的长发在清风中微微飘起。从一开始的惊慌失措，到后面的无暇分心，这些日子以来事情太多，导致他直到现在才忽然发现，爱丽丝也是非常漂亮的女孩子啊。

她穿着白色蕾丝边的女仆装，轻声哼着歌，像是期待着即将到来的学院生活。可夏离看着她抱起衣服的背影，忽然有些愧疚。

或许，如果没有主仆这一根无形锁链将自己和她束缚在一起，恐怕她永远都不会出现在自己的世界里吧？

"爱丽丝，做贴身女仆，真的没关系吗？"夏离低声问。

"嗯？"工作中的少女扭过头，"少爷在说什么？"

"我是说，那个……女孩子都是有自己生活的吧？"夏离挠了一下头，低声说，"每天陪着另一个人，就连睡觉都在他的卧室外面，还要各种照顾他，给他洗袜子洗衣服……很麻烦吧？"

"不会啊。"爱丽丝懵懂地摇头，"少爷的衣服都是由专人去洗的，我只是负责整理，工作很轻松的。"

"我不是这个意思。"夏离挠了一下头，"其实你是很好的姑娘啊，你都自己一个人考上了学院，你可以拥有自己的生活的，没必要为照顾我牺牲那么多。"

"你在说什么啊，少爷。"

爱丽丝低声笑起来，她弯下腰，精致的眼瞳凑近了，看着夏离有些慌乱的眼睛，蔷薇一样的味道在她的长发之间散发开来，令夏离的鼻子和心里有些发痒。

她看着少年的眼睛，微笑着："我就是为少爷你而生的啊。做贴身女仆也好，做一个普通的佣人也好。只要能够待在少爷身旁，我就心满意足了。"

第一次被一个女孩子这么认真地注视着，夏离有些心慌地想要逃避她的眼神，低声问："真的没问题？"

"没有。"

她微笑着，就像是能够听到少年胸腔里有些不安的心跳声，然后挽起了额前细碎的长发："因为少爷是个好人。"

没等夏离开口，她后退了两步，轻轻地提了一下自己的裙摆："我去把衣服送到洗衣房。"

说完，她就小跑着走掉了。

夏离愣愣地看着她的长发在风中飘起，消失在走廊的拐角处："爱丽丝，你别把我的拖鞋也收走啊！"

远处传来少女的低声惊呼，夏离低头，看着地上两只光秃秃的脚丫子，忍不住笑起来。

▶ 章五 · 漫长之夜

黄昏，夜色即将降临。

最后一线昏暗的光落在窗帘上，赤色的窗帘在微风中摇曳。古老建筑的长窗背后，铁甲狰狞。

墙壁上悬着古老的油画，室内陈列着红木桌椅，看起来华贵而雍容，却不知为何在室内中央摆放着一具沉重的甲胄。

没有支架，也没有陈列柜，完整到连足尖都裹以铁靴的重甲直立在地面上，狰狞的面甲之下，传来了静谧的呼吸声。

寂静的房间里，空气仿佛都在静谧的呼吸中凝固了，微尘飘落在黑铁甲胄之上，片刻又慌乱地飞起、远离。

在走廊中接近的脚步声里，房门被推开了，就在那一瞬，沉默的铁甲由静转动！

甲叶摩擦，恍若惊雷。铁甲之下的武士瞬间踏前七步，宛如铁驷之车向前推进。重剑在凄厉的呼啸中斩出，却又戛然而止，停在了来者的额前。

剑刃上，金色的碎发飞舞。

推门而入的少女依旧淡定，视线穿过重剑，落在面甲之后的脸上。在许久的沉默后，重剑缓缓地收回，面甲之后传来无奈的声音："伊芳，为什么不躲开？"

"社长，这是你这个月第二次损坏我们的地板了。"伊芳·伊芙琳只是淡淡地说，"我说过很多次了，我们的预算被学生会卡得很死，如果您再这么做的话，我和学生会交涉时会很为难。"

武士掀起面甲，露出俊朗而年轻的面孔，神情充满遗憾："可惜，真想看你被吓一跳的样子啊。"

说着，他摘下头盔，齐腰的长发披落，纯金色的长发在夕阳的映照下闪耀。

伊芳走到他身后，帮他卸下重甲。这种几乎将全身都包裹在内的铁甲，其重量和威慑力无可比拟，但是穿戴起来却非常困难。在很久之前，骑士踏上战场时，还需要两名扈从来帮助他穿上这一身行头，有的地方甚至还需要螺丝和扳手才能够拼合。

"这又是新得的战利品吗？"她问。

"不。"武士一样的年轻人苦笑起来，"这是败者的奖励。除了斯图亚特的老公爵，这个世界上大概没有人能够正面战胜我的伯父了吧。"

"听起来您好像又惨败在您伯父手下了。"

"至少坚持了三十分钟。"名为朱庇特的男人抚摸着脱卸下来的甲胄，"家传的甲胄是赐予败者的奖赏,那胜者的殊荣岂不是公爵的圣痕?"

伊芳的表情依旧淡然:"社长,容我说一句,想要击败您的伯父,您至少还要五十年。"

"六十九岁的公爵,那也足够年轻了。"

"相比那位斯图亚特家族的公爵,就什么都不是。"伊芳再次泼了一盆冷水,"今晚那位大人就即将入学,想必在他的荣光之下,接下来的几年您要黯淡地度过了。"

提到了这件事儿,朱庇特的神情变了,但是并非憧憬,而是有些冷意:"是不是公爵,还有待黄昏议会评定。"

"纯血社的不少人看法和您一样。"伊芳说。

"那是当然。"朱庇特大笑,"他们可是我的狼群。"

伊芳将最后一件甲胄重新摆好,轻声说:"我是来通知您的,学院为斯图亚特公爵举办的入学晚会在二十分钟后即将开始。"

朱庇特漫不经心地挥手:"我知道了,我会去的。"

"还有呢?"伊芳锲而不舍。

"我不会和他起冲突的,我保证。"朱庇特扭头,眼神中显露出一丝无奈。不论他如何展现自己谦逊温和的一面,但似乎在别人眼里,他始终是个桀骜不驯的暴力狂。

"那你在想什么?"伊芳问。

朱庇特的脸上露出一丝讥诮:"我在想……如果我把那位公爵拉入纯血社,成为我的副手的话,麦克斯维尔的表情,会不会很难看。"

"不错的想法,却有些天真。"

"不去试试的话,又怎么会知道结果呢?"朱庇特看着桌上的水晶酒杯,酒杯倒映着他微红的瞳孔,"不论是多一个盟友,还是多一个不堪一击的敌人,对我来说都无所谓。"

"但愿如此。"

伊芳欠身,无声离开。

在寂静中,朱庇特站在窗前,沉默地看着酒杯旁的相框,相框里,是一个少女严肃而淡漠的面容,一丝不苟。

"克里斯汀……"

夜色中,轿车穿过敞开的校门,穿行在历史悠久的建筑之间,最后在礼堂外停下。车里的少年好奇地探出头,环顾着四周,在充满历史氛围的欧式建筑群中神情有些迷茫。

"少爷您在看什么？"身旁的女仆好奇地问。

换上了校服的爱丽丝看上去比以前严肃认真了许多，侧影看起来有些"生人勿近"的味道，可她脸上的笑容依旧可爱。

不论走到哪里，她似乎都像飞鸟一样无忧无虑。

"没想到学院竟然正大光明地建在市内。"夏离轻声感叹，"那么多吸血鬼，不怕阳光吗？"

"少爷，以后就不要说自己是吸血鬼了。"爱丽丝拉扯了一下他的袖口，轻声叮嘱，"血族进化持续了两千多年了，近几百年出生的爵位者已经克服了初代种的一些缺陷。白天大家最多会感觉到一些不适应和虚弱而已，所以学院在晚上才开始授课，血族的交际和生活也是在晚上开始的。"

"晚上干活儿白天睡觉？这感情好啊！"作为一只夜猫子，夏离深感认同，"学校还准备了入学的晚会？很贴心嘛。"

"以前新生入学之后都会由学生会来举办晚会，但这次是校方为迎接您的到来专门举办的，还邀请了所有的新生。"

听到爱丽丝这么一说，夏离心中的小尾巴顿时翘了起来，趾高气扬地摇啊摇。但当他走进礼堂时，身后却没有传来如影随形的脚步声。

少年脚步停顿，扭头看向身后。

爱丽丝抱歉地笑了笑："少爷，这是您的舞台，作为仆人不方便进去。不过我会等在外面，如果您有什么需要的话，可以随时传唤我。"

这些日子以来，爱丽丝一直都如影随形地跟着他，在他困的时候掏出枕头说"少爷，枕头"，在他饿的时候端出餐盘说"少爷，午餐"，在他想要打游戏的时候都能找到《怪物猎人》的光碟和两个手柄，无比贴心地问："少爷还要打雷狼龙吗？我可以带着大枪辅助您的弩手。"

有了这么贴心的女仆，夏离总觉得有了一份底气在，哪怕晚宴上到处都是妖魔鬼怪，爱丽丝也能够从丝袜里抽出驱鬼的符咒和道袍。可现在她竟然不能陪自己一起进去了。

夏离停下脚步，觉得有一部分的自己留在了外面。男子汉大丈夫总不能在自己参加晚宴时，把一个女孩子丢在外面吧？

况且没了她，夏离自己都不知道该怎么办呢。

"有什么不合适的，都是新生，跟我来就是了。"

夏离转过身，不由分说地拉起了她的手。爱丽丝愣了一下，身不由己地被他拉进去。

她跟在夏离后面，看着夏离的背影，忽然笑起来："是，少爷。"

夏离从来没有参加过晚宴，但不知为何，他总觉得门后面有一百零八条好汉磨刀霍霍，耍枪弄棒，打熬身体，等待他进来就宰了他替天行道。

有时候他真觉得自己是个煞风景的家伙，明明牵着一个女孩子的手，脑子里却想的是"洒家不修善果，最爱杀人放火"，真是煞风景到了极点。

很快，脚下的红毯走到了尽头，大门无声地敞开。

舞曲声如雾，扑面而来，将他淹没。

没有磨刀霍霍，没有枪林弹雨，在悠扬的合奏舞曲中，穿着各色礼服的男女站在会场中，轻声细语。他们面带笑容，衣冠楚楚，戴着足够开个奢侈品展览的手表和首饰，手托香槟互相碰杯，抱在一起跳舞的男女四目相对，在旋转时眼神擦出火花……

可当少年走进大门的时候，舞曲和交谈的声音却在瞬间戛然而止，万籁俱寂。

就像是被按下了某个开关，所有视线汇聚在少年的身上，整齐划一。

"呃……"

夏离环顾着四周的眼神，觉得自己要晕。

万幸，尴尬的沉默没有持续很久，很快就有人迎上来，热情无比地与他握手。

"欢迎您的到来，斯图亚特公爵，您令长者信仰学院蓬荜生辉。"一位俊秀的年轻男人弯腰说，"我是这里的教师之一，兰斯洛特·M.丹顿，也是您所选修的细胞生物学的讲师。"

他看起来文质彬彬，又有一种潇洒的气度，神情恭谨，礼仪无可挑剔，微笑的时候眼睛蒙眬得像是在下着雨……嗯，除了握错了手之外，就再没有其他的缺点了。

在众目睽睽中，他握住了爱丽丝的手，热情洋溢，充满欢欣："真是令人愉快啊，能够在学校里觐见到您这样一位尊贵的公爵，而且还是……唔？"

他瞪大眼睛凑近，恍然大悟："竟然没有人跟我说过，您竟然是位女爵？啊哈哈，夏离这个名字真是让人误解啊。"

"少、少爷……"爱丽丝扭头求救，手足无措。

夏离咳嗽了两声，拍了拍这个近视眼老师的肩膀："您误会了，我才是夏离。"

兰斯洛特愣了一下，手忙脚乱地戴上了一副玳瑁眼镜，在两人身上看了半天，笑容变得尴尬起来："哎呀，不好意思，我有一些近视。"

这已经不是"有些"了好吗！

夏离的表情抽动了一下，还来不及说什么，就被他热情洋溢地握住手，再一次体会到一股似曾相识的二货气息扑面而来。

热情洋溢的粗线条老师很快被人带走了，取而代之的是一大群参加晚会的学生。

"公爵大人贵安，我是丹尼斯家族的凯特，凯特啊。"

一个小胖子充满郑重和激动地拉起了夏离的右手，夏离还以为他又要握手，没想到他竟然亲了一下夏离食指上刚戴上去的戒指，然后带着心满意足的神情退下。

"您好，我是辛普森家族的艾豪思，见到您是我的荣幸。"

听到他的名字夏离眉开眼笑："辛普森家族"他听过啊，貌似还演过动画片？万幸爱丽丝看出他要飙烂话的冲动，拉着他没让他开口。

"您好，我是艾尔梅罗家族……"

"您好，我是……"

人潮以快得来不及反应的速度吞没了夏离。

直到最后，夏离终于感觉到不对，连忙告退，匆匆找到一个空隙，逃到了角落里。

"大家都很穷吗？连个戒指都亲来亲去的，恨不得抱回家……"

擦拭着被口水浸透的戒指，夏离无奈地叹息。

"少爷，那是他们向您觐见的礼节。"爱丽丝低声说，"又有人过来了，您别擦了。"

夏离赶忙收起纸巾，抬头一看，顿时眼前一亮。

高挑而妩媚的少女缓步走来，她穿着白色的晚礼服，金色的长发盘在脑后。

"您好，公爵大人，我是鲁珀特家族的贝拉。"她轻轻地眨了眨眼睛，"没想到能够和您在这里会面，这是我的荣幸。"

说着，她伸出了手掌，指尖下垂。

"好说好说！"夏离笑起来，握住她的手用力摇晃了一下，热情洋溢得像在玩老虎机。

贝拉小姐的微笑僵硬了一下，爱丽丝悄声提醒："少爷，那是吻手礼……"

目送着那位神情呆滞、面色奇差的小姐转身离去，夏离一头雾水："她心情不好？"

"大、大概吧。"爱丽丝掩面。

虽然夏离总觉得好像哪里不对，但爱丽丝既然这么说那就一定没问题了。

"作为一名公爵，您看起来似乎并不喜欢这种喧嚣的场合？"

在他身旁，一直沉默品酒的男子突然开口。

他穿着黑色礼服，头发花白，面容却并不显得苍老。

不过，血族的年龄从来都无法从外表上估算。

血统纯净的爵位者或许能永葆青春，而有的人或许二十多岁就会变成这般模样。

只有看到他的双手和眼睛，夏离才发现，他应该是真的很老了。目光虽然依旧澄净，却已经沉淀了不少岁月的浑浊，而他的双手，虽然整洁而修长，但却像是经常握着烧红的铁块，皮肤下若隐若现的青筋如灼铁。

他下意识地后退了一步："您是？"

"路过的老头儿而已，请无须担心。"礼服男子轻笑，将香槟塞进他手中，"干杯。"

不等夏离反应过来，他就和夏离碰了碰杯，将自己杯里的酒水一饮而尽，然后转身离去。

夏离愣了半天，小口尝了一下手中的香槟……如同所有的白酒一样，辛辣且苦。

"刚刚那老头儿是不是给我杯子里放辣椒了？"夏离扭头问爱丽丝。

"……"

"感谢同学们的光临，晚会就要开始了，愿各位有个美好的夜晚。"

一片喧嚣中，舞池的中心忽然有一个熟悉的声音响起。

在水晶吊灯的光芒中，白发的礼服男子站在中央。在他的身后肃立着数名容貌各异的中年人，其中有近视眼老师兰斯洛特。

老人环顾着四周，神情愉悦："我代表学校和校董会，欢迎各位的到来。接下来将是你们在信仰学院度过的第一个夜晚，大家请尽情欢乐吧。不过，在我们这帮老骨头退场之前，先来一曲华尔兹如何？"

他转身向着身后的乐队挥手，轻柔的舞曲声响起。

"起舞吧，我的学生们，青春就应该在美好的乐曲之中度过啊。"

老者抬起手，从侍者的托盘中端起了一杯酒，微笑着说："干杯！"

就像是交响曲开场时的第一声琴音，紧随而来的是无数乐声如雷鸣一般的应和。在场的所有学生都微笑着高举酒杯："干杯！"

"那就是校长，少爷。"在如潮水一般的人声中，爱丽丝低声说，"意大利的西泽·奥古斯都爵士，曾经头戴冠冕和尊荣的罗马之王。"

夏离惊愕地扭头："他也是公爵？"

"不是，他是侯爵，但他和数位公爵都有血缘关系，在议会也有自己的影响力。他还是血族中罕见的艺术家，在很多领域里都拥有大师级的造诣。他已经很多年没有露面了，没想到还能够在这里见到他。"

"我还以为他是个铁匠。"夏离心中庆幸,还好没说出什么奇怪的烂话来。

不知何时,音乐未停,宴会却突然安静了下来。夏离回头时,猛然对上了几百双望着自己的血红眼瞳。

所有人都在专注地看着他,可就在他们刚刚的注视里,公爵大人却在旁若无人地谈笑风生,笑得那么开心,完全没注意到他的存在。

人群后面,校长似笑非笑地向着夏离挤了一下眼睛,露出看热闹的神情。

夏离被他们看着,再一次有小腿打颤的冲动。尤其是那些少女们看过来的时候的眼神,都快要放出光来了!

"不是说要跳舞吗?"夏离颤声问,"我为什么觉得他们是要开始吃晚餐了?"

"您作为爵位最高的公爵,开场邀请一位名媛跳第一支舞理应是您的权利。她们都在等待您的邀请。"一个清冷的声音从他背后响起。

"嘶……"夏离倒吸一口冷气,"之前怎么没人告诉我?我总觉得这群人要把我生吞活剥了。"

现在的情况,岂止是生吞活剥,简直就好似唐僧历尽千辛万苦,一路西行,还没有到雷音寺,先前面左拐进了女儿国。到处都是想要尝尝男人味的大姐姐和小妹妹。她们每个人看向自己的时候,眼睛里都冒着绿莹莹的光。

女儿国国主说,唐长老你不要走,你留下来我让你当皇帝。

一群少女眼巴巴地望着长老的金边袈裟,可唐僧不喜欢。《西游记》写了那么长,唐长老好似一直都无情无欲,唯一的爱好就是念紧箍咒折腾自己的徒弟和被妖怪抓走后折腾自己。

夏离以前看《西游记》的时候,总是感叹唐僧,有个娇滴滴的女皇姐姐拉着你的衣角,跳着舞,唱着歌,只等你一个点头,结果唐僧竟然毫无回应。

现在夏离总算明白唐长老为什么不点头了,因为看到那些大姐姐小妹妹的时候,他会害怕啊!

夏离也害怕啊,华尔兹他也不会跳呀。万一跳舞的时候踩了姑娘的鞋,或者摔上一跤的话,他的脸就要丢光了。

"那怎……么办?"

他扭头想要和刚刚提示自己的人说话,却在回头的那一刻愣在了原地。

在柔和的光线里,少女静静地站在身后,即使是看着自己未婚夫的时候,眼神也依旧凛然如剑。

"随便挑一个咯。"晏小苏看向不远处眼里放绿光的女孩儿们,"你是公爵,不论选中了谁,她们恐怕都会乐意得飞起来……"

夏离心中一喜:"真的?"

那一瞬间，他感觉到未婚妻的眼神中浮现出一丝微妙的了然和鄙夷。

"呃，我是说……太伤风败俗了，咳咳，这股不正之风一定要刹住。二十一世纪了怎么还可以开历史的倒车？"他连忙解释，可惜晏小苏并不在意。

尴尬了半天，夏离有些不好意思："要不，你就跟我凑合一下？"

晏小苏没有说话，只是沉默地看着他，那种眼神就像是要戳穿他心中的每一个谎言，令他想要后退。直到下一秒他即将退缩的时候，少女终于伸出了手："请小心不要踩了我的脚。"

"呃……"夏离将手在身上擦了一下，伸手握紧，"好的。"

舞曲声终于响起，舞池中的少年神情变得苦涩起来。而在旁人看来，夏离好像是一个娴熟的舞者，但其实只有他自己知道自己的状况——他被架起来了。

自从舞曲开始的那一瞬间，他就变成了少女手中的洋娃娃，手舞足蹈的力量尽数来自对方手中。在流畅的回旋和舞步动作里，他能听得见自己骨骼的哀鸣。可悲的是，他还要主动配合晏小苏的操纵，以免出糗。

要不要这么狠？

夏离疼得直抽冷气，低声说："上次在墓地的事情，对不起。"

"没关系。"晏小苏的声音依旧淡定，"只要你不要再为我的奶奶感到难过就好。"

"不会了，以后绝对不会了！你能把我先松开一点吗？"

"好啊。"晏小苏点头。

一瞬间，少女转身，夏离身不由己地跟跄飞出，在头晕目眩之中转了好几圈，又再次回到了晏小苏的手中。

"感觉如何？"

"还不错，跟坐过山车一样。"夏离死鸭子嘴硬。

"小少爷，有心思去回想过去的事情，不如操心一下现在的自己。"晏小苏的清冷声音响在耳边，"信仰学院可不是能够让你轻松玩乐的地方，一旦让他们知道你是一个冒牌公爵，你的干尸明天就会悬挂在钟楼上。"

"不会吧。"夏离的声音有些发颤，"大家都是文明人。"

"但吸血鬼信奉的却是力和血。你来这里当驯兽师，就必须让他们将你当成最强的怪物，一旦被人发现你只是外强中干……"

"可我真的外强中干没办法啊。"

听到她这么一说，少年的背心顿时有些发凉。在被那几百双血红色眼瞳注视的时候，他终于感觉到了空前的压力。

此刻脚下踩的是钢丝，他却在跳舞。

"那就等死好了。"晏小苏的声音轻描淡写，"这样也好，垂死挣扎也太难看了些。"

夏离满腹怨言已经不知道往何处去了，他张口欲言，可最后却化作一声怅然的长叹。

"如果不想死，就只能挣扎，想要保住斯图亚特家族，就只有和更多的人为敌，没有身为公爵的决心，那就不如回去继续做个人类。"

夏离感觉到少女紧扣着自己的手掌，五指微微发凉。

舞曲声终于结束，她松开夏离的手，声音微低："这是我最后一次帮你，不要让你的外祖父蒙羞。"

最后一个低重音消散，掌声如潮般响起。

少女微微提起裙裾，举止温婉如淑女，转身离去。

不知是否听到了这一对男女间的低语，人群中校长笑了起来。

"走了走了。"他从侍者手中接过了自己的帽子，戴在头上，"我还要赶飞机。"

"祝您一路顺风。"他身后的几位院系主任低下头，恭谨地道别。而西泽校长却拍着一个年轻人的肩膀："公爵就交给你了，兰斯洛特。"

"好的，校长！"兰斯洛特握紧一位主任的手，"您就放心吧。"

"你的近视眼越来越严重了啊。"西泽校长有些头疼，"但愿神能够拯救你的近视眼。"

兰斯洛特眯着眼睛看了半天，几乎要碰到校长胸前的时候才看清："校长放心，视力并不影响教学。"

"不知道为什么，听到你这么说，我更不放心了。"西泽校长叹息，接过行李箱，"两年前你毕业，我批准你留校成为老师的时候，你的近视眼还没有这么严重……你也没这么傻。基利安，记得叮嘱兰斯洛特老师按时吃药，千万别让他放弃治疗……我走了之后，学校就交给你了。"

基利安缓缓颔首，在看向兰斯洛特时，也忍不住有些头疼。随着校长的离去，大礼堂的门无声关闭。

自始至终，礼堂二楼都有一双眼睛看着夏离的背影，眉头却缓缓皱起："他在干什么？"

伊芳回答："聊天？"

朱庇特的眉毛挑了一下："我是说，他的同伴……"

"嗯？"伊芳的视线落在爱丽丝身上，神情有些疑惑，"看起来像是哪家的小姐，但是纯血社的档案里似乎没有收录。"

"当然没有。因为那是他家的女仆。"朱庇特慢条斯理地整理着自己的袖口，神情冷淡，"在场的人有噬身蛇家族的娇柔公主，也有天平家族手握万贯的少女富豪，有掌握着森严权力的俄罗斯新贵族大小姐，也有日本的武家女儿，甚至还有他的正牌未婚妻……这么多女孩儿，足够任何一个男人觉得自己身在天堂。可是他却全然不在乎，一场领舞在应付了自己的未婚妻后，就躲在角落里。宁愿和自己的女仆聊天，也不愿意伸手去邀请一位能够配得上公爵的名媛，真是狂妄轻慢得让人心中不快。"

伊芳看了他一眼："难道你不是觉得有资格那么做的人，只有你吗？"

"或许。"朱庇特的视线依旧在少年身上，"但你注意过他的眼神了吗？"

伊芳摇头。

"对啊，谁能注视到他的眼神呢？自从他进入这个会场之后，就从没有直视过任何一个人的眼睛。那种视线就像穿过面前的人，落到不知道什么地方去了。他看的地方空空荡荡，就算是有最美好的宴会落在他眼里，可也进不了他的心中。"

"这是公爵的威仪？"伊芳低声问，"可我只是觉得他在发呆。"

"谁知道呢。"朱庇特伸手挽起伊芳，"轮到我们入场了，希望和那位公爵大人的初见不会闹得不愉快。"

"前提是如果社长你不故意找茬。"

"少爷，晚宴是交际的地方啊，您总不能一个人站在这里吃东西吧？"

"放心放心，咦？龙虾哪儿去了？"夏离依旧不紧不慢地往自己盘子里拣着水果片，"我都跑到这里来了，难道还会有人过来亲我的戒指吗？"

话音刚落，一个严肃的声音响起。

"初次见面，斯图亚特公爵。"金发少年站在他背后，神情冷峻，"我是龙血家族的继承人，您可以称呼我为朱庇特，彭多拉贡家的朱庇特。"

"呃……"

没想到一言成谶的夏离顿时就愣住了。不过他很快就忍痛伸出右手，示意你随意亲吧，大不了我再擦一次。

朱庇特的脸色变得越发难看起来。

确实，对一位公爵行觐见之礼无可厚非，但对于本身就是公爵的继承人，而且自视甚高的朱庇特来说，要让他向一个在此之前名不见经传的新生屈膝行礼，却又太过屈辱。

主宰着汇聚学院百分之九十精英的纯血社，除了校长之外，他几乎就是无冕之王，此刻他强忍着不悦来和这位公爵打招呼，却没有想到刚说完一句话，对方就给了他一个下马威。

沉默良久之后，朱庇特神情阴沉地弯下腰，在众目睽睽之下，亲吻了夏离的戒指。

"贵安，公爵大人。"他冷声说，"看起来您并不像表面上的那么简单。"

"好说。"夏离一笑，露出不好意思的神情，"那个你刚才说什么来着？我在吃东西，没听太懂。"

朱庇特刚刚平息的神情以肉眼可见的频率再次颤动了一下，浮现出一丝铁青。他强行遏制着自己的怒气，低下头，"恭敬"地说："龙血家族的朱庇特，觐见公爵殿下。"

"爱卿免礼，平……噗！"

夏离没料到自己要调查的主要嫌疑人竟然送上门来，半口果汁当即喷了出来，连忙手忙脚乱地擦掉。

夏离努力挤出慈眉善目的表情，笑容充满热情："原来是朱庇特先生，有什么事儿啊？你看如此良辰美景，不如我们先喝一杯？"

已经麻木了的朱庇特看着他，许久后摇头："喝酒就不必了……但确实是有一件事儿来找您商量。"

"洗耳恭听。"

夏离表情虽然越发温和，可心里却忍不住担忧：这货不会忽然拔剑，然后狞笑一声说"借公爵你的狗头一用吧"？

所幸，朱庇特并没有拔剑杀人，只是问："想必您也曾经听闻过纯血社的事吧？"

"略有耳闻。"

早在长者信仰学院成立之前，纯血社就已经在血族世界中诞生了。最早的纯血社成员只是各大家族的继承人，他们沉迷于炼金术和诗歌，还有从各地流传而来的冥想术和武术。

最初时，它只是一个年轻血族的结社和兄弟会，血族历史上数百个成名人物都曾经在纯血社中担任过要职，包括以穿刺公而闻名的瓦拉几亚的龙之子、沐浴处女之血重得青春的邪恶女爵，还有当世无双的杀手和异端学者……

而在长者信仰学院建立之后，纯血社便摇身一变，变成了受到学员官方认可的公开社团，但进入的途径却始终不明。每一年无数新生里，只有寥寥数人能够收到一封神秘的邀请，而现在……

"请问公爵阁下是否有意加入纯血社呢？"朱庇特礼节性地问。

既然对方身为一名公爵，那么纯血社也必然不能怠慢。虽然不喜欢这个家伙，但未必没有拉拢的可能。

"假如公爵殿下愿意的话，纯血社必扫榻以迎。"

一切都在他的料想之中，若对方有意，以公爵的矜贵和威仪，也会委婉地透露出一些口风，那么他们就大有可谈。可如果对方眼高于顶的话，自己也乐得省心。

只是他却没想到夏离只是憨然一笑，握住他的手点头："好！"

多好的潜入敌方内部的机会啊，夏离要不抓住机会的话那就真瞎了。

"那以后你就是我老大了？"夏离握住他的手，认真地问，"社团福利怎么样？待遇如何？有三险一金吗？"

"呃……"

"有饭补吗？没有？那餐费可以报销吗？奖金怎么样？"夏离真诚地问，"朱庇特先生你看，我是个公爵啊，待遇起码也要好一点啊，给个副社长当当吧？"

"等等。"朱庇特觉得有些头晕。

"不会吧，副社长都不肯？"夏离有些悲愤，"那书记呢？总要给个书记当当吧？对了，你们这里配秘书吗？我只要两个秘书就可以了……嗯？别这样嘛，两个秘书中只要一个女的总行了吧？"

一大堆废话席卷而来，饶是朱庇特自诩骁勇无敌也不由得有一种天旋地转的感觉。

"……还有啊，我能不能再带一个人进去啊？"到最后，夏离认真地问。

"带一个人？谁？"朱庇特终于清醒了一点。

夏离一笑，向身后退到远处的女仆挥手："爱丽丝，过来。就是她，怎么样？"

后半句话是对朱庇特说的。少年踮起脚，揽着他的肩膀感叹："看，多好的姑娘啊，漂亮又年轻，照我看你们社团肯定没这么漂亮的姑娘，我要说啊纯血……"

"适可而止吧，公爵大人。"朱庇特的脸色已经难看到了极点，他抖掉了肩头的胳膊，声音冷漠，"您宁愿和自己的女仆消磨时间也不愿看在场的任何一位名媛……而现在，您又要拿她来侮辱我了吗？"

"侮辱？谁侮辱你了？"夏离愣了一下，爱丽丝却低下头去，轻轻地扯了一下他的衣角："少爷……"

"公爵大人，纯血社是高贵之血的所在，这里没有一个下人的位置。"朱庇特的凌厉视线直击少女淡红色的瞳孔，冷笑，"……而且，还是一个混血的下人。"

在侯爵之血的愤怒中，阴沉的威压横扫全场，大厅的气氛一下子凝固了。夏离的手尴尬地停在了半空中，笑容一点一点地垮掉了。

在一片沉默中，夏离看着他的眼睛，无奈地挠了挠头，低声说："话不能这么说的啊，虽然爱丽丝不是贵族，但我觉得她挺好的。"

朱庇特第一次感觉到荒谬。

他的前半生数十年里，一直都贴满了"飞扬跋扈"的标签，拉风得就像是秋名山上的暴走族少年。他就是强，就是践。

他以绝强的力和威仪君临了整个纯血社，宛如皇帝。

可他好不容易有一次决定去拉拢别人，答应自己的助手不再找茬的时候，却发现……这一次被找茬的，竟然是自己了？

金发少年的面色铁青，青筋暴突的手掌握紧宝剑："公爵大人，你在侮辱龙血家族吗？"

夏离看着他的愤怒双瞳，许久之后摇头："你想多了。"

"您是铁枝家族的继承者，统治整个旧金山的公爵，按照原本的道理，您来到学校，我们应该邀请您加入纯血社，并且跪下来为您让出社长的宝座，奉您为王……可惜，我实在从您的身上看不出一丁点儿的公爵威仪和矜持。您真的是一位公爵吗？"

听到这里，夏离忍不住笑出声，令朱庇特的神情更加难看了。其实夏离笑，是因为自己，别说是别人了，他自己都怀疑自己是不是公爵呢。眼看着就要剑拔弩张，夏离却反而不怕了。

他挡在爱丽丝的前面，轻声问："是不是公爵，你说了算吗？"

反正横竖都是死，正所谓输人不输阵——夏离前半生和学校恶势力做斗争的经验告诉他，现在正是放嘴炮的阶段。

人能死钱能扔，嘴炮不能输啊。

虽然手里的剑已经被捏得嘎巴嘎巴响，但朱庇特竟然没有砍人。

"既然公爵大人瞧不起纯血社，那么同为贵族，我给您一个忠告吧。"他的眼神阴沉，"那我建议您可以去学生会的那群败狗里寻找自己的位置，想必那里对您来说，更像是一个温暖的大家庭。"

说罢，他转身准备离开，却不防背后传来一个声音。

"等等……"

朱庇特转身，眼神狐疑。

在众目睽睽之下，少年缓缓地抬起自己的右手，指尖下垂，食指上的戒指折射出一丝璀璨的光。

丝毫看不出是在报复对方侮辱了自己的女仆，少年的笑容和煦："看你挺英俊的，再赏你亲一下吧。"

"看来，这位公爵没我们想象的那么随和。"会场之外，教导主任基利安看到怒极的朱庇特拂袖而去，"这么多年了，铁枝家族的血依然充满桀骜，让我想起当年的梅丹佐。兰斯洛特，你是公爵的老师，你怎么看？"

"嗯嗯……"背后的年轻人发出含糊的声音。

老者疑惑地扭头，神情顿时无奈："你什么时候把这玩意从下面拿上来的？"

在兰斯洛特手中，刚才好好躺在盘子里的大虾已经惨遭分尸，满手油腻的年轻人一脸茫然："刚才过来时顺手就拿了啊，基利安先生，您要不要来点？"

说着，他拔下了龙虾的钳子，向着墙上的油画递出去。

"我在这里！"基利安没好气地夺过了半只龙虾，丢进垃圾桶。

"您要觉得好吃的话，那就全给您。"兰斯洛特一脸谄媚地搓着手凑上来，"您看马上就是年终评定了，要不您给我加上几分？您是年级主任，干脆让我提早转正吧？"

"你自从毕业后留校任职才两年，就要转正了吗？"基利安愣了一下，"你这个年纪能够主教一门主课，已经是破例了啊。我像你这么年轻的时候，还在力学系给牛顿先生做助教呢。"

"因为我是天才啊。"兰斯洛特对着油画谄笑，"您看，我今年的教学成绩也算不错咧。"

"都说了我在这儿！"

基利安将拍马屁都没拍准方向的兰斯洛特掰回来，竖起一根食指说："你想转正也行，我有任务交给你。"

"三个任务？"兰斯洛特眯起眼，看着那根食指，"太多了！"

"就一个！给我看清楚！"基利安愤怒地用手指头戳着他，"答应了我就让你转正，要是完成得好，再过几年我就提你当生物学院的副主任。"

"好呀好呀，能不能帮我把胸卡先换了？"兰斯洛特满脸虔诚地握住那根手指。

"换胸卡干什么？"

"您看我都是老师了，每次吃夜宵的时候还要跟一大群学生排队。"兰斯洛特流着口水，"听说副院级的胸卡可以直接预订法式大餐，而且定期还有优惠券送？"

良久的沉默，苍老的教导主任感慨万千："兰斯洛特，你是不是天才我不知道，但你至少算得上是一条土鳖……你的追求呢？"

"那换成每周两份新鲜血货怎么样？"兰斯洛特的谄笑都快把两颗虎牙露出来了，"学校配送的O型血冻的时间太长了，我老是喝不惯。"

基利安的眼光顿时充满恨铁不成钢的意味，良久，他叹息："成交。"

虽然出了一段这么别扭的插曲，但晚宴还是进行到了最后。当所有人离开了之后，闲逛的夏离却在休息室里找到了自己的未婚妻。

区别于楼下喧嚣的大厅，寂静的休息室里只有晏小苏一个人。她站在墙壁上油画的前面，沉默地望着其中的浓墨重彩，当察觉有人走近之后，才投来漠然的目光。

"嗨！"夏离本能地露出笑容。

可惜，晏小苏的目光却毫无喜意："还没有开学就已经和百分之七十的精英学生站在对立面上……真希望殿下你明白自己在干什么。"

"我也是迫不得已啊。"夏离叹息，"而且，不是还有百分之三十吗？我也不算失败。"

"另外百分之三十是麦克斯维尔手下的学生会。"晏小苏淡淡地说，"你放心，他不会得罪你的，反而会拉拢你，直到你的利用价值被他消耗殆尽，才会被丢在一边，让你自生自灭。"

"要不要这么夸张？"夏离忍不住有些挫败，"你都这么讨厌我了，何必做我的未婚妻？"

回答他的是一种陌生而复杂的目光。

"人活在这个世界上，每一次求助的时候，都会欠下别人的债。可我能还的，只有我自己。"似乎并不愿意多说，少女颔首道别，"祝你在这个学校生活愉快，殿下。"

望着和自己擦肩而过的晏小苏，夏离挠了一下头发，喃喃地说："何必呢？聊聊天，增进一下了解不好吗？"

晏小苏的脚步戛然而止，她扭过头看向身后，漠然的眼神中浮现出令人无法直视的凌厉："殿下，我们能聊一些什么呢？你尝试过在黑夜里奔跑吗？你听到过背后追随你的人一个个倒下的声音吗？知道为了活命不敢回头的屈辱吗？"

夏离看着那一双眼睛，像是被摄去了笑容，无言以对。

"你比所有人都幸运得多，何必再去了解那些淤泥里的事情？"

晏小苏走出了门外，最后的声音回荡在休息室里："你只要活在自己的童话世界里就好了。"

寂静中，夏离站在巨大的油画前，仰望着那一幅油画里的厮杀战场，瓦尔基里乘着风暴和雷霆而来，血色的披风飘扬如旗。

在战死者染红的大地上，浓厚的黑色云雾翻卷，几乎将夏离吞没。

被遗忘的记忆再次苏醒了，夏离再一次听到暴雨之夜的雷鸣，还有那个人呐喊咆哮的声音。

"黑夜里奔跑吗？"

他不敢再去看油画里飘扬的猩红，低下头。

寂静里，只有少年的孤独呢喃："……我也有过啊。"

漫长的寂静之后，大门再次被推开了。

门外的声音平和："《女武神的骑行》，1786年的作品，不算罕见也不算精致，就连作者都是一个籍籍无名的小画师。普通的挂画，难得令殿下驻足。"

夏离如同见鬼一样转过身，却听见了笑声："殿下，请不要紧张。我已经在外面等很久了。"

在门口，少年穿着学院的礼服，细长的眼睛眯起，像是一只惬意的狐狸。

"你认识我？"夏离疑惑地问。

"这个学院的学生每一个人都认识您，殿下。"那个少年矜持地颔首，"晚宴已经结束了，您的女仆在寻找您，有人说您进入了休息室，所以在下未经通报便擅自前来了。"

直到这个时候，夏离才发现，他们的距离在不知不觉中已经拉近到并肩，可他却没有发现这个家伙究竟是如何走到这里来的。

他来得如此诡异，刚才在宴会上看过了那么多人，夏离可以肯定从没有见到过这么奇怪的人。他那一双眼睛太特殊了，就像是狐狸一样。

"你是谁？"夏离皱起眉，"你认得我？"

"身为学生会的会长，理当牢记每个学生的档案。"狐狸一样的人行礼，"初次见面，殿下。我是奥兰治家族的麦克斯维尔。"

沉默中，一阵冷风吹来，掀起了少年额前的碎发，诡异得像是一阵妖风。

夏离没想到今天能把三个嫌疑人一连见到俩。可是麦克斯维尔出场太过诡异，夏离不怕灯光下愤怒的狮子，却有些忌惮这种就像是成精的狐狸一般的人。

"本来我知道今天公爵入学，我应该提早到场。不过考虑到纯血社的那些蠢货，所以只能在晚宴结束之后前来。"麦克斯维尔叹息中充满惋惜，"贵安，殿下。"

夏离沉默地看着他的眼睛，忽然觉得这个人眯起的眼睛里总在涌动什么，或者又像是折射着太多的欲望。

"你找我有事儿？"

麦克斯维尔点头微笑："嗯，其实我在想：关于老公爵的死，恐怕您在怀疑我吧？"

那一双眼睛眯起来了，像是在笑着等待回应，却又如此直接，令夏离再次感觉到后背有冷汗渗透出来。

麦克斯维尔说："我甚至断定您究竟在怀疑哪几个人，纯血社的蠢狗？教会的神经病？还是最近大出风头的我？"

夏离忍不住咳嗽了两声，轻轻地拍了拍他的肩膀："你想多了。还是早点洗洗睡吧。"

此刻的情况，就好像傻强在无间道里对陈永仁说：走路不专心，到处乱看的人就一定是卧底！陈永仁就算是再慌再乱，也断断没有不打自招的道理。

"但愿如此。"麦克斯维尔摇头，"奥兰治家族只是在百年之内兴起的小家族，依靠着我父亲的投机和走私行业发家。我承认我们曾因为老公爵的禁令而心生不满，但对铁枝家族来说，我们只不过是一片浮萍，又怎么会有挑战大公的勇气？"

"所以说你想多了啊。"夏离笑了起来。

"可是！"麦克斯维尔也在笑，可眼神却一片肃冷，"您不觉得，最可疑的是某个到现在依旧与您为敌的蠢狗吗？您是铁枝和铜棘的代行者，本应在今晚君临于整个纯血社的王座之上。可现在您却被一个伪君子篡夺了属于您的位置。这是偌大的逾越和叛逆，也是血族所不能忍受的耻辱。如果您愿意，在下和学生会将帮助您讨伐叛逆，重新取得权位！"

夏离愣住了，感觉到心中有什么东西在翻涌，像是某种名为感动的东西。

"说得好！"夏离情不自禁地握住他的手，"真是赤胆忠肝！不如这样，我看他还没有走远，不如我们追上去当众向他们挑战，由麦克斯维尔你来打头阵，纯血社定然闻风丧胆！到时候打下纯血社，我便封你一个一字并肩社长！"

"……"

不知为何，麦克斯维尔的表情变得非常复杂。

"啊哈哈，公爵大人真是幽默。您不需要当面答复我。明日我们学生会正好有一场狩猎活动，如果您有时间，可以带着您的猎犬和枪前来，到时候大家可以好好交流一下。"

"呃……不用了。"夏离下意识地回绝，想要离这个阴森森的家伙远一点，充满惋惜地感叹，"其实我很想去啊，可惜我没有养狗。"

"没关系。"麦克斯维尔微笑，"学校里还有十几只猎犬，您喜欢什么品种的？"

"咳咳，那个……"夏离没想到这学校连猎犬都养，"我没有枪！"

"雷明顿可以吗？在下有不少收藏……就这么定了！"麦克斯维尔握住夏离的手，"能够邀请到您和晏小苏女士，真是在下的荣幸。"

夏离本来还准备回绝，可没想到忽然听到未婚妻的名字，顿时心里骚动了一下，犹豫了片刻后点头："那就这么办吧。"

"那在下告退。"麦克斯维尔无比优雅地弯腰后退，为他拉开门，"想必您的女仆也已经等得快着急了，稍后我会安排人送您前往宿舍。祝您在这个学院里生活愉快。"

夏离看着他身影消失在黑暗中，忽然有一种无力的感觉。

"但愿吧……"

深夜，校内游览车停在了别墅前方，女仆帮夏离拿下包裹，和他道别："少爷，我只能送到这里了。我被分在了女子公寓，不能继续陪您了，明天早上我再来看您。"

"不用了，我自己一个人搞得定。"

夏离有些费劲地提起了背包，脚步有些踉跄。他看着少女一个人背着背包轻松随意，却没想到这个背包竟然这么重。为了不让爱丽丝担心，他还是挥手笑着送车上的少女远去。

片刻后，他扭头看向背后的别墅，看来读书期间，他就只能在这里生活了。

别墅坐落在校内湖畔，虽然没有庄园那么大，但也挺精致。有山有水，环境不错，从窗户往里看，里面的装潢也挺好，不过在这个贵族学校里，学生宿舍恐怕也简陋不到哪里去吧？

不过，据说会有一个室友……室友会是什么样的人呢？

夏离想到这里，有些忐忑。就在他找了半天终于掏出了门卡之后，门却忽然开了，然后，一个热情到让人觉得发腻的声音扑面而来。

"公爵大人，您可来了！"

根本来不及反应，一个黑影猛然扑来。名为兰斯洛特的老师热情洋溢地抱住目标，惊声赞叹："公爵大人，看不出来您的身材真是高大，果然与众不同。"

夜风萧瑟，在少年面前，一脸诡异笑容的老师抱着柱子不撒手，蹭来蹭去，蹭来蹭去……

"老师……"夏离惊愕低语，"您又没戴眼镜吧？"

戴上眼镜后，兰斯洛特终于发现自己抱错了人，谄媚状贴上来："哎呀，没想到您在这里，您的脸色似乎不太好，我炖了皮蛋瘦肉粥，要不您来一点？"

说着，他将夏离拉进客厅，塞在了沙发上，转身小跑进厨房，很快就端出一碗粥来。

隔着热腾腾的粥碗，兰斯洛特满是热诚地搓着手，表情慈祥："我听说您喜欢吃中国菜，特地找了几个亚洲的学生学了手艺，您趁热吃。"

"咳咳，这就是，皮蛋……瘦肉粥？"夏离看着粥碗，充满难过。

一大碗半生不熟的白米粥里，几块咸鸭蛋还带着冰碴，依稀能够看到米粒中间还有两块渗透着血丝的牛排。

在兰斯洛特充满热情，满是"快喝快喝，你要不喝辜负了我的心意我会很难过"的眼神中，他犹豫良久之后还是端起了碗，舔了一下之后便迅速地放在了桌上，决心下半辈子再也不碰任何有关皮蛋瘦肉粥的玩意了。

"话说，兰、兰……"

"兰斯洛特·M.丹顿。"兰斯洛特点头，露出灿烂到一塌糊涂的笑容，"您叫我兰斯洛特就好，叫小兰兰也行。"

小兰兰……柯南知道了会打死你的，你信不信！

"咳咳。"夏离很努力地绷着严肃的表情，认真地问，"兰斯洛特老师，这里是我的宿舍，您，为什么会在这儿？"

"因为我就住在这儿啊。"兰斯洛特老师晃着自己额前的金色碎发，尽显风骚的同时也让夏离五雷轰顶，"虽然您是公爵，但毕竟是学生……所以学院专门安排了您的指导老师，也就是我来做您的室友，殿下你开不开心，意不意外啊？"

沉默片刻之后，夏离举手问："舍友能换吗？"

"别呀，公爵大人……"兰斯洛特急了，抱起夏离的大腿哭叫，说的还是半生不熟的中文，"我做你的舍友有什么不好？你不喜欢我哪点儿我可以改啊……你看我虽然年轻，两年前也是长者信仰学院的天才、首席模范生啊，而且我教的还是你的专业细胞生物学，要不我透点考试的答案给你？"

喂喂！你还是老师吗？就这么简单地把答案给学生没问题吗？而且你别一副被始乱终弃的样子啊！

听到兰斯洛特这么说，夏离十分感动，然后一脚把他踹开。

如同一坨年糕一般，兰斯洛特充分地体现了沾上就甩不掉的赖皮精神："公爵大人你看，年轻人总是不喜欢上课的嘛。我是生物细胞学主讲，我的课你不想来没关系，而且我跟其他老师的关系很铁的，期末考试时我帮你打个招呼，保证一路绿灯。"

在他描绘未来美好蓝图的时候，夏离认真倾听，时而点头，到最后面无表情地从怀里掏出电话，按下了校董会号码。

"别，您别啊！"兰斯洛特按住他的手，"我说实话，我说实话还不成吗？"

"讲！"夏离高举手机，如同高举小皮鞭要啪啪啪抽下去。

"我用信用卡借了学校教师基金会的贷款，六万五千块到期了我还不上。如果您这里再不收留我，我只能去睡旧金山的地铁站了啊……绝对是真的，不信您看我真诚的眼神。"他眨巴着泪眼蒙眬的眼睛，对着夏离旁边的花瓶说，"你怎么不说话啊，公爵大人，哎呀你的脸色好难看，怎么还发绿……"

夏离忍着和基利安一模一样的捂脸冲动，忍不住提醒："我在这儿！"

"哦，哦。"兰斯洛特连忙调转方向，挤出笑容。

……

经历过长达两个小时的讨价还价之后，夏离总算是勉强接受了兰斯洛特留在别墅的请求。

心力交瘁的他泡在浴池里，想起入学之后的一系列事情，总觉得有些头疼。

还是庄园里好啊，在泡澡时，说不定还会有红着脸的女仆走进来，弱弱地要给自己搓澡。夏离想到了这里，忍不住露出笑容，有些想念爱丽丝。不知道她这会儿过得怎么样。

忽然间没有女孩子一起搓澡，夏离都感觉人生真是寂寞如雪，命运充满跌宕起伏，你永远都无法想象下一秒会发生什么。

下一秒之后，夏离才发现，自己也从来没想到下一秒的世界有多可怕。

轰然一声，浴室的门忽然被推开，八块腹肌袒露在他眼前。

浑身只裹着一条浴巾的兰斯洛特手握着肥皂，向着夏离露出热力四射的笑容："公爵大人，要不我来帮你搓澡吧？"

夏离掩胸怒吼："滚啊！！！别过来，走开，救命啊！！"

这真是一个噩梦一般的夜晚，各种意义上都是。

章六·不灭的王之血

当夏离再次醒来时，天已经亮了。

早起的女仆将餐点放在床头："少爷，早安。"

爱丽丝微笑着，却看到夏离面色苍白，神情恍惚。

"少爷你怎么了？"

"爱丽丝，我做了一个噩梦。"夏离气若游丝地抓住少女的手，"我梦见有个肌肉男闯进浴室，要给我搓澡……"

他还没说完，门口一个声音响起。

"早上好，我有打扰你们吗？"兰斯洛特一脸阳光笑容，"女仆小姐很早就到了啊，听说你要打猎，还带了你的猎枪和狗，顺便又做了早餐，真是好姑娘。"

"兰斯洛特老师过奖了。"爱丽丝微微一笑。

夏离一看到他，就想起昨晚险些被搓澡的耻辱往事，充满幽怨："老师你怎么还没死……"

"哎呀，公爵大人你这么说就让我有些难过了，那可是我对公爵的拳拳敬仰之心啊。"兰斯洛特靠在门上感叹，"虽然说长者信仰学院是秉承传统，夜间上课，但大早上懒洋洋的也不好吧？"

"要你管！"夏离丢过去一个面包。

"好吧好吧，不打扰你了。我去晨跑。"

兰斯洛特接过面包啃了两口，转身离开。

"啊，差点忘了。"兰斯洛特忽然扭过头来，眼神有些幸灾乐祸，"克里斯汀·安托瓦内特小姐已经在楼下等你一个小时了。你打算在自己的卧室里接见未婚妻吗？"

"你不早说！"

"日安，斯图亚特公爵。"

晏小苏端起爱丽丝泡好的红茶，淡淡地说。

早晨的日光从窗外照进来，落在少女肩头的黑色长发上，染上了一层隐约的金色，少女如同油画像一般端坐在桌子另一边。

少女沉默地看着他，神情是夏离熟悉的凛然。

不知为何，夏离总觉得和她之间有一层说不清道不明的疏离感。不是喜欢也不是厌恶，只像是偶然在街头相逢的陌生人。虽然知道她将来会嫁给自己，可夏离却除了她的名字之外，一无所知。

"呃，早上好。"夏离的笑容在那种无法言喻的凛然威势之前，显得有些苍白。

"今年的野猎在学院的猎场进行，我们还有三个小时。"晏小苏轻轻地放下茶杯，"请问您准备得如何？"

"立刻好，立刻好。"夏离连忙点头，却不知道再说什么才好。

良久的沉默，他试探性地问了一句："吃了吗？"

说完之后他都觉得自己蠢死了，憋了半天憋出这么一句话来，怪不得前半辈子十八年找不到女朋友。

"承蒙招待，已经在这里用过了。"晏小苏望向夏离身后的女仆，"爱丽丝小姐的手艺还是一如既往的好。"

"感谢您的赞赏。"爱丽丝不好意思地笑了，在为夏离添上红茶之后，躬身说，"我去整理厨房，请您慢用。"

于是，在女仆离开之后，餐桌上的气氛再一次恢复了难以言喻的尴尬。

晏小苏似乎毫无感觉，只是看着手中碗碟上的花纹，呼吸静谧，宛如进入"明镜流水"一般的武道境界。可是她的目光却始终落在夏离的脸上，令他觉得有些心慌。

"那个……"夏离猛然起身，有些慌乱地说，"我去换衣服，立刻可以出发。"

长者信仰学院作为贵族学院，猎场的范围几乎将整座后山都囊括其中，除了猎场之外，也建起了不少其他场馆，但都不对外开放。花那么多钱就只提供给有限的几百个学生来用，夏离看着都有些心疼。

半个小时之后，轿车一路穿过了密林，行进苍翠的绿色中。茂盛的树荫几乎覆盖了整个道路，到最后已经变成了原生的草坪。接下来再往里面走就要换马了，今天早上凌晨的时候，庄园就已经将夏离惯乘的马运到了猎场。

隔着车窗，夏离能够看到它的精神还不错。

学生会已经提前扎好了帐篷，两人刚下车，就有工作人员迎了上来。

麦克斯维尔那张狐狸脸第一时间出现，对夏离和晏小苏行礼之后，又热情地拥抱着夏离："欢迎您的到来，公爵殿下，看来今年的狩猎将因您的到来而蓬荜生辉。"

夏离撑起笑容和他打哈哈，扭头正准备寻找晏小苏，却没想到她已经翻身上马，提起猎枪后就离去了。而麦克斯维尔站在他身旁，却忽然建议："时间还早，不如我陪您在山中走一走，如何？"

夏离看着那一双眼睛，总觉得有什么隐秘的灰色东西在酝酿。

犹豫了一下，他点头："好。"

在数十年来，维护良好的丛林还保持着原生态，沿着小道行进，两人渐渐没入那一片青翠的绿色之中。时间已经进入初秋，可是山林中还没有显露出多少颓败的感觉，偶尔碰到两只野兔子也不怕人，从草丛里钻出来之后，眨巴着大眼睛看着马背上的少年。

然后……嘭！

一声枪响，地上多出个大洞，毫发未损的兔子却飞奔钻进草丛里不见了。

在麦克斯维尔揶揄的视线里，瞄准了半天的夏离尴尬地放下枪："毕竟是一条小小的生命，有些不忍心啊。"

麦克斯维尔点头，从马鞍上拔出猎枪，头也不抬地扣动扳机，一声枪响之后他马后的猎犬飞奔而出，再次回来时，已经将死透的兔子给叼回来了。

看着人家龙精虎猛、壮似藏獒的猎犬，夏离又看了看自己马鞍后面老到皮包骨头、都快要脱毛了的老狗，顿时悲从中来。

长得不如人家帅也就算了，那是天生；枪法比不上人家也无所谓，那是技术；可现在连条狗都不如人家的壮啊！这日子没法儿过了……

"昨天的事，公爵大人考虑得如何了？"麦克斯维尔状似无意地问。

"嗯，考虑得差不多了。"压根没想过的夏离随口乱扯，"不如今晚我以公爵的名义邀请朱庇特出来喝酒，到时候长你就带八百刀斧……哦不，是枪手埋伏在隔壁，待我一声令下，摔杯为号，你们就冲出来，乱枪将他打成筛子，如何？"

"……公爵大人说笑了。"麦克斯维尔的表情隐约地抽动了一下，"其实今天来找公爵大人，想要商量的是另一件事。"

良久的沉默，夏离只是出神地仰望天空，像是压根没有听到他说什么一样，完全没有他料想的那样配合着问"什么事？"。

狐狸脸笑了笑，继续说："您知道'神圣之女'吗？"

夏离的眼眶跳了一下，他好像在哪里听过这个词，可是却想不起来："那是什么？修女？"

"对血族来说，它可比修女要可爱的多。"麦克斯维尔低声笑了起来，轻声说，"殿下，您知道吗？血族是不能够和人类结合的。因为基因和血统之间的差距，两者之间诞下后裔的可能性不超过百分之一，就算是怀孕，诞生下来的也可能是死婴或者天生带有各种遗传疾病的婴儿。简而言之，就是'退化'。"

麦克斯维尔将最后一个词用重音读出，声音有些冰冷："而对于血族来说，退化是不能容忍的。在古代，这些婴儿都会被烧死或者抛入流水中。"

"这么残忍？！"夏离愣了一下，嘴里依旧习惯性地扯着烂话，"你们一定不懂优生优育的重要性。我的未婚妻还是人类呢，也没见她怎么担心过这个。"

"当然啊，因为事无绝对嘛。"麦克斯维尔微笑，"上帝总是仁慈的，而人类之中，也有极少一部分的女性，天生与众不同，她们的体能和智慧均凌驾于人类平均标准之上。而她们一旦和血族诞下子嗣，将会完美地继承家族的一切优点，甚至能够令血统再一次进化。

"这样的女人，被称为'神圣之女'，她们就像是血族的圣母一样。在血族的世界里，血统就是力量、尊荣、权力……就是一切。"麦克斯维尔说完，看向沉默的夏离，"所以，现在您明白了吗？"

寂静里，夏离强撑着淡然的神情，微笑着摇头："虽然不明白，但是感觉很厉害。"

"那我就说得更直白一些吧。"狐狸脸认真起来，声音肃冷，"我觉得，您应该考虑放弃这位未婚妻了。"

"我开始搞不懂你究竟什么意思了。"夏离抬起头看向他，"如果她真的有你说的那么重要，你觉得我有可能放弃她吗？"

"那是因为您还不了解'安托瓦内特'这个家族。"麦克斯维尔的声音充满自信。

夏离终于想起来了，晏小苏的全名是"克里斯汀·安托瓦内特"，但是却不知道这个狐狸脸究竟有什么东西要跟自己讲。

显然他眼馋自己未婚妻不知道多长时间了，夏离懒得听。

麦克斯维尔像是全然没有受到夏离沉默的影响，依旧如同演说一般："安托瓦内特家族其实并不只是单纯的人类贵族，更具体一点，其实我们可以称呼他为'吸血鬼猎人世家'。"

他的第一句话就令夏离彻底惊呆了。

"他们是来自法国的显赫世家。自从1373年就已经出现，一直到大革命之前，都对欧洲各国保持着充分的影响力。这样的历史，就算和血族比起来，也堪称古老。

"而在暗中，安托瓦内特家族一直都是法国世代相传的猎魔人。因曾经杀死'瓦拉几亚的赤龙公爵'，而被称为'斩龙之血'。十年前，安托瓦内特家族因为国内政治失利，大笔信贷投资失败，一蹶不振。就在最关键的时候，安托瓦内特的家主背叛了所有猎魔人，也背叛了负责猎杀吸血鬼的黑教团。因此，黑衣教团的驱逐令他们再无容身之处，他们被赶出祖宅，流浪在国境线之上，徘徊不定。可惜，等待他们的依旧还有高达3.7亿法郎的债务，还有昔日仇敌追杀。在这种情况之下，克里斯汀小姐的母亲自杀了。"

狐狸脸如同说着一个事不关己的故事，语气淡然。

"就在他们逃到美国时，斯图亚特家族出现，接手了3.7亿的巨额债务，并且给予了安托瓦内特家族全新的立身之本。而作为代价，安托瓦内特家向血族献上了刚满九岁的女童，中法混血的女孩儿……克里斯汀·安托瓦内特，也就是你所知的未婚妻——晏小苏。"

"可是谁又能想到呢？才过去了十年，安托瓦内特就已经东山再起，成为医药设备制造业的巨头，甚至涉足石油、证券等等方面……他们甚至已经能够操纵州立议员的选举……人类的速度和野心真是让血族甘拜下风啊。在老公爵死后，情况已经变成了仆强主弱。您觉得，他们真的心甘情愿继续做一个血族附庸吗？"

"你是想说他们想要解除婚约？"

"远不止如此。他们不但不会解除婚约，恐怕还加倍期盼着您能够和克里斯汀小姐完婚吧？到时候他们就能够顺理成章地渗透进斯图亚特家族，我可以断言，五年之内，他们就可以把持斯图亚特家族百分之七十的关键产业……到时候，一个新的财阀将会诞生。而斯图亚特家族……"

他停顿了一下，意味深长地看着夏离，"——就会在尘埃中被人遗忘。"

一片沉默中，夏离看着他，可狐狸脸在微笑，笑意温和而恭谨，低垂着眼帘。

"你其实是想让我放弃我的未婚妻，没错吧？"夏离轻声问。

麦克斯维尔充满矜持地点头。

夏离却忍不住想要笑："你觉得我放弃了，她就会喜欢你？"

"您只要放弃就好。"麦克斯维尔淡淡说，"至于接下来怎么做，就是我的事了。"

"我很好奇，你究竟喜欢她哪一点？"夏离疑惑地捏着下巴，"你看她又不喜欢说话，而且还凶巴巴的，老是让男人抬不起头来……你喜欢她哪一点？我让她改还不行吗？"

"……"

最后一句无耻的话顶得狐狸脸半天没喘过气来。

他终于明白，合着公爵大人完全就是在逗他玩。

"这样吧，殿下，打个赌如何？"麦克斯维尔眯起的眼睛终于睁开了。他敲着马鞍上的猎枪，看向不远处出现的一只狐狸，"就赌我们谁先猎到那只狐狸怎么样？输了的人退出追求克里斯汀小姐的行列，这是一位子爵和公爵之间的决斗，想必您不会拒绝吧？"

夏离一愣，还来不及回答，麦克斯维尔就扛起枪纵马上前："那就这么定了。"

白色的骏马驰骋向前，棕色的狐狸如惊弓之鸟跃起，没入草丛中飞快逃走了。

那是一只被学院放养的草原狐，看起来正值壮年，相比同类中擅长跋涉的北极狐来说，它的速度更快一些，时速能够达到三十一英里。当它游走在这一片山林中时，就像是一道曲折的棕色弧光。

麦克斯维尔松开缰绳，以手臂架起猎枪，枪口牢牢地锁定了那一只游走的背影。在后面的夏离连忙催马上前，手忙脚乱地抬起枪，却已经来不及。

他看着狐狸脸的背影，开始考虑要不要趁着荒郊野外顺带给他一枪……到时候狐狸脸曝尸荒野，说不定还要被那只狐狸啃两口。

随着奔马驰骋，麦克斯维尔枪口的望山已经锁定了狐狸的身影。那一瞬间，他的手指即将收紧，可轰鸣声却骤然响起。

狐狸的疾驰戛然而止，可麦克斯维尔的子弹还在膛中未发，他不可置信地抬头，看到了同样呆若木鸡的夏离。

寂静中，清脆的马蹄声响起。

少女提着硝烟未散的猎枪从密林里走出。稀疏的树荫中有碎散的阳光落下，照在她飘起的长发上。风中有熟悉的蔷薇香气，代表着某人的到来。

"晏小苏？"

夏离轻声呢喃。

在荆棘撕裂的声音里，骏马越过了灌木丛，奔马之中，少女灵巧地弯腰，倒地的猎物就被挂在了马鞍上。她重新将猎枪提在手中，回头淡淡地看了两人一眼，然后收回视线。

骏马打着响鼻，载着少女走进密林中，消失不见。

寂静里，只剩下夏离和麦克斯维尔面面相觑，直到许久之后，夏离无法抑制地爆发出大笑。

将她让给你吗？你想得太美了。

她是晏小苏啊，又不是什么其他的东西。她想要在哪里就在哪里，选择了是谁就是谁，怎么可能像是什么东西一样地让来让去呢？

那就算是被选择者也无法拒绝，更不愿去拒绝的女孩儿呀。

在麦克斯维尔略显羞恼的眼神中，少年摊开手，揶揄地微笑起来。

——你说我不行，你行你上啊。

良久无话的两个人最终还是分开行动了。可惜夏离的运道一直糟糕，直到下午，也没有打到多少猎物，仅有的一只兔子竟然是那条老狗从别人枪口下面抢来的。

到最后，他只能无奈地放弃了打一条狐狸或者是兔子的想法，将目标转向了丛林中唯一毫无杀伤力的动物——火鸡。

自从几百年前美国人为了感谢印第安人而开始过感恩节之后，火鸡一直就是餐桌上常见的物品。这种生物又肥又大,而且蠢到没有任何杀伤力,除了肉糙了一点之外就没有别的缺点了。

所以夏离在嘴里塞了一个好似焦糖的东西,用来模拟火鸡的叫声,自己藏身在灌木丛中,双手握紧猎枪,打算守株待兔。

这一次效率意外的高,没过一阵就有一只火鸡从草丛里钻出来,鬼头鬼脑地看向四周,紧接着迎接它的就是一颗枪子儿。

夏离催促了半天之后,身旁的那条老狗才懒洋洋地爬过去将它拖回来,看起来似乎对这种生物的兴趣不大。但夏离却意外地兴奋起来,这可是他第一次打到活的东西,他顿时燃起了斗志。

十多分钟之后,夏离屁股后面堆起来的火鸡已经有好几只了,夏离摩拳擦掌,再次发出了叫声。远处的灌木丛中重新响起了窸窸窣窣的声音。这一次夏离胸有成竹,端起枪果断来了一发。

一声枪响过后,少年的那条老狗就动如脱兔地跑进了草丛里,然后兴奋无比地从里面拖出了一个人!

穿着红色外袍的少年被老狗咬着一条腿从草丛里拖出来,胸口的红袍上一片湿迹扩散,孱弱地咳嗽着,还发出断断续续的呻吟。夏离顿时吓蒙了,玩脱了啊!

打野鸡竟然打死了一个来参加野猎的学生?!自己的后半生就要背着杀人犯的罪名在监狱里了吗?

想到惨烈的下场他就忍不住泪水涟涟,跟跄着跑过去,一脚踹开那一条狂摇尾巴、邀功请赏的老狗,扑在了伤者身上哭号:"哥们!哥们你没事儿吧!你怎么样了?你可不能死啊……"

"咳咳咳,咳咳……"少年剧烈喘息着,呆滞地看着面前的夏离,缓缓摇头,"不行了,我不行了。"

"坚持住!我去给你找医生。"夏离面色苍白,六神无主地看向四周。

"来不及了,我的兄弟。"少年抓住了夏离的手腕,艰难喘息,"我没有时间了。"

"对不起,我真没有想到那里会有个人。"夏离呆呆地看着他,忽然有些想哭,"你、你还有什么遗言吗?"

"不要哭泣啊朋友,我并不憎恨你啊。"少年的脸上勾起苍白的笑容,"我就要回归主的身旁了,这是无上的欣喜,可也令我遗憾。这个世上又少了一个爱主的人,你愿意代替我去继续侍奉主吗?如我一般敬爱他,如我一般侍奉和信仰他。"

"信仰上帝?"夏离用力点头,觉得泪水模糊了眼眶,"我愿意,我愿意。"

"可笑!"少年不知道哪里来的力气,声音顿时提高起来,"我主至高而伟大,无私地赐予了我们鲜血和荣耀，岂是一个伪神能够比拟的？"

"可我没听说过啊。"夏离茫然地摇头，"你是逆十字教团的？"

"没听说过没关系。"年轻的神父显露出了惊人的耐力和生命力，拉着夏离的手，认真说道，"来，我跟你讲，起初，我主运行在水面上，主说……"

夏离蒙了。

十分钟后："……然后，神惩戒了索多玛城那些不愿皈依的异端和不义者，教他们领悟了血的厉害……"

二十分钟之后："……所以，信主的人有福了，神将千万顷的血海赐予了摩西……"

三十分钟之后："在山和海的尽头，主与血族立约，以圣杯和圣柜承载……"

夏离的表情已经进入呆滞状态，就像是一台老电脑当机，觉得头昏脑涨，哪里有些不对……说到最后，少年抓着夏离的手，神情虔诚而期待："我的兄弟呀，你，明白了吗？"

"咳咳，虽然有些不明白，但是……"夏离看着他精神奕奕的样子，忍不住试探地问，"……你是不是没事儿啊？"

"呃，咳咳！主在召唤我了，我感觉我的生命正在远离。"少年的脸上再度浮现出痛苦，倒地喘息，"永别了我的朋友，永别了亲爱的父亲……噢！我死了。"

说完，就闭上眼睛不动了。

夏离面无表情地伸出手，在他胸前摸了一把，发现那一团已经干涸的湿迹完全就是水……

"你装，你再装。"他手提着猎枪捅了一下对方的胸口，"你浑身上下哪里有伤啊！你在涮我对不对？！"

直到现在，夏离才发现，自己的智商真是有些不够用。这个惨烈的现实令他有些伤心，而且还让他傻乎乎地听着这个疯子讲了半个小时的邪教教义。

"再不起来我就放狗咬了！"

夏离扯来哈哈喘气的老狗，老狗非常配合地张开嘴，向着他展示着自己的满口獠牙——虽然缺了一大半，但满嘴的口水还是蛮有威慑力的。

"不关我的事儿啊，殿下。"少年爬起来，狼狈地擦着脸上的口水，"我在山林中苦行时，就有人迎面一枪打碎了我的水壶，我还没来得及反应，本来我还以为这是主对我的考验，结果就有一条狗扑了上来。"

"喂，你在骂谁……"虽然明知道他说的是自己的狗，夏离还是有一种微妙的"被骂了没法还嘴"的感觉。

"能够在林间偶然相逢，真是在下的幸运。"那个少年整理好了仪表，向着夏离行礼，"贵安，公爵殿下。"

少年只是简单地在胸前画了一个逆十字，这并不是贵族觐见的礼节，可神情却在瞬间肃穆了许多："在下是逆十字教会派驻在学校教堂的代理神父，您可以称我为雅格。"

在浓密的树荫下，稀疏光芒照亮了他胸前的逆十字，光芒凌厉如刃，令夏离忍不住后退了一步。

第三个嫌疑人——逆十字教团的继承者终于出场。

这一切来得如此突兀，令人有些接受不了。

"在林间与您相逢时，我便知道您与主的缘分。只可惜我还在苦行之中，如果您愿意继续聆听主的福音，可以来教会找我。"

雅格露出温和无害的笑容，拂着教袍下摆的尘土，告退离开。

直到此时，夏离才注意到，在累赘长袍之下他竟然是赤足的！

这个和自己看起来差不多大的男人竟然一直赤着脚走在荆棘丛中。夏离看着他远去，不可置信："神棍都是变态吗？"

就在他发呆时，林中终于有轻灵的声音传来："少爷，您还在这里吗？"

爱丽丝在远处兴奋地向着少年挥手，然后颇为费劲儿地拽着自己身后的大车。

不知为何，看到她的笑容，夏离就觉得轻松了许多："爱丽丝你去哪儿了？自从到了猎场之后就不见了。"

"因为我一直在保卫少爷的安全呀。"爱丽丝一脸骄傲，双手叉腰，露出理所当然的笑。

"啊哈哈，你怎么保……保……护我了？"

夏离才说了一半脸上的笑容就僵住了，因为他直到现在才看到少女的大车。

车板上堆满了各种各样的狐狸老虎大尾巴狼，甚至还有两条被打断腿的野猪有气无力地躺在角落里哼唧着，负责拉车的马背上还挂着两个巨大的背篓，左边装着被打死的，右边塞着被活捉的……看起来简直就是一场灭门惨案。

"所有威胁到少爷安全的生物，已经被我一个不留地铲除掉了！不过还留下了几只火鸡，应该没问题了吧……"

爱丽丝兴奋地举起猎枪，笑容甜蜜，映衬着背后如山的猎物，真是英姿飒爽到夏离都为之倒地。沉默了十分钟，夏离终于遏制住了自己泪流满面的冲动。

这难道不是打猎吗？打猎难道不是拿着枪追杀各种无辜的野生动物吗……你全都打掉了，让我去打什么啊。

夏离仿佛已经看到自己下半辈子为了避免危险每天躺在床上，日渐发福，连饭都是女仆拿着勺子一口一口吹凉后喂食的场景了。

不过仔细想想也不错啊……然后他的思路开始跳转到奇怪的方向去了。

两人并肩走在林中，他随口问了一句："爱丽丝你找我有事儿？"

"有的。"少女轻轻点头，"刚刚康斯坦丁先生打电话过来了。"

"嗯？"听到康斯坦丁这个名字，夏离就下意识的有些害怕，"他说了什么？"

"他说宗室评议会的第二次考察团又来了。"

突然夏离摔了个大马趴。

"我才过了几天安生日子啊？不会吧！"

阴沉黯淡的走廊里，脚步声急如暴雨。

礼装繁复的男人带着下属径直向前，神情冷峻，一扇又一扇厚重大门在他面前轰然洞开。红色的地毯一直延伸到走廊尽头，当最后的黑铁大门打开时，信仰学院守卫森严的档案室终于展露。

在灯光照耀下，书卷发霉的味道飘扬在空气里，令他微微皱眉。而桌子后面，值守的教授缓缓起身。

来者伸出手："基利安，久违了。"身为学院主任的男人却比他要热情许多，用力地拥抱着自己的表兄："很久不见，巴顿侯爵。得克萨斯州的天气很冷？"

男人缓缓摇头："不，我从冰岛来，还没有来得及换衣服。我要的血样呢？"

基利安无奈地从怀里掏出一根细长铜管，放进他手中。男人端详了一下密封良好的铜管，再次问："能够确保是真的？"

基利安无奈叹气："为了采集这个，我的学生付出惨重的代价。"

巴顿侯爵缓缓点头，环顾四周后问："事不宜迟，就在这里吧。我以宗室评议会的名义征用这一间档案馆，你能确保一切消息都不会走漏吗？"

"当然了，我的表哥。"

基利安耸肩："这里可是长者信仰学院的档案室，保密措施自然没问题，发生了什么事都不会有人知道的。"

巴顿侯爵颔首，背后的侍从将两个沉重皮箱缓缓地放在了布满尘土的桌子上，动作轻柔。

基利安看着他们从皮箱里掏出各种仪器，极其迅速地清理掉灰尘和杂物，将桌子摆得满满当当的。当最后一个人恭敬地走出室外，关好门之后，房间里就只剩下了他们两个。

基利安有些好奇地问："你们不是已经有斯图亚特家族的血样了吗？为什么还要我们秘密准备一份？"

巴顿的表情阴沉下来："那一份血样出了问题。"

"问题？"

"你自己看看就知道了，希望我们是错的。"巴顿的声音令基利安一头雾水。

两个巴掌大小的铜罐被取出来放在了桌子上。巴顿戴上了厚厚的手套，缓缓拧开了其中一个的盖子。铜罐开启，露出其中细碎而又闪耀的金属沙砾。它们的颗粒极其细小，仿佛没有重量，随时可以融入风中，甚至微微地摇晃就令它们宛如液体一般荡漾起来。

但那种刺目的金属光芒，却让基利安觉得眼帘都被刺伤了。

"银？！"他悚然一惊，感觉到呼吸时火辣的刺痛。

那是种细微的银尘混合在空气中，飘入肺腔的痛感。

"是经过精炼之后，纯度百分之百的纯银之沙，直径只有一英寸的千分之一。"巴顿解释，"两罐加起来净重五百克，如果你当着它的面吹一口气，光是飘扬的粉尘就足够杀死我们所有人。"

"见鬼，那你还把它带进来干什么？！"基利安有些畏惧地后退，手忙脚乱的将口罩戴在脸上，压抑着愤怒，"把它带出去！看在主的分上！"

巴顿只是从封存良好的铁箱里取出了另一支金黄色的试管。大概五英寸长，指头粗细的试管上散发着暗金色的古拙色彩，绘刻着圣经里的恶魔和地狱。

那是血族中仅次于至高的色彩，区别于传说中远古时代中神裔的纯净，滴落于人间的血族已经被染上了原罪。因此它不再是纯净的黄金，而是以暗金代表。

——那便是仅次于王爵的存在，公爵的象征。

巴顿展示着上面的双头蛇相噬的图纹给基利安看："这一份血样是我从冰岛带回来的，从噬身蛇家族求取到的……"

"原始血样？"基利安低声问。

"没错，那位据说活了一千七百年的公爵简直是血族进化史的活教科书，血族的所有进化过程都被囊括在他的血液中。可它本身却是最古老的原始基因，堪称范本。"巴顿停顿了一下，拧开了试管的塞子，"最古老的蛇之血一旦和银相遇，那么……"

基利安还来不及阻止，半管黏稠的鲜血就已经被倒进了装满银尘的罐中。

那黏稠的血液明明是暗红色的，但是却令人感觉像顶级的红宝石一样清澈。它从管中流出，拉出充满韧性的丝，最后落入罐里。

一瞬间，就像是打开了地狱的闸门。

无法言喻的尖锐声响从铁罐中扩散开来。好像有人将金属烧红后丢进了冰水中。

铁罐中的鲜血在那一瞬活过来了，和流动的银厮杀，两者之间泾渭分明，每一次的冲击都带来令人惊惧的撕裂声响。它们在铁罐中和桌子一起剧烈地颤动，却没有一粒粉尘从其中飘出。浓厚而刺鼻的白色气体从罐口升腾而起，如同鲜血和银中被撕裂的魂灵。

它们是天生的死敌，完全无法共存的两个极端。

铁罐中疯狂的颤动和"厮杀"一直持续了十几分钟，直到最后，所有的银都被消耗殆尽，而蛇之血也变成了一堆灰黑色的黏稠浆液，落在了铁罐的底部，那是厮杀的余烬。

"银可以杀死我们，可我们的血同时也可以杀死银。"巴顿幽幽地说，"基利安，这就是宗室评议会评定血统位阶的标准。"

基利安早已经满头冷汗。他虽然是宗室评议会的外围成员，但如何评定血统标准是宗室评议会的最高机密，他从来不曾想过这个世界上有这样耸人听闻的方法。

当他终于反应过来时，视线却落在了巴顿的右手中，那只手抓着的是来自夏离的血样。

"基利安，你刚才问我血样究竟出了什么问题，如果没有意外的话……接下来你就可以自己看到了。"

巴顿的手指倾斜，一线血丝从试管中落下，落进银尘之中。

寂静吞没了一切，基利安踉跄地后退了一步，充满血色的眼被银色的辉光照亮了。

铁罐中悄无声息，当赤色的血如针一般刺入了流动的秘银中，无声地激起了漩涡，紧接着，铁浆沸腾的光绽放，银色的焰如蛇一般蹿起。

那是银在……燃烧？

长椅和地面摩擦发出尖锐的声音，基利安手扶桌子，用力支撑，可表情却被火光照耀成惨白："点燃了？"

"不，那只是你的幻觉而已。"苍老的巴顿缓缓摇头，将手套摘下，枯朽的手指伸入了"火焰"之中，但却毫无损伤。

基利安终于清醒过来，死死地盯着银色的火，低声问："物质的残灵？"

"不止如此。"

巴顿再次探出手，五指没入了流动燃烧的银沙中，却没有预想中皮肉焦烂、哧哧作响的可怕反应。他从其中随手抓了一把银沙，细密的银尘在老者的五指之间变换出各种形状，从指尖落下。

如果这其中所发生的现象得以公布，那么这将令无数人和血族疯狂。

银是血族的天敌，此刻却对血族完全不起作用了。

就像是，银的毒性已经完全消失了！

"这是性质的变化，也是灵魂的转换。"巴顿擦干净了手，肃声问，"基利安，这样的描述，你有印象吗？"

"……"

基利安颓然坐回了椅子上，沉默不语。

他在收拢了百分之七十古代文书的档案室里待了半个世纪，怎么会不明白？在辉光之火中，物质的残灵和性质得以重生和变化。那是无数年来，血族所梦寐以求的东西，能够点石成金，能够溶解万物，能够将破碎的基因进化到完美……

他抬起头来，轻声问："——贤者之石？"

"不，还没有到那种程度。它并不完美，也令人捉摸不透……"巴顿摇头，"我们甚至无法判定他的血究竟源自哪个家系，是否是公爵位阶。自从那帮神经病炼金术士被剿灭之后，这个世界已经没有人能够界定这些东西了。"

"有多少人知道这件事儿？"基利安觉得喉咙里有些发干，"下议院的那些老家伙会发疯。"

"他们不会知道的，这个秘密只在最高的黄昏议会的六名议员中流传。"

"宗室评议会打算怎么做？"

"血统方面存疑，其他方面照常进行。"巴顿看着铁罐中即将"燃烧殆尽"的银，抬起眼睛，"所以才会有第二次评议。"

"内容呢？"

"血统，确定他的血统来自哪一个家族，甚至是否是……那些堕落者。"巴顿压低了声音，"我现在已经开始怀疑，夏离是否是梅丹佐的后裔。我们对他的父母完全一无所知，无论我们怎么调查，都无法查出十几年前究竟在斯图亚特家族发生了什么，唯一的线索就是他的父亲曾经在这里执教。"

"你想要学院存留下来的档案？"基利安明白了他的想法，露出苦笑，"档案馆在十一年前发生过一次大火，近半的档案被烧毁了。"

"如果是这样的话，那我就只能直接进行评测。基利安，让你的人配合我，至少不要阻挡我。我决不能让那群堕落的恶鬼死灰复燃。"

基利安的神情苦涩，缓缓点头："好的，我会吩咐下去的。"

"那就再好不过。"巴顿起身告辞，"再见了，基利安爵士。十分钟后我约了那位新晋的公爵大人，要做的事情还有很多。"

他提起了皮箱，转身推开门，可是在即将跨出去的那一瞬间，他却停住了，扭过头看向身后。

昏暗中的基利安低着头，双目微闭，似是祈祷。

"基利安，我知道你对我隐瞒了一部分事情，你从小就是这样。但我希望你清楚，有些事情是你和你背后的那位校长瞒不住的。"巴顿低声说，"而且，你是真的想不起来了吗，基利安？贤者之石的另一个名字。"

他不再说话，转身离去。大门在他身后轰然关闭，脚步声远去了。

在足够听到心跳声的寂静中，基利安的祷告终于结束。微弱的阳光透过了巨大的换气扇页照在他身后的墙壁上，在明暗变动中，灰尘从空中簌簌落下，沾染在他的白发上。

基利安伸手按在桌子上，手指在浮尘中留下了一个苍老的图腾和徽章，宛如古蛇与荆棘交缠的碎片。

凝望着它狰狞的棱角，基利安低声呢喃："……不灭的王之血啊。"

"亚伯，你说宗室评议不会又要搞什么幺蛾子吧？"

"少爷，这一次，宗室评议会来意不善，可能已经决定寻找借口削减我们的封地和产业。自从老公爵去世之后，他们就想要除掉我们了……我们长期游离在核心之外，给了他们太多不安。"

"那怎么办？"夏离停下脚步，摸遍了自己的口袋，最后只能摸出一把指甲刀，"呃，看来只能拔刀硬拼了？"

"还不到兵戎相见的时候。"亚伯摇头，"可惜在下只是管家，权力所及也不过是在庄园之内。对外的事项和大多数机密都是由康斯坦丁先生掌握着，如果他在就好了。"

"康斯坦丁呢？"

夏离如同八国联军进京之后的老佛爷，抓着小太监不停地问："李中堂去哪里了？！"

"他说还有一些事情要去处理。"亚伯神色郑重，抚胸进言，"请少爷放心，在下将力保家族产业不失。"

看到管家如此认真严肃，夏离心中的慌乱平复了许多，他深吸了一口气，点头，推开办公室的大门。

阴暗的房间里，正中的窗户大开。

正午凌厉的阳光照进，刺破了灰暗，留下一条细长而耀眼的光带。

房间里，使者们坐在长桌的后面等待，逆光的情况下，夏离看不清他们的脸，只能看到一片模糊的黑影。亚伯跨前一步，和自己的主人并肩，神情冷厉。

一片静谧之中，为首的苍老男人首先打破了这一份寂静。素来以阴沉刻板闻名的巴顿侯爵率先单膝跪地一瞬间，所有使者都弯下腰，跪倒在夏离的面前。

此时此刻，夏离的心情实难形容。已经做好了鱼死网破的准备，却没有想到，刚刚见面还没撸袖子抄家伙准备干架呢，这群家伙怎么就趴地上了？刚刚还像是《教父》一般的阴沉冷峻，还没几秒钟为何就变成了清宫剧？

这下可糟了，如果双方剑拔弩张，夏离倒知道该怎么办，就算是打不过也能跪地求饶啊。可现在跪是跪下了，可跪的是对面，这是怎么一回事？

夏离错愕地后退了一步，可巴顿却牵起少年的手掌，将他食指上的戒指顶在眉心上："真荣幸能够在这里见到您，殿下。愿您的荣光不朽。"

"呃，很好，很好……"

夏离嘴里干巴巴地应付着："那个，免礼平身吧。"

没有预想中的山呼"谢皇上"，巴顿从地上起身，神态雍容，从助手的手中接过了一份文件，递给了亚伯。"我们代表宗室评议会而来，首先要为上一次代表团的态度进行道歉。"

没有想象中的冷声厉色，宗室评议会的代表团到来的第一件事竟然是道歉？

亚伯接过文件，掀开之后，眉头忍不住皱起。

"这是资产表，为表歉意，我们已经罚没了上次三名主事者的家族爵位，他们的家族封地在公爵评议结束之后，归属在斯图亚特的封地中，期限是三百年。"

这代表着，这三百年之内，三家封地的所有产出都归斯图亚特家族所有，六个庄园、十三个酒庄和两个纯血马牧场。

这还仅仅是明面上的不动产。文件最下面的那一栏表明，这两个家族居然还拥有一条血货生产线。

虽然时代变了，但血族毕竟还是血族，虽然有个奇怪的神可以崇拜，但依旧无法改变吸血的本性，血货对他们来说至关重要。只不过，随着时代变化，"血货"的意思也在不断变化。

在八十年前，血货是指那些被圈养在地牢之中的奴隶，他们面色惨白，四肢孱弱。负责为血族提供日常的血液，日复一日，等待死亡。而现在，血货则变成瓶装饮料生产线一样的东西，上千个经过严格筛选、体质良好的人类和一家神秘的医药品公司签订合同，定期以自己的血液换取不菲的酬金。

对于质量上佳的血，血族总是不吝啬金钱。

夏离虽然对血有些排斥，但对钱却无比欢迎。绿油油的美钞多好啊，有谁会讨厌"富兰克林"呢？

没有预料中的你死我活，会议在其乐融融的环境中展开。这种会夏离巴不得多开几次啊。可惜，接下来巴顿的话却令气氛再次僵硬起来。

"那么接下来，我们来说一说公爵评议的内容吧。"巴顿声音低沉，室内的气氛骤然转为肃穆。

凌厉的阳光将会议桌分为了两截，评议的使者们和夏离分坐两侧。温和的伪装被揭开了，亚伯和巴顿冷然对视着。

夏离茫然地坐在阴暗里，看着他们之间的微尘从狭长的阳光里飘起。

据说在中世纪时，血族还不能够免疫阳光。

当时他们行走在黑夜中，被阳光照到就会在燃烧中化作尘土。在混乱世纪，尊王未出，诸位公爵在黑夜里互相杀伐，战争每天都在持续。

而当他们准备缔结盟约、结束战争的时候，就会选择在白日中举行仪式。在阴暗建筑中，以阳光隔绝成两个世界。双方隔着那一道死亡界限开始谈判，若是入夜之前无法完成，那么便继续厮杀。

如果在白昼之时结束，那么双方的手掌将在阳光之下握紧，以灼伤刻痕来见证契约。双方以自己的血发誓，在这一道伤痕痊愈之前，绝不再战。

而现在，夏离看着他们之间的那一隙阳光，却忍不住想要吹走飘浮的灰尘。

依旧没有剑拔弩张、杀气肆溢，那个苍老的男人虽然带着严肃的神情，在和亚伯交涉的时候，也会时不时地看向夏离，点头致意。双方似乎有意地飞快掠过了很多前奏，在亚伯阴沉的神情中达成了共识。

"殿下，公爵级的评议一共分为三次，第一次是评定您的身份，而第二次评议的内容，针对的是您的血统。而第三次评议，则是您的圣痕。"

巴顿问："对此，您有什么看法？"

"嗯？呃，那个……"

其实这么半天夏离光顾发呆了，他的英语程度尚且堪忧，显然完全听不懂两个人语速又急又快的法语。而双方讨论到最后时，已经完全没注意到旁边的公爵大人早已经神游天外了。

夏离沉默了半天，有些犹豫地看了亚伯一眼。鼓起勇气问："'圣痕'，是什么东西啊？"

"……"

一言既出，满室寂静，巴顿郑重的神情顿时变得极为精彩，充满了错愕、疑惑，还有同情？

"殿下继位仓促，未曾了解过相关的常识吧？"巴顿起身叹息，"看来斯图亚特家族的'准备'，也不是十分充分，今天的接洽，恐怕只能到这里了。"说着，他推开门，恭敬地向着夏离行礼。

"那，我等告辞。"

"我说，兰斯洛特。圣痕是什么啊？"午后的阳光下，夏离百无聊赖地躺在沙发上，数着天花板上的条纹。

"圣痕？"沉迷于X-box（美国微软公司推出的一款家用电视游戏机）的白烂老师抬起头，"这个，很难解释清楚啊……"

兰斯洛特挠头苦思了半天之后，丢掉游戏机手柄，翻出一台平板电脑。"好了，接下来就是兰斯洛特老师的授业时间了。"

他戴着一副黑框眼镜，抱着平板电脑，罕见地露出认真的样子："来，夏离同学，我问你，你知道全世界的血族有多少人吗？"

理所当然地，夏离摇头。他知道全球人口有六十亿都是好几年前的数据了，又怎么可能知道血族有多少人。

"好吧，如我所料。"兰斯洛特叹息，"根据宗室评议会的统计，全球的血族一共七十万人左右，其中大部分都是血统混杂的普通人。拥有爵位的人，总共只有五千上下，其中大约四千人是最泛滥的男爵和子爵。大约九百人是代表血族中坚力量的伯爵，而再往上，全球一共有八十七名侯爵，他们是主宰了一整个家族的家主，也是血族的统治阶层。"

兰斯洛特指着平板电脑上出现的种种图片，介绍着血族的小百科，最后将意味深长的视线落在夏离的身上："而君临于侯爵之上的，就是整个血族世界的统治者，七个家族的主宰者，七名公爵。"

屏幕上的图片一换，变成了七个模糊的影子，七个人影站在数十万血族社会阶级的顶端，位于金字塔的最上层。

在其上方，除了一个奇怪的环形符号之外，再无其他。但那个符号夏离却觉得在哪里见过，看起来就像是和残月缠绕的蛇。

"接下来就是问题了，为什么这七个人能够君临于血族的顶层呢？殿下，你想过吗？"

夏离想了一下，再次摇头。

这一次兰斯洛特没有贱笑了，而是露出一种肃冷的神情："因为他们是奇迹的见证者，背负着神话时代所流传下来的凭证。"

他的手指在屏幕上点了一下，迅速切换到了另一个画面。

在屏幕上，是一张黑白的照片。苍老的男人背对屏幕，裸露着上身，柔顺而苍白的长发束成马尾，披在他的脑后。

苍老和强壮汇聚在他身上是如此的和谐，在他松弛的皮肤之下，强健的肌肉拱起如蛇。他的后背上有一个模糊的印记，仿佛以锈蚀之铁的色彩所铭刻，覆盖了他整个后背，那是两条相互吞噬的蛇。

——噬身之蛇。

其意为生命、循环与混沌。

"这就是由王所赐予的力量和权柄啊，夏离。"兰斯洛特轻声说，"神和人的契约，以血铭刻在灵魂上，世代相传，就是圣痕。也唯有圣痕，才是力量的凭证。"

"这是在一百多年前，照相机刚刚可以使用感光材料成像的时候，北欧的噬身蛇公爵为自己所照的。

当时的他已经一千二百多岁了，但依旧强健不似凡人。噬身蛇家族传承的是蛇之血，圣痕所代表的是生命和循环之力。这位老公爵曾经在硝酸银的蒸汽中漫步半个小时，当时隔着玻璃，所有人都看到他的皮肤如蛇蜕一般不断剥落、再重生……他是不死的。"

夏离看着屏幕上那个苍老而凌厉的背影，早已经惊呆，良久之后他抬起头问："那彭多拉贡家族呢？"

"龙血家族传承的当然是龙血之印，那是无双的力量和狂暴。这一代的尤瑟公爵曾经双手持刀剑斧戟，一人之力硬拼数百名血族的围攻，依旧不败。"

"麦克斯维尔家族呢？"

"他们严格地来说，是由天平家族分化出来的，虽然不大可能诞生出血统纯净到能够拥有圣痕的后裔，但如果有的话，必定是'演绎法'，简而言之，就是逻辑和计算。"

夏离沉默了片刻之后，有些不安地问："那……斯图亚特家族呢？"

"不知道。"兰斯洛特干脆利落地摇头。

夏离的表情抽搐了一下，有种想要掐死他的冲动："喂！为什么一到最重要的时候，你就什么都不知道了啊？！"

"这种事情不能问我吧？"

兰斯洛特用一种复杂的眼神看着他："殿下，您才是斯图亚特家族的公爵啊。斯图亚特家族又没有公布过圣痕的能力。您都不知道，我怎么会清楚？"

夏离无奈地低下头，这事儿也不怪其他人，自己就连血族的血统都还没觉醒呢，更别说是圣痕了。沉思片刻之后，他恍然大悟："我知道了！"

兰斯洛特的眼睛亮了起来："是什么，是什么？"

"你说，斯图亚特家族的圣痕能力……"夏离有些犹豫地问，"该不会是讲烂笑话吧？"

兰斯洛特的神情顿时变得极为复杂，他沉默地看了夏离半响之后，缓缓点头："确实，有可能。"

　　……

　　沉默被推门的声音打破，亚伯神情阴沉地走进大厅："少爷，我拜访过学院的校董会，留给我们的时间不多了。我们必须通过这一次的检查，宗室评议会内部很多人都已经开始怀疑您是人类。"

　　"岂止是他们？"夏离破罐子破摔地嘟哝，"就连我自己都觉得我是人类啊……"

　　提到这个，亚伯看起来就有些头疼。斯图亚特家族的血统一向以稳定著称，可传承到夏离这里的时候，原本是优势的稳定就变成弊端。谁都没想到，人类之血竟然压倒了血族的血，这样的情况根本就没出现过。现在，这种稳定反而变成锁。血族的血统无法显露，圣痕是否存在，也自然无法判断。

　　"这日子没法过了啊。"

　　夏离趴在沙发上："要不回老家算了，大不了这个血族公爵我不当了。反正我老家还有一套房，公爵当不成，我好歹还有个北京户口呢……"

　　他盘算着自己的账户里还有多少钱，已经开始计划回北京之后怎么勤工俭学了。

　　"少爷，不可轻言退！"管家肃声说，"斯图亚特家族还没有到危急存亡的地步，一切还有转机。"

　　"那怎么办？"夏离毫无斗志，"难道要让他们发现我其实是人类，然后把我吊起来钉在十字架上？还是扒皮之后丢进硫酸窖井？"

　　血族折腾人的法子花样繁多，光是听听就令他全身发毛。据说在中世纪的时候，如果有人在公爵乘马疾奔而过的时候胆敢不跪，都会被吊起来鞭刑七十。如果宗室评议会认定夏离这公爵是赝品的话……谁会知道有多可怕的结局等着他呢！

　　说到了这里，亚伯也一筹莫展，毫无头绪了。

　　"主公，我有一条糙计！"

　　这时候兰斯洛特从角落里爬起来，认真地举起手。就算是短短两天内已经深知他白烂本性的夏离也忍不住抱有了一分希望："速速道来！"

　　兰斯洛特从地上摸到了自己的眼镜，装腔作势地咳嗽了两声："在很久之前呢，我们血族就开始……"

　　"说重点！"

　　在亚伯杀气腾腾眼光之下，兰斯洛特只好尴尬地说出了自己的计划："如果想要激活血族的血脉，不如让殿下喝点血？"

　　说完，他就露出志得意满的神情，好似进了曹营的徐庶，坐在茅庐里的诸葛亮，就等着别人倒屣相迎，三顾茅庐，抱着他的大腿喊"军师救我"了。

"不要！"夏离果断地推翻了这个计划，引得兰斯洛特一阵错愕："为什么不要？"

"闲着没事儿喝血干什么？"

夏离他活了十八年了，从小接受义务教育，在扫荡一切牛鬼蛇神的阳光下长大，喝得最多的就是凉白开和可口可乐，突然之间要喝血什么的，他接受不了啊。或许，在他的心底，始终觉得自己还算是人类。

这时候，敲定主意的是管家。

亚伯沉吟了片刻，缓缓点头："依我看，这办法可行。"

"喂，亚伯……"

"少爷少安毋躁。"亚伯挥手，严肃地说，"身为血族，少爷你的血统一直沉寂了这么多年，和少爷你从不饮血的习惯是有直接原因的。在中世纪时，纯血贵族甚至在出生时就要沐浴鲜血，觉醒本能。可少爷你从小都没有进行过相关的仪式和饮食，我觉得需要试一试。"

"怎么试？"

夏离傻了眼，指着窗外湖里的大白鹅："这学校里到处都是吸血鬼，想要血的话，只有门外湖边的那一只大白鹅，难道你准备放鹅血给我喝？"

亚伯皱眉："这是个问题，吸食同类鲜血在血族内部都是禁忌，可是放鹅血的话，又太不成体统……"

亚伯开始为难，可兴奋举手的兰斯洛特将夏离推下深渊。

"我有啊！虽然这个月的血货配额还没发下来，但我以前一个同学给我寄过来不少。"他兴奋地钻进厨房，一阵叮当咣啷之后，抱着一个瓶子走出来。

"自从他离校去了印度之后，我们失去联系好多年了啊。前些日子忽然给我送来了一瓶好货色，还说这是印度特有的风味。"

他兴奋地晃着刚从冰箱里取出来的瓶子："经过血货管理部的认证，绝对的处女血。我都还没舍得喝呢。"说着，他敲掉了瓶口的封漆，拔掉了软木塞。倒掉夏离杯子里的红茶之后，满满地斟上了一杯。

夏离有些犹豫地端起杯子，闻了闻，只觉得一股腥味儿扑面而来。他抬头，小心翼翼地问："不喝行吗？"

面前两人整齐划一地摇头，并且显露出牛不喝水强按头的神情。

夏离愁眉苦脸地看着杯子，寻思着长痛不如短痛，咬牙切齿，端起了杯子，咕咚咕咚全都喝掉了。

砰！

精致的金丝珐琅瓷杯从少年的手中脱落，跌得粉碎。一瞬间，他的面色变成铁青色，旋即又变得赤红。夏离握紧扶手，浑身颤抖着，感觉自己仿佛吞下了一团燃烧的炭火。火焰的力量，仿佛要将自己点燃了！

"少爷，感觉如何？"亚伯踏前一步，神情关切。

"有些奇怪，有些……"

少年的嗓音沙哑，手指抽搐地扣着自己的脖子，嘶声说："——辣啊！"

瞬间，夏离从沙发上跳起，冲进厨房。很快，呕吐的声音从厨房里传来，那种软趴趴的油腻和辛辣，还有一丝古怪腻人的甜香味道令他几乎将早饭都快吐出来了。

"这是什么东西啊兰斯洛特！"他痛苦地嘶吼，"你想要杀了我吗？！"

在管家凌厉目光的逼视之下，兰斯洛特露出尴尬的神情。

他战战兢兢从地上捡起了一片碎瓷，嗅了嗅之后发现不对，又端起了手里的瓶子。看着瓶子下面铭刻的印度语，兰斯洛特恍然大悟。

"呃，怪不得是印度特色。"兰斯洛特感叹，"这是火辣咖喱味儿的啊！下次煮鸭血汤的时候倒一点，好味！"

厨房里，夏离痛苦咆哮。

经历了一系列鸡飞狗跳之后，夏离又吐了两次，好在爱丽丝下课归来，帮他灌下了大量的冰水和薄荷粉末，总算消停了一点。

被管家倒吊在客厅里的兰斯洛特发出哀鸣："殿下，对不起，殿下，我错了……殿下，您不能这样啊。"

管家动作不停，依照夏离的吩咐，将漏斗插进了兰斯洛特的鼻孔里，然后将瓶子里的咖喱味儿处女血全部一滴不剩地倒了进去。

在惨叫声里，夏离总算感觉到心情好了许多。

"总之，再也别跟我提喝血的事儿了。"

面色苍白的夏离靠在少女怀里，觉得自己已经死掉一次了："印度咖喱酱，喝一次就够受的了……"

"不会吧！"谁都没想到，首先发声的是被吊起来的兰斯洛特，二货老师充满了惊愕和遗憾，"那接下来怎么办？"

这次反而是夏离有些惊奇了："等等，老师你怎么这么关心我……"

"这是一个老师应该做的，咳咳……"说到一半之后，他看着夏离完全不相信的样子，只能无奈叹息，"好吧，如果你二次考核没通过的话，那个X-box我可不可以拿走？我是说连着手柄一块……"

少年沉默许久之后，怒吼声几乎冲天而起："我一个公爵还不如一台X-box吗？！

亚伯，给我换成辣椒油！"

金属大门在尖锐摩擦中洞开，年轻男人走进光线幽暗的地下室里，漠视黑暗。

狭窄的斗室中只有一张桌子，两把椅子。两个装着纯净水的纸杯静静地放在桌子两头，像是用来会面和谈话的地方。

在那里，苍老的中年人似乎等待已久，有些白色阴郁的眼瞳沉默地看着后来者。而康斯坦丁只是坐定在他的面前，神情漠然。

"康斯坦丁先生，恐怕你也清楚，宗室评议会找你来是想要询问什么。"巴顿的手指按着水杯的边缘，轻声说。

康斯坦丁不为所动："阁下，我对黄昏议会的打算没那么清楚。"

"好吧，那就直说。我不喜欢弯弯绕。"巴顿敲了敲桌子，"作为第二次评议的执行者，我还有一个任务，那便是调查公爵真正的死因。是谁，主导了那一次刺杀。"

他紧盯康斯坦丁的眼瞳，似乎是想要找出什么东西："你我都清楚，几百年前黄昏议会所遭受的那一场动乱，被废黜的五个家族在其中出力不小。"

康斯坦丁沉默不语，眼神像是埋藏着静谧的海潮："我知道，他们自称为'死灰'。"

"可是为什么这些年来一直没有什么大动作的他们，却在半个月前忽然犯下了'刺杀公爵'的大罪？"

"你想说什么？"

"我想说的是，究竟是什么让他们冒着覆灭的危险去进行一次刺杀呢？"巴顿的声音依旧平稳，"他们必然有所图谋。"

康斯坦丁冷眼看着他，反问："查清凶手不是黄昏议会的责任吗？何必来以此诘问斯图亚特家族？"

"因为我这里，还有一份更周详的消息。"

巴顿将一份卷宗放在桌子上，轻轻推过去："经过我们的调查，我们才发现，他们所想要的并不是我们想象的那么简单。针对斯图亚特家族，他们早已经有了一个详细计划，负责这个计划的人被他们称为'银骨'。他们的目的，就是要掌握斯图亚特家族真正的秘密，为此，他们已经准备了几十年。"

"秘密？"康斯坦丁的声音冷漠，"斯图亚特的秘密数不胜数，不知道你说的是哪一个？不论是哪一个，都并不是你可以了解的东西。"

巴顿低声笑起来，缓缓摇头："金融运营？政治斗争？军工制造？那只是小节。我所指的是哪一个，你真的不明白？"

"阁下，如你所见。"康斯坦丁冷淡地说，"我只是一个秘书，在斯图亚特家不是什么大人物，作为一个曾经的人类，我在血族之中也并非勋爵，就连我的血统都只是前代公爵的赐予。对于斯图亚特家族来说，我的存在，无足轻重。"

巴顿忍不住嗤笑："你想说，所有的秘密都被新晋的公爵掌管？我不知道他是否是梅丹佐殿下的正统继承者，但他甚至不知道什么叫作圣痕……身为公爵连自身的荣耀都不明白，你真的将什么都交给他了？"

康斯坦丁沉默了。

巴顿睁开了浑浊的眼瞳，以言辞递出了刀锋："包括，圣杯吗？"

那一瞬，仿佛有冰霜碎裂、铁石冻结的声音响起，隐约的光线越发黯淡，像是有无形的黑暗在扩散。

康斯坦丁终于抬起了头，眼瞳之中是旋转的猩红："收回你的话，巴顿，或者说'日丹'，俄罗斯人的野蛮不是你失礼的借口。"

"被激怒了？"巴顿笑起来，并不在意他叫出自己曾经的名字，"既然你觉得我冒犯了你，那为何不拔刀？我想要看那把刀已经很久了。"

那一瞬，一道隐约的光宛如飞鸟一般掠过，从巴顿的眼前一瞬紧贴之后，刀锋在眼膜上留下了冰冷的刺痛触觉，又无声地远离。

如同幻觉。

巴顿的身体僵硬了。

对于康斯坦丁的身手，他早有预料。但是他从没想到过，议会的人也从没有想到过，康斯坦丁竟然有那么快。

快到一瞬间能够杀死他自己，在血喷涌出之前，他都反应不过来。

"看清楚了吗？那把刀上面有两道刻痕属于你的家族。"康斯坦丁起身，声音冷淡，"巴顿阁下，既然你清楚那把刀上的刻痕代表什么，那就不要试图把自己也添进去。至于这不愉快的谈话，就此结束吧。"

他拉开铁门，在枢纽摩擦声中，听到背后阴沉的声音传来："上帝之犬，你在威胁我吗？"

康斯坦丁扭头看了他一眼，似是轻蔑，似是傲慢。

"谁说不是呢？"

大门轰然关闭，在寂静的黑暗中，巴顿静静地坐着，许久之后，电话的铃声响起。巴顿接起，沉默地倾听，直到最后才缓缓点头："明白了，阁下。"

电话挂断，巴顿恢复了面沉似水的神情，直到助手推门而入。

"长官，我们在中国的调查员发回了消息。"助手抱着文件，欲言又止。巴顿点燃烟卷，挥手："说吧，现在也不是什么好时候，再糟糕一些也没关系。"

"是。"

军队出身的助手下意识挺直了身子："线索来自道森爵士向议会举报的一份证据文件。半个月前，我们派了专员前往中国再次进行调查。我们收买的内应得到了确实的消息——道森说的完全没错。在档案的记载中夏离早在十几年前已经死了。"

一瞬间，巴顿皱起眉头，但是却没有打断他的话。

"中国警方的资料上说他死于一场高烧，但真正的原因其实是猎魔人的捕杀。一份档案记载了整个过程。"

助手呈上了手中的总结报告："一群未知的猎魔人通过追查黑市中血货流动的方向而找到了他的父母，初步判断他们是一件连环杀人吸血事件的凶手，于是为了不令受害者范围扩大，他们迅速地决定了行动计划。"

"在第三天时，夏离的父母开车接他从学校回家。在绕城的高速公路上，猎魔人开动了两辆卡车将他们夹在了中间，子弹击碎了车窗，然后他们向其中投入了特质的闪光弹和催泪弹。"

"百倍的紫外线和硝酸银摧毁了他们的反抗能力，紧接着纯银的子弹将整个车都射成了筛子。整个过程在十分钟内结束，收尸人最后带走了他们的尸体，当天焚化完成。那一辆车被拖车带到了最近的垃圾处理厂，砸成了一坨金属块之后丢进了熔炉……"

室内的气氛越发凝固，巴顿似乎化作了石像，可无形的压力却像是不断增加的重力和气压一样，令空气几乎凝固。

助手的额头微微见汗，有些不安："长官，现在的那位公爵究竟是否……"

"我们暂时还不能断定现在的公爵是否是假冒。没有决定性的证据，就不足以撼动评议的过程。至于那位公爵的真伪……"

他沉默了片刻，直到烟卷快要燃烧殆尽，才忽然笑起来："马克，为什么我会觉得，就算是遭到了这样的袭击，那个孩子也能够活下来呢？"

助手马克沉默不语。

巴顿将熄灭的烟卷丢进水杯中，发出命令："这个消息暂且封锁吧。我不希望在外面听到什么传闻。"

"这就是一个坏消息了，长官。"马克苦笑，"公爵殿下其实是人类的流言，已经在学校里散播开来了。"

副校长办公室中，无休止的纠缠似乎还在继续。

"我说基利安先生，斯图亚特家族这些年给了多少投资啊，咱总得让他过了这一次吧？否则良心上过不去啊老师……"

"兰斯洛特，给我从地上起来，你的样子就像是一条被拔了脊椎骨的蛇。"已经受够了的基利安低头看着地上滚来滚去的男人，不耐烦地踹了他一脚，"你也听到流言了？"

"对呀对呀。"兰斯洛特爬起，一脸义愤填膺，"一看就知道是学生会的人干的！先是打听到夏离的血统存疑，开始病急乱求医，然后在收到情报之后开始散布流言。"

"你怎么知道得这么清楚？"

"因为他们打听的那个人……"兰斯洛特羞涩地指了指自己，"就是我呀。"

似乎看到了基利安迅速难看起来的脸色，兰斯洛特顿时慌乱地扑上去，轻车熟路地抱住他的大腿哭叫："但我是无辜的啊基利安先生，我只是被三张泰国菜餐券诱惑了灵魂，现在我已经深深地悔悟了，嘤嘤嘤……"

"够了，兰斯洛特，看着我，不要再抱着那个花瓶了！现在的你简直就像一坨臭掉的意大利面！"基利安怒吼，"公爵的事情，你有什么资格干涉？抛掉代理教授的头衔，你只是一个留校的学生。就算两年前，你也是一条除了生物学之外，门门功课挂红灯的废物。格斗课零分，连枪都不会用……你又何苦可怜他？难道是惺惺相惜？"

兰斯洛特泪眼蒙眬地对着花瓶哭诉："先生，你看，我确实是一个废物，但我有爱啊！爱是最伟大的力量啊基利安先生。有人说有爱就能改变世界呢，你都四十多岁了，还没有女朋友，一定是因为你没有爱的原因！"

基利安的脸色越来越黑，仿佛看到熟悉的"傻子气场"正在逼近。

自从五年前这个家伙入学，他就因为伤脑筋开始掉头发，可随着头发越掉越多，他发现自己已经渐渐习惯……

他深呼吸了两次，神情严肃起来："兰斯洛特，你想过吗？如果他真的是人类的话，你将他留在这个学校里，毫无疑问是将羔羊丢进了狼窝。"

"可学院里又并非只有他一个人类，克里斯汀同学不也是吗？"

"克里斯汀是神圣之女，和他不一样！再说了，克里斯汀可是第一个以人类之身获得爵位的人，她能用冷兵器一个人轮战纯血社的十六名贵族骑士之后战胜朱庇特，可夏离他能行吗？他留在这里只会害了他。血族的世界里没有人类的地位！"

"可是他走了之后，我就没有大别墅住了啊！"兰斯洛特带着血泪控诉，"没有游戏机，也没有二十四小时专职厨师，没有楼顶的游泳池，也没了能够直接看到对面女生宿舍楼的望远镜……这样的生活不如死了算了。"

"你在这里求了我三个小时，就是为了自己能够继续偷窥女生宿舍吗？！兰斯洛特，你的追求呢？！"基利安终于受不了这个贱货了，他从书架上拔出了自己家传的宝剑，准备乱剑砍死这个学院之耻。兰斯洛特还没有来得及讲话，便听见背后大门被推开的声音。

"先生，不好了！"

狂奔的信使失礼地推开了门，剧烈喘息。旁边的兰斯洛特捏着嗓子搞怪："师父和二师兄被妖怪捉走了。"

"乔恩先生，出了什么事？"基利安皱起眉头，"作为学校的守门者，你应该淡定一点。"

乔恩语调急促："半个小时前，宗室评议会启动了紧急评议的议案，刚刚没经过我们的允许，已经带走了公爵大人。恐怕是已经准备开始二次评议了！"

瞬间，基利安如遭雷殛。

"这么快？！"兰斯洛特低声呢喃。

天空之中，黑色旋翼划破空气，直升机穿梭在云层中。

机舱里只有不断震颤的声音，夏离靠在颤动的舱壁上，总觉得自己快要掉下去了。没有了康斯坦丁和亚伯的保卫，他感到前所未有的脆弱。

"抱歉，殿下，冒昧打扰，敬请原谅。"

对此，对面的巴顿毫无诚意地道了个歉。

夏离忍着晕机的眩晕，沉默不语，只能肚子里不断腹诽：我要是不原谅你，你可以去切腹吗……

"虽然令殿下不满，但这实属无奈之举。为了在谣言扩散到引起血族社会不安之前解决问题，我们只有将评议的时间提前。第二次评议将在三十分钟之后开始，请您做好准备。"

"让我做准备之前，起码先告诉我该准备什么吧？"

在高空中，气温过于低下的机舱里，夏离身上只盖着一张有些简陋的毯子，忍不住打哆嗦："这都快飞出旧金山了吧？"

"不，还没，但很快就到了。"

巴顿低头，俯瞰窗外阴云，还有云层之下隐约的海畔，阴沉的小岛就在海浪之中屹立，依稀能够看到海水拍击锈蚀的栏杆，化作粉碎的模样。

"这里是Alcatraz Island，意思是鹈鹕岛。"巴顿眼神中仿佛闪过阴郁，"但或许另一个名字，殿下会更清楚一些。"

那一瞬，仿佛有闪电横过心灵，夏离忽然想起来接下来自己将会去哪儿。

"恶魔岛。"

他呆滞地看着窗外，在无尽扭动的海洋中，灰黑色的小岛仿佛随时都有可能被海洋吞没。当灰色的海水灌入岩洞时，会发出尖啸之音。

像是迎宾的欢笑。

▶ 章七·圣痕

鹈鹕岛，一个不足一平方公里的狭窄海岛。很久之前，印第安人居住在这个岛上，他们被彻底杀光后，这里就荒废了。

直到联邦政府将这里变成一座监狱，它才有了一个更响亮的外号。

——恶魔岛。

直升机降落，旋翼停止，夏离跟跄地走出，大口喘息。

晕机的反应还没有离去，他烦闷欲呕。原本作为旅游项目的恶魔岛今天一个游客都没有，看起来是黄昏议会已经将这里暂时封闭。巴顿站在停机坪的旁边，开始为夏离介绍鹈鹕岛的历史。

"最初几年，这里只是用来关押一些军事囚犯，直到血族将监狱的底层进行了改造，将一些处理起来很麻烦的血族囚徒也关在里面。那群血族囚徒被注射了退化药剂，对阳光失去免疫力。只能和蝙蝠一起藏在潮湿幽深的地窖里，所食的血来自岛上的囚徒，可食来的血又被蝙蝠吸走，就这样被圈养了几十年……"

"然后呢？"夏离随口问。

"然后……"巴顿意味深长地一笑，"然后他们死了。"

"他们的身上没有任何的枷锁，想死很简单，只要走到阳光下，就会被焚成灰烬。这就是议会对他们的惩罚。在囚笼之外，咫尺之遥就是旧金山，可他们却得不到自由。只要吸血就能够活下去，可他们却无法饱食。就这么煎熬了几十年，期望有一天能被释放。直到有一天，他们终于绝望，走进了阳光里。

"血统越纯净的血族生命力就越强，据说有一位公爵从清晨燃烧到了黄昏，惨叫的声音几乎刻进了海潮中。"

"公爵？！"夏离一愣，"你们连公爵也杀？！"

"说公爵其实也没错，但在他当年选择背叛的时候，他的爵位便已经被褫夺。"

巴顿的声音淡然："这么多年以来，他联合着那些叛族给我们造成了极大的损害，他的惩罚由七位公爵共同制定。我们需要警告所有敢于挑衅议会的人——这就是背叛者的下场。"

夏离总觉得他似有所指，像是一个阴冷的警告。

他还没有来得及说什么，背后的天空中便响起了接连不断的低鸣，那是十几架直升机搅动云层的巨响。宛如成千上万的海鸥同时横过天空之中，直升机掠过，向着恶魔岛的停机坪呼啸而来。

"负责见证的宾客们终于到了。"巴顿眯起眼看向天空渐进的黑影。

"还有人围观？"夏离一头雾水。

"这次评议是投票制，一共有五票。"

巴顿淡然解释："我作为宗室评议会的代表有一票，逆十字教会的代表人拥有一票，黄昏议会的代表团拥有一票，七大家族的代表人拥有一票，而作为长者信仰学院的校长，西泽·奥古斯丁侯爵也拥有一票。血统测试将在五人到齐之后举行。"

"也就是说我要争取三票才行咯？"夏离恍然大悟，但很快又垮下脸来，总觉得怎么都是死啊……

最先从直升机上走下来的，是作为见证者参与评议的各方代表人。

他们装束各异，大多都是老人，头发花白。在向夏离和巴顿行礼之后就站在了一旁。他们是血族的代表，从各个小家族里遴选出来的参议员。他们会负责保证本次评议能够保持公正，只是最后从飞机上走下来的三个人，却令夏离瞬时傻眼了。

"见过殿下，祝您旗开得胜。"三人中，满面笑容的麦克斯维尔抚胸行礼，可他笑得却像是一条毒蛇。

"赝品就是赝品，不论多么真实，也总有一天会被人戳穿。"这是神情不悦的朱庇特，学院纯血社的狼群之王。

"殿下，我们又见面了，这是主的福音呀。"一脸白痴笑容的雅格想要走上来拥抱他，可惜却被朱庇特和麦克斯维尔拽到了一边。

这种情况，还是不要让这个二货出场比较好，就连心中不安的夏离也忍不住松了口气。

紧接着，继巴顿之后，第二名持有投票权的人终于到场，身披着赤红色法袍的神父自从来了之后就一语不发，只是静静地站在阴影中，沉默无言。

他苍白的头发束起在脑后，看起来就像是一座灰白的石像。

这是教会驻扎在旧金山教区的负责人西格尔，代表逆十字教会。可他和自己的外祖父一直都见解不同，以前被打压得很惨。对于他的臭脸夏离表示理解，可对于自己的未来，夏离却开始不抱有信心了。

很快，飞机再次降落，两位代表人竟然联袂前来。

那个穿着古旧贵族礼服，好像是从维多利亚时代爬出来的年轻人应该就是七大家族的代表；那个穿着西服、皮鞋锃亮，头发上还抹着厚厚发胶的"社会精英"应该就是黄昏议会的代表，没想到黄昏议会的作风那么守旧，可代表人却蛮时髦的。

好了，四波明显不怀好意的投票者都已经到了，夏离抬头看着天空，只觉得世界昏暗，前途暗淡。仿佛有个人将剑架在自己的脖子上，大笑三声："兀那小贼，明年的今日就是你的忌日。"

站在寒风之中，夏离忧郁地仰望天空，心中的挽歌凄凉得像是五子哭坟。

五张票里，就只剩下校长还没有出现了。夏离忽然有些无奈：根据他这些日子道听途说，校长不是一个不守时的人，只不过他那种飘忽不定的行踪，如风男儿一般的气质有些太神出鬼没了点，早上还在东南亚，下午就可能跑到南极去看企鹅了。

这会儿校长说不定在世界哪个角落里瞎转悠，该不会……把这茬儿给忘了吧？

就在寂静中，夏离的手机忽然响起了，他的手机铃声是恶搞的日和动画的主题曲，一旦电话打过来，手机就会开始丧心病狂地唱："啦啦啦，啦啦啦，啦啦啦啦啦啦啦……"

在荒腔走调的奇怪歌声里，夏离有些手忙脚乱地掏出手机，向着其他人露出尴尬笑容："不好意思，我接个电话。"

来电是一个陌生号码，夏离只听见听筒里传来一片海潮和雷鸣的声音。

"喂？喂！是夏离吗？"

电话里一个低沉而模糊的声音传来，令夏离愣了一下："是我，校长。"

听筒里，雷霆风雨之声越发地狂暴了，混杂着校长的声音："请打开扩音器，我有几句话对在场的诸位先生讲。"

夏离茫然地环顾着所有人，按下了扩音器，于是海潮的声音顿时被放大了数十倍。

"请问有人在吗？巴顿先生？西格尔先生？还是哪位？这里是西泽·奥古斯丁，请听到的人回话。"

听到电话中的声音，巴顿踏前一步，沉声说："西泽爵士，我是巴顿。您现在在哪儿？"

"哎呀，抱歉抱歉，人的年纪一大了，记性就不好。我昨天晚上刚刚想起来，自己今天要参加评议。可我受邀参加对古日本邪马台帝国的考察，现在还在日本海域的龙三角，实在是分身乏术呀……自从早上开始，信号就连接不上了。这种情况之下能够通信实在是太好啦。"

电话里校长的笑声令巴顿的脸色难看起来，紧接着，校长的声音又传来："不过列位不用担心，为了避免这一情况，我已经临时指派了一位立场公正、富有才华的青年俊彦来代替我参加评议。这位年轻人不仅在学术上取得了丰富的成就，而且品德上也足以成为学院的表率，我相信以他的能力足以完成本次的测评，我已经全权授予他代替我来进行评定。"

巴顿的面色阴沉："西泽先生，突然变更这种事情从来没有出现过，黄昏议会和宗室评议会不会通过您这样的请求。"

"不，会通过的。"电话中的校长笑起来，"你的手机现在应该收到了通知的短信才对。"

在他说完的瞬间，巴顿便感觉到口袋里的手机在震动，消息提示音传来。

他没有去验证，因为他确信这位名字和罗马皇帝一样的校长阁下从不撒谎。

一百多年来，他就像是昏庸的暴君一样统治着自己的学院，很少管事，但又说一不二。巴顿在年轻的时候曾经也是他的学生，曾经在人群里仰望过他，看着他意气风发，神情冷峻阴沉时如古铜和黑铁。

"那就这样……吧……"在电话中怪异的杂音里，校长模糊而断续的声音传来，"我的代……人应该很快……他……名字是……"

话语戛然而止，话筒中骤然传来一声雷鸣，几乎震得夏离手都要发抖，海浪滔天的喧嚣中，通信骤然终止了。

通话结束，时间一分零六秒的界面浮现。

所有人面面相觑，不知道说什么才好。夏离向着面色阴沉的众人露出尴尬笑容。

"少安毋躁哈。"他悄悄地擦着掌心的湿汗，"校长说人一会儿就到。"

在漫长的等待中，喷涂着校徽标志的直升机终于从天而降。

舱门开启，沉稳笃定的脚步踩在破碎青砖之上。一个英挺匀称的身影从机舱中走出来。俊秀而年轻的男人微微整理了一下领口，向着在座的众人露出微笑。湛蓝的眼瞳仿佛蒙着水雾，令人看不清他锐利眼神的焦点。

"先生们，早上好。"他在夏离目瞪口呆的表情中自我介绍，"我是长者信仰学院的教师，也是校长亲自指派的代理人，我的名字是……"

他停顿了一下，微笑着说："兰斯洛特·M. 丹顿。"

于是，校长的代理人，长者信仰学院的二货老师，驾临会场。

"兰斯洛特？"

夏离有些接受不了地看着这个好像光芒万丈的二货。他忽然有些感动，想要拥抱一下这位从天而降的拯救者，却招致了未曾预想的呵斥。

"请不要这么亲密，殿下，现在我是作为学校和校长的代表人。"兰斯洛特严肃地说，沉稳地扶了一下自己的领结，"请做好准备吧，虽然你我有师徒之谊，但我是绝对不会因此而倾向于你，反而会更加苛刻。"

说着，他努力地表现出一副冷面无情的样子，虽然有一张帅脸给他加了不少分，但对夏离来说却一点可信度都没有啊！昨天晚上你还跟我狼狈为奸呢……

"巴顿爵士，作为您的校友，我非常荣幸能够参加本次评议。我一定会坚持公平公正的原则代表学院来进行这一项评议，请在座的各位放心……"兰斯洛特冷冷地看了夏离一眼，向着前方露出笑容，"非常荣幸能够见到在座的各位……嗯，您是要跟我握手？您的手挺湿的啊，还有点冰，最近天气冷，您一定要注意保暖呀。"

夏离充满怜悯地看着站在破碎雕像面前，信誓旦旦地承诺着并和石雕握手的男人……觉得自己发自心底地不想和这个二货搭上关系。

自从他的这位舍友兼老师出场开始，原本阴沉肃冷的气氛迅速向着不可名状的深渊滑落，而且越滑越远……

"兰斯洛特老师，麻烦你戴上眼镜好吗？"

他不忍心学院的颜面扫地。

"不要再磨蹭了，血统评议的会场已经准备好了，准备开始吧。"

巴顿挥手打断了他们之间的无聊谈话，转身向着后方的通道走去。在绕过了重重大门深入核心之后，所有人才发现，路尽头竟然是一架古老的机械升降机。锈迹斑斑的电梯似乎已经搁置了很久，积满了灰尘。

在巴顿的带领下，所有人都站在其中，夏离抬头看着闸门上的铁锈，总觉得有些不安。他轻轻地撞了撞身旁的兰斯洛特，兰斯洛特还在挂着"铁面无私"的面具，没有搭理他。

电梯骤然一震，钢铁开始摩擦，无数密集的齿轮转动声从他们头顶传来，簌簌灰尘落下，带着陈腐衰败的气息。

升降机下降，阳光从栅栏中消失了。

黑暗中，只有巴顿手中的汽灯亮起了昏暗的光芒，照着所有人的面容阴晴不定。夏离望着灯光里斑驳的石壁，感觉到从升降机的栅格里吹来阴冷的风。

"这里是哪儿？"

他扭头看兰斯洛特，二货老师没理他，却听到巴顿的回答。

"这里就是以前用来囚禁犯人的囚笼，我们现在搭乘的就是狱卒用来运送血货的通道。"

夏离凑近了看着栅栏之后向上移动的斑驳墙壁，依稀看得到一些狰狞的爪痕和干涸鲜血的痕迹，忍不住后退了一步。

升降机轰然停止，一阵灰尘在震动中乱舞。

在所有人的咳嗽声里，巴顿推开栅格，率先走出去。夏离跟在后面，脚步在黑暗里愕然地停顿了一瞬：这个监狱竟然将恶魔岛……凿空了？

微弱的光芒无法照亮前方狭窄的洞穴，夏离抬头看去，只能看到前方浓厚到吞没一切的黑暗。他们直接降落到了最底层，除了面前的狭窄平台之外，就是好几条延伸向深处洞穴的路径。

"请不要左顾右盼，跟着我走。"

巴顿神情冷淡："当年这里发生了一些不好的事情，如果看到什么奇怪的东西，只要当作没看到就好。"

在阴森的风里，夏离哆嗦了一下，忍不住跟紧了一些。

这里是一个巨大的溶洞，灯光照亮头顶的石笋，但夏离总觉得这个环境里藏着什么东西。就连一向不正经的兰斯洛特也严肃起来，夏离看到了他的嘴唇紧抿，薄薄的双唇细长如刀。

就在沉默里，他们的脚步骤然停止，夏离险些撞在西格尔神父的后背上。他停下脚步，茫然看向四周，就在巴顿前方二十厘米的地方，路已经消失了。

那里是一个巨大而幽深的坑洞。

森冷的风如潮一般从四面八方汇聚而来，灌入其中，也将夏离衣角卷起。

夏离小心地探出头去看，却几乎看不到它的底端。洞口的边缘极为平滑，是完美的圆。半径足足有数十米宽的空洞只有一座极窄的铁桥通往洞口的中央，令人无法理解它的用途。

巴顿将照明棒折断后投出。淡蓝色的光急速下坠，给冷风镀上了一层寒霜的色彩。沿路之上井壁的怪异图纹被照亮了，在冷光里，看起来像是黑铁铸就的鳞片……光在深远的地方消失，坠入了水中。夏离吞着口水，看着其他人的脸，发现所有人的表情都冷肃而漠然。

"连个水井都修这么宽敞？黄昏议会有钱也该给这里安个电灯泡吧？"他开始习惯性地飙烂话，结果发现没人捧哏，只能悻悻作罢。

"殿下，稍后就要开始了。请您准备好。"

巴顿收回目光后从腰间拔出一把短刀，夏离忽然觉得心里有些发慌。

记得《水浒传》里说不光荒山野岭有杀人越货的悍匪，江河湖海上也有劫财的好汉。艄公载人到了江心之后，就开始磨刀霍霍，问客官你究竟是要吃板刀面还是馄饨面？板刀面是乱刀砍死后丢进水里，馄饨面是捆成一团丢进水里。

虽然过程都差不多，但起码有个服务客人的规矩在……但现在这群外国混蛋连规矩都不讲了吗？

在寂静中，手握短刀的巴顿并没有把夏离乱刀砍死，反而踏上了铁桥。

在呼啸寒风中，他行进至中央，沉默地低头俯瞰着脚下的黑暗。良久，他抬起左手，握紧了短刀的刀锋。

松弛的皮肤被刀锋切裂了，鲜血迅速地渗透出来，赤色的血从刀锋上滴落，被扯进了风中。寒风卷着红色的雾气投入黑暗中，在令人心悸的寂静中，很快便响起尖锐刺耳的声响。

就像是岩石崩坏，枯木碎裂，无数的铁片摩擦，火花迸射中锈迹剥落。

尖锐的声音重叠在一起，逆着风冲出了黑暗，回荡在这一片空洞的世界里，潮水的声音从下方传来，夏离下意识地后退了一步，望向那一片涌动的黑暗。

黑暗在动荡。

灰尘不安地飘飞，夏离听到脚下碎石在震动中微颤。

"出来了。"

他听见背后的声音，兰斯洛特的手掌按在他肩膀上，示意他不要恐惧。

紧接着，寒风逆转，海潮倒灌。

涌动的黑暗被撕碎了，那种重叠的海潮声爆发，无数展翅的铁灰色飞鸟冲天而起，紊乱的风掀起了夏离的头发。

巴顿手中微弱的汽灯照亮了它们的模样，黑灰色的双翼上长满了鳞片和绒毛，隐约能够看到它们血红的双眼。

双翅如刃，鸟爪在墙壁上抠抓出了一道道尖锐的划痕。

夏离总算明白升降机的甬道里那些裂隙是怎么来的了，是那些巨大到像是飞鸟一样的蝙蝠留下的爪痕！

它们在鲜血的刺激之下苏醒，冲天而起，贪婪地争夺着空气中每一粒飘散的血。黑灰色的蝙蝠之潮盘旋在上空，如同一团不断蠕动的黑云。

巴顿最后一次将手中的血倾入空中，带着火光诡异的汽灯归来。在他的背后，蝙蝠群失去了鲜血，却没有消散。他们盘旋尖叫着，在黯淡的灯光里交织出尖锐复杂的影子。

"轮到你了，殿下。"

巴顿倒握着刀柄，将手中古拙的短刀递给夏离："这就是评测的仪式。"

"那群东西究竟是什么？"夏离胆战心惊。

"蛇蝠，长年累月吸取血族的血液之后变异的品种，在中世纪的时候，它们是贵族的猎犬和爪牙。"兰斯洛特的声音变得阴沉起来，"它们对血族的血极为敏感，犯人被囚禁在这里的时候，饥不择食的蛇蝠会让那群囚徒煎熬无比。只有公爵的血才能让它们暂时沉睡……我早该想到的：动物的本能是最好的鉴别工具……"

他挡在了夏离前面，冷冷地看着巴顿："它们饿了几十年，现在嗅到血的味道，恐怕已经疯了，如果他们袭击了殿下怎么办？"

"有这个，就不会，它们害怕光。"

巴顿举起了右手中灯光诡异的汽灯："只要在灯灭之前，让他们饮到殿下的血就可以了。不论他们如何饥饿，公爵的血都会令它们重新安眠。"

"可笑！这种仪式没有丝毫的根据，如果斯图亚特家族的继承人遭到不测，谁来负责?!"

夏离第一次看到兰斯洛特这么严肃的样子，他不是那个厌包二货，而是挡在夏离的面前，眉头皱起，神色庄严。

"我是校长的代理人，我绝对不会同意你对我的学生做这种事情！"

巴顿低垂着眼眉："这是黄昏议会和宗室评议会的意见，就算是西泽·奥古斯丁爵士也要服从。"

"逆十字教会支持仪式继续进行。"自始至终沉默的西格尔神父终于开口，声音像是石块摩擦，"尽快，时间宝贵。"

"附议。"黄昏议会的使者表明态度，紧接着是带着傲慢神情的见证者们……

最后，四比一，民心所向，兰斯洛特被巴顿推开，短刀和汽灯重新摆在夏离面前。

"殿下，你在犹豫什么呢？"

巴顿的视线落在夏离的脸上，看到了少年有些苍白的脸。

夏离看着面前血淋淋的短刀，总觉得背脊骨有些发冷："我……怕疼啊。能换个方式吗？文明点的？你看我外公还刚下葬不久，现在做基因鉴定也来得及……"

没有人回答他，死寂沉默中只有蛇蝠的尖叫。

夏离看着冷漠的巴顿，终于体会到了久违的愤怒。

莫名其妙地把我带来这里，莫名其妙地让我走钢丝跑到一个万人坑的中间去割手放血……我当个公爵碍着你们什么事儿啦？你以为我想来，我在北京待得好好的，在社会主义的阳光下前途光明，谁闲得没事儿跑到美国来当吸血鬼啊！

我警告你，我的秘书都很厉害的！一枪崩了你信不信?!

腹诽持续了两分钟，在巴顿的逼视之下，夏离终究还是怂了。反正怂就怂吧，他已经蔫巴惯了。不就是放个血吗？

他没好气儿地夺过了短刀和汽灯，看着短刀上的斑驳血迹，心里有点担忧：这货上面不会有传染病吧？

"如果汽灯熄灭之前，它们还不满足呢？"他抬头问。

巴顿没有说话，可冰冷的眼神中已经写好了答案。

夏离最后犹豫了一下，又忽然想起了现在不知道在哪里的康斯坦丁。

"如果你想要找到杀死你伯父的凶手，就必须成为公爵……只有成为公爵，才能拥有力量，才能等到那个人出现在你的面前……"

回忆中的声音又响起来了，像是针，刺痛了什么地方。他低下头，向着黑暗跨出了第一步。

颤颤巍巍的少年走上悬崖。紊乱的风里，寒意汇聚而来。

只有半米宽的铁桥两侧都是氤氲的黑暗，黯淡的汽灯只能照亮前方一米。风吹进那一片模糊的深渊中，激起宛如怨魂的回响。

夏离深呼吸，遏制自己不要看脚下，缓慢地接近了盘旋在中央的蛇蝠之潮。在尖锐嘶叫的声音里，夏离的脸色越发苍白，无数双翅膀扑打过来，黑色的鳞片泛着黯淡的灯光。

好几只蛇蝠嗅到了刀刃上的血味，向着他俯冲过来，想要抓挠他，在光照之下又迅速地躲开。一阵阵夹杂着血腥味的恶臭几乎令他窒息了。

道路终于走到尽头了，夏离低下头，看到了脚下前方的万丈深渊。

"看前面，黑洞洞⋯⋯"不知道为什么，他的神情却忽然兴奋起来，念叨着《挑滑车》里的戏文，却忍不住扑哧一笑。

这么严肃的时候，他其实很想说两句震撼的话，但越是这个紧张的时候，他白烂的本性就忍不住暴露出来。

那一瞬，扰动的黑潮停止了，紧接着又被撕裂，狂风扑面而来！

一瞬间的风压盖过少年的呢喃，他抬头，看到了狂暴的黑影。那是一只体型远超同类的蛇蝠！当它展翅尖啸的时候，所有盘旋的蝙蝠都仓皇躲避。爪子和黑鳞折射着微弱的灯光，巨型蛇蝠扑击而下！

它已经饥渴太久，侯爵的血无法释放它的饥渴，光芒也无法阻挡他。比起其他的同类，它简直更像是一只混在里面的怪物！在半空中，它伸出锐利的铁爪，抓向夏离的手臂。

"夏离，放低重心！趴下！"

身后传来兰斯洛特的模糊高喊，夏离连忙俯身，可汽灯却脱手而出，穿透了层层的蛇蝠之后坠入了洞穴的深处。夏离愣了一下，还没有想明白这究竟代表了什么意义，就听到了风中的呼啸。

风骤然停顿了一瞬，海潮声消失无踪，紧接着远超刚才千百倍的嘶叫骤然炸响，没有了灯光，回旋的蛇蝠们彻底陷入疯狂。

在铁桥上，夏离抬起头，看到无数血红的眼瞳。它们看着自己，自己也在看着它们。这是怪物和猎物之间的最后交流，下一刻疯狂涌动的黑云将少年吞没了。无数尖锐的嘶鸣中，蛇蝠像是沉重的砖块一样砸在身上，铁爪拉扯。

它们要血。

夏离蹲在铁桥上，努力仰起头，回头看着所有人，却什么都看不到。一片拍打的蝠翼中，最后的视线被遮蔽。他被吞没了。他觉得自己要坠落了，可是却没有，因为风暴之外有人喊着他的名字。

有时候就是这样奇怪，当一个人绝望和难过的时候，害怕到想死，可如果有人喊着他的名字，他就不害怕了。只要这个世界还有人记得你，喊着你的名字，你就不能倒下让他们失望。

扰动的蛇蝠群之外，兰斯洛特的怒吼传来："夏离！不要慌！给他们血啊！"

"血？"夏离抬起头，看到了那一双血红的眼瞳。庞大的怪物再一次展开双翼，嘶鸣着，扑击而下！

你想要血？

夏离沉默地看着它猩红的眼睛，恍然大悟：那就给你们血！

时间仿佛在那一刻停滞，他感觉着疯狂跳动的心脏挤压着血液，从毛孔中渗透出的汗水失去热量。夏离低下头，手指从刀锋上划过，残光里，血线从指根向着指尖蔓延。

一滴猩红的血随着他的挥手飞出，穿透了寒冷和黑潮，在冰冷的风里……

——它炸裂了。

血红色如雾气扩散开来，弥散在风里。

紧接着，宛如炸弹轰鸣，风里的尖锐声几乎撕裂少年的耳膜。

无数蛇蝠张开翅膀，狂舞着溃散。蛇蝠们如同感受到绝大的恐惧，目睹了狰狞的恶魔，凄厉尖叫，不可自抑地向后飞出。

就像是黑色的潮水在瞬间逆流，它们在后退、尖叫着溃散，如水坝决堤一般逃离这个少年的身旁。涌动的兽群在刹那间掠过了评议团，飞进黑暗里。就像是没头的苍蝇一样乱撞，最后散入四通八达的地下通道中，只留下满地的破碎鳞片和血。

不可思议地，遁走逃亡。

然后，漫长的寂静到来……

漆黑中，兰斯洛特掏出手机，手机的光照亮了所有人的脸。

"这是怎么回事？"他幽幽地问，"一般来说，不应该是它们心满意足地喝完之后回老家继续睡觉吗？"

"或许，是出了什么意外？"

"这种例子从来都没有出现过。"巴顿说，"历代祭典上，要么参与者死去，要么蛇蝠驯服……"

"这就是你一意孤行的意外！"兰斯洛特低声嘟哝着，扭头看向在铁桥上摇摇欲坠的少年，"殿下，你还待在那儿干吗？"

"我、我腿软了……"夏离趴在窄道上，脸色苍白，颤声道，"这算过了吧？"

良久沉默，没有人回答。巴顿举起手："我提议评议暂停五分钟，我想各位都需要一段时间来好好考虑一下。"

"赞成。"

"附议。"

"咦？"

最后的那个声音，来自还没搞清楚什么状况的兰斯洛特……

"简而言之，你五分钟之后就是可以等死的节奏了。"

在升降机的入口，兰斯洛特优哉游哉地坐在地上，毫不顾忌自己用来装模作样的西装被灰尘染黑："虽然那群蛇蝠跟神经病一样跑得一个比一个快……但目前最大的问题是，从来都没有出过这种状况。"

"我可是冒了生命危险的好不好？"夏离余悸未消，脸色依旧苍白，"总不是他们非要让我被那群蛇蝠啃死才开心吧？"

"那样才更省事。就跟那个老头儿说的那样，这种仪式，要么你死，要么它们被驯服，但看到你之后跟看到鬼一样吓得乱跑是闹哪样？"

兰斯洛特怜悯地看着自己的学生，低声感叹："所以你做好准备，宗室评议会会怀疑你作弊。"

"开玩笑！"夏离怒发冲冠，"虽然成绩经常不及格，但我考试从来不作弊的！"

"……这不是什么值得夸耀的事情吧？请不要把不作弊和不会作弊混为一谈。"兰斯洛特叹息，"殿下，你还是考虑一下等会你怎么死吧。"

"没那么严重吧？"

"当然没有。"兰斯洛特望着天上徘徊不去、尖叫不止的蛇蝠，神情无比轻松，"无非就是没通过评议，被当作冒充公爵的骗子，然后关进地下牢房里每天捡肥皂而已，不要怕，你还年轻……可以捡很多年呢。怎么样？听到老师这么安慰你，有没有很开心？"

"真是开心死了。"夏离真诚地说，"老师，如果我要死了，一定会吩咐亚伯和康斯坦丁把你也干掉的。"

"你真是我的好学生。"

"彼此彼此。"

"神降临在人间的国中，诸逆端看到死的时候到了，徒劳挣扎。"

在黑暗的山腹空间里，西格尔神父低吟着经文，已经有了决断，转身离开。

七大家族的代表人在收到家族的回复之后，温雅英俊的面容中浮现出一丝肃杀。而西装革履的黄昏议会代表人则沉默不语，无声离开。

　　当所有人都消失后，只有巴顿依旧停留在黑暗里。在幽深的洞穴之前，他仿佛在沉思，衡量着绝大的犹豫和挣扎。

　　寂静里，手机震动的声音响起。巴顿任由它一遍一遍地响，直到最后，他终于被对方的耐心击败，按下了接听键。

　　"哥哥，是我。"电话里响起一个不再年轻的声音。

　　"叫我爵士，基利安。"巴顿冷淡地说，"你不应该在这个时候打电话过来，也不该为一个必死的人求情。"

　　良久沉默，基利安说："是。"

　　"不要白费工夫了，这件事我只听从评议会的决议。"

　　"刚才校长给我打了电话，他告诉了我评议会的意思。"基利安似乎在冷笑，"哥哥，你所谓的遵从，就是眼看着他们杀死一个孩子吗？一个未来的公爵？"

　　巴顿看着黑暗，漠然回答："这就是规则，基利安。"

　　"世界不是一成不变的啊，哥哥！"基利安急促地说，"你以前就是这个样子，别人都在崇敬权威，可你却服从规则。几十年了，这个世界的变化已经翻天覆地了，你还是死守着别人给你的规则不放，你何时才能学会变通呢？不要被那些家伙许诺的东西蒙蔽了你的心！圣杯那种东西根本就不存在……"

　　"基利安，你来找我是来回忆往事的吗？"巴顿冷然反问，"那评议结束之后，你会有很长时间。"

　　"我来找你，是求你高抬贵手，不要杀死我的学生！"电话中传来怒吼，那个温文尔雅的男人第一次向着自己的兄长咆哮，"就像是你当年央求父亲不要杀死我这个该死的私生子一样！"

　　电话挂断了，黑暗寂静。

　　巴顿将手机抛入了黑暗中，看着那一点亮光坠落，消失于虚无。

　　"基利安，这么多年了，你还是个孩子。"他低下头，轻声呢喃，"每一次想起你，都让我难过。"沉默中，苍老的男人转过身，离开了寂静的黑暗。

　　五分钟后，表决时刻终于到了。

　　就在电梯之外，是两排阴沉的监牢，干涸的下水道入口长满了植物，荒凉得像是一个废弃了几百年的古堡。只有破碎的阳光从墙壁上的通风口中照进，稍微带来了一线光。

　　此刻，评议团所有成员的面色都十分严峻和冰冷，就连兰斯洛特的神情也变得有些冷厉起来，这令夏离产生了分外糟糕的联想。

他抬头，看着墙角破洞外的海景，顿时产生了"禅师早说过逢林莫入，洒家今日合该圆寂在此"的痛苦觉悟，可惜没有个垂杨柳让他拔一拔，以示心中难过和挣扎。

他扭头，问兰斯洛特："你说，我现在跑还来得及吗？"

兰斯洛特充满怜悯地看着他，令他无奈撇嘴。早知如此，便让秘书一起来了。若是有康斯坦丁那等猛汉，便是你们一起上也只有吃瘪啊！

虽然他心里很努力地在胡乱讲冷笑话了，但事到临头，还是忍不住觉得后悔和害怕。

就在巴顿回到地面上之后，夏离才发现，评议团已经隐隐将自己包围住了。除了身后还坐在地上的兰斯洛特以外，所有人眼神中都透出了冷漠，尤其是素来看自己不怎么顺眼的朱庇特，竟然明目张胆地将手扶在剑上了。

"二次评议再次开始。"巴顿肃声说，"兰斯洛特先生请站起来，接下来开始表决。"

"等等，五分钟是不是有些仓促了？"夏离连忙举手问，指着自己说，"你看，这可是评议公爵啊。这么重要的事情不开个会大家一起总结一下吗？秉持求同存异的方针，其乐融融开个会什么的……"

"殿下，如果您再打断评议，我只有请人把你带出去了。"巴顿翻起了眼睛，浑浊的瞳孔看着面前有些僵硬的少年，"血族的世界里只有铁律，哪里有那么复杂？"

"还有，我希望在座的各位都保持公正立场。"

他环顾着四周，重点看了夏离身后的兰斯洛特一眼，老师连忙点头："一定一定！我们长者信仰学院秉持着公平公正的原则，绝对不会冤枉一个好人，也不会……"

"多说无益。"巴顿再次打断了他的话，"接下来开始对斯图亚特公爵的血统进行评测。五位成员必须投票决定结果，没有弃权。任何人将不得对结果进行质疑。"

巴顿抬起头，浑浊的眼睛缓缓睁开："好了诸位，不要犹豫了，时间宝贵。按照序列开始表态吧！第一位，教会的全权代理人，西格尔主教。"

就在那一瞬间，一直沉默低头沉思的男人抬起头，苍老的面容上满是蛇一样的皱纹，眼神冷厉。他用碧绿的瞳孔看着面前不安的少年，声音嘶哑，如同从地穴中吹来的衰朽尘埃。

"死海古卷说，天启之日里，主曾经质问蛇：魔鬼，你为何不回到地狱中去呢？魔鬼说，因为你地上的民信我，拜我，用羔羊献祭，而不去抬头看你。"

"而现在，你们焉能将异端的血捧上公爵的宝座？"他环顾着所有人，声音嘶哑如夜枭，简直像是要切开夏离的喉咙，"我反对！"

在他的逼视中，夏离忍不住仓皇后退，可兰斯洛特的手掌撑在他的肩膀上，令他泛起慌张的心灵顿时平静下来。

"第二位，西泽·奥古斯丁爵士的代理人。"

巴顿看向了兰斯洛特。

"咳咳……"兰斯洛特清了清喉咙，带着严肃认真的神色，有条不紊地说，"众所周知呢，长者信仰学院是一座有二百余年历史的名校，早在华盛顿建国之前，我们就……咳咳！"

他被夏离悄悄踩了一脚，终于还是连忙表态："斯图亚特同学是一位品行兼优、血统高贵、志向高远的优秀学生，我投赞成票！"

接下来，不用巴顿喊，穿着古旧礼服的年轻贵族就站出来，冷然地看着夏离："以七大家族的名义，我们拒绝接受仪式上的异常，也拒绝承认这个来历不明的家伙的血统！"

就像毒蛇露出獠牙，这个看起来温文尔雅的年轻人露出冷笑："我建议将这个骗子囚禁至日暮之牢，以儆效尤！"

"七大家族了不起啊！"夏离被那种轻蔑的目光激怒，"谁来历不明啊！我可是根正苗红的少先队员，你活了这么长时间还指不定有没有户口本呢！"

"肃静！"巴顿冷声打断了他的话，"殿下，最后一次提醒您，请不要干扰评议。"

所以，我就该死吗？

有声音在夏离心中回响，他忽然明白了，这场评议的目的。

他环顾着所有人的脸，他们的面目阴沉冷峻，视线中像是藏着妖魔，他一直低着头，因为害怕没有看过他们的眼睛，可是现在，他却恍然大悟。

他们是想要杀掉自己的。

不论自己多么努力地证明自己，不论自己付出什么样的代价，哪怕他去努力地喝血、冒着摔死和被那群蛇蝠吞食的危险走上铁桥……这些对于他们来说都不重要。

重要的是，自己得死。

在破碎的残光里，夏离不再说话了。

灰暗的阴影中，巴顿低垂的眼眉依旧冷峻，仿佛在进行着漫长的思考。

接下来的表决已经轮到了他，可是他却陷入沉默中。

"表决吧，巴顿先生。"代表七大家族的男人扶了一下自己的领结，低声呢喃，"继承了不纯之血的人，没有资格活在世界上。"

"不纯之血吗？"

巴顿抬起眼睛，看着面前的少年，就像是观看着一场滑稽的戏剧。少年站在残光之中，回头看着他，没有说话，也没有求饶，漆黑的眼瞳中写满执拗和孤独。那种令他不愉快的眼神仿佛唤醒了记忆中的一个影子，令他的眉头皱起。

记忆中，那一双澄澈的眼眸倒映着光，稚嫩的孩子站在门外，带着身上的血和伤，沉默地，孤独地，等待死亡。

"哥哥。"基利安的声音又浮现了，一如既往的懦弱和令他感伤。

可是为何，一直被保护的他，却想要保护另一个人呢？这么多年过去了，巴顿忽然发现，这个私生子弟弟已经变得有些陌生，那种决绝的话令他难过。当父亲要杀死弟弟的时候，自己挡在了父亲的面前，可现在曾经被保护的他站起来了，却挡在另一个人前方……

巴顿忽地笑起来，笑容苦涩。

"我赞成。"他说，"我赞成殿下继承斯图亚特公爵的爵位，并信任他将能维护它的名誉不堕。"

短暂的沉默，所有人的冷酷表情都像是被击碎了。七大家族的代表猛然抬起头，脸上写满了不可思议的错愕。

"爵士，你疯了吗？！"他愤怒地踏前，低声质问，"你知道自己在说什么吗？！"

"大概是有些疯了吧？"冷峻的神情瓦解了，巴顿释然地笑起来，年轻人被激怒，大步上前，却发现巴顿也向前跨出了一步。一瞬间，老人宽大的骨架带起了浓厚的影子，几乎吞没了那个愤怒的年轻人。

巴顿低下头，凑近了看着他的眼睛。浑浊而苍老的眼中仿佛隐藏着什么，令愤怒的年轻人感觉到了恐惧。

"你今年多少岁？三十？五十？七十？"巴顿看着那一双显露怯懦的眼瞳，声音冰冷，"你觉得，我怎么说话，用得着你来教吗？"

话语中的寒意令年轻人失态地后退了一步，面色铁青地陷入沉默。

"什么？我过了？"

夏离惊愕地低呼。他才是最不可置信的人，他以为接下来鱼死网破，你死我活，却没有想到，能够从这个苛刻阴沉的老男人口中听到这样的消息。

就像是一个黑衣蒙面神秘人潜入了你家里，越过十六道保险措施跳过红外线防护网，拔刀之后却忽然撕掉面巾露出笑容："您好，恭喜你获得了由某某男装提供的一份奖品，请您开始砸蛋吧，您选金蛋呢？金蛋呢？还是金蛋呢？"

莫大的违和感令他说不出话来，但却遏制不住劫后余生的惊喜笑容，恨不得冲上去握住巴顿的手，用力挥两下，表示你是好人。

最后是兰斯洛特踩了他一脚："现在开心就太早了，二比二平，还有一票呢！"

夏离终于清醒过来，随即所有人看向最后一票的持有者。

黄昏议会的代表，看起来打扮得像是社会精英的男人。现在只剩下他最后一票，可最后一票，却足以决定夏离的生死。

"哎……本来以为不用我投票都能解决问题呢。"

那个男人有些苦恼："如各位所见，我只是一个律师，就连血族都不是。负责黄昏议会和人类世界法律纠纷，表决这样的事情，还需要问一下我的雇主们……"

巴顿面无表情地点头："请尽快。"

律师点头，走到了不远处的窗前，从口袋里掏出手机，拨通电话。在漫长的等待中，所有人都变得焦躁不安，包括夏离，在湿冷的监狱中，他总觉得有一双无形的手攥紧了自己的心脏，令他五脏六腑都在微微颤动，喘不过气来。

这是他最后的机会。

许久，电话那头的人做出决策，律师颔首，挂断电话。

"决定出来了。"他露出微笑，"我代表黄昏议会……"

噗。

鲜红和白浆骤然向着四周溅射，染红了墙壁。窗前，刚刚还在微笑的无头尸首缓缓倒下，鲜血泉涌。

在死一般的寂静中，巴顿终于抬起头，听到了窗外响彻整个小岛的警报。

然后姗姗来迟的枪声回荡！

"因为主我们的上帝，全能者做王了。世上的国成了我主和主基督的国；要做王，直到永永远远。万军之主，万王之王。"

在海面漂浮的快艇之上，手持狙击枪的年轻人发出兴奋的欢呼："哈利路亚！"

"闭嘴，伯伦特，你的样子活像是一个该死的基督徒。"

坐在快艇驾驶座上的中年男人吐掉了嘴里的烟卷，启动了对讲机："各单位开始行动，重复一遍，各单位开始行动。目标是鸦鹏岛。赏金是三百万……"

没有等他说完，在岛屿周边的海面之上，便已经浮现了数十条快艇。它们潜伏已久，有的上面还架设着机枪，被喷涂成了奇怪的颜色。当它们劈开海波，呼啸而来的时候，却像是一条条蜿蜒游动的海蛇。

就在最后方，扛起狙击枪的年轻人点燃了烟卷："真是让人感动的味道。风中飘散的血腥味，你这里有酒吗？邓肯，我想要来一杯。"

"闭嘴，伯伦特。不准喝酒，也不准误事，明白吗？"邓肯扯着年轻人的领结，肃声重复，"这是银骨的命令，不要让他失望。"

"我只是激动而已,想来仁慈的银骨先生也会可怜我的,对不对?"

伯伦特摘下了嘴角的烟卷,依稀能看到手背上一条蜿蜒的青色刺青环绕,延伸进了袖管之中,"我有些激动,你懂的,重归故地嘛……"

"你说呢?"邓肯冷笑,启动了引擎,水下旋桨叶飞转,掀起低沉轰鸣。轻巧的飞艇前半部骤然挑起,绕着鹈鹕岛如箭冲出。

"喔喔喔……"在狂风之中,伯伦特站在船头,双手拥抱扑面而来的海风,不合时宜的夏威夷衫猎猎作响。

"别顾着尖叫吹风。"

邓肯从后面砸过来一个弹夹:"记得给我准备好释放'巫毒'!"

伯伦特无奈地撇嘴,丢掉烟卷,然后在阳光下挽起袖子。在扑面的海风之中,他似乎低声说了一句什么。

那一瞬,双腕之上环绕的刺青活过来了,它们如蛇一般拓展,蔓延,延伸进了袖管之中,最后爬上了这个年轻人俊秀的脸庞,看起来狰狞如恶鬼。

有什么看不见的东西,从这个男人的身体中扩散出来了。

"该死的,我没说那么早!"游艇终于从恶魔岛上登陆,邓肯手忙脚乱地戴上了严密的防毒面罩。就在那一瞬,他看到伯伦特脚下立足之地开始崩溃,它们在以惊人的速度老化、锈蚀。

钢铁在衰老、哀鸣、崩溃、死去……那是就连金属都能够腐蚀掉的猛毒。

哪怕曾经无数次得见,伯伦特的拍档也忍不住毛骨悚然:"你这个变态,血液纯度又提高了吗?"

"啊,或许是因为兴奋吧。"伯伦特低声笑起来,微微地扭动了一下身体,一层发黄的雾气从他的躯壳中扩散开来,沿着风卷向了前方的监狱。

短短的几秒之内,青草腐朽、绿木枯黄,腐烂的味道从泥土渗透出来了,这一片大地开始死去,而伯伦特舒展着手臂,却惬意地发出欢呼声。

在他双手中,两把沉重的莫洛特转轮手枪对准天空,射出无比高调的曳光弹。

于此宣告,圣痕——"巫毒"登场!

▶ 章八·雷万丁之剑

首先是一发迎面而来的狙击枪弹,头颅破裂声响,紧接着云层之中有直升机笔直降下,旋翼的轰鸣中,直升机舱门打开,漆黑的机枪对准被血染红的通风窗。

然后,枪管开始转动了……

"卧倒!"巴顿最先怒吼。

夏离还没有来得及反应,就被二货老师无比敏捷地扫趴在地上,子弹裹挟着热风,擦过了他的头顶。墙壁破碎,碎石纷飞,一个个巨大的深坑出现在了混凝土墙壁上,伤痕斑驳凄厉。

"这是怎么回事儿?!"

夏离头顶着炽热的金属洪流,不禁失神。可心里却有一个声音在告诉他:他们终于来了,为了杀死你……

"救命呀!救命啊!"兰斯洛特抱头缩在了墙角,惊声尖叫,"HELP ME!助けて!사람 살려……"

如果不是头顶有火力覆盖,夏离绝对会忍不住把这个烂货先弄死:"你以为你会用八种语言说救命人家就会放过你吗?"

"可是我有才华呀殿下……"兰斯洛特弱弱地说,"他们就不懂人才的宝贵?!"

"闭嘴!"

如同雷鸣一般的声音从背后响起,那种如同低音炮震荡空气一般的动静几乎令地上的微尘激起、乱舞。

夏离只觉得耳膜一痛,浑身的毛发都在那种诡异的震颤之中竖起来了。

就在他的惊愕之中,那个原本斥责他为"不纯之血"的年轻人从地上站起来了。

青色的刺青从他的耳后蔓延开来,如同活物一般覆盖了半张年轻的面孔。他怒视着前方横扫而来的金属洪流,张口怒吼。夏离虽然听不到声音,却能够感觉到无形的震荡在酝酿,宛如海潮之下汹涌的暗流。

就连机枪的轰鸣都被那种无法形容的声音吞没,世界陷入寂静,可空气却剧烈震颤。无形的波纹如锥形向前扩散,所过之处,扭曲的铁窗破碎、纷飞的玻璃溃散成粉,而天空中悬浮的直升机也开始剧烈地震颤,机身上的螺丝不断迸飞。机枪在瞬间炸膛了,油箱爆炸的直升机从窗口坠落,在监狱之外的绝壁下摔得粉碎。

可发出那种声音的年轻人也没好到哪里去,脸上的刺青迅速暗淡下去,面孔如纸一样苍白,就连站稳的力气都没有了。

"这是'倾诉'？"兰斯洛特喜出望外，看到夏离一头雾水，他连忙解释，"那是美蒂奇家族的圣痕，能够用声音震荡空气，用超声波使物质共振和崩溃，超强的AOE绝技啊！哥们再来一次，再来一次！"

（AOE：魔兽游戏专用术语，全称是Area of Effect，中文译作"范围性作用技能"，即在一定的范围内有效，可作用于多个目标。）

年轻人瞪了他一眼，就连说话的力气都没了。他的口鼻渗出血丝，被几个老贵族扶着，大口灌着酒壶中的东西。一丝丝殷红的鲜血从嘴角流下，滴落在尘埃中。

"那是什么？"夏离看呆了。

"血啊。"兰斯洛特低声解释，"使用圣痕是需要消耗血族的血液的，血族没有造血功能，只能从外界补充。不过归根结底还是他的血脉浓度太低了，这种强度的消耗都撑不住。"

明显的，他的话被美蒂奇的人听到了，换来怒目而视。

"别吵了。"巴顿走到窗前，皱起眉看着从四面包围来的快艇，"袭击还没有结束，他们已经开始准备登陆作战了！"

"电话没有信号！"不远处的下属抬头汇报，"他们进行了全频干扰！"

"那个混蛋！"窗前的兰斯洛特一愣，指向远处的停机坪，"该死的，西格尔主教竟然抛下我们先跑了！"

在停机坪上，逆十字教团的直升机已经启动，披着红袍的神父飞速跳进机舱，当真动如脱兔。直升机很快启动，升空，向着远处的旧金山海岸飞射而去。可迎面而来的，却是一发热情的火箭弹……

"死了？"

夏离仰望着半空中那一团爆炸的"烟花"，低声呢喃。

"嗯，妥妥儿死了。"兰斯洛特点头附和，"而且你看，它都掉下来了。"

夏离望着窗外，忽然问："兰斯洛特……"

"嗯？"二货老师扭头看向他。

夏离疑惑地指着窗外的天空，低声问："你不觉得……它掉下来的方向不大对吗？"

"没错，看起来简直就像是对准我们飞来一样呢。"兰斯洛特捏着下巴点头，然后两人相视，彼此看到了眼瞳之中的错愕和恐惧。

"还等什么！跑啊！"

夏离率先冲向门口，发足狂奔，兰斯洛特紧随其后。一大群人此刻反应出乎预料的灵敏，在直升机砸进整个房间之前，终于跑进走廊之中。

轰鸣声从背后传来，火热的气浪掀了夏离一个跟头。少年扑倒在灰尘中，艰难回望。

原本监狱的最顶层，此刻已经被坠落的直升机炸碎，砖石飞溅，就连那架升降机也被炸飞到了海中。

漆黑的洞穴袒露在阳光下，无数疯狂的蛇蝠寻声而来，飞出幽暗的洞穴，看起来就像是逆流向天空的漆黑瀑布。

在阳光下，畏光的蛇蝠发狂地盘旋着，发出尖锐的鸣叫。

就像是嗅到了风中恶毒的气息。

"隔了这么多年，它们竟然还活着啊，真令人想念。"

在监狱的枪林弹雨中，有人仰望着尖叫的蛇蝠，低声呢喃。

年轻人收回视线，在对面子弹飞射的呼啸中，抬头望向大门掩体背后不断射击的守卫。他静静地站在风里，默默倒数，当熟练的"3、2、1"结束之后，掩体之后便再无声音。

寂静中，只有在短短几秒钟内腐烂的尸体倒地的声响。

"干得好，伯伦特。"不远处的邓肯低声欢呼，他率先一脚踹开恶魔岛监狱的大门，看到了门后惨不忍睹的尸首。

如果不是事先服食了以伯伦特之血制作的解毒药剂，恐怕他早在十分钟之前，就已经变成这个模样了吧？呼吸着带着腐臭味道的空气，他忍不住有些隐隐的恐惧。谁又知道在这透明的空气中究竟隐藏了多少足以瞬间置人于死或者发疯的猛毒呢？

他打了一个寒战，不再去想了，指挥着集结成队列的杀手们冲入监狱之中。

"按照计划进行，速度要快。"

他轻声吩咐，再次回头的时候，却看到一大片从天空中扑击而下的黑影，在宛如夜枭一般尖叫的声音里，他本能地抬起手枪，却被一只手压了下去。

"别这样，邓肯。不要伤害我的朋友。"

在那些扰动的黑影覆盖中，伯伦特扭过头看着他，露出诡异的笑容。

天空中，盘旋的蛇蝠发出尖叫，带着鳞片的翅膀扑打着从空中落下，却又在最后的关头戛然而止。像是嗅到了什么记忆中的气息，又像是本能地在畏惧着什么东西。

一只手猛然伸出，掐住了那只带头的蛇蝠的脖颈上，暴戾地将它从空中扯下来，又像是宠物一般抚摸着它恶臭的毛发，猛毒让它的肉体迅速衰朽腐烂，伯伦特却像是怀中捧着珍宝。

"多好啊，邓肯，你看。"

伯伦特逗弄着手中垂死的蛇蝠："过了这么多年，它们还记得我的味道，还有我的血……"

邓肯没有说话，只是悄悄后退了一步。

阳光下，那个年轻的男人怀抱着怪物的尸首，笑容阴戾如狼。

"第一个问题……"

寂静中，喘息的少年靠在布满尘埃的走廊上，仰起头环顾四周。在七扭八拐的走廊上，只有一间间黑洞洞的囚笼。

"这是哪儿？"

刚刚爆炸之后，他就被震翻了，等他回过神来，所有人都不见了。这时候枪声渐近，在两颗流弹接连擦过自己脚边之后，夏离决定先藏起来再说。只不过等他从狂奔中反应过来的时候，就已经连自己在哪里都不知道了！

他尝试着掏出手机，却发现手机已经彻底黑屏，无法开机了。

在寂静中，他忽然听见了拐角传来的滴答声，像是水管漏水的声响。夏离犹豫了一下，小心翼翼地凑了过去，在拐角处停下脚步。

在拐角的地方，有一道小溪在潺潺流淌，却红得触目惊心……

究竟是什么水管破裂了之后能够把一整面墙壁都染红了呢？

少年艰难地屏住呼吸，遏制住自己惊叫的冲动，小心翼翼地后退，却发觉自己似乎撞到了什么东西。

轻微的呼吸声从背后响起，带着令人不安的吹息。

夏离反手向后面摸了一下，摸到了一条领带，又摸了一下，摸到了一件西装。然后，他感觉到一只手掌无声地搭在了自己的肩头，动作轻柔。

完全不需要思索，少年深吸，然后惊声尖叫："救……呜呜……"

一只手堵住了他的嘴，紧接着一个声音响起。

"殿下，不要叫，不要叫！"那个人压着嗓子，却压不住从内而外的那股子贱气，"是我呀，是我呀。"

"兰斯洛特？！"夏离胆战心惊地扭头，看到了同样狼狈的二货老师，忍不住松了口气，"怎么是你！吓死我了！"

"我也被吓了一跳啊！"兰斯洛特拍着膝盖感叹，"我刚看到一个疑似你的背影，过去拍了拍肩膀，还没说话，就有一只手摸过来了……殿下你不要这么惊悚好不好！"

"好吧，是我们自己吓自己。"夏离飞快的心跳还没有平复，却想起墙后面那具死尸，忍不住压低声音，"你有枪吗？"

兰斯洛特苦着脸拍了拍口袋："我哪里有那种东西啊，参加公爵评议，怎么可能带那么危险的物品。"

"那你手机有信号吗？"

"你觉得谁的手机在经过EMP脉冲轰炸之后还会有信号？"二货老师的表情充满无奈，在看到夏离依旧不解之后，教师本能顿时占据上风，"哦，EMP电磁脉冲就是……"

"得，你先告诉我，墙后面是怎么回事儿？"

夏离掐死了他的长篇大论，指向拐角处。兰斯洛特疑惑地走了过去，很快，拐弯之后就响起他的惊叹："哇！这哥们整个脖子都被切开了，好惨好惨，真是惨过当年生物课上的小青蛙啊……"

夏离强忍着呕吐的冲动，缩到墙角不理他。兰斯洛特却凑过来，低声问："殿下，看来那群袭击我们的家伙是来杀你的？"

夏离无精打采地点头，兰斯洛特叹息了一声，拍了拍他的肩膀。许久之后，兰斯洛特忽然抬头，神情严肃："那你一定值不少钱咯？"

看着他那"不如我捉了你拿去换赏钱"的眼神，夏离忍不住无奈叹息："他们会把你一起做掉的，你要想平平安安，不如离我远一点……"

"好主意！"

兰斯洛特从善如流，立马爬起来拍一拍屁股准备走人。

虽然不忍心他和自己一起死，但他走得这么果断，夏离又有些接受不了："喂！这种时候不应该是你叹息着安慰我，并且表示和我并肩作战，同生共死的吗?!"

"殿下，你放心地去吧。我还有光晕没有打通关，女朋友没有找到，世界还没有拯救，壮志未酬，怎能身死！"兰斯洛特站在门口，向着少年拱手道别，"殿下你保重吧！"

然后，干脆地、毫不犹豫地跑掉了，留下夏离在墙角。

寂静里，听着墙外面渐近的枪声，夏离低头看了看黑屏的手机，总觉得有些难过。自己或许真的要死了，窝囊地死在这个谁都不知道的监狱里。

没有报仇，也没有结果，更没有将来，也不会有人在乎。

"谁在乎呢。"

夏离抱着膝盖，将脸埋进黑暗中，轻声呢喃。

一阵急促的脚步过后，二货老师又重新回到了门口，喘息着看着他。

绝境之中，少年忍不住心中的喜悦，当然脸上还是要保持冷漠，随便捡起了一块石头丢过去："你滚啊，不是说要走吗？"

"我也想走啊。"

兰斯洛特哭丧着脸，转过身，露出背后的枪口和阴沉的杀手："可他们不愿意啊。"

寂静中，少年错愕地看着兰斯洛特，充满复杂的呢喃在回荡……

战场外，监狱的最高处的灯塔上，两个气喘吁吁的男人靠在墙上，衣襟上浑身是血。在塔下面，两队持枪的雇佣兵疾奔而过，却没有察觉到头顶上的他们。

"嘿，没想到你这个家伙竟然能跟得上我。"朱庇特手提着被血染红的仪式剑，冷笑着看了一眼旁边喘息的同伴。

"过奖过奖。"麦克斯维尔这次竟然没有反击，只是埋头从自己的随身手提箱里取出了各种零件。没过几分钟，一张崭新的弩就已经出现在了他的手中。

PSE TAC-15I，漆黑又狂暴的弓弩，一百七十磅的拉力需要专门的工具去上弦，箭速高达一百二十米每秒，箭矢的动能是足够猎大象的二百二十焦。丝毫不逊色于任何热兵器的危险物品。

在平时，光是繁复的零件就足够让初学者手足无措，可此刻在麦克斯维尔的手中，它却驯服得像是一只绵羊。

而在旁边，冷眼看着的朱庇特却有些错愕："公爵的评议，你竟然私自携带了武器？！"

"不好意思，我总是有些缺乏安全感。弓弩不算热兵器吧？"麦克斯维尔不软不硬地回应了一句，"况且，对于龙血家族的人来说，礼仪剑的铁片和重剑又有什么区别？要杀的话，不如连你跟我一起死一死如何？"

说完，他就蹲下，架着组装完毕的弩，瞄准了远处的杀手。

朱庇特冷哼了一声，带着嘲讽的意味说："我只是没想到大名鼎鼎的学生会会长竟然是公爵大人的忠狗。"

"嗯？"麦克斯维尔疑惑地扭头去看他。

"既然他们是来杀那个赝品的，那就与你我无关。"朱庇特随手将剑归鞘，冷淡地说，"我们只要自保就好，你又何必这么急着向他卖好？"

"蠢货。"沉默许久之后，麦克斯维尔无力地叹息，"你没有看到他们不带面罩吗？"

朱庇特还没有来得及愤怒，想法便顺着麦克斯维尔的话延伸下去……不带面罩？也就是说没有遮住脸。他们没有遮住脸？也就是说，他们不怕暴露身份……或者说为了避免他们的身份流露出去，他们不会放过任何一个活口！

"……该死！"

想通了这个逻辑之后，饶是朱庇特自诩贵族风度，也忍不住爆了句粗口。那一瞬，他再次拔剑。

刚刚归鞘的仪式剑铮然出鞘，带着令人不寒而栗的寒光。在风衣之下，如蛛网一般的静脉回路从这个少年的脊椎上扩展开来，覆盖全身。

在灯塔上的寂静中，忽然有河流奔涌的声音响起，令麦克斯维尔变了脸色。

那是血液在躯壳中飞速流淌所产生的低沉回响，以心脏增压，令血液加速流动，飞速提高体温，以释放自己躯壳中的魔鬼……这是"龙血"圣痕解开的前兆！

"等等！"

他还没有来得及伸手阻挡，朱庇特便如同飞鸟一般拔地而起，撞破了灯塔的玻璃之后飞落。十米的可怕高度根本没有阻挡他，反而令他的力量越发狂暴。

宛如巨龙从天而降！

在撕裂一切的咆哮声里，剑刃摩擦着空气，几乎烧成赤红。瞬间化作猛兽的朱庇特便已经冲进了敌人之中，如猛虎入羊群，布满缺口的仪式剑如同锯条一般在撕裂了两个敌人之后断裂。可朱庇特却从敌人的腰间夺过了军刀和手枪，以不可思议的狂暴和力量在五秒钟之内解决了六个人。

短短的五秒钟，杀戮的气息便吸引了数十名敌人汇聚而来。

血泊中，少年傲慢地俯瞰着逼近过来的杀手们。

"龙血家族，朱庇特·尤瑟·梵·彭多拉贡。"少年抬起手，把一把贯穿残尸钉进墙里的断剑拔出，冷然问，"下一个送死的人，是谁？"

在楼上，麦克斯维尔捂住脸，已经痛不欲生。

他忘记了！他竟然忘记了！

到了这么关键的时候，他竟然没有想起来：这个和自己斗了两年的家伙，是一个就算厮杀也要站在舞台正中心吸引所有人目光的神经病啊！

或者说，龙血家族历代都是这种神经病。虽然不屑于诡计，但这一族的人却天生有一种抢镜头的本能……譬如现在。

"蠢货，就算是他们不留活口，但也没必要冲到第一线去啊。"麦克斯维尔几乎泪流满面，"'我们只要自保就行'的话不是你说的吗……"

黑暗走廊中，脚步声如暴雨突入。黑色的皮靴踩在积蓄的水洼中，回声沉闷。夏离和兰斯洛特再一次背靠背地坐在了地上，只不过这一次两个人被绑在一起。

"殿下，想不到在下最后还是要跟你同生共死。"兰斯洛特叹息着，"为殿下尽忠，我死而无憾。"

"死而无憾?！刚刚丢下我一个人跑了的是谁啊？是谁啊?！"

要不是被绳子捆住，夏离肯定要在这个贱货身上踩两脚："你走就走呗，你还带着这么多人回来，你这不坑死我了吗！"

"事急从权,事急从权。"兰斯洛特干笑了两声,还准备再说什么,却被黑洞洞的枪口指着,说不出话来。

为首皮肤黝黑的男人低头端详了夏离两眼,从口袋里摸出一张照片,再三确认之后点头,从下属身后接过步话机:"伯伦特,我这里抓到了一个小鬼,和照片一模一样。"

"是公爵?"步话机里传来夹杂着枪声的低笑,"看来这次出乎预料的轻松啊。他身边是不是还有一个人?看起来很年轻的男性,非常英俊,而且冷酷。"

黝黑的男人看了一眼兰斯洛特,犹豫了半天:"……应该没错。"

"喔!那一定是康斯坦丁!"伯伦特低声欢呼,"康斯坦丁先生你好吗?很遗憾未能会面,不过我稍后就会过去,您可是我的偶像……"

兰斯洛特尴尬地看着面前的步话机,良久之后干笑一声:"过奖过奖,怎么称呼?要不一起吃个饭,好好聊一聊,你看我们都这么帅,一定很有共同语言?"

"……"

步话机那头是一段难以言喻的尴尬,沉默许久之后伯伦特有些无奈地叹息:"查理,你们抓错人了,还是先干掉吧。"

"喂,等等啊!我小名就叫作康斯坦丁,真的!真的!"

兰斯洛特欲哭无泪,却听到背后夏离的叹息声:"殿下,不要挣扎了,您已经被他们认出来了。"

"实不相瞒……"夏离一脸遗憾地对神情诧异的杀手们说,"我其实是一个替身,真正的殿下就在我的背后。"

兰斯洛特没想到夏离的贱气这么快就青出于蓝,顿时欲哭无泪:"难兄难弟,何苦呢……"

查理狐疑地端详着两个人,神情越来越难看:"麻烦死了,干脆两个都干掉算了!反正死的也值三百万。"

"但是,你能活着拿到手吗?"

背后,低沉而肃冷的声音响起,那是火焰之剑出鞘的铮然回音。

凌厉的赤红火光从狭窄的走廊里一闪而逝,瞬间的光亮照亮了走廊中的黑暗,也照亮了所有人惊愕的面孔。在尸首倒地的声音里,枪声响起。

枪火和赤红的光芒不断地将阴暗的走廊照亮,依稀有一个急速的人影在不可思议地闪烁,宛如幽魂一般出现在人群中。在他的手中,火焰像是一颗带来灾厄的流星。赤红色的光芒每次亮起,便有一个人倒下。

初冬的寒冷被令人口干舌燥的焦热所取代了,鲜血蒸发的腥风将人群笼罩。

在夏离和兰斯洛特的惊叫中,最后一具杀手的尸体倒地,没有一滴鲜血喷涌,空气中氤氲着一股焦臭的味道。

此时此刻，少年终于看清楚了那一道赤色的火光。那是一支灼红的剑刃，被一个隐约而消瘦的人影握在手中，渐渐熄灭。

"圣痕'灰烬'？"兰斯洛特喜形于色，高声呼救，"巴顿先生，是我呀，是我呀，不要误伤呀！"

"我在这里。"来者靠近，走进了窗口漏进的破碎阳光中，冷峻的白发和面孔被隐约照亮了，坚毅如石雕。

"殿下平安无事吗？"

他挥剑斩开了绳索，灼红的剑刃近在咫尺，夏离却感觉不到铁块的炽热。

"我没事。"夏离从地上爬起来，好奇地看着那一把烧红的剑，"这就是你的圣痕吗？巴顿先生。"

巴顿矜持颔首："区区小技，不足挂齿。"

"圣痕'灰烬'？热量操纵的能力还真是第一次见到啊。"

兰斯洛特兴奋地凑过来，端详剑刃："操纵身体和血液的温度，通过特殊的方式和武器，可以将温度提升到烧熔钢铁的程度，喔，厉害厉害！"

"过奖。"

没有再理会黏稠如史莱姆一般贴上来的兰斯洛特，巴顿拉着夏离走向走廊深处："殿下请跟我来，我们要立刻撤离这里。"

"走？"夏离的脚步忍不住停顿了一下，"我们跑了，其他人呢？"

"他们的目标是你，如果没有办法杀死你，他们为了自己势必也会尽快撤退。"巴顿拉扯他向着黑暗中快步走去。

夏离忍不住苦笑："整个恶魔岛都被封锁了，我们能去哪里？"

在不断分岔、犹如迷宫一般的走廊中，巴顿迅速向前："恶魔岛虽然易守难攻，但并非没有撤离疏散的路。"

道路在不断地往下，沿途的设备和墙上的标语也越来越古旧，直到最后，穿过两扇暗门之后，夏离发现自己身处一个荒废很久的锅炉房，布满尘埃的管道和废旧的锅炉堆满了每一个角落。在往昔这里是给整座监狱提供温度和热水的地方，但随着世界的变化，这里却被废弃了。

老者挥剑斩开铁栏，走进最后的房间，低沉的声音传入少年耳中。

"除了大门之外，这是唯一通向外面的路。血族的建筑师当年暗中留下了一道通道，就在监狱的最底层。将近百年以来，从没有人发现过。我们只要打破一层承重墙，就能够从鸬鹚岛的后面潜水离开。"

巴顿顺着墙角走，辨别着方向，校正着记忆中的楼层设计图，最后脚步停留在一座废旧的锅炉前方:"就是这里。"

在寂静中,巴顿抬起手掌握紧剑柄,手背上的青色咒纹狂野乱舞,交织成宛如火焰和冰霜的模样。

紧接着,剑鞘之中,剑刃不安地震颤开来了。

当这个苍老的男人握紧剑柄,将封锁在剑鞘中的锋刃寸寸拔出的时候,焦热的灼红再次裸露在空中,炽热的高温扩散。

幽暗里,炽热的虹光从空中一闪而逝,宛如热刀切蜡,势如破竹!

锈蚀多年的锅炉被一剑切开,黑暗中,有幽深的风从缺口里吹来。

而巴顿,却僵硬在了原地。

"这怎么可能?"

三号监舍之外,曾经用来放风的广场上满目疮痍,布满了死尸和残骸。

有的像是被巨剑斩裂,有的像是被劲弩贯穿。在遍地的尸首中,两个手持武器的少年背靠着背,剧烈喘息。

仪式剑早已经折断,现在朱庇特用的是从敌人手上抢过来的军刀。麦克斯维尔也一样,弩箭射空后,换成临时捡来的手枪。

一路砍杀,不如说是一路逃跑,敌人的人数太多了,他们已经浑身染血,几乎快要站不稳了。

麦克斯维尔还好,只是被射中了小腿没法跑,可冲锋厮杀的朱庇特却身中数枪。若不是"龙血"圣痕开启之后身体素质暴涨,他可能早就丧命了。

可现在,接连数场剧烈厮杀已经让他不堪重负。"龙血"圣痕虽然能够让使用者变成无双的武士,可血液消耗的速度也是寻常血族无法承担的,就算是朱庇特的血脉浓度也无法支撑太久。

在短暂的喘息之后,不远处便再次传来充满杀意的脚步声。

"喂,娘娘腔,你还站得起来吗?"

"还行。"麦克斯维尔强忍着痛苦,绑紧了腿上的夹板,"怎么也不会死在蠢货前面。"

朱庇特感觉到了他肢体的颤抖,顿时冷笑:"明明怕得要死,嘴还那么贱。"

"对啊,难道你就不怕死?"

麦克斯维尔丝毫不避讳自己的软弱,可他刚问完这个问题,就觉得自己真是失血过多,智商下降了。

龙血家族的蠢货怎么会怕死,这群神经病的家族训言就是"战士当死战场",指望他们会怕死,不如指望母猪会上树。

"当然。"朱庇特的声音凛然如他所料，"只是要跟你这种小人死在一块，未免有些不太甘心。"

"哼。"

麦克斯维尔懒得回嘴了，用尽最后的力量捡起了地上的一把手枪，掂量了一下弹夹后满意地点头。跑是跑不动了，敌人既然决心灭口，那就没有任何交涉的可能。只是，他完全没有想到，素来善于诡辩的自己竟然会沦落到耍嘴皮子都没用的地步。

最后的铁门被猛然踹开，数十名满身武装的敌人已经出现在他们的视线中。

麦克斯维尔看着他们手里的班用机枪，又看了看自己手中可怜到只剩下三发子弹的袖珍手枪，不禁悲从中来："因为一个评议而死掉，说不定连天堂都上不了。"

"所以，是皈依主的时候了呀！"

神出鬼没的虔诚语气忽然响起了。

纤细消瘦的少年不知道从哪里跳出来了，浑身的红衣教袍完整无缺，风姿优雅如同春日散步。雅格怀抱着沉重的圣经，神情庄重且慈祥："主会给予胜者以胜利，给予败者以救赎！"

没有时间去计较这个神经病是从哪里跑出来的，可这个传教狂人竟然临死前都不忘布道。这令朱庇特充满错愕："现在？还来得及吗？"

"晚了。"麦克斯维尔只觉得哭笑不得。朱庇特却握紧军刀，打算拼个够本。就在此刻，虔诚的祈祷声响起："倘若有人不敬主啊，主的威严必定降临在我的手中……"

嘭！

冲在最前面的一个杀手像是被迎面而来的打桩机砸扁，肝脑涂地。

那不是厚重的经文落地的声响，而是沉重的东西将人砸碎的余音。在众目睽睽之中，祈祷的少年从两袖宽大的教袍中抽出两根精钢打造、水锻冲压，一次成型的……狼牙棒?!没错，此刻抓在少年手中的，是两根长满了密密麻麻金属倒刺的狼牙棒！

"那就，以我手中的狼牙棒代替主的怒火，敲碎你们这群异端的天灵盖吧！"

祈祷终于结束。

紧接着，消瘦的少年提起手中两根狰狞的凶器，向前冲出。宛如神之怒火真的从天而降，骨骼碎裂、血肉成泥的声音不绝于耳。

啪！噗！嘭！咚！

如此惨烈而富有冲击性的事实，已经彻底让两个十几秒钟之前还一片绝望的小伙伴们惊呆了。

在血泊中，少年神父手提两根沾满血的混钢狼牙棒，慢慢地扭头，看着那两只迷途的羔羊。在惊愕的眼神中，雅格幽幽的声音传来："回头，是岸呐。"

幽暗之中，巴顿站在前面，幽暗的风裹挟着寒意从黑暗处吹来。

"怎么不走了？"兰斯洛特问。

"你看这里。"老者的神情肃冷，缓缓举起了手中炽热的剑刃。赤红的剑刃照亮了昏暗，也照亮了墙壁上的缺口。冰冷的海风正是从里面吹来，又像是要灌入所有人的心中。

兰斯洛特一头雾水："不是好好的路吗？"

在他身旁，夏离的身体却僵硬起来。他低头看着面前的墙壁的缺口。大概是井盖大小的缺口并不规律，看起来不像是用什么工具开凿出来的，更像是……用手硬生生地挖出来的。

"殿下，还记得我怎么说的吗？我们需要将这一面墙拆开才能走出去。这里……原本没有路。"在他的身后，巴顿的声音充满寒意。

夏离打了一个寒战，低头看向墙壁。凑近之后，他能够看到墙壁上残留的抓痕，还有手指折断留下的干涸血痕。就在墙角的地方，有人用破碎的石块在锅炉的后壁上留下了歪歪扭扭的字迹，就像是恶鬼逃脱囚笼之时的留书，那是一个陌生的名字："Brent"——伯伦特。

"也就是说……"兰斯洛特终于恍然大悟，"在我们之前，这条路，就有人走过了？"

那一瞬，所有人都不寒而栗。

"没办法啊……"

裂口内的黑暗中，有个难为情的声音传来："当初用手挖出来的洞，现在看起来未免就丑了些，被人这么看，我果然会有些羞涩啊。"

静坐在黑暗中的人划亮了火柴，照亮了一双碧绿色的鬼瞳。

火柴点亮了他嘴角的烟卷，他微笑着看向惊愕的众人："真是让人怀念啊，三十年前，我还小呢。那个时候锅炉房还没有关闭，我踩着烧成通红的铁管，一点一点地爬到这里，又一点一点地用铁片和勺子挖开出口。"

他低声笑着，缓缓摇头："回想起来，真是让人难过，难过得像是死了一样。"

"你是以前这里的囚徒？"

自从他出现的那一瞬开始，巴顿便已经握紧剑柄，警戒地将夏离护在自己身后："不对，他们都已经死光了。"

"谁说不是呢。"

伯伦特扯开衣领，在剑刃和烟卷的火光里，露出"H-016"的编号。

H，hazard，危险、灾难，危险囚犯16号。

伯伦特微笑起来："如您所见，哈扎德家族最后残留下来的鬼魂，就站在诸位的面前。"

"感谢诸位黄昏议会的大人物赐予我们食物和血水、囚笼和地狱。"

跨越了裂口之后，伯伦特向着前方的少年微微弯腰，宛如行礼一般："恩义和仇恨铭刻在血中。"

惊雷一样的枪声忽然迸发，射入了他们背后正要开启的铁门。

子弹几乎擦过了夏离的脸颊，令他感觉有些窒息。

不知何时蹑手蹑脚准备逃跑的兰斯洛特僵硬地回头，却看到伯伦特勾了勾枪口。二货老师的表情抽搐了一下，很不情愿地一步一步移了回来，然后在下一瞬，不受控制地倒地。

"'巫毒'？"兰斯洛特骤然感觉到身体开始僵硬，"大家小心……"

"你现在说这些，有什么用啊。"

在昏暗里，夏离忍不住苦笑。他已经感觉到身体发软，渐渐被冰冷覆盖。

"呸！竟然用毒，你没有廉耻吗？！"软倒的兰斯洛特义愤填膺，好似被逼到绝路的名门少侠。

"竟然还可以说话？我应该增加了剂量的啊。"伯伦特有些疑惑，很快就释然地笑起来，"算了，先干掉公爵再说吧。"

"你究竟要忽视我到什么时候？"

巴顿踏前一步，挡在麻木的夏离前面，手中剑刃的灼红在黑暗里亮起，带起了一道刺目的白，却被缓慢地归入鞘中。但那种引而不发的杀机，却越发的冰冷刺骨。

"没想到堕落者会有从地狱里爬出来的一天，这是我的疏忽。"巴顿低声说，"既然如此，不妨在这里将你送回你应该待的地方去。"

"地狱？"伯伦特玩弄着手中那一把沉重的手枪，眼睛眯起像是在笑，"您可以叫我的名字'伯伦特'，不过我应该称呼您为'巴顿'先生呢，还是'日丹·伊万诺维奇·盖普谢尔'爵士？"

"只是一个称号无所谓。"仿佛被刺痛了隐秘的地方，巴顿的眼角跳动了一下，语气阴沉。

"何必厌弃自己的血脉呢？没有它的话，你早就跟他们一样倒下了，巫毒最害怕的就是燃烧之血啊……不过听说你被赶出家门了？是因为私生子弟弟而放弃继承权的事情吗？"

伯伦特漫不经心地将枪插回了枪套中，轻声感叹："真是好哥哥啊。"

那一瞬，有光从黑暗中亮起，灼热到无法直视。弹指间，巴顿已经从原地消失，狂飙突进，剑刃斩落！

那是在瞬间极尽凌厉的拔剑，燃烧到极致的火焰之剑出鞘，纯白的光耀切开了黑夜！

尖锐的碰撞声扩散，沉重的枪管在最后的瞬间顶住了斩落的焰剑，钢铁的材质却被火焰灼烧成赤红。

燃烧的剑刃寸寸逼近，也照亮了伯伦特的笑容。可纵使那样凌厉的光，也无法穿透笑意中的阴暗。

"丧家犬也会懂亲情吗？"巴顿的声音肃冷。

"当然会啊，先生。"

碧绿的鬼瞳逼近了，伯伦特忽然轻声笑起来："曾经在这里的时候，我也有你这么好的哥哥来着……可惜他死了。"

短刀的呼啸刺破了空气，在一瞬间擦过巴顿的脸颊，留下了一道翻卷的伤痕。

巴顿急速后退，手持短刀的伯伦特却在逼近。

"杀死他的是谁呢？"

"夺走我所有家人的是谁呢？"

"让我像野狗一样活在这个世界上的是谁呢？！"

在刀剑碰撞的尖锐声音里，两个人的身影不断交错，迅捷如惊雷一般的剑术展开。夏离只能看到一道道炽热的光切裂黑暗，又被黑暗所吞没。

只有充满恨意的笑声传来。

"是你们啊，尊敬的先生们。"

被烧红了的刀锋再度切裂了巴顿胸前的衣襟，也留下了一道伤痕。伯伦特疾步逼近，短刀不断地穿过焰剑的防御，带来一道一道的伤痕。"坐在餐桌前面，享受尊荣和赞美，品尝敌人血肉的感觉如何？哈扎德家族的血可曾令你们满意？！"

如恶鬼般的尖啸再次响起，剑刃火光骤然熄灭，黑暗里，只剩下血肉被贯穿的声音。

紧贴着面前的敌人，伯伦特缓缓地从他胸口抽出短刀："别害怕，神经被麻痹之后，是感觉不到痛苦的。"

"毒……从什么时候……"巴顿破碎的肺叶在震颤，无力地顺着墙壁滑倒。

"从一开始。"

伯伦特甩掉了刀上残留的血："确实单纯的毒无法对'燃烧之血'起作用，但'巫毒'本身就是针对基因结构的毒药，就算是燃烧之血，也不能完全幸免。"

伯伦特的脚踩在血泊上，看着地上的血渐渐地干涸、发臭。那是失去活力的血液在最后挣扎，却终将被剧毒杀死。

"你能坚持这么长时间,看来是公爵的嫡系子嗣吧。不知道那位真正的公爵又能坚持多长时间?"

伯伦特收刀入鞘,声音冷漠:"'巫毒'的力量只要吸入就不可避免,一切血统都会被破坏,只是或迟或早而已。"

寂静里,忽然有破碎的肺叶发出笑声,凄厉而沙哑。

奄奄一息的巴顿忽然笑起来。倾听着黑暗里传来的幽深之风,他仿佛看到了什么苏醒的景象。

"不知道针对血液的毒,能不能解开血液中的锁呢?"他嘴角牵起流血的嘲讽,似有所指。那一瞬,伯伦特终于感觉到背后扩散的寒意,悚然回头。

黑暗中,怪物睁开眼睛。

日本,龙三角,暴雨。

在海潮的轰鸣中,考察船如叶飘摇。数十名水手奔走在船上,用缆绳固定那些松动的货物,每个人都被暴雨和海水浇湿,狼狈异常。

可就在船首,却有两个隐约的身影站在最危险的地方。他们披着黑色的雨衣,像是在下一瞬就将被抛入海中,可却又如同磐石一样,在剧烈的摇晃里纹丝不动。

纵然大雨,也有一个人固执地点着烟卷,护着那一点微弱的火光不令它熄灭。

"糟糕的天气,真是出师不利啊。"

飞溅的水珠里,吸烟的男人吐出一口消散的白雾,低声感叹:"今天本来是西泽先生您学生评议的日子。这样的状况,我还让您陪着我在这个鬼地方找沉船,真是有些过意不去。"

"何必过意不去呢。"西泽从雨帽下抬起头,"对于评议,我并不担心。"

"您对他充满信心吗?"抽烟的男人点了点头,"不过我听说,很多人都觉得他是假冒的,有时候听您说起他,我就觉得他……"

"像人类?"西泽说出了他想说的话。

在他点头的时候,西泽却笑了起来:"哈哈,其实有时候我也会这么想:或许那个孩子真的就是一个人类小孩,十七八岁大那种,不喜欢冗长的宴会,讨厌虚与委蛇。怀揣着梦想,脑子里充满希望。就算是现实摆在他的面前,也不愿意承认这个世界有多残酷……真好啊。"

抽烟的人说:"听起来有些幼稚。"

"幼稚就是青春啊,朋友。"西泽低声说,"可惜,上天却给了他最可怕的武器。从那时候开始,所有人的视线都只会落在他手中的剑上,再不会注意到他只是个孩子了。"

"武器？"吸烟的男人对这个形容很感兴趣，"您将斯图亚特的血统形容为武器吗？"

"对，就像是烈焰魔剑雷万丁一样的力量。你曾经在梅丹佐手里见过，不是吗？"西泽仰望着海潮，低声说，"一旦它被拔出的时候，就会点燃众神的王国，世界树的九大国度也会再度被焚烧在烈焰里。"

"您的意思我大概明白了。"

吸烟的人掐掉了烟卷，将它抛入了海潮中，转身离开，可脚步却停顿了一下："可是西泽先生，我期待它出鞘的日子。"

暴风雨中，西泽看着海潮涌现，浪卷翻飞。

"我从来都没有这么想过啊。"西泽最后看了一眼海中的狂潮，收回视线，"那把剑拔出来的时候，最先伤害的究竟是敌人，还是自己呢？"

寂静里，有枷锁崩断的声音。

少年佝偻着身体，忍受着莫大的痛苦，像是有什么东西从身体内萌发了。熔岩从心脏中流出，如此的炽热，可是又有带着这个世界在躯壳中流淌的快意。

那是有如瀑布和喷泉一般涌现的力量，还有愤怒！

在惊骇的寂静中，夏离艰难地抬起头，双瞳炽热猩红。明明在一切光亮都已经熄灭的黑暗中，可却能够看到巴顿复杂的神情，还有伯伦特充满杀意的眼神。

"什么鬼东西！"伯伦特瞬间举起了枪，却忍不住想要后退。

"不要……过来……"

夏离努力地维持着清醒，可却发现自己无法遏制住流泪的冲动，触手所及，脸颊上流淌的是鲜红的血。黑夜和暴雨的幻觉扑面而来，又一次地将他扯进回忆里了。

就像是看到那个喜欢说烂笑话的男人回来了，他撑着伞站在雨里，被车撞，被枪击，然后呐喊着死去。只剩下夏离跪在雨水中，握不住他冰凉的手。

黑暗中，夏离痛苦地流泪，第一次发出诀别的哽咽："伯父，我很难过……"

终于，他堕入了更深的黑暗中。

少年的眼瞳中，血色扩散，最后一重痛苦的枷锁终于被打开。仿佛鲜血在烙铁上蒸发的声响从他的后背上响起，隔着衬衣和外套，沸腾之血留下了漆黑的焦痕。

——那是一道环形的烙印，如蛇鳞一般的焦痕盘卷，像是有一条孤独而痛苦的蛇在吞噬着自己的尾。

那是传承自远古的神圣之痕，随着沸腾的血液降临这个世界！

少年，痛苦咆哮，无声。

那一瞬，朱庇特看到了天空之中的阴云在扰动。

那不是云，是无数愤怒的蛇蝠盘旋在天空中的景象，长着鳞片和黑绒的双翼扑打着，发狂地翻滚在阳光下，汇聚成扰动的云，互相撕咬着。

正是那一瞬，大地之上的微尘浮起，拍打着礁石的海浪停滞，风中传来了无法形容的颤动。一瞬间所有有质无形的东西都产生了变化，如风，如水，都在那种扩散的力之下破碎、不安地激荡。

朱庇特低头，看着地上震颤的血泊，低声呢喃："这是'倾诉'？"

麦克斯维尔靠在墙上，艰难地抬头望向空中狂暴汇聚的蛇蝠之潮，缓缓摇头："不，和'倾诉'完全不一样。"

在前方厮杀中，碎裂的声响不断迸发。

化身狂战士的雅格却忽然轻笑起来，少年仰望着天空，鲜血在额头上溅射出一个猩红的逆十字。

"哈利路亚！"他轻声呢喃。

在地上，落于尘土中的沉重经书开始震颤，如同狂风吹拂。古旧皮革所制造的封页被无形的力量翻开，无数枯黄的书页翻过，最后显露出一行猩红的字迹。

——过不多时，我必再一次震动天地、沧海与旱土。我必震动万国；万国的血，都必应我。

正是那一瞬，无形的力量终于从大地之下破土而出，冲上了天空，也吞没了天空中的黑潮。

无数扰动的蛇蝠发出尖锐的啸声，如恶鬼的咆哮。黑色的潮流被那种力所裹挟的威严所震慑，洪流一般向下席卷，就像是漆黑的龙卷风。

没有人可以阻挡住这群发狂的怪物，它们疯狂地撕咬着一切前方阻拦的东西或者敌人，甚至是同类。

甚至有来不及逃走的刺客被无数蛇蝠抓上天空，如刀锋一般的利爪切开了血肉，顷刻之间将他们拆分成块。

宛如收到了莫名的召唤，它们尖叫着化作潮流，席卷而过，又在瞬间消失无踪。

也正是那一瞬，伯伦特感觉到通往地心的空洞在自己的面前打开了。幽深的风卷着寒意吹来，冰霜蔓延。

明明没有声音，可黑暗中却响起了宛如巨龙一般的咆哮，充满了痛苦、愤怒，还有疯狂。

枪声的轰鸣在那一瞬响起，伯伦特毫不犹豫地扣动了扳机。枪膛中喷出的火焰，却照亮那一只沿着通风管道从天而降的狰狞蛇蝠。

蛇蝠在大口径的弹药下粉身碎骨，余势未竭的子弹擦着少年的颧骨飞过，留下了狰狞的血痕。伤口流出血液，可血液又被不知名的力量扯回了身体中，伤口收拢，伤口愈合，伤口消失不见。

有潮水一样的声音响起。那是无数蛇蝠自上而下，疯狂爬行蠕动而来的声响。尖啸声重叠，宛如咒怨的尖叫。前所未有的阴冷自伯伦特的脚踝升起。它们如蛇一般环绕着自己，蹿升上了后脑，盘绕灵魂。

那种冰冷的名字叫作恐惧。

他还记得那种声音，自从童年之时开始，便缠绕在梦中的尖叫——那是蛇蝠开始掠食的声响。每一次这种声音响起时，囚徒们便会沦为那群怪物的食物，日复一日，年复一年。直到脖颈被利齿洞穿的惊悚感觉深入骨髓，化作实体的恐惧。

第一只碎裂了，可第二只却从黑暗的裂隙之中钻出，紧接着第三、第四只，乃至黑色的潮流从四面八方围拢而来。

宛如风暴一般的黑潮盘旋在地下，狂躁的蛇蝠们是如此驯服地盘旋在少年周身。它们展开双翼，抖落上面沾染的鲜血，爪子在墙壁和钢铁上留下深深的凿痕。

可每一只血色眼瞳中，都包含着绝望和痛苦，像是倒映着少年心中的苦难和黑暗。

宛如亡者在地狱中仰望人间。

被无数静谧而痛苦的眼瞳看着，伯伦特跟跄地后退。在蛇蝠的拱卫之中，少年缓缓地抬起头。眼瞳中毫无痛苦，只剩下了沉静和难以言喻的威严。

夏离抬起头，指向了前方的敌人。于是无数蛇蝠腾空而起，黑潮呼啸而来！

伯伦特失控地怒吼，两把手枪不断喷出子弹，"巫毒"被全力启动了，圣痕压榨着每一滴血液，令神经抽搐，鲜血沸腾。

那是无以言喻的剧烈之毒，令血泊干涸发霉、尸首腐烂化灰，枯萎的环从伯伦特的脚下扩展，向着四方侵蚀。被子弹击碎的蛇蝠被病菌和毒所寄生，碎块爆裂化作脓水。

一切都在飞快地腐蚀，就连钢铁都在血毒之下朽烂成泥。

可蛇蝠的黑潮依旧无穷无尽，伯伦特射光了所有的子弹，从袖口中拔出了自己的短刀。在蛇蝠的撕咬中，他握紧了刀柄。

体内的毒素开始千百倍地刺激腺体和肌肉，令它们超越了生理的束缚，带来千百倍的力量。咆哮着，怒吼着，伯伦特带着刀锋冲向了前方。

那一刻，少年眼神的焦点汇聚在他的脸上，那种感觉像是冰冷的雨水落下，带着殷红的色彩。

他冷漠地俯瞰着最后的敌人，伸出手掌，五指收紧，像是要隔着十几米将那个身影碾碎。回旋的蛇蝠们得到了无形的叱令。黑潮化作龙卷，吞没了那个身影。

就像是庞大的绞肉机终于启动，怪物和人尖号惨叫的声音响起。

狂躁的蛇蝠们忘却了生死，疯狂地撕咬着面前的一切活物。在旋转的黑潮中，那个隐约的身影疯狂地挣扎着，无数的蛇蝠爬在他的身上，撕咬血肉。

在层层的死尸之中，那个被笼罩的身影渐渐失去了挣扎的力量，倒地，抽搐，最后失去了惨叫的声音，白骨裸露。

"伯伦特，这里是邓肯，你在吗？"在撕咬中，破碎的步话机发出模糊的声音，"伯伦特，回话！究竟发生了什么事儿？"

"支援，邓肯……"伯伦特破碎的手掌按着步话机，嗓音尖锐，"支……"

很快，步话机就被锋锐的蝠翼撕碎了，最后隐约可以听见邓肯骂了一句脏话。紧接着，通往头顶的天花板骤然破碎了。

炸药被点燃，大块的水泥和混凝土轰然落下，惊起了一片蛇蝠。

紧接着，炽热的太阳亮起。

在蛇蝠的眼中，强烈得如同日冕一般的狂暴光芒随着一个球体骤然被丢进地下。那是强烈了千百倍的紫外线灯，对于栖息于黑暗中的生物来说，远超灼日的可怕光芒！

紧接着，浑身覆盖着防紫外线装备的杀手们从裂口之中冲出，带着邓肯杀死一切生物的命令举起枪口，当场呆滞。

宛如将要享受食物的怪物被激怒了，无数蛇蝠在紫外线的灯光下发出尖叫的声响，向着一切外来者飞出。

而就在血泊中，少年沉默地看着滚落在脚边的炽热光芒，没有如同寻常血族一般变成焦尸，也没有浑身崩溃成尘。他只是沉默地看着，裸露在光芒之中的皮肤依旧白皙，透明得像是能够看到血气流转。

然后，他抬起脚踩灭了那一轮太阳。

黑暗突如其来地降临，再次吞没一切。无数蛇蝠像是同归于尽一样扑向了开火的枪膛。以血肉抵挡子弹，不惜代价地撕咬着面前的活物。

生命在这里宛如薄纸，鲜血染红了每一寸墙壁。只有滚落在鲜血中的手电筒照亮了这个疯狂的战场。杀手们前仆后继地冲向了少年，却被疯狂的蛇蝠们撕咬得粉碎。

当一切都陷入寂静时，遍地尸骸，伯伦特已经不见了踪影。干涸的血痕蜿蜒地伸向了那个通往外界的缺口，在混乱中，他艰难地爬行蠕动，最后跳进海中。

而最后的巫毒也夺走了残存蛇蝠的生命，令它们哀鸣着从空中落下，在黏稠的血中死去。

寂静里，巴顿看到那个少年的躯壳上已经遍体鳞伤，扶着墙壁，痛苦喘息。一颗银质的子弹贯穿了他的手臂，伤口像是被火焰烧灼。但他终于从噩梦中醒来了，眼瞳中的血色散去，变成沉默的悲伤。

他茫然地看着地上的残骸，大口喘息着，汗水从额角落下。

就在他的背后，濒死的杀手伸手，终于触碰到身旁的手枪，可紧接着，烈焰之剑从天而降，贯穿他的头颅。令少年猛然惊觉，看向不远处濒死的老者。

"冷静一些……"

半身被血染红的巴顿看着他，犹豫了一下之后，他叹息着说出了那个称呼："殿下。"

"巴顿先生？是你吗？"

在昏暗里，夏离认不清他的脸，这里每一个人的脸都是一样的狰狞，就像是在噩梦中一样。他低头看着那些怨毒的眼神，呢喃："这些……都是我做的？"

"那不是你的错，殿下。"巴顿艰难地撑着墙角爬起，一步一步踩着血泊走近，从尸首上拔出了自己的剑。他拍了一下少年的肩膀，低声说："每个人都有第一次面对恐惧的时候，殿下你已经做得很好了。"

说着，他看向背后封闭的大门，那是他们最后的一层防御。

"殿下，我很想再多说点什么的，可惜，我不会安慰人，现在也还不是说闲话的时候。"

巴顿忍着剧痛，以剑将自己的身体撑起。他听到了远处锈蚀楼梯上传来的脚步声。那群杀手还没有放弃，就像是闻到血腥味的鬣狗开始发狂。

圣痕"灰烬"的力量再一次从他的躯壳中苏醒，带来了将一切同归尘埃的高温，令长剑在血泊中亮起刺目的银白。

在被紫外线焚烧过之后，滚烫的鲜血渐渐地从躯壳中渗出，带着高温，如同燃烧的火油一般覆盖在巴顿的身上，看起来就像是地狱中的魔鬼。

可这个魔鬼，眼神却饱含着歉意。

"您身处险地，是因为我的过错，过错必将带来惩罚。"

他郑重地看着少年，声音嘶哑："请您从通道离开吧！我将为您断后，但愿我的牺牲能够弥补我的罪责。"

少年站在他的身后，沉默地看着他，却没有动。

"十六个人，殿下，再不走就来不及了。"

巴顿仿佛能够看到少年复杂的眼神，燃烧的脸上，笑容有些丑陋："请不要自责，殿下。每个人都无法逃过死亡，现在到我的时候了。就算是我死了，黄昏议会也会为我复仇。"

说着，他艰难地转身，最后向少年屈膝行礼："殿下，请代替我向我的弟弟基利安道别，我爱他如爱我们的父亲，愿我在地狱里能够得见他的平安。"

"对不起，巴顿先生，我不想再逃了。"

夏离沉默地看着燃烧的老者，缓缓摇头："我不知道自己身上究竟发生了什么事，但那种力量恐怕用一次就没法再用了。我以前做梦都没想到会杀人，可他们都是凶手，我不后悔，也不想再逃。"

他再次回忆起噩梦中的暴雨，低声笑起来："死就死吧，我已经不怕了。"

"说实话，殿下的话听起来越来越不像是一个尊贵的公爵讲的话了。"在炮火的轰鸣声里，燃烧的老者复杂地笑起来，"但是，能与您一道战死，是我的荣幸。我为我先前对您的不敬感到羞愧。"

破碎的地下空洞中，他们依稀能够听得见来时锁上的层层大门被突破炸毁的声响，脚步声越来越近。巴顿握紧了炽热的火焰之剑，在燃烧中缓慢踏前，向着前方的黑暗举起剑刃："这一次，请让我为您开路。"

脚步声迅速接近，可那种宛如暴雨一般的脚步声却不像是在进攻，更像是在逃亡？

隔着一扇铁门，夏离能够隐约听到脚步声在衰减，就像是被什么东西给迅速吞没，惊叫和枪声不断响起，直到最后，再无声息。

只有猩红的血从门下汩汩流出，还有一个在血泊之中缓慢前行的脚步。

不紧不慢，带着冷厉的杀意和矜持的威仪，宛如在自己的领地上巡游。脚步声踩着钢制的阶梯向下，直到最后，停留在破碎的铁门之前。

夏离能够感觉到恐惧的寒意将自己包围，他用力握紧手中捡来的军刀，希望能够借取到一些勇气。

紧接着，在尖锐的摩擦声中，铁门被推开了。

一线黯淡的阳光如潮水一般卷入了地下的黑暗中，也照亮了那个消瘦的身影，还有他冷峻的面容。正是那一瞬，烈火之剑轰然暴起，巴顿低吼着向着敌人冲去，青白色的炽热之剑向下斩落，带着烈风和火焰的声威。

可烈风火焰之剑还未曾斩出的那一瞬，映着黯淡日光的纤薄锋刃已经紧贴在他的喉咙上。无从察觉那一把刀是如何接近的，就好像它一直都在那里等待，带着浑然天成的隐匿和杀意。

拯救巴顿的是背后少年惊喜的声音："住手！"

即将横过的刀锋戛然而止，消失不见。而巴顿的烈焰之剑斩落在空处，在地上留下了一道狰狞的灼痕。瞬间，来者已经跨越巴顿，来到了少年的前方。

在沉默的对视中，消瘦的男人单膝跪地，声音低沉："殿下，请恕我来迟。"

"康斯坦丁……"夏离看着那一张冷静沉毅的面孔，忍不住苦笑，"下次出场能不能不要这么惊悚？"

"我尽量。"康斯坦丁颔首应允。

"还有……"夏离喘息着，低声问，"你能把我背回去吗？"

康斯坦丁再次点头："请殿下放心。"

"那就辛苦你了。"他轻声笑了起来，然后陷入晕厥的黑暗中。倒下时被康斯坦丁接住、抱紧。

"还能走吗？"冷峻的秘书扭头看向背后喘息的巴顿。

"还行。"巴顿苦笑，"但真的没有护士和医生？"

"应该快到了。"康斯坦丁抱着晕厥的少年，率先走出门外，"记得带上角落里那个还没死的家伙。"

巴顿扭头看了一眼角落里傻笑晕厥的兰斯洛特，顿时神情有些发苦：比起自己和殿下，这个中毒最早的家伙，或许运气才是最好的吧？

当他拖曳着兰斯洛特的裤脚，终于踉跄地走出战场时，前来救援的直升机从天而降。

当天，第七位公爵大人遇刺、评议团险遭团灭的消息传遍了整个血族世界。

▶ 章九·是，岳父大人

"当时在那个凶手的暗算之下，我已经身负重伤，没有想到殿下竟然挺身而出，展现绝强的力量，拯救了将死的我。那样的风姿无愧于公爵之名，如同愤怒的狮子一样。就算在最危难的关头，殿下也没有舍我而去，反而选择和我一同去面对强敌，实在是让我为自己先前的质疑而心感惭愧。"

病房里，巴顿向记录人员口述当时的情况，声音铿锵有力。

在旁边，浑身包裹得好像是粽子一样的夏离都感觉到阵阵的害臊。可巴顿还在不断地将夏离往天上夸："……殿下之举，深合贵族精神和骑士之道，斯图亚特铁枝家族名不虚传，公爵之名也毋庸置疑。"

"好了，哥哥，你已经说了两小时了。"基利安忍不住叹息，"麻烦你能休息一会吗？"

"等会再说。"巴顿挥手，"先按照我说的记下来！"

记录员只好苦笑，低头奋笔疾书。

"……经过第二次评议，负责人爵士巴顿认为斯图亚特公爵的血统和身份没有任何能够质疑之处，他是天生的贵族和公爵。黄昏议会亦会为有这样一位新秀加入而感到荣光。"

记录到此结束，夏离觉得自己在巴顿的口中已经套上了层层光环，就差被摆上神坛、接受膜拜了。

记录完毕，记录员小心地将手稿封进铁箱中，彬彬有礼地告辞离开。

很快，巴顿就被医务人员推走进行复查了，留下病房里浑身是绷带的夏离躺在床上。就在他的对面，某个几天前还深中剧毒的二货却已经好得差不多了，正在眉飞色舞地偷吃着送给夏离的果篮里的水果。

"殿下，当时你真的留下来和他一起面对敌人啦？"兰斯洛特啧啧有声地感叹，"看不出来，殿下你也是一条好汉啊。"

夏离白了他一眼："你以为当时我不想跑吗？"

少年扭头看向窗外的阳光，许久的沉默之后，才幽幽地发出声音："我腿软了。"

死寂的沉默。

然后，二货老师丧心病狂的大笑声响彻整个学院。

"真是义薄云天！义薄云天啊殿下！薄到自己重度失血、大动脉都有了裂口……

你还真是命大到好比圣斗士，有什么诀窍没？"

"兰斯洛特……我要让人把你从窗户丢出去。"

"别啊，殿下，我可是对你忠心耿耿啊。"兰斯洛特又凑上前来，"你看我们两个，简直就是难兄难弟，没了我，谁陪你一起住院啊？"

"什么事儿都没有，脚扭了都要住院，老师你的脑子真的没毛病？"

"当然没！"兰斯洛特得意地说，"陪公爵殿下住一次院，我还能跟上面说我在殿下遇刺时奋不顾身，保护殿下……能捞到多少奖金啊！"

"……兰斯洛特。"

"嗯？"二货老师眨巴着大眼睛。

"我还是让康斯坦丁直接把你干掉好了。"

"……"

许久之后，百无聊赖的少年在病床上开始抱怨："半个月了，我什么时候能出院。入学之后我就一直在旷课啊……"

"没关系。殿下你的老师也在旷课呀。"某二货老师依旧恬不知耻，已经快要把水果给吃光了。

"其他人的病情怎么样了？"夏离已经习惯了这二货的思维，决定换一个话题，"没想到朱庇特他们三个竟然好得比我快。"

"他们的情况比殿下好很多。"兰斯洛特说，"朱庇特失血过多；麦克斯维尔只是腿断了，上了夹板之后就继续活蹦乱跳了；雅格干脆屁事儿都没……他们三个现在都躺在外面输血室里休养着呢。"

"真好啊。"夏离一脸羡慕，"我还是公爵呢，怎么没有这种待遇。"

"殿下，你的人类血脉太过稳定了。虽然轻伤可以迅速恢复，但重伤恐怕无力。"兰斯洛特深深地看了夏离一眼，"而且，据您所说，可以判断出您似乎是误打误撞，使用了圣痕的能力……这是一个不可复制的巧合，你以后可别自己专门找死啊。"

听到他这么一说，夏离又想起自己身中剧毒之时的痛苦，还有将自己几乎整个吞没的噩梦。

"我到现在还没搞清楚啊。"夏离叹息，"那是我的幻觉还是真的发生了呢？我已经完全想不起来了……"

"从理论上来说，既然动用了一次，那么定然可以找出规律。"兰斯洛特对此相当笃定，可面色却十分忧虑，"但目前的问题是：宗室评议会几乎全部死亡的事情肯定压不住啊。"

"真的全死了？"夏离也满腹愁肠。

"当援军到场的时候,已经死得差不多了。议会被彻底惹火了,最近从南非开始,所有的雇佣兵和带有血族股份的武力集团都开始被彻底排查了,真是有一个就杀一个。最近他们恐怕会找殿下来谈话,殿下你自求多福吧。"

兰斯洛特幸灾乐祸地抱着水果继续狂啃。

"吃死你算了。"

夏离看着门外那几个肃立的魁梧守卫,忍不住仰天长叹:"……究竟怎么办啊?"

"与其担心那些事情,不如担心眼前的事情比较好。"将脸整个都埋进西瓜里的兰斯洛特抬起头,看向门外,"每天一次的受难时间,坚持住吧。"

"什么?"夏离一愣,抬头看向挂钟,"今天这么早?"

就在愣神之间,有人推门而入。穿着白大褂的医生推了一下眼镜,淡淡地说:"殿下,今天输血的时间到了。"

"不输能行吗?"

"抱歉,不行。"医生麻利地将他塞进了轮椅,低声说,"昨天您就悄悄将针头拔掉了,疗程延误。今天一定要输够500cc。"

档案室的大门被推开,来者无声地走进其中。就在昏暗而干燥的档案室中,庞大的风扇缓缓转动,切裂了黯淡的阳光。尘埃漂浮在半空中,偶尔落在长桌之上。

"下午好,基利安。"老者脱下了还带着海水潮气的外套,随手挂在衣架上。

熬了几天没有睡的基利安抬起头,声音有些倦怠:"欢迎回来,校长。"

西泽看向阴暗中憔悴的老朋友,轻轻摇头:"你的样子就像是几十年都没有吃到东西的老狗。看来议会给你的压力不小。"

基利安无奈叹息,什么都没有说。

西泽·奥古斯丁坐在了长桌的对面,肃声说:"好了,谈谈工作吧,首先,请告诉我,那群杀手是怎么绕过我们的安保设施的?"

基利安抬起手,将面前的文件推了过去:"恶魔岛的0091号摄像头在更换的时候被进行了改装,他们利用一分钟的间隙堂而皇之地进入了周边的海域,详细的内容都在里面写着。看来,他们对我们的巡逻路线了如指掌。"

西泽瞥了一眼,问:"我要知道,能够接触到公爵评议地点和时间的人有多少?"

"我全都整理好了。"基利安将名单推过去,"名单第三部分,从第九页开始。"

"喔,效率惊人。我当年选择你果然是对的呀朋友!"西泽翻开档案,粗略翻了翻之后，却忽然笑了起来，"宗室评议会就七十多个人？没关系，都交给净化机关就好了。可惜，你还漏了一部分。"

瞬间，基利安错愕地抬起头。

"学校呢？"西泽一页一页地翻着名单，到最后，抬起眼看他，"学校知道这件事儿的人有多少？"

"……你的意思是有内鬼？"基利安愣了一下，神色渐渐变得难看起来，或许是想明白一旦这个内鬼潜伏在学校里会造成多大的破坏，"学生会的会长麦克斯维尔·奥兰治，获准前往的'逆十字教会'，或许还有龙血公爵家的子嗣……很多人都有嫌疑。"

他攥紧十指，眼神中闪过一丝愤怒："要查下去吗？"

"不，我们不参与搜查。其他人想要怎么查就让他们查，但长者信仰学院的立场不能动摇。"

西泽收起了照片，挥手说："封存所有档案，转交黄昏议会的特使，剩下的事情就交给那些喜欢麻烦的大人物吧。"

"如果这是您的意思的话，我明白了。"基利安犹豫许久，最后无奈妥协。

"基利安，我就喜欢你这一点。事情就这么定了，我跟学校里的姑娘们还有很多约会，先走啦。"西泽笑起来，从衣架上摘下自己的风衣，然后哼着奇怪的萨克斯曲子，转身离开。

而就在阴沉的建筑之外，早已经有人在等待。那个看起来大概是中年的男人提着手提箱，站在门前，就像是一个刚刚到来的旅客。但在西泽校长走出门外，看到他的时候，校长神情却错愕了一瞬，像是没有料到这位客人的到来。

"好久不见，奥古斯丁先生。"中年人扶起了帽檐儿，轻声问，"邪马台的海风如何？"

西泽看了看他的表情，淡然回答："比起这里，邪马台的海风真是温柔到令人作呕。"

"您应该知道的。"中年男人看着他，神情冷淡。

西泽笑了笑，走在了前面："那群自称'死灰'的堕落者吗？"

"没错。他们背弃了圣杯和血的盟约，已经动摇了议会的威严。一位公爵死去了，应该有人站出来负责。"

听出他话里的意思，西泽沉思片刻，低声问："蒙德，议会决心彻查了？"

蒙德点头："自从梅丹佐老公爵被暗杀后，黄昏议会就开始着手提出相关议案了。斯图亚特家族毕竟是血族的一分子。我们损失了七分之一的公爵，或许还要更大！"

听到他最后一句话，校长的神情凝固了，眼神中浮现出一丝谨慎和错愕。

"比公爵更大……蒙德，你应该明白自己在说什么。"

"西泽先生，你知道吗？前些日子，有一些传闻在那些情报贩子的手里被标出了高价。"

中年男子露出玩味的笑容，低声回答："有人说，梅丹佐公爵在后来的那一段日子里，血统已经从公爵的位阶升华，达到了更上层。"

"笑话，千万年以来，还有谁能达到那样的程度？"西泽低声冷笑。

"哈，谁知道呢？"

蒙德也笑起来，可笑容里却藏着谁都看不透的复杂和阴影。

在午后的广场之上，行人稀少。

两人的脚步，巨大的喷水池。中年男人的双手插在黑色风衣的口袋里，抬头看着水池中流泪的圣母和倾覆瓦罐的婴儿，打破沉默："我这里，还有一条更有趣的传闻，您有兴趣听一听吗？"

西泽点头。

在微弱的阳光下，蒙德轻声细语地说："有消息表明，数千年以来，斯图亚特家族都保管着一件名字叫作'圣杯'的东西。"

瞬间校长的眼神微微变化了一丝，又恢复了淡定和沉默："不可能，黄昏议会寻找了那么多年的东西，怎么可能在斯图亚特的家族中？"

"谁知道呢？不过现在看来，您还不知道这个消息，这令我放松了许多。看起来斯图亚特家族对你还有所保留。"

中年男子转过身，面对着他，神情冷然："下面，西泽·奥古斯丁爵士，我以黄昏议会辖下'净化机关'负责人的身份，问你几个问题，希望你能如实回答。"

直到此刻，西泽终于明白了这个老相识的来意。

他缓缓抬头，环顾着宽阔的广场和校内那些熟悉的建筑，嗅到了许久未曾相逢的杀机。

刚才，倘若自己的表现显露出早已经知道"圣杯"下落的样子，恐怕此刻就已经被"净化机关"的雷霆手段所击杀了吧？

他沉默地看着面前的男人，缓缓点头："请问。"

"半个月之前，就是斯图亚特现任公爵遇刺的那几天，你在哪里？"

"珍珠号越洋考察船，我受聘作为领队前往龙三角，公爵遇刺的前一天我们在日本补给了水和燃料。"西泽淡定回答，"因为提前六个小时才收到评议会的委任，所以我委托了我的学生之一作为我的代表人,参加了评议。"

"有谁能够证明?"

"考察船上的所有人,三名在学界负有盛名的历史学家,以及沿途的摄像和录影。"看来西泽有备无患。

"据我所知,校长你前往邪马台遗址的行程,是突然决定的吧?"蒙德忽然问。

"对啊,你知道的,我比较讨厌宗室评议会那一套的,所以就跑掉了。"西泽望着天空,漫不经心地说,一点都不在意对方话语中的猜疑。

"例行公事的问话完毕。"

中年男人点头,从怀里收起了录音笔,淡淡地说:"接下来几天的时间里,请您尽量减少外出,以免造成不必要的麻烦。"

"这就算是被软禁了?在我自己的学校里。"西泽露出似笑非笑的神情,看向面前的老相识,"我很好奇,我的朋友,你真的觉得,如果我想要杀掉你的话,六个狙击手和十三个执刑人,就能够保护你的性命吗?"

那一瞬间,校长话语中终于浮现出说不出的阴森和冷意。这个苍老的男人就站在那里,和面前的人咫尺之遥,似笑非笑地扭头——环顾着周围"执刑人"们的藏身之所。仿佛警告一样的激光标记浮现了,纵横交错,落在西泽的身上。

眉心、咽喉、心脏、小腹、双腿……狙击手的弹道激光如同囚笼一般要将他锁定在原处,枪手都是百中的神射,十三个身手不凡的"执刑人"就在数十米外等候支援,每个人都曾杀死过十名以上的猎魔人和同族。

可西泽面前的中年男人却感觉到一阵深深的寒意,刻骨入髓。他的表情依旧漠然,良久,终于对着耳麦发出命令:"放下枪,我早说过,你们那一套对他没用。"

"开玩笑的。"西泽毫不顾忌身上的激光坐标,露出笑容,拍了拍中年男人的肩膀,"我怎么可能想要杀死你呢?只是你要明白啊,老朋友,这里是我的学校,我的领土,在我的领土上,就请按照我的规则来行事,好吗?"

"调查、取证、抓人。"中年男子掏出烟卷给自己点燃,"完成我们的使命之后,我们就离开。"

"也好,有什么成果?"西泽随口问。

中年男人从口袋中抽出一张照片,递到了他的面前。

"玫瑰庄园。"西泽皱起眉头。

在照片上,是斯图亚特家族远在城外的不动产。就在照片的角落里,面容冷冽的年轻男人显露出背影,扭头回望时,眼神冰冷而桀骜。

"康斯坦丁?"

信仰学院校立医院外，管家和秘书在长椅相对而坐。

闲极无聊的管家从怀里掏出了烟斗和火柴，带着十二万分的耐心塞好了烟丝，烤了一层之后又塞了一层，慢条斯理地点燃。在烟雾缭绕中，秘书漠然地擦着自己的子弹，一颗又一颗。

两人之间，大部分时间是亚伯自顾自地在说话，康斯坦丁沉默不语，像是根本就没有在听。许久后，两人陷入沉默。

亚伯吸着自己的烟斗，直到最后一点余烬燃烧完毕了之后，才将烟灰磕在了面前的石栏上。而康斯坦丁也终于收拾好了子弹，抬头看向欲言又止的老管家。

"亚伯，你想问什么？"

"我就知道瞒不过你。"亚伯轻声叹息，可眼神却亮起来，像是扣住了扳机的枪，"康斯坦丁，告诉我，你是如何知道少爷被人袭击的？"

良久的沉默之后，康斯坦丁回答："有人发短信告诉我的。"

"谁？"

"不知道。电话来自一张不记名的国际卡，购买的地方是eBay。我刚刚回到旧金山就接到了他的短信，尽全力赶来之后，只来得及救下殿下。"

亚伯沉默了良久，缓缓皱起眉头："来源呢？"

"信号源事后我通过三个信号基站进行了侦测，找到了它第一次发出的地方……"

康斯坦丁用锉刀在银子弹上留下一道凄厉的十字刻痕，冷厉的光照亮了他的眼瞳。

"恶魔岛上。"

"所以说，我都是公爵了，就不能享受一个单间服务？"

在三双眼睛的沉默注视之下，夏离有些不大适应地在沙发上扭动了一下身体。

这里是长者信仰学院的"特殊疗养室"，每个学生每周都可以在这里待三个小时，来进行……特殊疗养。

简而言之，就是"吸血"。

血族嘛，自然是要吸血的，但吸血的方式却和夏离想象的不大一样。

除了平时包装得像是"纯牛奶"一样的血货补贴之外，血族竟然没有一丁点电影里那种抱着一个姑娘逮住脖子就吸的情况。按照兰斯洛特的话来说，都进入新世纪了嘛，血族要跟上社会变化。奴隶制都被废除了，大家也不能像过去那样了。所以，除了物美价廉的血包让大家来过一过口瘾之外，大家就都把吸血的方式改为定期注射。

也就是说"打点滴"。

这么逊的方式也不知道是黄昏议会哪个公爵一拍脑门子想出来的,从此之后议会就开始号召广大的血族开始以"注射进食"的方式来解决生理需求了。为此他们竟然还不惜花费大量政治金,开始大力推行"医改政策"……

只能说他们钱多得烧得慌。

而且这个特殊疗养室还占据了整整一座建筑,一共分为三层。身为校董之一,夏离是在顶层,那里不仅装潢华贵,而且还有一整柜的雪茄和红酒可以品尝。但夏离之所以排斥这里,还在于那三个围观群众……

身为龙血家族的继承人、学生会会长还有逆十字教会的特派神父,在袭击中受伤的朱庇特、麦克斯维尔和雅格三人同样也享受到了相同的服务。

也就是说,四个人被塞进了同一个包厢里,那气氛真是要多怪有多怪。偏偏旁边还有一个雅格手捧一本邪教圣经,朗诵得如痴如醉。

"哟,殿下,您今天的气色不错啊。"麦克斯维尔睁着眼睛说瞎话。

"主的慈爱在护佑着你。"雅格开启传教模式。

"这么慢的恢复速度,果然不能对下等人的血统抱有太大的期望。"

最后这个是满心不悦的朱庇特,被塞进同一个房间里,也忍不住想要像豪猪一样把刺竖起来。夏离看了他一眼,很明智地当作没看到,然后望向门口。

诡异的沉默维持了五分钟之后,有人鬼鬼祟祟地推门而入,背后还背着一大包东西,那种猥琐和二货兼备的气质,定然是兰斯洛特无疑。

看到二货老师回来,夏离眼睛顿时亮了:"他们走了没?"

兰斯洛特拉开门看了一眼,小声回答:"还在外面,不过已经很远了。"

"那还等什么!"夏离兴奋地挥手,"快把家伙什儿掏出来啊。"

兰斯洛特点头,在确定关好门之后,拉上了窗帘弯腰,然后才从背来的大口袋里扯出一口锅和一大堆食物原材料,夏离数着他掏出来的东西,觉得不对:"我让你买的辣汤呢?"

"我让一个学生帮我们带回来的,正宗唐人街出品。"

兰斯洛特神秘一笑,挽起裤管,从小腿上的塑料袋里抽出了一袋辣汤:"殿下你说要弄火锅,我还让人买了牛肉……"

夏离的动作僵硬,呆呆地看着那一袋从兰斯洛特的大毛腿里抽出来的辣油,沉默良久之后,低声感叹:"不知道为什么,我忽然不想吃了。"

"别啊,殿下,我可是期盼了好长时间呢!"兰斯洛特神情错愕,"我花了好几天才将这么多东西挨个带进医院里来啊。"

"算了,大脚丫子味儿火锅,凑合吃吧。"夏离抹了把不存在的眼泪,决定忍辱负重。

要不是病房伙食太过苛刻,每天只有稀粥和各种药品不断地往下灌,鬼才想要准备了这么多天就为了吃一顿火锅啊。可恨亚伯无视自己撒泼打滚、连公爵的尊严都不要只为了吃一顿火锅的请求……

然后,他胳膊上插着输血管,将辣汤倒进锅里之后才发现……

"等等,我让你带的电磁炉呢?"他看向兰斯洛特。

"电磁炉不让带,殿下你拿着这个凑合着用吧。"兰斯洛特从袋子里掏出了一根"热得快",双手奉上。

夏离呆滞地看着手里的热得快:"这也行?"

"不行吗?"兰斯洛特睁大了蒙眬的大眼睛,饱含着期待。

"算了,凑合凑合用吧。"

折腾了半天之后,锅里的辣油总算开始微微翻腾。夏离指挥着兰斯洛特把门缝堵住,然后才发现沙发对面还坐着三个已经完全惊呆的家伙。

"你们在干什么?……"朱庇特掏出手机,有些戒备地看着锅里那翻滚着好似地狱岩浆的辣油,准备打报警电话了。

"呃……"

"中国火锅哦!"漫长的沉默后,公爵殿下露出微笑,"要一起吃吗?"

……

五分钟后,五个人坐在地上,团团围住火锅,充满幸福地看着锅里翻滚的汤汁,等待肉片煮熟。

"火锅啊,我的前女友还带我吃过呢。"兰斯洛特一脸幸福地回忆着,"她那个时候留了长头发,笨手笨脚地用着筷子,现在想起来,真是太可爱了。"

"开玩笑,老师你这样的还能有女朋友?"夏离惊呆了。

"我当年也是风靡学院的一枝花好吗!"兰斯洛特很不忿地看着他,"我这么帅,怎么可能没有女朋友!"

好吧,唯独这一点夏离没法反驳。因为虽然有点神经质加近视眼,但无可否认,兰斯洛特老爷确实是一条又帅又有型的汉子。在夏离认识的人里,也仅次于机要秘书康斯坦丁,就是人有些贱……不过这就没救了啊。

"殿下真是淡定非常人啊。"

在锻炼使用筷子技巧的学生会会长又露出狐狸脸:"听说现在刺杀的事情都闹大了,殿下还有心思吃火锅?"

"那又怎么样?人又不是我杀的。"夏离无所谓地摊手。

"那可不一定。"朱庇特冷笑一声,"现在,外面到处都是传言。说评议会的人是你杀死的。"

"开什么玩笑！"夏离有些愤怒了，但为了保住火锅，只好压低声音说，"我都通过评议了，为什么还要杀死评议会成员？吃饱了撑的啊。"

"你们贼喊捉贼啊，况且你本来还指不定能不能通过呢。所以才使用这样的方法意图搅乱评议会的安排，进而蒙蔽你本身是个下等人类的事实。"

"放屁，你以为我不想做个人类啊。"夏离瞪了他一眼，"我当人类当了十八年了，当得好好的就有一群人跑出来把我伯父杀了，我找谁喊冤去？黄昏议会吗？"

"咳咳，嘘！"

兰斯洛特压低声音，把两个几乎快要顶到一块的人拉开，指着翻滚的油锅："肉熟了，你们再不吃就被麦克斯维尔和雅格抢光了。"

在朱庇特和牛肉之间抉择了一下，夏离毫不犹豫地转过身，加入了哄抢牛肉的行列中。

"别动！"夏离奋不顾身地捞起筷子，却没想到雅格用叉子就将自己的成果抢走了一半。

"信主的人是有福的！"雅格高举着叉子欢呼。

"主才不会保佑你抢肉吃！"

说着，夏离在自己嘴里也塞了两片，味道还不错，就是少了一点麻酱和蒜，不过能在国外吃到火锅已经很不错了。其他人倒是吃得很开心的样子，想到这里，夏离微笑着看向身旁的同学："朱庇特先生，火锅的味道怎么样呀？"

有些不习惯于公爵殿下的热情，朱庇特的眉头皱了一下，虽然不是很想夸奖这个东西，但贵族的矜持也不允许撒谎。

"味道不错。"他说。

"哦……"夏离意味深长地拉了一个长音，轻声感叹，"这就是我们下等人类喜欢吃的东西呀。"

"……"

不管朱庇特的脸色有多难看，夏离心情畅快，只顾埋头吃肉，再加上吃货老师来助攻，准备好的食材流水似的被丢下锅，水都添了好几次。

二货老师兰斯洛特吃到高兴了，还说现场要做点血豆腐来吃，被夏离一脚踹旁边去了。人血块有什么好吃的啊！

使用热得快来做火锅，最大的毛病是在于火力太大，水蒸发得飞快。没过半个小时，整个房间里就已经被白蒙蒙的水蒸气环绕。再过十分钟，已经伸手不见五指了。

看不到东西，大家只好凭着感觉来抢肉吃。不习惯用筷子的朱庇特就没少被人抢了碗里的东西。夏离正在往嘴里塞粉条的时候，就听见他怒喝："麦克斯维尔，不要抢我的肉！"

只听见浓雾之中，雅格微弱地回了一句："是我。"

"那麦克斯维尔呢？"

一说到狐狸脸，夏离也愣了一下："对啊，好半天没有发现他了。"

浓雾里，雅格沉默了一会，像是在摸索什么。良久之后终于摸到了失踪的麦克斯维尔，于是恍然大悟："唔，大概是晕过去了吧？他的身体似乎还没好。"

"没关系，休克一会儿死不了人，继续吃继续吃。"

二货老师带头继续抢肉。

雅格也立马端起叉子和饭碗，声音严肃："不要抢主赐给我的肉丸！"

"主赐给你的不是鱼和饼吗？"兰斯洛特义正词严地敲开了他的筷子，然后拿着漏勺抢走了一半。吃着吃着他才发现不对，因为碗里什么时候竟然又多了一双筷子在抢肉吃。

"殿下，你公爵的尊严呢？"兰斯洛特心碎了。

夏离只是往嘴里塞着肉，冷声发笑："可笑，你教师的尊严也没见有啊！"

此刻"轰"的一声，门被粗暴地踹开，紧接着有人高声呼喊："保护殿下！"

狂风暴雨的脚步声传来，一个个影影绰绰的身影冲进白色的水蒸气里，穿着防弹衣，手持长枪短炮的警卫们冲进来，占据了各个角落。

"小心，有烟幕弹！"有人高喊。

夏离吓了一跳，就连碗都从手里落下来，摔在地上，结果刚发出声音，碗还没有来得及碎，就有一个人跳起来扑在了碗的上面，带着视死如归的神情高喊："手榴弹，卧倒！"

夏离看着他身子下面的半碗火锅面，欲哭无泪。

当房间里的浓厚水蒸气终于散去之后，夏离才看清楚，几个坐在地上吃火锅的家伙已经被团团包围了，被各种黑洞洞的枪口指着，他只好乖乖地举起双手。

寂静里，只有火锅孤独翻滚沸腾的声响。

很快，这两天兼任安保主任的基利安就手持大号散弹枪冲了进来，双眼通红："刺客呢？刺客呢？！竟然敢光天化日在信仰学院进行袭击！"

"呃……"

夏离低声问旁边的兰斯洛特："如果我跟他说，没有刺客也没有袭击的话，基利安主任会不会活劈了我？"

"应该不会，殿下你是他哥哥的救命恩人嘛。"兰斯洛特露出比哭好不了多少的笑容，"但他肯定会活劈了我。"

话音未落，搞清楚究竟发生了什么的基利安就发出怒吼："兰斯洛特，你这个代课老师竟然怂恿重伤未愈的殿下跟你一起胡来?!我要活劈了你……"

"不会吧……"兰斯洛特看着老师黑洞洞的枪口对着自己戳过来，只能狼狈逃走。

就在基利安准备追杀兰斯洛特的时候，门却忽然被敲响了。

首先映入眼中的是一张意大利风格的滑稽假面，就像是艺人的夸张笑容。那个男人穿着黑色的肃冷制服，双手带着白色的手套，浑身完全没有任何地方裸露在外面。

唯一得以识别他的，是他假面脸颊上的一个符号。

"黑桃六"。

"黑桃六"站在门前，和基利安轻声说了两句什么，很快基利安就皱起了眉头，犹豫了片刻之后点头。朱庇特和雅格，连带着晕厥的麦克斯维尔都被恭恭敬敬地请出了房间，前面两个被换了地方继续进行"特殊疗养"，而休克的狐狸脸则被送到急诊室去了。

最后，基利安在向夏离行礼之后，也无声地退出房间。

整个室内，顿时只剩下了孤零零的夏离对着翻滚的火锅茫然四顾。

敲门声不紧不慢地响起。

"午安，殿下。"

在门口，一个陌生的中年男人微笑着向着少年颔首，然后走进了室内。他摘下帽子挂在衣架上，露出湛蓝的眼睛，不得不说，那一双眼睛还挺来电，看起来年轻的时候也是个帅哥。

看到这种情况，夏离也终于明白发生了什么。

这段时间内，来自各方面的使者和黄昏议会的话事人，他已经见过不少了。这些人大多有些谄媚或者讨厌，前者总是喜欢喋喋不休地说些什么，后者更糟糕，会喋喋不休地问些什么。

所以他的神情顿时变得有些厌倦，无奈地撇了撇嘴。

"我是黄昏议会的代表人，侯爵勋位，被授权彻查公爵殿下遇刺一案的始末。"

对方的这句话令夏离鼻孔里哧了一声，可下一句却让他险些从地上跳起来，拼命地摇尾巴，然后扑上去抱大腿。

中年男子带着温和的微笑看着夏离，语气轻柔："同时……也是克里斯汀·安托瓦内特，也就是晏小苏的父亲。"

晏小苏的父亲……父亲……父亲……

"父亲"两个大字在夏离的脑中不断地回荡，仿佛沉重的钟声敲响，振聋发聩。

下一瞬，少年就扑到了他的面前，热情无比地握住了中年大叔的双手，语气殷勤："那不就是岳父了？"

在扑面而来的奉承气场之下，中年男子笑容不改，只是轻轻点头："可以这么说。"

"岳父怎么称呼？"

夏离挂起见老丈人的笑容，语气甜得几乎要流出蜜来："小婿夏离，年方十八，是斯图亚特家族的公爵，您什么时候来的啊？您看您来找我多辛苦，不如我改日登门拜访，也好多多请教岳父。"

"在下的本名有些冗长，不过，您可以称呼我为'蒙德'。"

说着，蒙德不着痕迹地从夏离手中抽出了自己的胳膊，彬彬有礼地保持了一步的距离，可看向夏离的眼神却包含着审视，令少年压力巨大，汗流浃背。

咕嘟咕嘟咕嘟……沸腾的火锅依旧在翻滚着。

"呃……"夏离干笑着，脑子一片空白，开始习惯性地飙烂话，"岳父要吃火锅吗？"

尴尬的沉默持续了片刻，在夏离诚挚而期待的眼神中，蒙德沉吟片刻之后，缓缓点头："既然是殿下邀请，那么在下从命。"

没想到岳父大人这么放得开，夏离只好重新找来了新的碗筷，而且还找到了各种佐料。

往沸腾的火锅里下了羊肉，夏离开始搅拌小料，而岳父则淡定而熟稔地搅着自己的那一份麻酱，筷子使用得灵活无比。

"蒙德先生，来点葱花？"夏离端起一个碗，谄笑着问。

岳父来者不拒，点头说："好。"

夏离激动之下顿时把半碗葱花全都倒进去了，难得蒙德面不改色，淡定如常。

为了弥补自己的过错，夏离连忙端起瓶子，问："蒙德先生，来点蒜汁吧？"

看起来正处于中年的蒙德抬起那一双湛蓝的眼睛，深深地看了夏离半天之后，缓缓摇头："这个就免了。"

直到这个时候，夏离才发现，自己二货属性又爆发了，竟然在给吸血鬼岳父吃大蒜。岳父没有一记大慈大悲千叶手毙了自己，真是好脾气啊。

解救了夏离尴尬的是终于熟了的肉，夏离连忙拿起筷子："吃菜吃菜，来，蒙德先生，你多吃一些。"

相比刚才几个人的饿鬼吃相，蒙德则优雅和淡定了许多。有些人就是能够把煎饼果子吃出"米其林三星"的味儿来，夏离看着他的动作，恨不得在旁边拍手叫好：不愧是岳父啊!

吃着吃着，蒙德忽然问："听说，殿下是在中国长大？"

少年懵懂点头："是啊，蒙德先生有去过？"

蒙德微微一笑，摇头说："心仰已久。没想到刚刚觐见殿下，就能尝到火锅，真是荣幸。"

"火锅啊，很普通的食物，没什么可荣幸的啊。"夏离挠了挠头，心情忽然有些黯然起来，"以前我和我伯父经常吃的。"

"您的监护人吗？"蒙德似乎略有耳闻，点头沉吟，"那伯父一定是个很不错的人吧？"

"那是啊。"提到伯父，夏离顿时激动起来，拍着桌子感叹，"我的伯父是北京车神，一代传说！"

说完，他才感觉到自己太过激动了，尴尬地笑了笑，继续埋头吃菜。

夏离心里已经对自己绝望了：你说点什么不好啊，偏要说自己的伯父是开黑车出身……我要是岳父，看得上你才怪啊！

只不过，蒙德的神经承受能力似乎比他想的要强，依旧淡定无比，只是语气有些感慨："自从进入议会之后，我就很多年没有见到过克里斯汀了，听说您已经跟她见过面了？"

夏离刚点头，就又听见淡然的声音："您觉得她怎么样？我一直很头疼，她已经很大了，但还是像小孩子一样，喜欢打打杀杀……"

"喜欢运动是好事儿嘛。"夏离连忙表忠心，夸奖道，"晏小苏很不错啊，又漂亮，身材又好，头发盘起来、穿上晚礼服的时候，漂亮得让人移不开眼睛。"

"那么好啊。"蒙德笑了笑，摇头感慨，"我都不知道她有晚礼服。"

"就是那件蓝色的、低胸的……"夏离连忙解释，说到激动的地方时，还忍不住伸出手在胸前比画了一下，说完之后他才觉得有些不对……果然，这次是死定了吧？

在尴尬得莫可名状的气氛中，蒙德依旧不紧不慢地吃着，直到最后，他才擦了擦嘴角，声音低沉："殿下，您喜欢她吗？"

"喜欢啊！"

不假思索地，无须考虑地，夏离抬起头，认真回答。

第一次，他从蒙德的脸上看到了一丝一闪而逝的错愕神情，很快，他就露出一丝笑意，问："那在殿下看来，什么才是'喜欢'呢？我很想知道，喜欢一个人，对于殿下来说代表着什么呢？单纯的占有欲？还是雄性荷尔蒙的一次爆发？"

夏离愣住了，唯独这个，他无言以对。

是啊，什么才是喜欢呢？他以为自己明白，可真正有人这么问的时候，却依旧不知道怎么回答。他觉得自己喜欢晏小苏，喜欢那个在阴暗的天幕下相逢的少女，那个时候的她捧着蓝色的玫瑰，黑色的裙在风中如同绽放的郁金香。

也喜欢那个骑着马在丛林中驰骋而过的少女，她夺过了那一只决定自己命运的狐狸时，眼神有种倔强和野性的美。

可哪个才是真正的她呢？夏离不曾了解，甚至也从没有跟她说过多少次话。

她只是一个被恩义和诺言束缚的飞鸟，一旦他松开那一道名为"未婚妻"的锁链，她就会展翅离开，再无留恋。

不知她在阴沉的天空之下展翅时，会不会最后扭头再看自己一眼？

夏离不知道，女孩子的心思，他也想不明白。

"如何呢，殿下。"蒙德看着这个低头的少年，低声问，"这么简单的问题，您也给不了我答案？"

沉默中，夏离抬起头，笑容有些复杂："对不起，我从没有谈过恋爱，也不知道怎么去说才好。但喜欢……大概就是想要留住她吧？"

"哦？"蒙德挑了挑眉头，"殿下看起来是一个诗意的人，方便继续说一说吗？我很有兴趣听。"

夏离回忆着两个人初见的时候，忍不住感慨地笑起来："我觉得，'喜欢'大概就是，在忽然抬头的什么时候，就觉得爱上了。一旦失去的话，就会难过，所以想要让她永远地留在我身边……"

"克里斯汀是人类啊，殿下，'神圣之女'是无法转化为吸血鬼的。"蒙德的眼神变得冷淡起来，"总有一天，她会死去。"

听到这里，夏离忍不住苦笑起来："那我好像除了在她死去时陪在她身旁之外，就什么都做不到了。"

片刻的沉默之后，蒙德低下头，轻轻地放下了碗："冒昧地问了这么多问题，是我冒犯了。"

"这是我的名片，"他从胸前的口袋里抽出一张名片，双手奉上，在夏离接过之后，准备离开，"时候不早了，在下告退。"

就在他即将关门的时候，忽然扭头说："对了，因为前两次评议团的成员都遭遇不测，所以由我来代替宗室评议会，全权负责殿下您的第三次评议，时间是一个星期之后。"

最后，他深深地看了一眼夏离，微笑中却浮现了一种难以言喻的庄严和肃穆："祝您一切顺利，殿下。"

黯淡的阳光下，少年手中的名片上只有一个漆黑的徽章，还有一行简单的头衔：

净化机关负责人：蒙德。

房门缓缓关闭，留下夏离对着火锅发呆。兰斯洛特鬼鬼祟祟地钻进来，拿起了那张名片之后，便陷入呆滞。

"'净化机关'的负责人？"二货老师的眼中顿时出现一片浓到化不开的怜悯，"殿下，我觉得这次你得死……"

"怎么了？"夏离脑子里正乱着呢，随口问，"净化机关很厉害？"

"专门负责净化的，你说呢？"

"那还怕什么，我今天洗澡了啊。"夏离不以为然。

"不是那个净化啊！"兰斯洛特抓狂了，夸张地挥着手，浑身冷汗，"是杀你全家，然后把你捆在银质的十字架上，放到紫外线超标几百倍的地方去烤，烤半个小时休息十分钟，直到三天之后……"

"就结束了？"

"就被烤死了好吗！三天的时间，足够把你烤成碳了啊！"兰斯洛特都恨不得砍死这个驽钝的劣徒了。

"净化机关是在1877年成立的暴力和情报机关，只对黄昏议会的议长负责，专门负责干脏活儿的，什么暴力、军事、绑架、情报、盗窃、潜入、特务……有时也客串杀手，把人净化掉。这么多年以来，它们始终都是吸血鬼杀手集团和黑衣教团在第一线对抗的精锐，随便来一个就够我们喝好几壶了，何况他们的老大出动？殿下到时候肯定是必死无疑呀！"

阴气森森的话语令夏离有些头皮发冷："可不管怎么说都是我岳父啊……他应该不会杀掉我吧？"

"你说呢？"兰斯洛特斜眼看着他，"我要是有一个你这么贱的女婿，也恨不得砍死算了。而且斯图亚特家族家道中落，已经不是当初了，人家怎么会买账？况且，你以为人家腥风血雨里杀出来的名声是开玩笑的啊？说出来吓死你哦！"

"有话快讲！"夏离看到他在卖关子，捡起桌子上的餐刀，作势欲掷。

"蒙德爵士，本名不详。'净化机关'中唯一的文职者、负责人。也是几十年来，黑衣教团的眼中钉。据说在所有悬赏中，他是唯一一个和公爵的悬赏额相当的人物，死在他手里的'猎魔人'起码有上千。而且除了猎魔人，他还喜欢抓自己人来烧，每年从净化机关里倒出来的'炉灰'都足足有几吨重……"

说到这里的时候，兰斯洛特的目光已经变得像是在看烤鸡翅："殿下，到时候你万一进去，说不定就瞬间体验到新奥尔良风味了……"

"你别吓唬人！"夏离听得有些心慌，"我还是他的女婿呢！"

兰斯洛特一声冷笑："你觉得克里斯汀同学真的愿意嫁给你？"

夏离低头，未来果然是一片灰暗。

"别放弃啊，还有一个星期的时间呢。"

兰斯洛特拍了拍他的肩膀，语气意味深长："殿下，要加油啊！"

"仓促起行，不劳殿下再远送了，到这里就好。"

学校医院的大厅里，轮椅上的老者叹息："没想到蒙德刚到，就立刻安排我启程去德国疗养……恐怕是在害怕我干扰第三次评议的进程吧。"

"不要这么想，说不定议会只是想要让你调养一下身体。"夏离安抚他，"巴顿大叔你安心休养就好，德国的风景应该很不错。"

"这么想也不错，但我的调令恐怕已经在路上了吧？"对此，巴顿淡淡笑了笑，不甚看重。他伸出手，用力地和少年握了一下，"愿您能重新弘扬斯图亚特之荣光。"

"一定。"夏离点头，正准备抽回手，却没想到巴顿的手掌如铁钳，被拉了一个趔趄。

"殿下，请小心蒙德。"

那一瞬间，巴顿在他耳边压低了声音："我比谁都清楚他的本性，他是一条毒蛇，就连自己的妻子和女儿都可以出卖的怪物。他这一次到来，绝对没有包含哪怕一丝的善意。请您务必小心！在下无能为力，只能祝您旗开得胜。"

压低的声音结束了，巴顿松开手，看到了少年眼神中的愕然和惊骇，缓缓颔首道别，扭转轮椅走向大厅之外。

黑色的直升机在轰鸣中飞起，消失在远方。

夏离觉得今晚自己要失眠了。他茫然看着直升机远去，却不明白巴顿对自己说的话是什么意思。蒙德来这里，究竟是为了什么呢？

在医师的催促下，他转身走向病房，可在扭头时候，却看到远处屋檐下的黑衣男人。蒙德抬头仰望着直升机远去的方向，收回目光后，向着离去的少年微微点头。

然后，转身走进泛黄的阳光中。

在夕阳的照耀下，蒙德行走在校园中，就像是在漫无目的地散步。

他沿着大理石广场漫步，沿路上遇到少女们，会摘下帽子微笑地问路。在绕过了大礼堂和校舍之后，他的脚步停顿在一条白色石廊的尽头。

在走廊另一头，蓝色的裙裾在风中微微飘起，又停顿下来。少女沉默地看着来者，可视线像是穿过了他的身体，看向虚无的空气。

蒙德专注地看着少女的面容，露出微笑："这么多年没有见我，为什么不叫我一声父亲呢？"

"对不起，蒙德先生，我的父亲早就死了。"晏小苏用漠然的眼光看着他，"安托瓦内特家族没有吸血鬼族人，我想你是搞错了。"

像是听到了有趣的事情，蒙德大笑，在和少女擦肩而过时，似是随意地问："听说你和公爵殿下相处得不错？"

"我的事情，不用你去管。"

"好的。"

蒙德依旧笑着，扭头，看着她的头发在风中飘起，从眼前消失，脚步声远去。

"叛逆期的孩子，真是让人头疼啊。"

他轻声叹息，走进黑暗里。

"为今之计，只有你去牺牲了，殿下。"

清晨，别墅的大厅里，兰斯洛特的双手按住少年的肩膀，语气严肃而低沉，而夏离却无精打采。

"别露出这种表情啊，殿下！"兰斯洛特摇晃着他，低声说，"往好了想啊，只要勾搭上克里斯汀同学，殿下你从此就是净化机关的骑着龙的好女婿啦！"

"兰斯洛特老师，那叫乘龙快婿。"

"叫什么都无所谓，但你现在应该考虑如何勾搭上克里斯汀同学才对吧？否则一个星期之后岳父那一关你就死定了啊！死定了！"

夏离被他说得浑身发冷，可是想到晏小苏那种冷漠的神情时，顿时连心都凉了。

倘若用山脉的高度来比喻追求女孩子的困难程度，那晏小苏就是一座横挡在夏离面前的珠穆朗玛峰啊……珠穆朗玛峰还好一些，至少它不会拔剑砍人，而晏小苏可是手持刀剑就能够击溃半个纯血社的猩红女爵！

想到晏小苏将刀架在自己脖子上的画面，夏离顿时就有种死定了的感觉。

"老师，我做不到呀……"

"怎么能这么说呢，殿下！"兰斯洛特拼命给夏离鼓气，"你看呀，像克里斯汀这样的女孩子呢，一般都是外冷内热型，你只要用爱的子弹击穿她的外壳，就能够看到她柔软而寂寞的内心啦！"

说得好听，夏离却欲哭无泪。自己未婚妻的内心就算是柔软，外面也肯定包着三百六十米厚的"军工防核"等级的防御工具，核弹都炸不开的，更别说夏离那小小的一颗子弹了……

想到这里，他便无比悲愤："我倒是觉得，我被晏小苏用刀切开的可能性更大一些。"

"哎，泡女孩子呢，没你想的那么困难啊殿下，你要对自己有信心。"兰斯洛特的声音慷慨激昂，"你有爱啊，殿下！爱是世界上最伟大的东西！有了爱连世界都可以拯救，更何况追一个姑娘呢？难道你愿意让别人捷足先登？比如朱庇特，或者克里斯……"

"开玩笑！"

夏离如触电一般跳起，挥手怒斥："那是我未婚妻！"

"那就去追啊，殿下。等他们追到手你再后悔就来不及了！"

兰斯洛特如同热血的人生导师："反正你左右是个死，死克里斯汀手里总比死在岳父的煅骨炉里强多了吧？"

一言既出，夏离的眼神顿时有了视死如归的神情。

"呐，别说我不帮你。"

兰斯洛特捧出一大堆东西，一张一张地拍进夏离的怀里："这是克里斯汀同学选修的课表，这是她的行动规律统计。这个时候她一般在图书馆旁边喝早茶。这是两张我昨天我熬夜帮你订的票，维也纳歌剧团的全球巡演，旧金山大剧院的最前排。如果不知道怎么说话，老师这里还有一本《如何追求美丽的少女》黄金珍藏版供你参考。另外，如果你今天走了狗屎运，成功上垒的话，老师还友情赠送你一个杜蕾斯，年轻人一定要记得安全啊！"

虽然最后混进了一些奇怪的东西，但夏离对老师的殷殷期待十分感动。

"老师！"他怀抱着一大堆乱七八糟的东西，握紧兰斯洛特的手，深情地说，"你可以去死吗？什么黄金纪念版的追求美丽的少女啊！什么乱七八糟的啊！老师你脑子里装的究竟是什么啊？！全都是小黄片吗？还有，你怎么对我未婚妻的行程资料这么熟悉啊！"

夏离翻了翻怀里的那一堆东西，结果看到一本厚厚的相册，越发气愤："竟然还有偷拍的写真集！……唔，这一张拍得不错啊。"

他看着照片中回眸远望的少女，眼睛顿时有些发光，反应过来之后脸色顿时更加难看："你不会还藏了更糟糕的照片吧？"

在夏离让康斯坦丁和亚伯干掉自己之前，兰斯洛特举起双手投降："这是来自学院摄影协会的资料，自从去年就已经上传到校园网上了。目前的评分是内网资源的第一名！所有人都在为同一个吸血鬼新娘着迷，这可是前所未有的盛况。"

"不知为何，我对这个学校彻底绝望了。"夏离有种仰天长叹的冲动。

"放轻松，反正几乎这个学校的所有的异性恋的男人都是你的情敌，债多了不愁是吧？加油吧，殿下！"

兰斯洛特连蒙带骗，将夏离送到门口，挥手目送着夏离踏上坎坷的追求之路。

"少爷可能成功吗？"

目送着夏离远去，爱丽丝忍不住担忧。

"不知道啊。"兰斯洛特耸肩摊手，"但你觉得朱庇特和麦克斯维尔，一条狼和一条狐狸追了那么久都没有丝毫动摇的女人，会不会对一个废柴少年倾心呢？"

爱丽丝顿时越发担忧了。

"人有的时候只要有个希望就可以了，否则一个星期的时间，会把他逼疯的。"兰斯洛特的眼神悲悯，低声说，"晚上让他吃点好的吧。"

"是兰斯洛特先生想要吃才对吧？"爱丽丝对他的小心思洞若观火。

"啊哈哈，被看穿了吗？"兰斯洛特尴尬地笑起来，提起了身旁的包，"今天有我的课我先走啦，开学已经有一个星期了，我还没有见过我那些可爱的学生们呢。"

临出门之前，他特地扭头向着少女露了一个阳光四射的微笑："小女仆同学你有空记得来听我的课呀。"

清晨的阳光下，金发的老师挥手致意，笑容灿烂好似金太阳，如同漫画里出场时背景都要带着花儿的帅气主角。然后在下一瞬间，他的脚步一个趔趄，又一次地从楼梯上滚进了门前的湖里……

"请您走好。"

无视了高声呼救的兰斯洛特，爱丽丝向门外微微鞠躬，然后转身关上了门。

▶ 章十·约定

　　早晨时间九点，学校的剑馆，两名学生帮深呼吸的夏离装上了护具，怜悯地拍了拍他的肩膀："祝你好运。"然后目送着他踏上擂台，脚步蹒跚。
　　"准备好了吗？"
　　他的对手轻声问，低头拉扯了一下五指上的手套，赤手空拳。
　　在擂台上，晏小苏将长发绑成了马尾，静静地站在夏离的面前。她的身上只穿着紧贴着皮肤的运动背心和短裤，灰色的背心紧绷，露出了腹部和肚脐，白皙而紧致的肌肤微微见汗，折射出令夏离有些眼花的光。
　　"如果能击败我或者坚持十分钟的话，约会也不是不可以。"她再次复述。
　　夏离尴尬地笑了两声，从地上拖起了几十斤重的狼牙棒，缓缓点头。
　　下一瞬间，低沉的风声呼啸，夏离眨了一下眼睛之后，看到一个不断放大的拳头在逼近，赫然是波动流的奥义升龙拳。
　　理所当然的，在下颚的痛苦中，他的双腿脱离了大地，四十五度角在空中寂寞地飞起。看着面前飞舞的狼牙棒，他开始思考：自己是不是做了一个极其错误的决定？

　　二十分钟之前，大图书馆后面，夏离抱着一大堆东西踌躇着。
　　按照二货老师留下来的行程表，今天的晏小苏没有课，所以按照她一般的习惯，都会在喝完早茶之后，前往学校的剑馆，然后在那里一直待到下午。所以，夏离觉得自己应该做个计划。
　　正所谓计划周详，有备无患嘛。
　　想到这里，他从一大堆东西里翻出了兰斯洛特老师倾情推荐的《如何追求美丽的少女》黄金收藏版，决定观摩学习一下。很快，他认真地将那本书塞进了垃圾桶的深处，争取让书脊作者名上"兰斯洛特·M. 丹顿"那个名字距离自己远一些。
　　做完这一切之后，夏离开始翻手头的那一沓行程表：晏小苏现在的位置应该在自己二百米之外的礼堂，距离郁金香茶厅有五分钟的路程，早茶时间会有十三分钟。
　　正好，可以创造一次"偶遇"。
　　想到了这里，他整理了一下自己的袖口和领带，蹲下身藏在草丛中，准备伺机而动。可在他刚蹲下的瞬间，就有寒光乍现，一闪而逝！紧接着，他面前的草木齐刷刷就被砍掉一半，露出了他吓成苍白的脸。
　　"喔，殿下，好巧啊。"

穿着红衣教袍的年轻人手持巨大的剪刀，看着夏离露出诧异的神情："您也是来做义工的吗？"

夏离遏制着自己喊出"好汉饶命"的冲动，片刻后终于认出了面前的少年……竟然是雅格！

"什么义工这么惊悚啊混蛋！"夏离喘息着，"水晶湖杰森吗？"

"教会的义工啊，号召大家在闲暇时间洁净校园，便人利己，劳动可以令心灵洁净。"雅格脸上满是劳动者最光荣的笑容，"殿下要一起来吗？"

"免了免了。"

夏离把自己一大堆东西抱起来，小心翼翼地看向不远处，却冷不防听到身旁的人问："殿下是在等克里斯汀小姐？"

夏离像是触电般抖了一下，僵硬地扭过头："为什么这么说？"

少年神父笑起来，满是神秘："看多了，就知道了。自从克里斯汀小姐入学开始，就有不少人蹲守在这里，想要跟她'偶遇'。一年多了，差不多……有九十多个吧？"

夏离松了口气："还好，不算太多。"

"嗯。"雅格赞同地点头，"自从克里斯汀小姐把纠缠不休的麦克斯维尔同学打断了手、把朱庇特同学丢进湖里去之后，来'偶遇'她的人就少了许多。"

"呃……"

夏离失声，他低头看着这条静谧的小径，却忽然觉得这条路上每一寸泥土都洒满了先行者的血。虽然那两个家伙觊觎自己的未婚妻，死得活该，但夏离还是忍不住兔死狐悲。

这些年，自己的未婚妻如同历史的车轮一般一往无前，万草丛中过，片叶不沾身，将所有螳臂当车的家伙零落成泥碾作尘，滚滚长江东逝水，浪花淘尽英雄……

不过话说回来，夏离一脸狐疑地看着雅格："朱庇特和麦克斯维尔那两个货都喜欢我未婚妻，你不会也在这里等她吧？"

"不，不，不！"雅格一脸认真地摇头，"在下对克里斯汀小姐并无男女之情。"

"那就好。"夏离松了口气。

雅格微笑起来，注视着夏离，对他说："在下在意的人其实是公爵殿下你啊。"

沉默，许久的沉默。

夏离呆滞了片刻之后果断而小心翼翼地后退了几米。

"殿下，请不要误会。"雅格微笑着逼近，"在下只是想要向殿下您介绍一下教义而已,如果能够为殿下您施洗,那就更好了!要不今晚公爵大人来我的房间,在下单独……"

"一点都没有说服力!"

夏离摆出了一个有些走形的防卫动作:"你、你不要过来啊!我未婚妻很厉害的!她要是知道你把我掰弯了,一定不会放过你的!"

丢不成肥皂,雅格似乎有些失落,聊了几句之后就离开了。直到看着他走远,夏离才松了口气。

就在此刻,一个有些冷漠又疑惑的声音响起,令夏离的身体下意识绷紧。

"殿下,这么早就在健身?"

不知何时,身着校服的少女已经出现在他背后,漆黑眼瞳看着他尴尬的神情。镶嵌着血色红边的黑色校服看起来与礼服的制式无二,秋季将至,她还穿着及膝的裙,手提着一个背包,不知已经看了多久。

"呃,健身,没错……"夏离连忙点头,"健身!健身!"

晏小苏沉默地看着他怀里的那一大堆东西,沉默的风将一页"克里斯汀行动规律表"卷起,她瞥了一眼,准备离开:"是吗?那就不打扰殿下了。"

"稍等一下。"

情急之下,夏离只好拉住她的肩膀,少女扭头看着他,片刻之后,他支支吾吾地问:"要不要一起……喝个早茶?"

少女的双瞳仿佛洞彻了他的想法,声音疑惑:"事到如今,殿下才准备开始追求我,会不会太过势利了一些?"

真是干脆直接的姑娘,好一记直球!

在那种咄咄逼人的眼神中,夏离的表情充满了尴尬。不过话说回来,现在临时抱佛脚的自己,说是充满功利性倒也没错……所以,他无奈地摊手:"大概是,被你全部说中了吧。"

没有预料到公爵大人的无耻和直接,晏小苏却没了台词:"殿下,还真是一如既往的坦诚。"

"啊哈哈,哪里哪里……"夏离反倒不好意思起来,"我其实也不是那么好的人。"

"既然如此的话,那么我再遮遮掩掩似乎也不甚礼貌。"

少女眯起的眼瞳中闪过危险的光:"在贵族看来,我大概是粗鄙的女人,擅长的无非只有刀剑和争斗。想要让我屈服的话,那就光明正大地击败我,怎么样?"晏小苏踏前一步,不退不避,毫不羞涩,"如果殿下能够击败我的话,我就会倾心于您也说不定。"

夏离一愣，狗尾巴差点翘起来，要追妹子这么简单的话，他早就勤练武学打熬身体去了啊！可晏小苏是谁啊，晏小苏是一个人就能够击溃纯血社数百名骑士的猩红女爵啊……自己这个分量，就算是一百个上去都是送菜。

想到这里，他就一阵悲哀，二次元的世界里主角的未婚妻都是温柔可爱亲切可人的妹子，可为什么碰到自己的时候，未婚妻就变成了武力值满点的女武神了呢？

现在她在看着自己，就像是从油画里走出的瓦尔基里，以一言直取自己的软肋，宛如拔剑命中核心。碰上这样的女孩子，恐怕只能认输，完全没辙啊。

夏离想要否决，可当他看着那一双认真的眼瞳时，却不论如何都不想要认输了。他忽然觉得：一旦在这里认输的话，就真的输掉了。

看到夏离的犹豫，晏小苏像是早有预料："我明白了。这样的条件，对于殿下这样的初学者来说未免有些不近人情，但如果只是约会的话，十分钟如何？"

她后退了一步，露出了挑衅一样的笑容："只要殿下能够坚持下来的话，今天之内，想要对我做什么都可以。"

这一次，夏离终于感觉自己被逼到角落里了，当一个女人把自己赌上去了的时候，他还有什么借口好退缩呢？

"一言为定。"他伸出手。

"好。"

纤细而白皙的手掌拍在了夏离的掌心上，这是他第一次碰到晏小苏的手，有些冰，有些凉。

当他第二次碰到晏小苏的手时，触碰的部位已经变成了他的下巴，他从半空中落下，大脑一阵轰鸣。

仿佛有一个白衣服的小人冲过来对着自己大吼，大吼挥拳时身影如旋风。

咚！

擂台之外的铜锣铮然奏响，开场夏离即输掉了一分，真是个不错的开始。

台下围观的学生们顿时幸灾乐祸，面对赤手空拳的晏小苏，就算是朱庇特也要带上自己的佩剑，结果十八般武器任选，夏离却挑了一根装饰意义大于实际用处的狼牙棒……不作死就不会死，诚乃至理名言！

台下闻讯前来围观的朱庇特和麦克斯维尔都恨不得拍手欢庆了。

晏小苏没有乘胜追击，活动着手腕："现在你还有机会把手里用来搞笑的狼牙棒丢掉，换一个比较轻便的武器上来。"

"你以为我拿这个是用来打人的吗？"

夏离抹着鼻孔里渗出来的血，微微一笑："太小看我了。"

说着，他拿着纯钢狼牙棒撑起自己的身体，从地上爬起，用实际行动证明了它的用处，没错，它的用处不是用来打人，而是用来当拐杖。

夏离向着少女一笑，示意再来：说好的十分钟，现在才过九分半钟呢。

晏小苏似乎被这种死撑到底的态度激怒了，脚下的步伐也似乎加快了许多。夏离下意识地戒备起来，却不防这次她的招数由虚转实。

少女赤裸的足踝在擂台上一踏，还没等夏离反应过来，她便已经欺进，肩膀一抖，夏离就觉得仿佛有铁锤敲在胸口，身体向后飞出！

这次没有落地，他的身体挂在充满弹性的护栏上，缓缓滑落。呼吸的节奏被打断了，他窒息地拍着钝痛的胸口，剧烈咳嗽。

脚步停在他的面前，晏小苏看着他趴在地上咳嗽："再来？"

"再来！"

夏离哑着嗓子回应，从地上爬起。还没有等他站好，面前的影子又是一晃，他的身体被震飞，从护栏上弹到地面，鼻梁都被摔得生痛。

他终于看清楚自己是怎么飞出去的了。那一瞬晏小苏跨步、提肩，紧贴着自己的胸膛，紧接着巨大的力量爆发，自己就双脚腾空、飞起。

这不对啊，游戏管理员，有人作弊！你不是使升龙拳的小白人吗？贴身靠这个技能不是那个新角色的招数吗？

"咳咳咳……"

夏离的面色变成铁青，挥手示意她先等等，竭力喘息。在他终于爬起来的时候，刚准备说话，却听见下颌骨又一次发出了撞击的哀鸣。

又是升龙拳！

夏离仿佛又看到了一个小红人向着自己冲来，一身红衣如火，反身挥拳时卷动如火焰。硬吃了第二发升龙拳，夏离的大脑当机，一大圈的小黄鸭在绕着自己的脑袋拍打翅膀。

"嘶嘶嘶……"

他揉着自己疼痛欲裂的下巴，从地上爬起来，只觉得摇摇欲坠。此刻的情况已经绝望到了对面是大蛇、维嘉、三岛仁八组成的三人组，而自己这边只有三个废柴鲤鱼王一般……不对，夏离现在脑子不清楚，好像这四个东西都不是一个作品里的啊……

算了，管他呢。

"还好，还好，目前只是隆和肯这两个兄弟而已，幸好不是豪鬼……"他低声嘟哝着，摆好了沙袋的姿势，低声喊，"再来！"

一瞬间，他的眼前再度一花，紧接着欲哭无泪。

仿佛瞬间移动，晏小苏一步跨越了五米的距离，出现在他咫尺之遥的前方，低沉的风压扑面而来。仿佛为了满足他的愿望，豪鬼的经典招数"阿修罗闪空"出现，夏离先是一惊，然后心里竟然还来得及苦中作乐：幸亏自己习惯性地后退了一步，要不然肯定又被撞飞了。啊哈哈，幸亏你不是豪鬼，否则阿修罗闪空之后，再接一个瞬狱杀，我今日不就死定了吗？

　　这样的心情，只有一千多年前曹操在华容道体验过。当时他带着残兵败将从战场上跑出来的时候哈哈大笑，捧哏问：主公为何发笑？曹操就摸着自己刚剃掉的胡子说：我笑那周公瑾少智，诸葛亮无谋，若是在此处埋一路伏兵，吾等皆束手受缚矣……

　　他还没来得及笑完，武圣关老爷就带着一大队人马从斜刺里杀出来了。可谓苦中作乐却又乐极生悲……夏离还没有来得及笑，就看到了晏小苏举起拳头，紧接着下一瞬，狂风暴雨！

　　瞬狱杀！

　　（编者注：以上人物和招数出自日本经典格斗游戏《街头霸王》）

　　当满面瘀青的少年终于从地上爬起来时，已经过了五分钟，夏离觉得天旋地转，世界飘摇。

　　他的鼻子红肿，满面瘀青，不用照镜子他都知道自己笑得有多丑。他分辨了一下对手的方向，低声呢喃："再来。"

　　似乎吃惊于夏离的抗揍能力，少女的眉头微微挑起："你就这么想要继承公爵的爵位？"

　　"是呀，被你看出来啦。"浑浑噩噩中，夏离缓缓点头，沙哑地回应，"当公爵多好啊，还有未婚妻呢。"他又开始说烂话了，每次都是这样，时间长了之后，就连自己说的是不是自己心里想的东西都不知道了。可是现在的自己，除了说烂话之外，还能做什么呢？

　　"你喜欢公爵带给你的什么东西？"晏小苏终于被激怒了，赤裸的脚掌踩踏着擂台靠前，在擂台的震颤中，纤细的躯壳中仿佛有巨人的力量在涌动。

　　"钱？"晏小苏低声问。

　　第一拳，嘭！夏离踉跄后退，捂着自己快要碎掉的鼻子，却看到少女的身影如影随形地逼近。

　　"权势？"她再问。

　　第二拳，夏离踉跄弯腰，嘶哑喘息。

"还是——女人?!"少女笔直的小腿抬起,在空中划过了一道惊心动魄的弧线,然后圆润的脚踝踩落!

嘭!

夏离终于到底,四肢平摊如一张倒霉的煎饼,发出了无法再起来的痛苦低吟。

沉默中,晏小苏失望地看着对手,准备转身离开。

"忽然问那么多,谁答得出来啊。"

倒地不起的少年骤然发出声音。他抬起了胳膊,重重地拍在了面前的擂台上,撑起消瘦的躯壳:"我才不想来这里啊!一点都不想!但是我知道,如果我不当公爵的话,我就找不到他们了。"

他艰难地从地上爬起,低垂双眼,又一次想起了暴雨之中那些狰狞的黑影。

"拼命算什么啊?"他踉跄地直起身子,红肿而模糊的眼睛看着面前的少女,"我来美国,是为了找到他们,为了重新站在他们的面前……"

他喘息着,已经无法再说下去,沙哑的声音戛然而止。

擂台上,飘摇欲坠的少年摆出了唯一学会的拳击姿势,准备承受再一轮的攻击。

"再来!"他说。

时间已经到了九点零九分钟,夏离已经死乞白赖地在整个擂台上站了九分半,还剩半分钟就结束了。台下的人鸣钟提醒,晏小苏的眉头微微皱起。

十分钟的剧烈运动,晏小苏的体力消耗要比单纯挨打的夏离大得多,她挥了挥沾染了一丝汗水的手臂,深深地将胸膛中燥热的气息吐出。

她的脚掌抬起,这一次却仿佛未曾脱离地面,带着一丝拖泥带水的凝重感落下。

这是前镗拗步的起手式,快捷而迅猛,如同传说中的缩地,风驰电掣而来,四肢百骸的力量汇聚在手臂上,推出!凛冽的风压中,纤细的手掌已经对准了夏离的胸膛,看起来已经打定主意要让夏离在这一击中彻底离开擂台。

只是偏偏这一击却……打空了?

在那一瞬间,仿佛脚步踉跄,夏离仓促之间后退了一小步。咫尺之遥,令巨大的冲击消弭于无形,躲开了!少女抬起眉头,却发现她的敌人仿佛还沉浸在昏暗中。少年的瞳孔扩散失神,毫无焦点的同时,又像是在注视着整个舞台。

那一双眼睛在沉默地注视着,看着她锁骨上修长的线条,看着她双臂上转动的关节,也在看着她运动的落点,膝盖抬起的方向。少女的眼神微微一肃,试探性地打出一拳,却发现对方如有先知一般侧过了头颅。

紧接着,她接下来所有的迷惑动作都被一一闪过。后退,避让,挪移,自始至终,那一双沉默的眼睛都在看着她拳头的来路,未曾因为恐惧而眨眼。

自始至终,他都是睁着眼睛的。

然后，在拳头擦过脸颊的那一瞬，少年护在身前的双臂终于放开了。他的五指并起，在两人之间的咫尺毫微之中发力，向着前方的脖颈斩出，带着防守了六百秒之后积蓄的抑郁和愤怒，劈风斩气！

然后在最后的一瞬，功亏一篑，因为晏小苏终于认真起来了。

在凝固的沉默中，夏离看到少女的左手格住他的手腕，而右拳却不偏不倚，正中心口。足以令心脏骤停的凌厉反击此刻却留下了一寸的距离。令人不知究竟是手下留情，还是最后关头的犹豫。

尖锐的闹钟声音从台下的手机里响起。

十分钟结束了。

漫长的对决终于迎来终点，夏离还在擂台上，没有倒下，也不曾认输。

"看来是……我赢了？"他低声问。

晏小苏看着他茫然而澄净的双瞳，沉默片刻之后微微点头。夏离笑起来，就像是被铃声抽走了最后的力量，合上了沉默的双眼。

擂台上，少年倒进晏小苏略微僵硬的怀中，陷入晕厥。

夏离做了一个噩梦，梦见自己被一个叫作兰斯洛特的二货老师开着压路机碾来碾去……当他从噩梦中惊醒时，他看到了寂静的场馆里落下的锐利阳光。

他艰难地从椅子上抬起头，在扭动脖子时听到咔吧咔吧的清脆声音。愈合速度快是血族体质带给他的唯一优点，瘀青似乎都不见了。

"几点了？"他低声问。

静坐在椅子上翻看着杂志的少女看了看腕表："下午一点钟，您睡了四个小时，殿下。"

"那就太好了。"夏离又瘫倒在椅子上，低声笑了起来，"要是睡醒了发现是第二天，今天的打就白挨了。"

晏小苏沉默着，低头继续看着杂志。

夏离忍着脖子上的隐痛，扭头看着她静谧的侧影，许久之后低声问："其实、其实你让了我的吧？"

"不需要杀人，又何必全力以赴呢？"晏小苏翻开了另一页，声音淡然。

"听出来了，如果可能的话，就把我杀掉了对吧？"夏离忍不住笑起来，"幸亏赢了。"

"没错，按照约定，殿下今天对我做什么都可以。"晏小苏抬头看着他，仿佛随时接受命令拿剑抹脖子一般的凝重。

"别说得我好像要乘人之危一样。"夏离拍了拍身上的口袋，扭头找着自己的东西，可举动艰难，"话说，我动不了了，你能先帮我把外套左边口袋里的东西拿出来吗？"

在夏离的示意下，晏小苏从衣架上提起他的衣服，修长的手指探入口袋里之后，神情旋即变得有些羞愤和难堪，修长的手指夹出了一个轻薄的……杜蕾斯。

夏离的表情瞬间变得有些精彩，他尴尬地挥着手，不知道怎么解释这个东西是无良老师兰斯洛特塞给自己的……他吭哧半天之后，无奈地说，"我说这是别人塞给我的，你信吗？"

沉默中，少女的眼神变得更加鄙夷了。

夏离深深地低下头："好吧……不是这个，另一个口袋。"

这次总算拿对了，是两张旧金山游乐园的门票。

"这是我昨天晚上订的。"夏离挠了挠自己的头发，低声说，"可是兰斯洛特说现在的女孩都不喜欢去那种地方，给了两张旧金山歌剧院的票……你要是不喜欢的话，去歌剧院也可以。"

在沉默中，他低着头，不知道怎么去面对晏小苏看色魔一样的眼神。许久之后，他听见了少女有些复杂的声音："不，游乐园就很好了。"

第一次从她的话里听到了一丝惆怅的意味，夏离抬起头，却看到少女起身的背影。

"稍等我一下，殿下。"晏小苏背对着他，低声说，"既然要出行的话，那我需要去换一下衣服。"

然后，半个小时后的学校后门处，夏离目瞪口呆。

"我说……"夏离低声问，"这么穿，会不会有些严肃了啊？"

午后柔和的阳光中，少女身上竟然是一件礼服，长裙在风中微微飘动。虽然说是换衣服，但换一身礼服去游乐园，实在是有些……太过庄重了吧？

"有吗？"晏小苏的神情一肃，可语气却难得地显露出一丝尴尬，"依殿下看来，约会不是一件值得认真对待的事情？"

"不不，我是说……"夏离努力地酝酿了一下措辞，认真问，"你该不会……除了校服，就只有礼服吧？"

短暂的沉默之后，少女缓缓地扭过头，抗拒回答这个问题。

没等夏离开口，话题就被她换掉了。

"殿下，在学院里，我们可以保护你的安全。如果你走出这一扇校门，就没有学院的庇护了。虽然我对武力略有所长，却不擅长保护其他人，遭遇袭击的话，也无法保证你的安全。如果夸张一些的话，就算是遇到毒刺导弹也不是没有可能。"

她又一次显露出认真而严肃的神情,就像是要看穿夏离的掩饰:"你确定要这么做吗?"

"也对啊!"夏离如梦初醒,以他的脑筋,完全没有想过这个问题。在犹豫了片刻之后,他尴尬地低声问,"那能换个地方吗?"

晏小苏没有回答,只是眼睛微微眯起来了,神情越发严肃。

"好的,没问题!我们走吧。"眼看快要被鄙视了,夏离连忙挥手,走在前面,却觉得有一双认真的视线落在自己的后背上,令他分外心虚。

他抬头看了看耀眼的阳光,忽然想要叹气。

看来这一次约会,前途多舛啊。

就算是期待已久,但夏离走出校门的时候,却依旧有些对未来的惶恐。

除了晏小苏之外,他没有跟任何人说过自己的安排,票是通过爱丽丝的eBay账号订到的,换的衣服和帽子是从二货老师的衣柜里翻出来的。至于钱,他没问亚伯拿,手里只有从前在中国时攒下来的积蓄,几百美金,应该够了吧?

游乐园的门前,夏离有些苦恼地算着花销,做惯了衣食住行吃喝从不自己掏钱的公爵之后,再开始精打细算就有些不习惯了。

他收起门票,扭头看向晏小苏,却发现她在抬着头,出神地望着什么。

"晏小苏,晏小苏?"他低声喊了几声,发现她似乎没有听到之后,才换了英语,拿手在她面前晃了晃,"克里斯汀·安托瓦内特小姐?检票完了,我们可以进去了。"

像是终于从出神中惊醒,晏小苏的肩膀微微颤动了一下,收回的眼神躲闪着夏离的视线:"哦,我,知道了。"

她倒是没什么,夏离却吓了一跳:像自己未婚妻这种绝世高手,没准发呆的时候都在琢磨什么绝世武功,刚才肩膀抖了那一下绝对是下意识的过激反应啊。一掌轰出去起码要塌掉半堵墙,要是落在自己身上,筋断骨折都是小意思啊。

"还在看什么?"

反应过来的晏小苏越过了夏离身旁,率先进门:"走了。"

夏离愣着神,看着她果决的背影……总觉得有种风萧萧兮易水寒,勇士闯魔窟兮不复还的刚毅悲凉……

"约个会而已,不至于吧?"

夏离自言自语。

刚刚进门没多远,夏离就看到一群小孩欢呼着跑过,前方旋转木马上的灯光闪耀。极远处的空中，一辆过山车带着无数的尖叫和惊呼声呼啸而过，风驰电掣中绕过了两个环形的轨道之后冲到了最高空。

微凉的风带着花草的香从绿荫里吹来，一叶深绿飘落在夏离的脚下。他环顾着四周，忍不住有些兴奋。少女在他身边停下，眼神疑惑，或许是诧异于他的愉快。

"啊哈哈，因为是第一次来嘛。"

夏离的笑容忍不住有些尴尬。可当他看到晏小苏有些僵硬的步伐时，便恍然大悟："你在紧张吗？"

少女的脚步一滞，猛然扭过头来，声音严肃："没有。"

分明就是有！你都紧张得走路开始顺拐了啊姑娘！

不过，周围人的视线，果然有些奇怪啊。

夏离忍不住看向晏小苏身上的礼服，顿时有些理解了：没办法啊，这么好的女孩子，又年轻又漂亮，她穿着礼服，走在阳光下，虽然神情肃冷，可纵使是背影，也有一种令人倾慕的光。

察觉到夏离专注的视线，晏小苏的神情更加僵硬起来。

"稍微等我一下，很快就回来。"夏离说完，就冲进远处人潮汹涌的摊位，在拥挤中，他扭头，看到晏小苏站在了太阳伞下面，出神地看着不远处旋转的摩天轮。

当夏离好不容易举着两个大东西挤出人群的时候，他就看到已经有不少的年轻男人或者是男孩儿们鼓起勇气过去搭讪了。被三言两语回绝掉之后，他们只能尴尬地离开。

可小孩子却不怕这些，他们可能只是单纯地觉得这个姐姐比较好看，就挤在她的身旁，几个熊孩子在大笑大闹尖叫着，还有小孩儿在好奇地扯着她的裙子。

如果面对敌人，还可以拔剑，面对一群小孩，晏小苏却显露出难得的笨拙。

但是夏离却火冒三丈：打闹也就算了，但扯裙子不能忍啊！我的未婚妻，我都还没扯过呢，你们小小年纪不学好还想捷足先登？

夏离愤怒值满点，将手中的东西反手扣在头上，无声地走过去。

就在两个熊孩子笑哈哈绕着晏小苏捉迷藏的时候，却忽然有一只手掌按在了他们的肩膀上，一个阴森而沙哑的声音传来。

"你们，在干什么？"逆着阳光，一个戴着奇怪兔子头面具的人弯下腰，在小孩儿惊惧的脸上投下了浓厚的阴影。

理所当然，两个小小年纪不学好的熊孩子尖叫了两声，含着泪跑掉了。只留下夏离双手叉腰，仰天大笑。

晏小苏却没有想象中的窘迫，只是整理了一下裙摆上的皱褶，淡淡地问："殿下，欺负小孩子，有趣吗？"

"其实也很有意思的……吧？"

理所当然，这句话收获了晏小苏怜悯的眼神。

夏离有些尴尬地摘下了面具，将手里的另一个递给了她："这个给你。"晏小苏愣了一下，接过了那个惟妙惟肖的"少女"面具，眼神疑惑。

"戴上它，就没人知道你是谁了。"

夏离晃了晃手中"白兔"的面具："也没人知道我是公爵。不过好像本来就没有多少人知道……不过你起码不用叫我公爵殿下了。"

晏小苏拿着面具在脸上比画了一下，视线沉默地在自己和夏离手中的面具上逡巡着，最后伸出手："那我要那个。"

夏离看着晏小苏递过来的少女风面具，神情顿时有些发苦。犹豫了一下之后，他接过了面具，率先走在了前面。

在他身后，晏小苏犹豫了一下之后，有些笨拙地给自己戴上了滑稽的兔子头，小步跟了上去。

就像是迷路的少女追逐白兔，爱丽丝仙境奇遇记终于开始。

游乐园中，两个看起来无所事事的身影在闲逛，吸引了不少人的目光。

那是头戴爱丽丝面具的少年，还有带着白色兔子头的礼服少女。阳光下，爱丽丝和兔子一前一后地走着，兔子少女的长裙在风中微微飘起，宛如涟漪。

"先玩什么？"带着少女面具的人说，"要不要先试试旋转木马？"

"殿下，难道你是小孩子吗？"虽然看不见脸，但是白兔的声音里却充满怜悯。

"那……弹簧床？"

"白兔"愣了一下，声音严肃起来："殿下，想要看女孩子裙子被掀起来之后的样子的人，都是变态。"

"呃……""爱丽丝"苦恼地挠着头发，"要不，激流勇进？"

"殿下！""白兔"的声音越发严肃，仿佛在审问一个罪犯，"我的裙子虽然很薄，但不透水的。"

"好吧，那……摩天轮？"

"那种随便转来转去的东西真的有趣吗？"

"西部牛仔纪念馆？"

"抱歉，我对屠杀印第安人的历史没有丝毫的兴趣。"

……

"虽然我早知道女孩子的爱好很特殊，但是……"直到最后，夏离停下脚，语气复杂，"我们真的要尝试这个吗？"

在他们的面前，高台耸立直上云端，不断有尖叫的声音从上方传来，隐约能够看到一个个人影从风中跃下。

"七十米极限蹦极，让你体会到在风中坠落的兴奋和飞翔的疯狂！"

夏离弯下腰，透过眼洞看着面前的招牌："好吧，兴奋我没体会到，疯狂我倒是有点感觉了。你确定我们要玩这个？"

"确切地说，"晏小苏从买票的地方归来，挥了挥仅有的一张票，"不是我，是你。"

"你有这么恨我吗？"夏离欲哭无泪。

"难道你想要穿着裙子的女士陪你一起蹦极？"

"……"夏离视死如归地接过票，走上了高台的电梯。

高台上，头戴牛仔帽子的中年男人认真地给他系上了安全带，看着这个摘下面具后面色如土的小伙子，忍不住露出笑容："别紧张，小伙子，跳下去，享受自由坠落的乐趣就好。"

"嗯，嗯，我不紧张。"

夏离低声呢喃，心里却在悲鸣：才怪啊！说不紧张怎么可能……七十米，别说是公爵，就算是皇帝这么摔下去也变成肉酱了好吗！要是自己真能像神话里一样，长出翅膀扑打扑打地飞起来该多好？

夏离神游天外，却察觉到背后有人拍自己的肩膀。

"晏小苏？"

夏离扭头发现不知何时自己的未婚妻也跟着上来了。晏小苏手中端着冰淇淋，向着夏离轻轻挥挥手，纤白的手掌在他的额头上微微一推，紧接着……

"啊——啊——啊！！！"

惨叫中，夏离已经在风中急速地坠落。呼啸的风声扑面而来，夏离在空中艰难地转身，看到了高台之上，少女俯瞰时的裙摆在风中展开如云。淡蓝色的裙裾飘起的时候，露出修长笔直的小腿，还有白色的长袜……

莫名其妙地，夏离忽然不怕了，他倒在风中，舒展开身体，任由冰凉的风灌满了衣襟。

阳光洒落在坠落的少年身上，在旋转和坠落中，夏离抬头看着天空：

天气不错。

……

虽然天气不错，但夏离活着爬上来的时候，完全就如同已经死了一次了。他喘息着，抬起头看向面前的少女，忽然恍然大悟："你不是在报复我吧？"

掀开半个面具的少女不紧不慢地舀着杯子里的巧克力球，完全没有承认"因为在擂台上出了差错，不得不跟自己的废柴未婚夫出来约会，结果小心眼怀恨在心"这个假设，只是将另一盒冰淇淋推在他的面前。

"还要继续玩吗？"少女的声音淡漠，只是这一次少了几分冰冷。

夏离凶神恶煞地端起了冰淇淋，恶狠狠地啃了两口，最后点头。

"好。"

……

接下来的过程，如果简略概述的话，大概是这样的吧。

过山车，夏离："啊啊啊！！！"

海盗船，夏离："啊啊啊！！！"

鬼怪屋，夏离："啊啊啊！！！"

虽然全程玩下来之后，晏小苏气定神闲，就连自己兔子头套上的毛都没有乱掉一根，但一直尖叫的夏离却已经从"死狗"状态进入到了"一条死之后被压路机来回碾了好多次的死狗"的状态。

傍晚的夕阳之下，夏离躺在椅子上，头发蓬乱，身心疲惫。就连脑后的面具也仿佛流下了悲怆的眼泪。

为什么就从来没有人来提醒他游乐园是这么危险的地方呢？

寂静里只有风吹来，仿佛在呜咽。

黄昏即将结束，可是游乐园里的人不但没有减少，反而在增多。远处隐约的夜色中飘起了诡异的音乐，一群兴高采烈、装扮古怪的游行者结队而来。

"今天是万圣节啊。"夏离恍然大悟。

在他身旁，晏小苏轻声问："要去参加游行吗？"

"走不动了。"夏离露出苦笑，奄奄一息，"我觉得我要死了，你有什么话想对临终的我说吗？"

"公爵的恢复力惊人，只是脱力和嗓子疼的话，大概十多分钟就好了。"晏小苏淡淡地看了他一眼，示意他不要装死。夏离只好无奈地爬起来，看向不远处热闹的游行。

头顶南瓜的小孩，戴着巫师帽的诡异老头，还有神神秘秘的苍老巫婆……喧嚣而充满欢乐的队伍在前行，温暖而绚丽的灯光里，仿佛被照耀到的人都受到了感染，露出笑容。

他们绕过了游乐园的标志，在广场上向着市内进发，最接近的时候，一个丘比特打扮的小男孩儿抱着一束玫瑰，他给了晏小苏一支，然后用充满孩子气的骄傲和得意看了夏离一眼，转身跑掉。夏离认出了他，是白天打闹的几个孩子之一，但现在真是让夏离完全没法生气。

"真好啊。"

夏离听到了隐约的声音，他扭过头，看到隐约的霓虹照亮了少女脸上的面具，兔耳之下的专注眼神有种隐约的羡慕神采。

夏离张口欲言，却不知道说些什么才好。仔细想想，他能说的也没有什么。

"谢谢你的邀请。"晏小苏察觉到他的眼神，"虽然没有尝试过这些东西，但是却玩得很开心。"

"以前……没有人带你来过吗？"夏离问。

在她的沉默中，夏离得到了回应，忍不住自嘲地笑起来："和我差不多，不过我小时候是被我伯父骗了，他怕我闹，就哄我说游乐园里不好玩，然后就从游乐园门口左拐带着我吃烤串去了。"

说着说着，他发现自己好像也没什么可怜的，他那时候就觉得烤串多好啊，比游乐园好多了。所以比惨的可能性也不存在啊。

他苦恼地挠着头，低声嘟哝："其实没来过就没来过嘛，大家都一样。"

就像是没有听到他的声音，少女注视着远处渐远的灯光，良久之后才缓缓点头："人和人都是不一样的。"

"哪里不一样了？"

沉默中，少女起身，有些笨拙地摘下了自己的兔子头套。灯光里，漆黑的长发失去桎梏，如流水从肩头洒落。

她蜕去了仅存一日的伪装，重新成为那个强悍到无人可以击溃的钢铁女爵，眼神静谧而幽深，声音澄澈："因为殿下你至少还有你的家族，可如果我不握剑的话，就什么都没有了。"

那种刀子一样的目光又回来了，依旧毫不掩饰，依旧傲慢到如同紧贴在夏离脸上，令他觉得皮肤刺痛。

他微微合上眼睛，几乎无法直视那种眼神。他本来以为自己已经和她拉近了距离，可是到现在他才发现，她这么遥远。

遥远得让夏离心中无奈地笑。

你以为只要一个兔子头面具她就能乖乖地变成一个软弱的女人吗？

她是手握钢铁之剑的猩红女爵，最强的猎魔人，就像是一条披着钢甲的巨龙，那样的强悍和无懈可击。

真是厉害啊，晏小苏。

夏离满心敬佩，却忍不住苦笑："像你这么强的人，为什么会同意嫁给我？"

沉默中，没有人说话。

直到许久之后，他听见了怅然和复杂的回应："因为，一个约定。"

天穹之下，少女抬起头，看到了夜空。

黑色的云层被城市的霓虹照亮，不复十年之前的黑暗。仅仅是十多年，这个世界就变化得这么快，几乎将以往的痕迹都彻底抹去。

倘若时光倒退，能够回忆起昨日之幕吗？仿佛转瞬之间，久远的过去从云层中酝酿完毕，化作厚重而窒息的雾气，吞没世界。

很多年前，旧金山还没有洗掉拓荒者和牛仔的陈旧气息，西部的狂野之意还未曾离去。

远离城市的小镇上，天空中暴雨倾盆。

黑夜中，暴雨如瀑。简陋的旅馆大门敞开，潮湿阴冷的水汽从雨中吹来，随着腥甜的血渗透地板，很快就消散了。

旅馆内，大厅仿佛遭到过炮火的轰炸，满目疮痍。

两具残尸被银刀钉在墙上，像是被焚烧过的焦炭，惨烈异常。冷风吹来，它们就迅速枯萎，最后变成了惨白的灰烬，从刀剑之上簌簌落下。

几个无关的人蜷缩在角落里，不敢惊叫，可在门前，稚嫩的女孩儿便站在尸体的下方，神情充满冷漠。

她就站在湿冷的风中，面向黑夜和暴雨，倾倒的影子像是干枯的树枝。一片死寂中，她再次握紧对她来说太过沉重的武器。

仿佛感应到了杀机，暴雨和风声如潮灌进。

"克里斯汀·安托瓦内特，束手就擒吧。"

在门口，苍白的五指展开了一卷写在羊皮卷上的命令，面色苍白如鬼的男子从雨中走进。雨水从他的皮革风衣上洒落。

"这是法国血族自治领长老会的追捕令，世界上不会有任何人敢为你提供庇佑。你从法兰西逃到美国来，又有什么用呢？"

森冷的声音里，他手掌按在腰间的枪柄上，手指细长如蛇："投降吧，我以荣格家族的荣誉保证，只要你投降，你想要保护的那些仆人可以平安地离开这个城镇。"

"荣格？哪个荣格？"

稚嫩而沙哑的声音响起了，那种不屑却令男子勃然色变。

看起来十岁左右的少女终于发出声音，澄净的眼瞳里浮现出傲慢："是那个被我的曾祖父绞死在十字架上的垃圾吗？"

"可惜了。"她竭力地压制着自己喘息的冲动，高昂起头，"垃圾不享有勇气，垃圾堆里，又何来荣耀呢？"

"你应该感谢自治会不想杀你，但在我来之前，他们也命令过我。他们说……"男子低声笑起来，"——只要活的就好。"

弹指间，银亮的枪管便已经从枪套中抽出，修长的手指瞬间紧握在柄上，男人眼中的冷意和狰狞点亮黑夜。

这一把枪陪伴了他四十年，跟着他一起成为最快的"牛仔"，而在他的面前，是"安托瓦内特"这一面昔日光芒万丈，今天却已经摇摇欲坠的旌旗。

昔日的驱魔人世家，今日却随着家主的背叛而堕落，传承了千年的武技精髓尽失，沦落到被教团驱逐、背井离乡的地步。直系血脉只剩下一个小女孩儿。

血族们尾随着她来到了美国，是为了让安托瓦内特之名再也无法出现在这个世上！

轰鸣的枪声骤然而起，震碎了他身后的玻璃，在火花从枪膛喷出之前，有人看到银光从空中闪过。在尖锐的呼啸声里，枪管被磨制锋利的银色餐刀切断了，子弹撞碎了刀锋，弹起，刺入天花板。

打空了？

男子的瞳孔紧缩。

来不及因为血肉焦灼的痛苦而嘶吼，因为他看到女孩奋身跃起的身影。迅捷如风，伤痕累累的消瘦躯壳上，却迸发出惊雷！

沉重如斧的长剑从地板上铮然而出，随着她的手在空中划出半道圆弧。距离被不可思议地缩短了，一切囊括在那惨烈而狂怒的劈斩之中。

最后的那一瞬，男人的眼瞳因恐惧而扩散，看到了如獠牙交错的剑刃上折射的阴冷银光。

在前所未有的漫长思索中，他终于回想起了曾经笼罩在无数血族头顶的阴云，安托瓦内特家族的绝技。

他恍然大悟："这是……"

一瞬间，银光从他的脖颈之上横掠，鲜血泼洒中，去势不竭的剑刃深深地切入了墙壁中，留下了一道贯穿的缺口。

无头的躯壳踉跄后退，倒在暴雨中。

当喷涌的鲜血染红了稚童的脸颊时，那群等在雨中的吸血鬼们终于回忆起：那样恐怖凌厉的银光，究竟来自何处。

第一代范海辛所遗留下来的武技，在一击之中，倾尽所有力量，令"最后之赤龙"——德拉库拉授首的剑术！

——屠龙。

在破碎的大门之前，冰冷的暴雨泼洒在她的脸颊上，鲜血晕染开来。炽热的呼吸从肺腑中吐出，少女的双臂已经裂开了一道道血痕。

"想要杀死巨龙，就必须有驾驭那种狂暴力量的体能，以血和恐惧唤醒真正的自己。这样的恐惧和愤怒，就是我们人类能够对抗吸血鬼的力量……"在记忆中，父亲苦笑着抚摸自己的头发，神情充满隐约的难过，"克里斯汀，你比我有天赋得多，你天生拥有这样的才能……"

"那你呢？父亲。"

在雨水的泼洒中，小女孩艰难地撑起身子，眼神被悲怆所笼罩，用只有自己一个人听得到的声音呢喃："那你又因何背叛母亲和我呢？"

她艰难地拖曳着最后的武器，走进了狂风暴雨之中。

在空旷的街道上，数不清的身影站在黑暗中，他们冷冷地看着这个小女孩儿，眼神中满是垂涎和怒火，还有一丝丝的恐惧！

暴雨泼洒在女孩的脸颊上，模糊了她眼角的水汽。

她冷漠地看着那些从欧洲追杀到这里的人，低声问："蒙德，在哪里？"

无人回应，黑暗里传来了嗤笑的声音，隐约有人在低声说："终归是个小女孩，觉得害怕了之后，就要找爸爸。"

"蒙德，你出来啊！！"

她愤怒地握紧武器，这个小女孩的身体里迸发出了最后的力量，只为了向着那群人嘶哑地怒吼："父亲，你有勇气去成为吸血鬼，却没有勇气来见我吗？！你就这样想要将我献给那群杂种吗？"

她终于流出眼泪，低声哽咽："明明母亲临死前还想要见到你啊！"

黑暗里，无人回应，逡巡不前的那些阴影笑起来。

他们缓缓前进，将她包围，却不急于靠前。只是游走在最安全的警戒范围之外，嘲弄着只剩喘息的少女，就像是看着垂死猎物的鬣狗。

没有趁着它活着时猎取的勇气，永远只能吞噬腐肉。

"这样的吃相，真是丑陋啊，先生们。"

长街的尽头传来一声隐约的叹息，有人在低声感叹："难怪我最近总是觉得血族没有未来。"

世界在那一瞬寂静了，雷鸣和暴雨失去了声音。那些阴影们不安地骚动起来，雨衣之下的手指颤动，不自觉地后退。

在长街的尽头，漆黑的礼宾车缓缓停止。在车灯的耀眼光芒里，一个苍老而消瘦的身影在缓缓前进。

仿佛去参加宴会的苍老贵族，来者戴着礼帽，手持黑色的伞，皮靴踏着石板道路上的积水而来。一步又一步，不紧不慢，可是落脚时的声音，却凝重无比，回荡在寂静的世界中。

冷峻的年轻人站在他身后，细长的双眼中满是傲慢和冷漠，那样的眼神像是一把名刀。可当他站在那个男人身后时，却飘忽得像是一个不存在的影。

那些吸血鬼们此刻也仿佛随着声音凝固了，动弹不得。完美的包围在前行的老者面前破碎，因为没有人敢挡在他前进的道路上，也没有人敢直视他猩红的眼瞳。

暴雨中，老者穿透了他们的包围，停在了少女面前。他缓缓地弯下腰，打量着脱力的女孩儿，为她撑起了伞。

少女执拗地怒视着他，咬着牙，不愿意认输。

"如果不能手握刀剑就活不下去了，那法兰西的公主又因何而沦落到这种地步呢？真是让人难过……"

老者叹息着，伸手为她整理着狼狈的碎发，最后从她的手中摘下武器："有人拜托我来找你，跟我走吧，小姑娘，你和你的族人会得到妥善的安排。"

他向着女孩儿伸出手，带着岁月痕迹的手掌展开，等待她去握紧。

"那你又想要什么呢？"女孩紧紧地咬着嘴唇，绝望的眼瞳中充满愤恨。

"你将这视作交易吗？"老人笑起来。

"我的父亲为了权力出卖了我的家族，我的伯父为了活命而将我待价而沽，黑衣教团为了不让吸血鬼得到我而将我监禁，吸血鬼为了繁衍子嗣而对我穷追不舍……"

"你想要从我身上得到什么呢？"

悲凉的小女孩看着那一只手掌，却固执着不肯伸手握紧，就像是孤独到要跟整个世界为敌："除了我自己，我已经一无所有。"

老者似乎被诘问到了，陷入漫长的沉默。

良久之后，他终于想到了什么，露出笑容："那就做个约定吧，我的小姑娘。"

他压低声音，用只有小女孩一个人听得到的声音在她耳边低语："告诉你一个秘密，我有一个外孙，他的年纪应该和你差不多大。虽然不像你那样注定光芒万丈，可是你有一双和他一样的黑色眼睛。有朝一日，你是否愿意嫁给他？"

少女沉默地看着那一双眼瞳，仿佛要看到他心中最深处，可是她却什么都看不到。在老者的眼瞳中，只有幽深而静谧的黑暗，还有一丝温和的笑意。

"好……我答应你。"

她缓缓点头，许下了这个将伴随一生的承诺："告诉我你的名字。"

老者笑起来，揉了揉她的头发："有很多人称呼我为'铜棘和铁枝的传承者'、狮子心之剑，或者公爵大人。"

停顿了一下，他说出了那个令在场所有人都恐惧得想要逃离的姓名。

"其实我叫作，梅丹佐，梅丹佐·斯图亚特。对这个名字，你满意吗？"

女孩颔首，她伸出手，倾尽最后的力量，握紧梅丹佐的手掌。紧接着，最后一丝力气随着雨水从身体中流走了，她困倦地闭上眼睛，陷入沉睡之中。

梅丹佐将她抱起，用自己的风衣包裹在小女孩的身上。看着她苍白的睡脸，梅丹佐忍不住低声笑起来："真是个漂亮的小女孩儿，像是飞鸟一样。"

就这样，他丢下雨伞，不顾自己暴露在风雨中，转身离去。自始至终，都没有看过在场的那些人一眼，也没有人敢于阻拦他。

在他的身后，冷峻的年轻男人无声地拔出了地上的长剑，从旅馆中找回了另一把武器，装进皮箱中，随着公爵离去。

也许是因为急躁或者不甘，一直以来追寻的猎物即将从眼前溜走，那些吸血鬼们愤怒地躁动着，不顾公爵的威严，咬牙准备追上去。

似乎察觉到他们心中的想法，走在最后面的年轻人停下脚步，在年轻人的黑色马甲之下，一把银色的短刀无声地出鞘半分，依稀可见上面用吸血鬼的牙齿刻下的划痕。

吸血鬼们终于被那道冷光惊醒了，恐惧重新压倒了冲动，脚步戛然而止。

对这群鬣狗彻底失去兴趣，年轻的男人缓缓地收回目光。

而就在他的前方，老人轻轻抚摸着女孩儿沉睡的脸颊，感觉到了她的恐惧和悲凉，露出感慨的神情。

"别害怕。"他看着被暴雨覆盖的天穹，低声呢喃，"从今日起，我将守护你长大，而你，将和他一起守护圣杯，至死方休。"

尘埃中的往事褪去时，晏小苏终于从漫长的回忆中惊醒，只有在昏睡和清醒交替的瞬间，她的神情才略微露出一丝慌乱。

她没有想到，自己竟然失神发呆了这么久。为了掩饰自己的失态，她咳嗽了两声："我去买蛋挞回来，你要吗？"

回答她的是富有规律的鼾声，她错愕地扭过头。而在灯火的余晖里，长椅上少年早就陷入了沉睡。

竟然睡着了？

晏小苏轻轻皱眉，很快露出释然的神情，嘴角微微勾起，似是微笑。在微凉的风里，她靠在长椅上，仰望澄净的月光。

第一次，她的身体放松了下来。她闭上眼睛，喉咙里像是哼唱着什么声音，模糊又轻柔。

长椅上，白兔和爱丽丝的面具在月光下陷入梦中，漫长的追逐暂时告一段落，但仙境的奇遇似乎才刚刚开始。

夏离做了一个漫长的梦，梦境太长，令他失去了梦中的记忆。

可当他苏醒时，他却听见车门打开的声音。车门之外的学院灯火通明，亚伯站在门口。

"我这是在哪儿？"他呆呆地看着沉默的亚伯，"晏小苏呢？"

"少爷您在游乐园里睡着了，克里斯汀小姐让司机来送您回家，然后就离开了。"

说到这里，他叹息了一声，语气有些复杂："少爷，以后如果您打算出行的话，请至少通知我们，让我们跟随。现在您的安全如果没有保证的话，会很危险。"

察觉到他神情里的阴沉和担忧，夏离愣了一下："出了什么事儿？"

"刚刚我收到消息。"亚伯低下头，"有人揭发检举了刺杀您的主谋。"

夏离一愣，顿时又喜悦起来："这么快？是谁？快带我去看看，我要削死他。"

亚伯难过地闭上眼，说："是康斯坦丁。"

一瞬间，少年的笑容凝固。

章十一·万能之釜

"殿下你怎么了呀?"

兰斯洛特一脸关切地看着沙发上的夏离,疑惑地看着他阴沉的表情:"你的表情好像是被金门大桥砸过一样,难道是没有搞定克里斯汀同学?听说你在剑馆被人打得很惨啊,很难过很伤心吗?"

在渐渐亮起的晨光中,夏离从净化机关回来之后差不多已经坐在沙发上三个小时了。他一直沉默不语,不管兰斯洛特如何在旁边捣乱,都沉思着,不言不语。

"殿下,你饿了吗……殿下,你渴了么……殿下,你死了吗?"

"你才死了呢!"夏离终于抬头。

二货老师叹息:"可看你的表情却总觉得你死定了的样子啊……"

"我没事儿。"夏离轻轻摇头,"只是在考虑康斯坦丁的事情而已。"

"少爷,康斯坦丁先生效忠家族已经超过二百年了……"守在一旁的亚伯欲言又止。

"我知道。"夏离挥手说,"他要杀我,在中国就把我杀掉了,何必带到美国来?"

亚伯沉默了良久,缓缓点头:"少爷明白就好。"

这时候兰斯洛特又跳出来散播负能量了:"都说净化机关喜欢屈打成招,有杀错无放过,尤其擅长夹棍夹板老虎凳……康斯坦丁先生在里面不会有危险吧?"

"不可能。"亚伯摇头,"康斯坦丁虽然是后天吸血鬼,但却传承着尊贵之血,净化机关不可能像对一般人那样对待他。"

"我总觉得哪里不对……"

沉默中,夏离忽然抬起头,神情郑重:"有一些地方,我们没有想到。"

"少爷有什么想法了吗?"

夏离说:"这些日子以来,我遭遇了三四次暗杀了……就算是进入了这个封闭的学院之后,我的行踪也一直被一些人掌握着。我有时候甚至会想,或许他就在我们之中……"

"哦,是吗?"兰斯洛特眼睛一亮,"殿下您心里有眉目了吗?"

"有啊!我看废柴老师你就挺像。"夏离没好气儿地将他推到了一边去。

"不、不可能啊!"

兰斯洛特老师如同遭到了莫大的冤屈,含泪申辩:"老师为人怎么样,殿下你也是清楚的。当真是扫地恐伤蝼蚁命，爱惜飞蛾罩灯纱。再说了，殿下你死了，我到哪里蹭二十四小时热水和专线网络的别墅去啊！我跟凶手绝对是不共戴天啊！"

"你还是抱着二十四小时热水和网络专线去死吧！"

低沉的震动忽然响起。亚伯掏出自己的手机，接通之后，脸色迅速变得阴沉起来。直到最后，他才冷声回应了一句"我知道了"，然后挂断了电话。

犹豫了良久之后，他起身走到夏离身旁，低声说："少爷，净化机关对外宣称要保护您的族产，准备查封玫瑰庄园。"

"抓了我的人，还要封了我的房?!"夏离一愣，顿时有些愤怒，"难道他们想要强制拆迁吗？"

亚伯的神情铁青，继续说："他们还说……让您在这一段时间里减少外出，会有专人对您进行保护。"

"殿下，你这是要被软禁的节奏啊。"兰斯洛特也愣了一下，"昨天你见到岳父老爷的时候，不还谈得挺开心的吗？怎么忽然之间就变脸了？不会是殿下你对克里斯汀同学做了什么吧？"

"放屁！"夏离被戳到了痛处，"昨天约会了一天，我连个小手儿都没摸过！要得罪也是你这个二货干的！"

"我也什么都没干啊……"兰斯洛特有些心虚，"难道是我偷偷下载写真集的事儿被净化机关发现了？"

"你还有脸说！"

争吵中，夏离看向窗外。

别墅之外多了十几个以前没有看到过的身影。他们面无表情地挡在了别墅的门外，隔绝了那条通往外面的小径，也掐断了别墅对外的联络途径。

夏离抬头看着远处高楼上那些闪现的身影……都是狙击手。还没有容他多看，亚伯就已经拉上了窗帘，肃声说："少爷，现在净化机关看来已经得到黄昏议会的授命，要将我们置于死地了。"

"这是要跟我鱼死网破啊！"

夏离发狠地咬了咬牙，从墙上拔出装饰的刀来，恶狠狠地问："亚伯，我现在开始学武技，练到我外祖父的程度还来得及吗？"

亚伯没有回答，只是沉默地看着他，神情之复杂和流露出的那一丝怜悯令夏离都觉得有些难过。

"算了，我还是去睡觉吧。"夏离垂下头，一下子变得有气无力，"谁都不要打扰我，我想要一个人待一会。"他将手里的刀丢在地上，转身爬上楼，没过多长时间，就传来一声关门的声响。

亚伯有些担忧："少爷他没事儿吧？"

"没事儿，放心吧。"兰斯洛特从盘子里端起一杯早茶，摇头感叹，"中二病，都这样。"

窗外，天色阴沉，酝酿着寂寥的雨水。

长者信仰学院，地下三层，隐秘机要处理中心。

层层铁门封锁的地下已经变成了守卫森严的囚笼，最深处的审讯室中，被桎梏在铁椅上的囚徒发出呜咽。在桌子的另一面，审讯者沉默地坐在黑暗里。

一束惨白的光从头顶打下，落在桌面上，照亮了那一沓厚厚的名单。一根细长的手指挑起了名单的封面，低沉的声音响起。

"最后确认一次，您，是奎恩氏族的哈维先生没错吧？"

审讯者似乎带着微笑的声音传来，囚徒在短暂的犹豫之后，缓慢点头确认。额头上一滴冷汗流下来。

"好了，为了便于审查，我接下来会让人解开您的口罩，请您配合一些，不要尖叫，我这个人比较喜欢安静。"审讯者彬彬有礼地征求着他的意见，"好吗？"

囚徒迟疑了一下，点头。口罩被解开了，他低下头大口地喘息，却不敢看那一束惨白光芒之后的那个影子。

"来，让我看看您的档案……"审讯者漫不经心地翻开了记录，低声嘟哝着，"喔，原来您在1981年就已经是恶魔岛的典狱长了吗？真是有些年头了，这么多年以来，都负责维护监狱的设备正常运行……辛苦辛苦。"

听到了不知是夸奖还是嘲讽的声音，囚徒的嘴唇颤抖着，没有回答。

"好了，接下来让我们开始吧。"审讯者干脆利落地合上了档案，十指交叠在桌子上，"半个月前，也就是十月十五日的清晨，轮休的您在哪儿呢？"

头发已经有些微秃的男子吞着口水，结结巴巴地回答："旧金山。"

"哦？"审讯者笑了起来，"那么为什么昨天您出现在前往缅甸的航班上呢？缅甸是个好地方啊，青山绿水，是去旅行吗？"

"是、是的。"哈维鼓起勇气回答。

"也对，账户里忽然多了二百多万美金，不享受一下人生，确实说不过去吧？"审讯者依旧在笑着，眼神却渐渐冰冷，像是纤薄的刀锋，"这一笔莫名的资金是谁汇入您的账户的呢？难道是中了彩票？"

囚徒感觉到了莫大的恐惧，缓缓低下头："我、我不知道。"

"哦？从天而降的馈赠？"审讯者无聊地笑起来，手掌托着下巴，"您知道吗，上一个坐在那个位置上的人也是这么说的，但如果您不说出一点我们不知道的东西来的话，只能是像他那样被一点点地泡进硝酸银里了……看着鲜血沸腾，自己慢慢融化的感觉，很不好受吧？"

"银骨！是银骨！"还没有说完，连日被折磨的囚徒就发出崩溃的尖叫，"都是他做的，我、我什么都不知道……"

审讯官微微撇嘴，似乎有些遗憾。他起身将笔记丢给身旁的副手："好了，接下来交给你们了。"

他稍微揉了一下鼻尖，低声感叹："我有些讨厌这里的腐臭味道了，我们应该买一些香水，至少能够让刽子手变得香喷喷的。"

没有人回应他的笑话，铁门在他身后轰然关闭。当低沉的闷响从审讯室里响起之后，有两名下属拖曳着一个沉重而漆黑的长条袋子从里面走出，行礼之后离去。

许久之后，副官推门而出，递上本子："蒙德先生，这是情报记录。"

"报告一下就行了。"蒙德懒得去翻了。

"是个什么都不知道的傀儡，为了二百万就把自己卖掉了，结果还被人耍了一道，支票在当天就作废了。"

助手叹息着，简短汇报："他说联系他的人只给他打过电话，名字叫作'银骨'，声音听起来像是个男人，可是具体的年龄却听不出来。他收了钱，故意报备了监狱的设备维修，在听到公爵遇刺之后才准备跑。看来他完全就不知道自己做了什么。"

"正常，像这种小卒子能够问到什么才会奇怪呢。处理掉吧，今年的指标还差两吨呢，看他那么胖，说不定能凑个几十斤。"

蒙德挥手命令，然后整理了一下衣服的领结："走吧，接下来去见一条大鱼。康斯坦丁先生想必也久等了。"

就在此刻，匆忙的属下从楼上走下来报告："大人，公爵殿下要见自己的人。"

"回绝掉。"

蒙德轻描淡写地挥手："康斯坦丁是刺杀公爵的重要嫌疑人，为了保证公爵殿下的安全，就不方便让他们见面了。"

下属犹豫了一下，低声说："殿下还想要见您。"

"替我向殿下道歉。"蒙德的神情依旧冷淡，"职务所限，不便见面。"

目送着下属离去，他沉默地站在原地，疑惑的副官看过来，蒙德的嘴角却勾起一丝似是嘲讽的笑意："事到如今……恐怕迟钝如那位殿下也应该嗅到一丝不对的气息了吧？"

他走向更深的黑暗，尽头，钢铁的大门轰然洞开。

寂静的密室中，双手束缚着银铐的年轻人缓缓抬起头，双眼凌厉如刀。

"曾经的上帝之犬、唯一一个继承'范海辛'之名的男人，康斯坦丁。"蒙德笑吟吟地看着面前冷厉如孤狼的男人，"很久不见了。聊一聊吧。"

囚徒只是抬起眼睛看着他，沉默不语。寂静里只有钢铁之门关闭的声音，惊悚而瘆人。

"为什么要用杀人时的表情来面对我呢？太不礼貌了。"蒙德叹息，"跟我谈谈有关圣杯吧。我的人已经前往玫瑰庄园去了，如果你肯帮忙的话，说不定可以少费一点功夫……"

说着，他从口袋里掏出了手机，推到康斯坦丁的面前，屏幕亮起，里面传来隐约的雨声还有说话的声音。

"先生，我们已经封锁了玫瑰庄园。开始搜查吗？"

话筒中的声音令康斯坦丁骤然色变："蒙德……你竟敢蔑视公爵的威严？"

"做得好，维克多。"蒙德满不在意地吩咐，"让小狼狗们开始活动起来，记得要欢快些。"

听筒里，古旧大门被撞开的声音响起，雨声断续，水泊在践踏之下，破碎的声音响起。宛如寒风，令康斯坦丁眼神中的愤怒渐渐冰冷，像是覆盖住熔岩的冰霜之壳。

"——蒙德，我当年应该杀了你的。"

蒙德笑起来，点燃烟卷："谁说不是呢？"

玫瑰庄园 下午一点三十分。

天空中，细微而冰冷的雨水落下，夹杂着冰晶和寒意。漆黑的龙首之门轰然洞开，两列披着黑色雨衣的身影踏入了往昔公爵的领地。他们的心口别着骨白色的徽章，雨衣兜帽之下的脸颊毫无温度和色彩。

在雨水中，唯一没有披着雨衣的只有维克多一人。他站在队伍的前方，静静地听完了电话中的吩咐，然后挥手："搜，一个空白的地方都不要留。"

皮鞋踏碎了水泊上的涟漪，两列黑衣的"执刑者"无声地走进庄园，向着别墅走去。他们的身影在雨水中越来越模糊，就像是渗入泥土中的水银，消失不见。

直到枪声响起。

低沉的声响震荡着雨水，听起来像是利刃呼啸。一颗灼热的子弹擦着维克多的脸颊飞过，留下了震耳欲聋的风声。

一瞬间，所有的搜查者都停下脚步，手掌按在雨衣之下的握柄上，扣紧扳机。

古旧别墅的门前，少女缓缓地拉动枪栓，灼热的弹壳从枪膛里跳出，落入水泊中，咻咻作响。一粒银色的子弹重新填入了弹仓。

"从这里滚出去，这里不是你们能够撒野的地方。"

少女的声音透过雨水传来，愤怒而又清冷。在所有人的注视中，爱丽丝再一次端起枪身，望山锁定了维克多的眉心，手指稳定。

就在她的背后，大门缓缓敞开，古董家具被堆在了一起，变成射击时的掩护。

在后面，一个又一个从地下室里提出来的箱子堆积在一起。有的打开需要密码，有的只需要撬棍，不论箱子有多么不同，但打开之后，里面所存放的东西却有相同的名字——武器。

放置在塑料泡沫之间的卡宾枪，罗列在展示架上的漆黑手枪，保养良好的狙击步枪、银亮的子弹，还有一整箱漆黑的圆球状东西，圆球上面还带着漂亮的拉环，像是结婚的戒指一样。

老马夫赤裸着粗壮的双臂，以撬棍撬开了箱子。于是，在铁块落地的声音中，泛着冷光的重型机枪被沉默的仆人们合力启出，六根冰冷的枪管伸出了窗户，沐浴在雨水中，尽显狰狞。

马夫丢掉了手中的撬棍，从口袋里掏出烟卷点燃，深吸一口气，然后在吐出的烟雾中将弹链装进枪膛。

"爱丽丝，后退吧。"

他抚摸着镶嵌在打火机上的铜心徽章，浑浊的眼睛眯起，变得凌厉："接下来交给我们这帮老家伙就可以了。"

烟灰混入风中，他握紧了机枪的握柄，紧扣扳机。

玫瑰庄园全体仆从，抛去被遣散的人类之后，存留六十七人。

这是斯图亚特家族最后的六十七名附庸，隔着冰冷的雨，他们握紧武器，维护荣耀之旗不堕于地。

维克多看着那一支对准自己的漆黑枪膛，眉毛微微皱起，被雨水打湿的眼睛看起来像是蛇。

"维克多。"

在他挥手下令之前，电话中传来长官蒙德的声音。维克多沉声回应："先生，我在。"

"很好，打开扩音器。"蒙德的声音传入耳中，"我觉得有些话，需要有人来讲给他们听。"

他犹豫了一下，高高地举起了手中的手机，在对方所有人都看清楚了之后，向着前方门口的少女抛出。黑色的手机划过一道弧线，落入少女的手中。手机中沉默许久没有声音，直到一个肃冷的声音传来。

"爱丽丝，是我。"

康斯坦丁的声音令爱丽丝惊喜，可是还没等她来得及问什么，话筒中的命令却令她如坠冰窟。

"我以殿下监护人的身份命令你们，放下武器，立刻。"

康斯坦丁如是说。

爱丽丝的眼瞳瞬间放大，可喧嚣却从背后的人群中传来，亚伯不在，最老的马夫怒吼："康斯坦丁，你疯了吗?！还是说你背叛了家族？"

康斯坦丁任由他们怒斥和辱骂，只是重申："放下武器，否则，我将代替老公爵，将违抗的人从家族中革除。我最后说一次，放！下！武！器！"

低沉的声音宛如刀锋，刺破了雨水，割裂了看不见的坚定，武器落地的声音从人群里响起……然后，接二连三。那种声音就像是一场致死的传染病，飞快扩散，无药可医。

直到最后，不可置信的爱丽丝转过身，看着那些包含着不甘和屈辱的眼瞳低垂，手中的电话落地，屏幕粉碎。

"爱丽丝，庄园里的事情交给你了。"闪烁的破碎屏幕里，康斯坦丁最后吩咐。

"是，先生。"

她忍着眼角流下的眼泪，哽咽着回应。

狂风席卷，倾斜的暴雨像是被那群披着黑衣的影子裹来，他们漠然地从少女身旁走过，踩过了草坪，留下丑陋的脚印，长驱直入。紧接着，粗暴的翻动声，还有破碎的声响从远处传来。

雨水中，爱丽丝努力地咬着自己的嘴唇，泪水一滴一滴落入泥泞里。

风暴袭来，一切声音都消失不见。

信仰学院的地下，监狱之中，掌声响起。

蒙德在鼓掌，充满赞许："不想让他们死掉吗？这是正确的选择，康斯坦丁你无须愧疚。"

挂断的电话中，少女最后哽咽的声音令康斯坦丁闭上了眼，他的声音嘶哑："蒙德，终有一日你会为自己现在说过的话而后悔……每一字，每一句。"

"将来的事情，谁又说得准呢？"

蒙德掐掉烟卷，微笑着离开。

翌日正午，校长办公室。

冬日中的阳光照进，强烈的光几乎将装饰简单的房内照成黑白二色。

西泽坐在阴影中，沉默地吸着烟，看着阳光里的飘起的尘埃，也看向尘埃之后那一张面无表情的脸。

"蒙德。你最近做的，是不是有些太过分了？"

"我倒是觉得我很称职地履行了黄昏议会的命令。"蒙德微笑着，"我很好地在第三次评议之前保护了公爵，不是吗？"

"也就是说，将他们逼上绝路也是在保护他？"

蒙德充满骄傲地点头："没错，我一直都觉得，一个出色的代理人应该正确领会上司的真正想法，并且加以实施……可惜，到最后，什么都没找到。"

"我开始讨厌你的嘴了，蒙德。"西泽皱起眉，"不论喷多少香水，都盖不住你嘴里喷出的尸臭味。"

"你在说什么啊，校长先生。"蒙德就像是听到一个笑话。

"吸血鬼原本不就是死者吗？我们身体里的血来自从地狱中爬出来的同一个祖先，就算是有味道，也是硫黄和哀号的气味才对吧？更何况，像您这种人，年轻时候手里握着枪不知道杀死了多少人，就连魔鬼也会害怕，何必在意一点腐臭？"

西泽的眉头展开，阴郁的眼神中是一种令人心悸的平静："蒙德，你今天来这里，是为了激怒我吗？"

蒙德摇头，将桌上的文件推过去："只是一次行动的授权而已。我觉得有必要拔出一些潜伏在信仰学院里的危险分子……"

"三天之内，你在我的学校里以黄昏议会和净化机关的名义签发了70张处刑许可证书。"西泽没有去碰那一份授权书，而是冷声问，"蒙德，你还要多少血？"

蒙德的眼中没有丝毫的负罪感和内疚，他只是低头将袖口微尘拂去，轻描淡写："这就不是我能决定的事情了。"

西泽沉默了，眼眸低垂。

这两天里他已经容忍了太多对方在自己的学校里的越权行动，而现在，他觉得自己必须要一个交代。

"蒙德，那群人，那些堕落者，他们杀死梅丹佐，恐怕不是为了复仇吧？"

"没错。"回答的声音轻描淡写。

"净化机关的到来，并不是因为宗室评议会的愤怒，对不对？"西泽冷冷地看着他，"你们的目的和他们一样。"

"没错。"蒙德坦然点头。

在静谧之中，悬浮的微尘似乎都停止了，陷入凝固。

西泽看着面前这个令无数人恐惧的刽子手和审查官，良久之后问："你们来到这里，想要的究竟是什么？"

"校长先生，我只是一个卖苦力背黑锅的家伙而已，为何要事事针对我呢？"

蒙德无奈地叹息："在我来之前，有人跟我说，尽可能地确认一件东西是否在斯图亚特家族手中，如果确定的话，那就将它带回去。就算是公爵评议的事情也可以丢到一边去。"

"什么东西？"

"听说，那个东西在公元前二世纪第一次被人从地下发掘。炼金术师们在试验中发现它的力量能将铁化作纯银，将金升华成贤者之石，于是它被所有人追捧，炙手可热。那是历史上，无数君王都梦寐以求的珍宝。据说它能够赐予人永生的力量……"

蒙德的声音轻柔，可是语调却沉重得像是要将这一片凝固的气氛压垮："它是万能之釜，传说中神的威能在地上的显化，也是至高力量的权柄。它的名字，被人称为……"

"圣杯。"

海泡石烟斗在西泽的指间破碎了，他终于说出了那个禁忌的名词。

"没错，这就是数千年以来我们没有一日不曾想要得到的力量。就连曾经一度统治英国的龙血家族时期也试图以亚瑟王的名义去寻找。从没有一个血族能够抵挡住它的诱惑，它对我们意义非常。那不仅是造物上的奇迹，也是代表着吸血鬼进化之路的终点。据说血族能够在阳光下行走，也是圣杯的赐福。"

"可这些全部都是流言。"西泽摇头，缓慢坚定。

"流言和真相的区别，又有谁能说得清呢？"蒙德的手指敲打着桌面，那种声音细微却铿锵如铁鼓，隐约回荡着。

"何况，还有人说，它能够让血族的血统再次升华，洗去害怕日光和银毒的缺陷，从凡物中超脱呢。换句话说，就是让人成为真真正正的——'王爵'，传说中的皇帝陛下……"

皇帝。

当这个词语从蒙德的口中吐出时，整个室内都陷入了不祥的寂静。那是在尊王驾崩之后谁都不敢再次提起的名讳，数千年来，无数血族典籍中将它称为人神、和神灵订立了契约的人间统治者还有古老黄金之血的传承者。

早在千年之前，在黑暗中的吸血鬼帝国未曾崩溃的时候，王爵便以凌驾于十三公爵之上的"至上者"的身份统治着这个世界。

那时，血族并不像现在这样凋零，十二个庞大的家系支撑着它的力量，虽然那时候的吸血鬼还畏惧日光，但势力却前所未有的庞大。王爵以人和神之子的名义君临了整个欧洲，从南至北，从开罗到伦敦，从极地的冰霜再到非洲的地穴，一切都在血族的掌控之中。

哪怕是马其顿帝国也不过是一个渺小的反抗者，在亚历山大死去之后，便如同玩笑一般分崩离析。

"真好啊，至上之主重新降临，世界堕如黑夜，血族的黄金时代终将到来……"蒙德微笑着轻叹，"那群藏头露尾的'死灰'不就是这么说的吗？真是无法抵挡的诱惑。"

"你知道你在说什么吗？蒙德。"

校长的眼瞳睁开了，灰色的阴郁像是盘旋的鸦潮，冷厉而阴沉："你在触碰一些你不该去碰的东西。"

"放心吧，西泽先生。我是净化机关的负责人，黄昏议会对外一级参谋官……我拥有接触绝大多数绝密资料的授权。而且，又有哪个血族不曾缅怀过那个时代呢？"

蒙德露出笑容，可是透过他的笑容，却令人看不清他究竟是在敬仰还是在嘲讽。在这个男人脸上，笑容就像是一张面具，覆盖住了所有的真实。

"西泽先生，血族的帝国早已经在内乱中崩溃了。千年以来，吸血鬼在时代的巨轮面前踉跄地后退，被驱赶到角落里，日渐衰败……倘若有这么一个机会，黄昏议会又怎么可能不发疯地想要得到它？"

"住口，蒙德。"西泽眼中的阴郁爆发开了，如同酝酿着赤色熔岩的黑云，声音低沉，却在室内回荡如雷，"中世纪的时候，有人说血族是死而复生的恶鬼。可如果我们是从地狱里爬出来的囚徒的话，那么那个东西就是魔鬼留给我们的诱惑！但凡使用了它的人，都必将被诅咒！"

"包括梅丹佐·斯图亚特公爵？"

"梅丹佐不是那样的人。从没有一个人像他那样唾弃着那些权柄。我信任他如同信任我的兄弟。他不可能去向魔鬼祈求力量，他也比谁都清楚，但凡利用圣杯之人，都必定陷入癫狂和死亡。"

"可目前的所有证据，都指向斯图亚特家族。"蒙德摇头，不为所动，"在他之前，我们所知唯一和圣杯有所接触的人，只有传说中的'最后的炼金术师——圣日耳曼'。他是目前唯一一个通过圣杯将自己转化成纯血血族的人类，而且拥有着和所有血族都截然不同的圣痕，我们称他为圣日耳曼伯爵，但是却不能承认他的存在。几百年来，黄昏议会将他囚禁在俄罗斯的圣彼特堡，可是却一无所得。四十年前他死去了，所有人都以为圣杯的秘密会这样被他带到地狱中去了。直到我们发现，在圣日耳曼被捕入狱和临死之前，曾经和同一个人见过面……那个人被称为'铁枝公爵''狮子心之剑'，他的名字叫作梅丹佐·斯图亚特！"

西泽的声音冷下来："你们没有直接证据证明他窝藏了圣杯。就算是净化机关，也不可能仅凭怀疑就对一名公爵进行调查。"

"那加上这个,也不够吗?"

蒙德从口袋里抽出一张照片,缓缓推到了他的面前。

在照片上,无数蛇蝠疯狂地飞舞,少年背对着破碎的摄像头,燃烧的西装之下,后背上古拙凌厉如铜棘和铁枝的伤痕隐约显露,殷红如血。

"这是蛇与月之痕啊,西泽先生。"蒙德低声说,"我们从刺杀现场摄像头记录中找到的证据,你如何解释一位斯图亚特的子嗣后背上出现了至上的圣痕呢?"

似乎是厌烦了这样的谈话,蒙德起身,扶了扶衣领:"虽然这张照片除了我之外没有任何专家看过,但我可以断定,斯图亚特家族必然藏匿着最后的圣杯。接下来的事宜,请您配合我进行调查,如果不能的话,也请不要阻挠。"

他微微颔首,转身准备离开。

"别再查下去了,蒙德。"蒙德的背后传来了苍老的声音,"和它有所牵连的人,必定死于非命。"

"其实在很多人眼中,像我这样背叛了黑衣教团,加入吸血鬼的家伙,其实早就应该死了很多年才对吧?"

在夕阳的微光中,那个男人扭过头,露出一丝耐人寻味的笑意:"我一直在想,或许他们说的也挺有道理。"

在蒙德走下楼梯的时候,他发现走廊尽头沉默等待的少年。他疑惑地扭过头,看到了垂首的维克多。

"大人,殿下想要见您。"

蒙德看向远处的夏离,发现夏离正沉默地看过来,廊柱稀疏的光影中,少年的神情有些微微紧张。

"殿下,下午好。"蒙德微微躬身。

少年深吸了一口气,像是鼓足勇气:"我想要跟蒙德先生单独谈一谈。"

"我是您第三次评议的主审官,在第三次评议结束之前,我们还是尽量少在私人场合见面比较好。"蒙德冷漠地摇头。不出所料,听到第三次评议这样的词之后,少年好不容易鼓起的勇气和气势被压下去了。

"抱歉殿下,在下还有事务办理,请恕我告退。"蒙德简单行礼,然后打算离开,可是却被夏离拦在前面截住。少年看着他漆黑的双眸,低声问:"蒙德先生,什么时候才能释放康斯坦丁?"

蒙德漠然回答:"在证明他没有嫌疑之后。目前康斯坦丁先生是重要的嫌疑人。请回吧,殿下。没必要包庇一个意图刺杀您的人。"

"我相信,他绝不是刺杀我的凶手。"夏离看着他的眼睛,不肯后退,"斯图亚特家族并不隶属于黄昏议会,你们也没道理去抓我的人吧?"

"他想要杀的不止是你啊,殿下,他还涉嫌刺杀宗室评议会的成员,蔑视议会的权威。"蒙德摇头,眼神仿佛在讥讽年轻人的稚嫩想法,"黄昏议会绝不会姑息任何凶手。"

被那样的眼神激怒了,少年的声音提高了:"康斯坦丁不是那种人!"

"是吗?"蒙德只是一笑,低声问,"可是,殿下,你真的了解他?你可能甚至连他的全名都不清楚。"

少年的动作一滞,旋即有些恼怒:"不止是他,我现在连自己的英文全名都记不清呢。十几个名字串一块,谁能记得住啊。可是康斯坦丁救过我的命,我不能放着他不管。"

"殿下的意思,我明白了。"

蒙德颔首,吩咐左右:"送殿下出去吧。今日门口的守卫责鞭三十,净化机关的驻地,不要放无关的人进来。"

看着他冷漠的面孔,夏离愤怒地咬着嘴唇,却被两侧的人抱着胳膊架起,拖向门外。

望着少年挣扎着离去,蒙德似是冷笑了一声,转身打算离开。还没有抬脚,他却听见了背后少年竭尽全力的呐喊声。

"康斯坦丁,你听得到吗?!"

被两名守卫夹在中间,夏离向着不远处的建筑高声呐喊:"我来看你了!我还会再……"

"我还会再回来的"——败犬魔王的专属台词还没说完就戛然而止,因为夏离发现了身上密布的红点。那是瞄准镜放射出的激光,数十个红点充满了令人不寒而栗的杀意。夏离愣了一下,尴尬地举起双手,被拖走了。

"扑哧。"

守卫在不远处的执行者没有忍住,不小心笑起来。很快,他就听见一个轻柔的声音。

"很好笑吗?"蒙德扭头看向那个守卫,那种任谁都看不透的肃冷神情令守卫尴尬地低下头。蒙德收回视线,继续向前,可想的却是那一双少年的眼瞳。

怯懦、慌乱、退缩和不安,他几乎可以看得到任何有关"软弱"的神情。

没有老奸巨猾的神秘,也没有西泽校长眼中宛如时刻盘旋着鸦潮的阴郁。少年的眼瞳就像是一扇没有锁好的门,有一种掩盖不住的虚弱和尴尬。

可是自始至终,他都在看着自己的眼睛,就像是被逼到绝路也要看清敌人面孔的狼。

"真是让人怀念的眼神。"蒙德自言自语,"康斯坦丁先生的主人,有一双和他一样的眼睛。这是他的幸运,还是不幸呢?"

夜色渐渐升起,旧金山亮起了灯光,La Folie餐厅今日包场。

轻柔的钢琴声中,灯光照在圆润的桌椅上。水晶灯的光芒下,寂静的餐厅中只有一位客人坐在桌前。

少女穿着纯白色的礼服,黑色的头发在后脑上盘起,以银质的发卡束缚。修长的手指交叠在大腿上,她在沉默地等待。直到低沉的脚步声响起,中年人推门而进,微笑着颔首:"久等了,萝拉。"

"无所谓。"晏小苏低垂着眼睛,没有去看他的笑容,"如果有什么事的话,请尽快说完,我赶时间。"

"只是吃顿饭而已,没必要这么剑拔弩张吧?"中年人不以为意,摇头感叹,"有一个朋友跟我说这里是美国最好的法国餐厅,所以想要找你尝尝看来着。"

"原来你还有朋友吗?蒙德先生。"

晏小苏的眼瞳微微缩起:"血亲和妻子都无法束缚你,你又何必因为吃到家乡的晚餐而惺惺作态?"

"原来我在自己女儿心中,是这样的形象。"蒙德轻叹,"能够和一位淑女共进晚餐真好啊,而且这位淑女想的还是如何砍下我的头。"

说着,他抬起视线,落在面前的少女身上。那种眼神就像是打量着一件珠宝,在欣赏的同时,仿佛也在漠然而冷酷地估价。

"让我看看,我的女儿带来了什么?虽然没有武器,但是却别着纯银的发卡,带着她母亲留下的十字架,还有她最讨厌的一套白色的礼服……你是如此厌恶着我吗,萝拉,你甚至将自己的名字改成了克里斯汀?"

"蒙德先生,请不要说这种无聊的话。"晏小苏微微皱起眉,"您以母亲留下来的遗物把我找出来,只为了说这些吗?"

蒙德笑了:"那你觉得我想要说什么?"

"跟我聊聊过去,回忆一下我的童年怎么样?"

晏小苏开头,声音像是剑,带着厌恶和憎恨:"让我这个叛逆期的小女孩在根本不存在的父爱'温暖'之下流眼泪,叫爸爸,然后心甘情愿地变成你的筹码。最后在我的未婚夫死掉之后,被以更高的价格卖出去?"

第一次晏小苏觉得自己说了这么多话,如此的愤怒和如此的酣畅淋漓。

这不符合她的性格,可是她必须说出来,否则内心中如黑色毒液的愤怒会令她失控。她也必须坚定自己的立场。不论发生什么,她都不能哭出来,也不能认输,至少为了死去的母亲。

在那种压抑着杀意和愤怒的话语之下，沉默的蒙德露出了微笑："既然你都知道了，那我们就换个话题吧。"

他以手掌托着下巴，低声问："你如何看待斯图亚特家族的公爵呢？萝拉，你的心中是否对这个将会陪伴你一生的男人有过丝毫的爱意？"

他叹息着："这是我的疏忽，放任你去学习如何杀人，却没有教你如何去享受爱情。真是不像你的母亲啊，安娜在你这个年纪的时候……"

令话语戛然而止的，是一道炫目的银光，就像是燃烧的愤怒击碎了星辰，划出了一个凌厉的弧度。

银色的餐刀突如其来地刺出，切断了他额前的一缕碎发，也在他的脸上留下了一道不深不浅的划痕。

银和吸血鬼的血相逢，释放出令人无法忍耐的热和毒，细细的伤口如同衰朽一般咻咻作响。蒙德原本英俊的面孔顿时萎缩了多半。

在灯光的阴影中，就像是狰狞的妖魔。

"在我的面前，不要提起母亲，一个字都不要。她是一个蠢女人，爱上了一个该死的家伙。就算是死在黑衣教团的地牢里的时候，也在祈求那些疯子，要见自己女儿最后一面，恳请圣父给予她的丈夫以救赎！"

克里斯汀手持银刀，带着一丝玫瑰红的眼瞳中满是愤怒："不要让我忍不住杀了你。"

令人紧张的寂静中，蒙德发出了无声的叹息，提起了手中的铃铛，微微摇晃。

受过专业训练的侍者彬彬有礼地送上菜品，没有多看这异常的情况一眼，低着头，后退了两步，无声离开。

"只是晚餐而已，别紧张。尝尝吧，正宗的法式焗蜗牛，你会喜欢的。"

蒙德微笑着将盘子推向了肃冷的少女。少女不为所动，蒙德却戴着手套握起餐刀，鲜香的汁水从餐刀上流下，蜗牛的尸体被切裂了，狰狞又残酷。

"我来这里，只是想要对你说：如果你喜欢他的话，就告诉我，如果你不爱他，我就替你杀了他。"

这个男人的眼神依旧是幽深的黑色，仿佛刺向了她心中的最深处，寻觅着那里可曾有过一个少年的身影。

许久，寂静中，蒙德笑起来。

"既然是这样的话，那么有一件事情就要拜托你去做了。"

当蒙德走出餐厅的时候，已经是午夜时分。在这个秋季即将结束的时候，旧金山下了一场久违的雨。他目送着黑色的轿车载着少女离去，伸手从助手那里接过了黑色的雨伞。

"收队吧。"他淡淡地说，"每次想到我吃饭的时候都有几十个人站在雨里看着，总觉得有些麻烦。我一个人回去就可以了。"

察觉到助手的愕然和无奈，他撑起了雨伞："怎么？害怕我遭到暗杀？"

"大人，您毕竟是净化机关的负责人。"助手斟酌着词语，低声说，"而且，您又不擅……"

"你知道吗？维克多，我听过一个笑话，是讲如何干掉净化机关的间谍。"

蒙德从伞沿之下露出黑色的眼瞳："答案其实很简单，只要找出那个每天一丝不苟穿着西装带着红色领带的人就好了。因为他们从来都不懂得变通，一个个每天绷着脸，机器味浓得化不开。像你们这种人走在一起的话，就绝对会保持一米的距离然后站成两排，想要干掉他们的头儿只要路过一半的时候引爆炸弹就行，因为只有大人物才会走在中间……"

助手尴尬地低下头，蒙德却笑起来，拍了拍他的肩膀："放心，你们老是跟在后面，我才危险呢。"

说完，他转身向着黑暗里的影子挥了挥手，转身行进雨中。

在寂静的街道上，中年男人将右手插进口袋里，左手举着伞，时而停下脚步扭头看向身旁的橱窗，看到了橱窗里困倦的店员和自己的倒影。在少女店员微微羞涩的好奇视线里，他如同往年一般笑了笑，挥手离开。

很多年前他就像是这样一个人走在街道上，当时的他年轻而强壮，是安托瓦内特的花花公子，四处留情。直到他有一天，和一个女人在雨中相逢。

"真是好天气啊。"

他点燃了烟卷，低声呢喃着。

电话开始震动了，他看了看号码之后接通了。

"您好，这里是蒙德。"他抬头看向伞沿坠落的雨水，静静地倾听听筒里传来的声音。

"议会的想法，我明白。"

许久之后，他缓缓点头："圣杯的下落正在调查中，议会的意志将会得到贯彻。第三次评议会尽快进行的。"

听筒中传来赞许的声音，直到最后，他面无表情地挂断了电话，低头发了一条信息。

在雨水中，他抬头仰望着城市里渐渐黯淡的灯光，把熄灭许久的烟卷掐在了浑浊的雨中。

"议会的那群老蝙蝠，究竟想要做什么呢？"

他吐出了最后的雾气，走进黑暗中。

"殿下，刚刚收到了蒙德先生的消息。"

苍老的管家推开门，神情严峻："您的最后一次评议将会在明日正午进行，他希望您能做好准备。"

寂静中，少年坐在窗前，出神地望着窗外的雨水。

"少爷？"亚伯低声问。

"我在听，亚伯。"夏离有些不好意思地挠了挠头发，低声说，"旧金山原来也是会下雨的。"

亚伯忍不住苦笑："少爷，就算是外国也是会降雨的，也会下雪。"

"明白是明白，但总归是第一次见到啊。"

夏离笑起来："我的伯父在很久之前也跟我说过的，大家都活在同一个地球上。谁和谁都没有什么两样，一个鼻子，两个耳朵……就算是再不同，头顶的天空也都是一样的。会下雨，也会打雷。"

夏离又想起上一次下雨的时候了："他死的时候，也是下这么大的雨，想起来让人有些难过。"

亚伯低下了头。

"亚伯，如果我没有办法通过第三次评议的话，康斯坦丁是不是就要死了？"窗前的少年忽然低声问。

许久之后，管家点头。

"是这样啊。"

夏离缓缓低下头："以前是康斯坦丁救我，现在轮到我去救他了。我一直都在害怕自己成为吸血鬼，或者被那些陌生的吸血鬼杀掉。想到这里，我就忍不住害怕，想要回到北京去。"

刚刚来到美国的时候，夏离时常想要离开这里，用自己剩下的钱买一张前往中国的机票，从这个充满不善之意的血族世界里逃走。可是后来他渐渐明白，自己有了不能走的理由。

那些记忆随着时光渐渐模糊，可每次下雨的时候就会从黑暗里浮起，越发清晰。就像是地壳之下燃烧的火炭和熔岩，无休止地灼烧着他的心。

"一直以来，为了我，很多人死了。其中有的人是我唯一的亲人，有的人我从没有见过。"夏离说，"我的伯父、评议会的成员，还有一些不认识的人……他们因为我的缘故死了。如果我逃走了，他们死的就没有意义了。"

"少爷，这些事情原本都不应该让你看到的。"管家低下头，"这是家族的劫难，和少爷无关。康斯坦丁的事情，或许是他以前的杀孽吧。"

"在上次有人要杀我的时候，有一个人和我说过，人都是会死的，现在是他的时候了。所以那个时候他一点都不害怕。"

夏离忽然想起巴顿决意赴死的样子。那个苍老的男人筋骨枯瘦如钢丝盘绕，半身燃烧着火焰，如雷吼咆哮，可握剑的手掌却很稳定像是铁铸造的模型。

就像是他说的那样，他的时候到了，所以他选择面对死亡。

在那样的对决中，纵然失败也死得荣耀。

"可是康斯坦丁还没有到他的时候啊。他看起来那么年轻，还有一大把时间等他变得跟管家你一样老。他从北京把我带到这里，用自己的命去保卫我。我答应他要让他看着我老死在病床上，无疾而终。"

就像是下了莫大的决定，他深呼吸，吐出了胸臆间的恐惧和不安。夏离最后一次低语，斩钉截铁："所以他还不能死。"

亚伯愕然地看着他的双瞳，低声呢喃："少爷。"

"亚伯，帮我做准备吧，让爱丽丝帮我挑一套最好的礼服。"

夏离伸手，推开窗，冷风吹进来，破碎的雨水落在他的手中，被灼热的掌心蒸发，他握紧弥散的水雾，声音低沉："虽然没有信心通过最后的评议，但总有一些事情是应该由我去做的。"

沉默中，管家怔怔地看着少年的眼瞳，从那一片沉静里，有亚伯所熟悉的东西涌现，那是宛如昔日的老公爵眼神一般的锋芒。

两个身影仿佛在此刻重叠，莫大的感慨令他弯下腰，抚胸回应："是，殿下。"

▶ 章十二 · 归亡之骨

翌日正午，长者信仰学院，大礼堂。

天气是令所有血族厌恶的晴空烈日，但被封锁的大礼堂之外已经人潮汹涌。

早在清晨，在某个不愿意提供姓名的老师的散布之下，公爵将在这里进行血统评议的消息就不胫而走。

隔着车窗，夏离都觉得自己会被宛如海潮的人群摧垮。

虽然在场人多，却丝毫不显得嘈杂和紊乱，血族似乎天生就有一种铭刻在血脉中的秩序感，当他们群聚的时候，便会秩序井然。

从夏离的视角看，最前方，血统高贵者悠闲，中层者次之，底层者恭谨地站在最后，羡慕地张望。而在广场另一端的教堂前面，数十个披着血色教袍的神父遥看着渐近的轿车，彼此在阴影中交换着意见。

每个人都在看着夏离的座驾，眼神好奇或者是期待，可夏离却感觉到了压力和不安如山涌来。夏离开始庆幸自己不需要向人群挥手，或者讲话，否则有可能会发生更糟的事情吧？

轿车在大礼堂前停止，前面就是净化机关的关卡。夏离深吸了一口气，走出车门。一瞬间，所有的视线看过来。他们的眼瞳有黑色的，有棕色和蓝色的，更多的是殷红如血。

在所有人的注视中，他登上阶梯，走进了大门，背后的亚伯却被拦下来。名字叫作维克多的男人挡在老人的面前："抱歉，大人的命令，除了公爵之外，谁都不能进去。"

亚伯的神情变得有些阴沉："抱歉，斯图亚特家族的人只听从公爵的命令，蒙德先生的要求，恕难从命。"

维克多沉默地看向夏离，许久之后，夏离无奈撇嘴，低声吩咐："亚伯，你就不用进去了，等我一会，立刻回来。"

说完，他挤出一个笑容，可亚伯却忧虑地叹息起来，只得点头。

夏离最后看了一眼走廊外的阳光，随着轰然关闭的大门，昏暗重新降临，大礼堂和门外的世界彻底隔绝了。

接下来，不论发生什么，都需要他一个人来面对了。

在寂静的走廊里,夏离跟在维克多的身后,视线却看向四周。

这里装潢的风格依旧是古典风,古雅的浮雕,精巧的墙纸,顶穹上的水晶吊灯释放着闪亮的光芒,照亮了整个大礼堂和附属的建筑群。

血族的世界似乎和人类恰好相反,窗户小而少,大多只注重通风的功能。白天的时候这里反而是一片昏暗,只有在夜里的时候才会灯火通明。

一路上夏离能够看到两侧的门里有人在办公,可整个礼堂里却只有夏离一个人的脚步声。不论是面前的维克多,还是那些冷峻的"执刑者"走起路来都像是鬼一样,没有声响。

人来人往,悄无声息,偶尔相逢他们会停下脚来行礼,可眼神里却没有热度,漆黑如死者。仅仅在这里停留了三四天,他们仿佛就将昔日金碧辉煌的大礼堂渲染成了鬼域。

夏离总算理解为何那么多的人谈到"净化机关"就闻之色变了,如果自己背后每天跟着这么一群妖魔鬼怪,自己也要瘆得慌。

他轻轻咳嗽了两声,没话找话:"征用学校历史最久的场馆……你们的眼光挺不错的啊。"

良久的寂静之后,维克多似乎终于领会到公爵在跟自己讲话,缓慢地扭头,苍白的面孔满是严肃的神色,然后颔首:"殿下过誉了。"

夏离的表情抽搐了一下,只能"呵呵"了……他觉得自己想要咆哮:我没夸你啊,只是找些话题而已,你干吗这么认真啊。结果弄得他越发紧张了。他下意识地按在裤腿口袋上,深呼吸,呼出了不安。

就在他的面前,通向大厅的沉重大门缓缓敞开,维克多停在门口,向夏离比画了一个请进的姿势。在他走进黑暗里之后,大门关上了。夏离的背后,光亮断绝。

寂静空旷的大厅里,只有一盏黯淡的灯,蒙德站在灯光的下面,看着夏离走进来。像是等待已久。

"第三次评议即将开始了,殿下。"他以极其标准的礼节问候,"在此之前,您有什么要说的吗?"

"有。"夏离点头,深呼吸,最后一次将心中的犹豫吐出。然后,他伸手握紧口袋里的东西,拔出。

瞬间,漆黑的手枪对准了目标。完全没有预料到夏离的想法,就连蒙德的神情都为之一滞,愕然地看向举枪的少年。

"不要动!"

因为过于紧张,夏离的声音抖得有些变调,他快步上前,将枪膛对准了蒙德的心脏:"这是灌注了水银的特殊弹头,要杀你,只要一枪。"

寂静里，蒙德惊愕地看着夏离，良久之后他才发出自嘲的笑声，缓缓举起了双手："好了，殿下，您已经控制住我了。"

绑架计划顺利，简单轻松到超出夏离的预料，可他总觉得哪里有些不对，因为蒙德在微笑。

"您绑架了我有什么用呢？我是您第三次评议的主审官，我有议会特别赋予的权力，在我的面前，您公爵的身份暂时无用。现在您绑架我，性质就变成斯图亚特家族挟持净化机关的负责人了。"他停顿了一下，无奈地耸肩，"您知道您究竟在做什么吗？要是……"

"闭嘴！"夏离打断了他的话，"要我老老实实配合你们进行评议，直到你们害死我和康斯坦丁吗？你们本来就心怀不轨才对吧？要不然软禁我做什么？！图谋斯图亚特家族的家产？"

他晃了晃枪口，低声催促："不要再啰唆了，立刻放了康斯坦丁，要不然反正也是死，我先杀了你祭旗，大不了反了那个劳什子晚上议会！"

"是黄昏议会。"蒙德淡定地纠正他。

"是什么都一样！"夏离从怀里掏出一个手机，丢给了他，"立刻给你的手下打电话，让他们释放康斯坦丁。然后准备一辆加满油的车……"

"是不是还要装满不连号美金的箱子？"蒙德叹息，"就算是放了他，您和他又怎么出去？大礼堂之内到处都是净化机关的人。我们的警戒虽然对外严密，但更重要的是对内安全。整个大礼堂周围一共有六道封锁关卡，地下三层的监狱里甚至有防备导弹轰炸的混凝土工事……一旦您暴露了自己的行径，将寸步难行。"

"啰唆！"夏离抖了一下枪口，示意自己一点都不心虚，"你究竟放不放？！"

"打电话没用的。"蒙德看着手里的手机，缓缓摇头，"释放康斯坦丁必须我本人亲自到场释放，并且确定个人密码才行。"

说着，他抬起头，露出像是挑衅一般的神情："如果您真的在乎康斯坦丁的话，不如跟着我一起下去。请您放心，我很珍惜自己的生命，不会冒着胸口开个洞的风险去揭发您的，对我这样的后天吸血鬼，恢复能力远逊于纯血。就像您说的那样，一枪就死了。"

夏离死死盯着面前这个男人："我怎么知道你说的是真的还是假的？"

蒙德微微一笑，下巴指了指夏离背后："您可以去问他。"

瞬间，昏暗里传来了文件书本落在地上的零碎声音，夏离悚然一惊，回头然后再惊。

"兰斯洛特？！你怎么在这里？！"

角落里，怀里抱着一大堆文件的二货老师正准备逃走，听到夏离的声音，他颤颤巍巍地扭过头，挤出笑容："哎呀！竟然是殿下？这个……说来话长啊。"

"那就简略一点说！"夏离又从口袋里掏出另一把枪指着他。

"我来送净化机关要的机要档案，结果迷路了。"兰斯洛特举起双手，"殿下我什么都不知道啊，你要是杀人灭口的话今年你专业考试的答案就没有人给你了啊……"

"那种东西谁在乎啊！"

夏离没心思跟着这个脑子里少根筋的家伙扯淡了，视线落在蒙德的身上，一咬牙，狠心说："最后一次问，康斯坦丁你究竟放不放？"

"既然是殿下的命令，我这个被劫持的家伙也没法拒绝了。"

蒙德叹息："但地下监狱距离这里有两层楼，六个关卡，您真的放心我脱离了您的控制一个人去？如果我的下属被劫持了的话，按照净化机关的作风，他们会先杀死人质，哪怕人质是他们的负责人也一样……"

夏离一愣："这什么狗屁缺德规矩啊！谁想出来的？"

"我。"蒙德的神情矜持而骄傲。

"……"

漫长的思考之后，夏离终于下定决心："我跟你一起去。你老实配合一点，要不然我就在他们逮捕我之前，先给你的脑袋上开个洞。"

"好主意！"不远处的兰斯洛特松了口气，竖起大拇指夸奖，"殿下虎胆龙威，勇闯魔窟，在下万分佩服。这样，我看您也忙，我先走了，就不打扰你们……"

嘭！

一声细微的枪响，兰斯洛特的脚下多了一个冒烟的大洞。夏离愣了一下，傻傻看了一眼手里的枪，顿时有些尴尬。幸亏加了消音器，否则枪声就足够吸引外面的吸血鬼冲进来了。

"不好意思，走火了。"

兰斯洛特用一种万分复杂的委屈目光看着他，令夏离的神情有些挂不住了：我是劫匪啊！劫匪啊！你什么时候见过劫匪还温柔体贴的啊？！

他努力挂起凶相，枪口指了指兰斯洛特，冷声说："我什么时候说你可以走了？你也跟我一起来！"

一言既出，就连夏离都觉得自己实在是没有当坏蛋的天赋，一个都快绑不住了，两个有些压力大啊。

"我能不去吗？"兰斯洛特哭丧着脸。

"你说呢？"夏离挤出狞笑。

于是，在血统评议仪式上悍然劫持了净化机关负责人和学校代表的夏离，就这样踏入了深入魔窟之路。

大厅的侧门在夏离面前开启，蒙德在前面带路，神情如常，夏离和兰斯洛特紧贴在他背后。可是他却没有想到，大厅后面竟然整个被净化机关弄成了办公大厅。

没有想象中的阴森恐怖，地上也没有腐臭的鲜血，干净整洁，除了几个不知道装着什么的文件柜之外，只有两排样式简单的长桌。

长桌后，十几个人伏案书写着什么。他们无声地进行着记录和处理，宛如鬼魅幻影。寂静得就像是不存在，只有角落里的传真机不断嘎吱嘎吱响着。

可就在三人踏入大厅的那一瞬，所有眼瞳都抬起来了，沉默地看着他们。

被这么多人注视着，夏离下意识地有些心慌，枪口捅了捅蒙德腰间，示意他快一点。他努力将枪口塞进了礼服的袖管里，保证自己姿态如常。那群人的目光只在他们身上停留了一瞬，便已令他遍体生寒，那些血色的眼睛里充满了毫无感情的森冷。

夏离压低了呼吸的声音，几乎是推着蒙德向前走，可就在他们走到楼梯口前面时，背后却响起急促的脚步声，皮鞋后跟敲打在地板上的声音就像是铁锤逼近。

"长官。"

刚刚离开的助手维克多忽然折返，快步走来。夏离低头将袖子拉长了一些，盖住漆黑的枪口。那一瞬，急行的维克多和他擦肩而过，疑惑地看了看他们，最后停在蒙德的身旁："洛杉矶的白铁家族私自售贩活人血货的线索已经抓到了，当地长老会要求和我们联合行动。"

"这种事情你替我签了许可书就可以了，人手不够的话，可以从旧金山这里抽调。"

蒙德漠然得一如既往，根本不像是被劫持的人质："我还有事情要忙，如果没事儿的话，你可以下去了。"

看到那个眼神锐利的男人转身离开，夏离忍不住松了口气，发现自己的身体不知不觉已经紧绷。反观旁边的二货老师，却充满好奇地看着周围的摆设，胜似闲庭信步。

还没有来得及松口气，他就听见身后的声音。

那个年轻助手的脚步戛然而止，猛然转身，锐利的眼神看向僵硬的夏离："恕我逾越，长官，殿下似乎看起来有些奇怪。您和他不是正在举行评议吗？"

他冷声说，手指扶在枪柄上，锐利的眼神落在兰斯洛特身上："况且，我们从没有让一个没有检查过身份的外人进入办事厅的规矩。"

那一瞬，夏离感觉到颤抖的寒意像是毛毛虫一样爬上了脚踝，一路蹿升到了后脑勺，令他的全身都有打哆嗦的冲动。

受到维克多的影响，大部分人都看了过来，血红的视线中，夏离微微咬着嘴唇，手指重新伸向袖口里的手枪。他的手腕在那一瞬间被扣紧，兰斯洛特低声说："别紧张，殿下。"

就在几乎凝固的空气中，蒙德缓缓地扭过头，用一如既往的幽深眼神看向背后的助手："这不是你应该管的事情，维克多。"

两个人对视了片刻，维克多驯服地低下头，手指从枪套上松开："抱歉，长官，是在下无理了。"

"年轻人不懂礼貌是常有之事，我已经习惯了。"

蒙德挥手，推开大门。

直到走出大厅之后，夏离才近乎窒息地吐出了一口气，冷汗已经湿透了后背。蒙德扭头看了一眼夏离，语气不无嘲讽："殿下，看来您的专业素质还有待提升。"

"别废话。"夏离瞪了他一眼，晃了晃袖口里的枪，示意自己随时可以崩了他。

兰斯洛特抬头看了一眼："殿下，保险还没开呢。"

然后夏离便又开始手忙脚乱地开保险了……

"接下来我会输入自己的个人密码，绕过其他两层的警戒系统，直入地下三层。"蒙德抬起手，按开了电梯说道，"殿下你可以放松一些了。"

"那就好，那就好。"夏离擦了把汗，总觉得这货的态度有些不对……为什么他总感觉被绑架的是自己才对？

夏离站在蒙德背后，看着他打开密码键盘，输入密码，顺口将密码念出来："安娜·德·萨伏伊，萝拉·德·安托瓦内特……"

等等，像是女人的名字啊，而且还是两个？

夏离一愣，很快便恍然大悟，顿时看向蒙德的眼神变得暧昧起来：没想到，自己这位岳父竟然是个情种，说不定外面还养了不少的女人。想到这里，他充满敬佩地拍了拍岳父的肩膀，给了一个勉励的眼神，和一个"放心我不会说出去"的笑容。

蒙德张口欲言，正准备解释什么，却又什么都没说，电梯开始下降。

那一瞬，夏离却忽然感觉到看不见的寒潮涌来，将自己吞没了。

从大地之下，震耳欲聋的警报声轰鸣扩散，电梯疯狂地震动起来了。

头顶的灯光明灭不定，电梯飞速下降，又在几秒之内停在了底层，剧烈的制动令夏离几乎趴在地上。铁门迅速敞开，门后所有人的脸色都变了。

"怎么回事儿？"蒙德皱起眉。

在一阵嘈杂的声音中，无线电终于收到了前方的回复。

"长官，有一队敌人袭击了我们！人数大概是五人，持有炸药以及重型武器和榴弹发射器！"

一瞬间夏离终于明白那种似曾相识的危机感究竟为何如此熟悉……那是他曾经数次嗅到过的诡异气息，在暴雨中，在黑暗里，在恶魔岛的地下……

那群黑夜里的影子，他们又来了。少年的手掌微微颤抖，陷入了雨水的冰冷之中。

"是'死灰'？所有人进行防御，组织反击。"

蒙德的眼神却有说不出的阴沉，宛如统御着阴魂的妖魔："既然来了，就别想走了。"

三分钟之前，大礼堂之外的广场，秩序井然的人群中，所有人都在兴奋地讨论着这一次评议的结果。

就在最后方，那些阴影中的红衣神父们却手握逆十字吊坠和香球，向着大礼堂缓缓走来。阳光照亮了他们袖口上刺的曼荼罗，银光刺目，可他们的兜帽之下依旧是一片阴暗。银色的曼荼罗仿佛有着奇异的魔力，无声之中，所过之处，人群都迅速地退避开来。

千年来，逆十字教会都引领着所有血族的信仰，贵族们对于袖口上刺着金色蔷薇的神父恭谨有加，因为他们代表神的悲悯和仁慈。而对银色的曼荼罗隐含敬畏，因为他们代表神的愤怒和残忍。

血色的法袍代表着生命，曼荼罗预示着死亡。佩戴着这样标记的人是最特殊的一群教士。他们大多数都常年服食各种秘传的炼金药剂，或者经过了外科手术的人体改造，利用血族细胞的超活性与恢复力量还有残忍的训练而突破极限，和寻常的吸血鬼大不相同。

——更加阴暗，也更加强大。

走在最前方的那一名魁梧神父的身高竟然两米有余，脚步踩在地上的时候，仿佛能够令石板崩溃。在学生们恭谨的避让之下，他们走到了最前方，向着前面的守卫招手。

疑惑的守卫应召而来，虽然冷峻，但不无谨慎和恭敬："神父，请退后一些。"

兜帽之下的黑暗中，魁梧的神父缓缓颔首。

阳光照在神父摊开的双手之间，古铜色的镂空圆球从他的手中垂落了，燃烧的香料放出单薄的烟，向上升腾。

黑色的十字架和香球坠地，发出清脆的声音。

无声地，一阵微风吹来，掀开了他厚重的长袍下摆，露出机枪的修长枪管。

在近乎凝固的空气中，魁梧的神父扯掉长袍。上身纵横交错的弹链折射出金属的光，机枪被举起，火舌喷放！

轰鸣声如雷，滚滚碾过了整个广场，横扫！

紧接着，仿佛有什么东西爆炸，浓厚的白色烟雾瞬间笼罩了整个人群，井然的秩序在那一瞬间崩溃。在尖叫和惊呼中，人群四散逃离，学校的警卫赶来的时候，却看到迎面烟雾里丢出来一颗翻滚的手榴弹。

在轰鸣中，手持着枪械的神父们冲入了大礼堂，古旧的建筑和浮雕在机枪的扫射中分崩离析，黄铜色的子弹壳坠落在地上，砰然作响。厚重夹钢的大门在机枪的扫射下破碎，在短时间内所有反抗力量都被扫除了，只有神父们站在血泊里，倒地的尸首轻声破碎。

就在他们最中间，是一个掀下了兜帽之后，皮肤青黑、面孔上长满了蛇鳞的女人。她嗅着空气中残留的气息，环顾片刻之后，指向了建筑最深处："他的味道向那里去了。"

当判别出目标的去向之后，所有人都看向最后的队友。在入侵者中，也唯有他不曾摘下自己的兜帽。他从袖口露出的十指修长，手里提着沉重的皮箱。

"你们留在这里，守住入口。"

兜帽之下的阴暗中传来一个沙哑的声音，红衣的神父从队友中走出："其他的，交给我。"

迎着枪声和火焰，消瘦的神父走进黑暗。

大礼堂二层，指挥室里骤然亮起了红色的警告灯。墙壁上的屏幕场景转换，所有摄像头都落在那个走进黑暗中的血色身影上。

那个消瘦的教士无声前进，血色的教袍如波浪翻动，漂行着。仿佛教袍之下并不存在肉体，只有一片无形的阴影。屏幕的角度不断闪烁和变化，因为在他前进的方向上，沿途的摄像头被破坏得一干二净。

那个侧影闪现的每一瞬都充满了刻骨寒意，明明没有奔跑，但是却快得不可阻挡。一路行来已经连续击溃了净化机关的两次反攻，甚至对于数十人的包围都能够轻易突破。

上一秒双方还在相持，可只是摄像头损坏切换角度的短短三四秒时间，便已经尸横就地。红袍的诡异身影站在鲜血中，手中一把银色的剑一闪而逝。

走廊里最后一个摄像头无声熄灭，屏幕关闭了，最后的镜头是红袍的影子缓缓摘下了兜帽，露出一张覆盖着白色假面的面孔。

宛如颅骨一般的假面上布满了横七竖八的刀剑斩痕，配合那一双带有微微血色的黑色眼瞳，令人备感凄厉和恐怖。

"归亡之骨……堕落的杀手们果然已经加入了'死灰'。"蒙德压抑着愤怒，掐灭了手中的烟卷。

兰斯洛特低声解说："'归亡之骨'是古代纯血贵族蓄养的杀手，据说起源于波斯，但不少记录中显示，早在那之前他们就活跃在历史上了。以混血的吸血鬼作为杀手，经过残酷的训练之后，十不存一。"

说着，他指向了屏幕上重新调出的图像，看着那个杀手的面具说："那个面具是真的颅骨，通过巫师药剂将钢铁熔化、置换进去之后就变成现在这样，每一道斩痕都代表着他们曾经杀死了一个子爵以上的人……而那件颅骨，是来自于他们的老师。他们每一代的数量都是固定的，弟子出师，就代表着师傅死去。"

夏离越听越冷，直到最后压低声音问："也就是说净化机关很牛叉，但碰上更牛的人就碎成渣了对吧？"

"说得没错。"

兰斯洛特认真点头，大感赞同。

紧接着，两个人才发现了所有净化机关的成员看过来的眼神，那些眼光让夏离觉得尴尬。可兰斯洛特却一贯无耻，对着夏离放出那种"让你乱说，都是你的错"的眼神，这令他旋即变得有些愤怒起来。

你还是我的人质呢，贱什么啊！想到了这里，他不着痕迹地踹了这个二货一脚。

可是，在看到蒙德的时候，夏离的心情就变得很复杂。刚刚绑架的人现在竟然要保护自己，真是世事无常。虽然感动，但感动也不能打啊。来者肯定是很厉害的家伙。这个时候最好还是带着康斯坦丁最好。

只要秘书出来，一个打五个根本不成问题。到时候带秘书远走高飞，至于净化机关……爱怎么样怎么样吧。

他张口欲言时，一声沉闷的轰鸣忽然从远处响起，震动中，灰尘从墙壁上簌簌落下，所有人都变了脸色。

竟然来得这么快？！

门外的走廊里传来了几道短促的枪声，很快便被水流从破碎皮囊中流出的声音替代，用猪脑子想都知道发生了什么事儿。

紧接着是不轻不重的脚步声，富有节奏，踩踏着血泊向前。

警报尖锐的声音响起，两道钢闸从上方落下，将大门隔绝。可一阵寒意从细微的缝隙里渗透进来，一丝一缕地缭绕着，令夏离裸露在外的皮肤感觉到一阵刺痛。

所有人都拔出枪，严阵以待。蒙德低头签发了一道命令书之后，转身拉着夏离走向了后方："殿下，跟我来。"

夏离一愣："那他们呢？"

在轰鸣的警报声中，夏离被踉跄地拉着走向暗门，蒙德低头输入打开暗门的密码："凶手的目标是你，殿下你离开得越快，这里就越安全。不要再犹豫了。"

"那康斯坦丁呢？"夏离终于反应过来。

蒙德抬起头，神情中显露出一丝讥诮："殿下你真的以为他还在这个学校里？作为重要嫌疑人，他早就被关押在旧金山另一个安全的地方了。"

"你耍我？"

夏离一阵错愕，想要拔枪毙了这个家伙。

在他身后，兰斯洛特却已经推着他走进了暗门之后的电梯："现在还有时间计较这些？！快走快走。"

又是令人牙酸的摩擦声响起，夏离扭头，却看到封门的钢闸上忽然出现了一道尖锐的划痕。

钢闸陡然一震，仿佛受到了什么剧烈的冲击。紧接着浮现了数道凹痕，像是被沉重的刀剑劈斩所致，凹痕深入钢铁，将厚达数十厘米的铁门切裂。

那些笔直的裂隙随着刀剑的穿刺浮现，交错形成了长方形状。紧接着，铁闸便在巨大的冲击中分崩离析，长方铁块呼啸飞出，砸落在地，轰鸣震荡。

"门"开启了，烟尘飞散弥漫。一个披着血色教袍，头戴白骨面具的人影隐约显露。

"开火！"

所有的枪械在瞬间同时扣动扳机，火舌喷吐。弹壳落地的声音在轰鸣中此起彼伏。灼红的子弹已经将那个身影吞没，如同暴雨倾盆！

短促到不及扩散的呼啸声里，血色的身影只是提起手中的刀剑，狂舞！

那是最狂暴又最完美的圆弧，两柄沉重的刀剑在消瘦的影子手中变得轻灵而迅捷，斩裂空气的声音尖锐。

暗金色的刀锋轨迹在空中纵横交错，瞬息之间形成了细密的罗网。肉眼只能看到火星不断从空气中迸发，迎面而来的子弹已经被尽数斩裂，飞溅而出。

这是超凡脱俗的力量，刀和剑的极义，明明是随手划出的乱舞，可是却如斯的壮美和狰狞！

疾风骤雨中，那个身影突进，刀和剑交错在空中几乎看不到轨迹。阻挡被撕裂了，障碍被斩碎，然后，那个影子如鹰隼飞起，一跃十米，剑刃刺向了迅速关闭的电梯。

那是夏离和死亡擦肩的弹指之间，剑锋穿透合金的门扉，突刺而入的锋刃割裂了兰斯洛特的碎发。

"哇啊——！！！"

在急速下沉的电梯里，受惊的兰斯洛特抱着夏离像是鸭子一样地尖叫，可夏离却沉默着，仿佛被慑人的杀意和剑斩摄取了灵魂。

紧接着，金铁摩擦的尖锐声响又传来了，就像是最后的阻挡也被撕裂，摧枯拉朽。

短短的三秒钟，夏离便已经在生死的边缘游走了一次，或许是好几次，这样的体验几乎令他连枪都无法握紧。他扭头看向了身后的蒙德，看到了他阴沉的面孔，紧接着便听见了电梯的上方传来了沉闷的声响。

就好像是……有什么落在了他们的头上！

他呆滞地抬起头，看向了头顶震颤的灯光。

——这一次，死定了！

"该死的，究竟是怎么回事儿?!"

广场之外，此刻已经遍地狼藉，全副武装的守卫不断地试图冲击大礼堂。就连广场上的水池雕像都在双方激烈的交火中彻底破碎。

基利安扯着安全负责人的领口，嘶哑地怒吼："为什么这群人能够混入学校?!该死的，这群杀手是从哪里弄来了神父的证明和教袍，又是怎么把这么多重武器运进学校的?!"

"他们是临时被教会派遣来，对第三次评议进行见证，以及对新晋的公爵进行祝福。"安全负责人趴在掩体后面，脸色苍白，冷汗满身。

"净化机关的'执刑者'呢！贴身保护蒙德的影子刺客呢?!"

基利安借着无线讯号翻看着大礼堂内部的视频，到最后气急败坏地将平板电脑摔碎："为什么只剩下一群文职人员，所有的武力成员呢?!"

"我也不知道啊！"

在轰鸣的枪声中，躲在掩体后面的安全负责人高声喊："半个小时前，所有驻守在校内的净化机关成员都已经被派往洛杉矶了。他们有校长的授权，行动从来都不用经过我们的允许！"

"那我们的保安呢！保安呢？"基利安快疯了，"快去保护殿下！殿下还在里面呢！"

"净化机关说学校的安保也有嫌疑，被全部关起来了！"安全负责人有些想哭，"现在他们的人完全不听命令！"

基利安的表情越来越黑，他心中有一个不好的猜想在浮现，一个嫌疑人的影子渐渐浮现。

"蒙德?!"他终于恍然大悟，"那个家伙，难道早就安排好了吗？"

他的思维终于触及了一直以来被净化机关所掩盖的禁区，找到了一个能够合理解释这一切的理由。

"那个该死的家伙……"

基利安愤怒地握紧拳头，低声呢喃："他要在这里演戏，假借暗杀的名义，杀死一位公爵！"

"不惜代价，给我冲进去！冲进去明白吗！"

他提起安全负责人的领口咆哮："我们决不能坐视一位公爵死在我们的面前，保卫不能动用就给我动用校警，校警也不行就给我把所有的老师组织起来硬冲！"

听到他这么一说，安全负责人的眼神一亮："我想起来了，我们还有一位老师在里面能够保护殿下！"

"谁?!"基利安心中隐约有种不好的预感。

"生物系细胞学的教授！当年您的A级学员，数百年来第一位毕业之后就留校任职的天才！"安全负责人眉飞色舞地说出那个名字，"兰斯洛特·M. 丹顿！"

呆滞的基利安松开了手中的领口，沉默良久："我觉得……我们还是直接为殿下准备葬礼吧。"

当低沉的落地声从头顶响起的时候，电梯里一片寂静，少年的呼吸几乎停滞。

紧接着，线缆绷断的声音响起，电梯失控，灯光熄灭，剧烈的失重感笼罩了夏离，他们在下坠。夏离只听见了兰斯洛特短促的尖叫，紧接着一声巨响，他身不由己地就趴在了地上。

幸好坠落时距离底部只有两三米，夏离还没来得及爬起，神情狰狞的蒙德就已经拔下了墙上的撬棍，开始紧急撬门。

而就在所有人的喘息中，他们头顶的天花板上猛然被刺入一道尖锐的利刃，如此突兀和惊悚，仿佛链锯斩截，就撕开了狰狞的裂口，紧接着，另一把刀也刺下，切开了一道十字状的裂隙。

闪烁的灯光里，夏离第一次如此接近地看到那一张脸。白骨的面具上覆盖着黏稠的鲜血，猩红的教袍已经残破不堪，露出镶嵌着铁片的里衣。

对视着那一双浮现出些微血色的眼瞳，夏离喘息着，绝大的恐惧如同手掌攥紧了他的心脏。

那是久违的恐惧，还有久违的愤怒，如同火焰在胸中燃烧。

"去你的。"夏离用力地咬着牙，举起枪，对准头顶扣动扳机。

在轰鸣回荡的枪声里，被撕裂的天花板已经布满了枪孔，可敌人却像是飘忽的影子，不断闪烁着，毫无实感，也没有中弹。

夏离用尽所有的力气打空了两个弹夹，还来不及喘息，就被兰斯洛特拉扯着钻出了撬开的电梯。

门外的停车场中，灯光暗淡，黑暗充满角落，如雾气一般弥散。

在夏离他们的背后，那个消瘦的影子终于从扩大的裂隙之中跃下。他落地时轻盈无声，伸手将卡在裂隙中的重剑拔出，对准了猎物们的背影。

紧接着，刺耳的呼啸迸发。布满裂口的沉重长剑已经脱手而出。破空的重剑回旋着，瞬间越过数十米的距离，掠过少年肩头，留下了一道深可见骨的伤痕，最后深深地钉进墙壁之中。

猩红的血丝从剑刃上蜿蜒留下，在刷白的墙壁上留下细长如蛇的画。

夏离还来不及反应，就因为剧痛而倒地。还好有兰斯洛特拉扯着他，将他拖进了身旁的拐角中。

"殿下，殿下你没事儿吧？"兰斯洛特看着他肩头迅速侵染开的血红，脸色刷一下就变白了。

"我没事儿，蒙德呢？"夏离忍痛问，他看向四周，却找不到那个男人，心中泛起一丝不妙："蒙德去哪儿了？！"

"不、不知道啊……"

兰斯洛特哭丧着脸，替夏离按住伤口："他撬开门之后就不见了，这、这是阴谋啊殿下！"

他的声音越来越低，夏离看到他的脸色迅速变得苍白下去，连忙扶住他："喂，老师，你怎么了？"

兰斯洛特僵硬地挤出了最后的笑容，气若游丝："我晕血啊……"

"不会吧？"夏离只觉得这个冷笑话凉到自己心底，"你上次看尸体不是还挺高兴的吗？"

"上次我忘了啊……"

兰斯洛特的话还没说完，夏离伤口飙出的血就溅在他的脸上。只来得及留下短促的尖叫，二货老师就翻了白眼，倒地晕厥了。

夏离试探性地踢了兰斯洛特一脚："喂，二货！你别装死啊！"兰斯洛特没反应，可他却快哭出来了，虽然二货老师平时不顶用，但没想到关键的时候他也这么不靠谱啊。

现在老师都挂了，他能怎么办？

黑暗中，只剩下夏离的喘息声，还有宛如死神的渐近脚步。

寂静里，披着血色长袍的杀手在前进，沉重的剑刃拖曳在地，声音刺耳，火花迸射。凭着墙角碎裂的玻璃，夏离几乎能够看到那个模糊的面孔和剑锋的冷光。

夏离咬紧牙，忍着剧痛将袖子绑在肩头的伤口上，紧接着，将晕厥的兰斯洛特塞进墙角臭气熏天的垃圾堆里，胡乱地丢了一堆破纸板在他身体上面，总算将他盖住了。

仅仅是聊胜于无的伪装，便令夏离喘息起来，如影随形的脚步声越来越近了，像是死神在身后轻笑。

"祝你好运。反正我亏大了，因为你的拖累被宰掉什么的……"

夏离最后看了兰斯洛特一眼，将他盖起来。虽然嘴里胡言乱语着，可夏离脑子里忽然想起很多年前看过的《喜剧之王》。

当时在戏里，周星驰对别人讲《雷雨》，说这个《雷雨》好呀！《雷雨》真好！《雷雨》是什么呢？

"《雷雨》就是讲义气啊！"

他低声呢喃着，忽然笑起来，抬起手握紧那一柄刺进墙里的重剑。竭尽力气，将它寸寸拔出。

碎裂的墙皮和灰尘簌簌落下，落进伤口中，带来灼热而持续的痛。黏稠的痛苦刺激着肌体，令夏离还能够使用最后的力量。

他握紧剑柄，忽然觉得：现在或许就是自己的时候到了。到了时候，就不要再逃。男人一生都在战场上，这是注定的战斗，就算输了，也能光芒万丈。

夏离不怕输，只是心里莫名的不甘。

他从没有想到过，明明这么短暂的等待，能够拉长到无比漫长，漫长到看不到边际，漫长得让他不安和痛苦，也漫长到可以用来回忆。

回想自己过去的一切，回想伯父，回想学校……一直回想到记忆的尽头。尽头是一个黄昏，那个该死的黄昏……

夏离低下头，看到温热的血沿着手臂流下，丧失了温度，滴答滴答的声音，像是铁轨被敲响。他闭上了眼，任由记忆的列车，带着自己开往黑暗深处。暴雨的声音从他的耳畔掠过，黑暗里传来咆哮和笑声，学校的钟声响起……一切都在千百倍地倒退，向着最开始的地方。

列车停止,他回到源头,听到婴儿啼哭的声音。

灰色的走廊中,昏黄的光从窗外照进,在墙上留下了黯淡的光斑。

他站在一旁,看着当时的自己在婴儿车中翻滚的模样。有人推着车,从走廊的一头走到另一头,再从另一头走过来,一遍又一遍,直到孩子不再哭闹。

"宝贝,宝贝……"那个模糊的人影弯下腰,看着即将睡去的婴儿,微笑着伸出手指揉了揉他的脸。

夏离努力地回想,却无论如何都想不起她的脸,想不起她的名字。他忽然明白,或许这段尘封的记忆只是自己臆想出来的,或许他们根本不存在。

脚步声渐近,他第一次这么用力地握紧剑,却觉得鼻子有些酸。这么多年了,从那里到这里,就好像一个循环,他逃了这么久,却逃不过恐惧和孤独。现在,他有些想他们了,可是却记不清他们的脸。

只剩下声音。

这么多年以来,他都只有这一段声音啊。就算是不愿回忆,又怎么能忘掉。

留着它,他就可以想象,他们在这些年藏在地球的某个地方。或许是离开了自己之后,前往了尼泊尔剃度,在印度灵修,最后又回到西藏的某个寺院里生活。

日复一日,念经诵佛,平安喜乐。

有时记挂着这个世界上有这么一个儿子,想象他长大,想象着他有一天带着妻子来到西藏,然后相对无言,抱头痛哭。

他们没有死,他们又怎么可以死呢?

因为我还活着啊。

夏离咬紧牙关,睁开眼睛,握紧剑。他嗅到冰冷的空气,那个东西带着一丝腐烂的臭和血腥。铁靴踏碎了那一道界限。

于是,少年激怒拔剑,咆哮着向廊柱拐角处浮现的身影劈出。布满裂口和切痕的重剑掀起呼啸,瞬间划出了一个极尽尖锐的弧,斩!

钢铁撞击、摩擦,火星迸射中,巨大的力量反馈而来。

同出于一炉的两柄重剑在空中相撞,火花迸射,夏离怒吼着将全身的力量压在上面,向前!

心脏擂动如鼓,他感觉到铁锈的气息在血液中奔涌,痛苦令他的心脏都开始燃烧了。此刻,他们贴面而立,近在咫尺,夏离终于看到面具之后的眼瞳。

带着血色的冰冷双瞳,倒映着自己流泪的脸。

"你好。"夏离挤出难看的笑容,声音有些嘶哑,"你去过西藏吗?"

无人回应，面具之下传来低沉的呼吸，如恶龙咀嚼着空气，紧接着，白骨修士手中的剑刃鸣叫，巨大的力量击退了他的剑刃！

摩擦的火花还未曾熄灭，夏离踉跄后退，血衣的修士踏前，剑刃高举，斩落。那是一道完美的弧光，仿佛流星坠落，燃烧的亮银刺破天空之后，冰冷的光芒才缓缓浮现。

瞬间，沉重的剑刃便再斩在他的武器上，快到没有空隙，重剑几乎脱手而出。交击时，两把剑刃剧烈震颤的声音就像是巨釜破碎。

夏离再退，顶住了墙，虎口流出殷红的血。

"还好还好……还能撑住。"

他拄剑而立，这次换了左手握剑，情况尚好，可是肺腑中却吐出力竭的喘息。

可就在数米之外，敌人却不动了。

像是风暴在酝酿。

静默中，那一袭红色教袍低垂着头，沙哑的声音传来，似是祈祷。

"The path of the righteous man is beset on all sides by the inequities of the tyranny of evil man……"仿佛石蛇行在铁和火之上，唯有如此尖锐的碰撞和摩擦才能发出这样冷酷的声响。夏离愣住了，眼瞳因杀意和恐惧扩散。

这句话，康斯坦丁曾经对他讲过。

——通往贤人的道路两旁被自私的不公和恶人的暴虐所包围。

那是黑衣教团的驱魔人杀死吸血鬼之前才会吟诵的经文，《以结书》第二十五章十七节，道尽了神对这些叛道之人的怒火："而以博爱善良之名引领弱小、穿越黑暗的义人，必将得到神的护佑。"

白骨修士高举着重剑，刃口崩裂的重剑上闪耀着古铜和亮银的光。白骨面具之下，修士的眼神比黑暗更加幽深。

那个身影在大步踏前，满怀着来自于神明的盛怒之火，一动，则四方七天俱动，世界震颤不休。在他的脚下，水泥碎裂，崩溃，不可思议的压力将夏离钉在了原地，无法后退，也不用逃离。

"我将满怀仇恨和无比的愤怒，给予那些残害我的兄弟姐妹之人以回报！"

万钧的雷霆风压，剑刃斩落，带着摧枯拉朽的可怕气息。所过之处，光芒斩灭。

夏离只来得及将重剑撑起，用尽所有力量去迎接那一柄灭顶之剑！

首先到来的是剧烈的轰鸣，尖锐而低沉的声响化为流水，如潮，沿着剑身和手掌，冲进他的躯壳，四肢百骸都在如此至伟至烈的冲击中颤抖。

紧接着是碎裂一样的痛苦，蛛网一般的纹记出现在剑刃上，向着四周扩散。

血衣的修士不退，白骨凄厉中，他再次将剑刃高举，斩落！

夏离的五官之中无声地渗出鲜血，纵使以剑抵挡，也无法抵御这可怕的冲击。眼睛被鲜血所覆盖，鲜血从脸颊上滑落，沿着嘴角，流进了口中。

就像是饮啜着燃烧的铁水。夏离深呼吸，带着血意的空气涌入肺腑，那是仿佛将灵魂点燃的甘美和灼热，就像是要烧断枷锁，在剧痛中释放心中被束缚的猛兽。

极尽的痛苦令少年嘶哑地低吼，发狂一般地将压在头顶的剑刃顶起。他努力地睁大眼睛，透过血色的眼瞳去俯瞰着这个荒凉的世界。

那种禁忌的力量再次回到了他躯壳中，令他被束缚的力量爆发，如山洪推动着剑刃，将对方的武器推回去。

血衣的修士在这勃发的力量下后退，剑刃抽出。夏离怔怔地看着手中轻巧异常的重剑，只觉得自己像是一条濒临渴死时跃入海洋的淡水鱼。如此痛苦，可又如此地畅快。

他露出笑容，激怒了血衣之上的白骨面具。

两把同样布满了缺口的剑刃再次举起，在风雷呼啸的声音中碰撞在一起。

那是人眼几乎所不能企及的急速，令合金铸就的剑刃也要崩溃的力量，火花碰撞中，尖锐的声音此起彼伏。斩空的剑刃轻而易举地在墙壁上留下了狰狞的划痕，就连有两米余宽的混凝土支撑柱都在剑刃的劈斩下留下了深邃的伤口。

直到最后，夏离一剑将他逼退的时候，浑身的骨骼几乎都传来即将破碎的痛苦。他用尽所有力气喘息，扶着墙壁才不让自己倒下。

——这个家伙，究竟是从哪里来的？

他握紧了剑柄，抬头看着那个依旧不曾有任何喘息的杀手。即使是他用尽所有力量，似乎都无法取得压倒性的胜利，甚至无法将他逼退一步。

向着他拔剑时，唯一感觉到的只有绝望，无懈可击的绝望。

就在十数米之外，白骨面具之下，夏离终于听见敌人呼吸的声音，却令自己毛骨悚然。

那并非是呼吸，更像是风从庞大洞穴中吹出一般的幽深与漫长。宛如当白鸥从海洋的尽头出现，预示着将至的暴风雨。有无可言喻的东西在酝酿，如熔岩在大地之下流淌。

封闭的地下空间开始震颤，随着那悠长而低沉的呼吸，淤积的灰尘从地上惊起，如同飓风所掀起的沙暴，向四周扩散而出。在白骨修士的脚下，是一个仿佛连灰尘都为之畏惧的圆。

此圆之内，一切生物都将死去。

惊愕和危机再一次从夏离的心中浮现，他犯了一个错误：他不该拉远距离的，更不该给对方那么长的时间。

而现在，最后的杀意，如潮席卷，将他吞没。

"当我将复仇之火赐予你时，你当知晓……"

白骨修士低声宣告："——我的名字，是'耶和华'！"

正是在那一瞬间，白骨修士的身体飞掠而起，血色的剑刃在空中划过。弹指之间，数十米的距离被跨越，宛如骑乘着雷火和暴风而来，狰狞的剑刃斩落，挥洒死亡！

撕裂电光，冻结时空，剑刃在那一瞬释放出无法直视的力量。

绝大的危机感从夏离心中涌出，血在沸腾，令他愤怒咆哮，高举剑刃，向着那一道从天而降的光芒斩出。

鱼死网破，垂死一搏。

无可形容那一瞬的碰撞，黑暗和光明交融之后被撕碎，剧烈的轰鸣如潮一般在静谧的空间中回荡。

直至最后，只剩下少年带着痛苦的喘息。

黯淡的灯光照亮了他们，夏离用尽最后的力气，将剑刃对准了面前的敌人。而碎裂的剑刃穿过了夏离的耳畔，深深钉进了他身后的墙壁中。

在白骨修士的手中，只有一把断裂的剑柄。

那一瞬的碰撞，明明夏离必死无疑。可那样恐怖的力量和剑术，却率先令修士手中的剑刃断裂了。

刹那的碰撞，惩罚之剑破碎，夏离的剑刃势如破竹地向着前方斩落，可是却在最后戛然而止。在对方红袍之下的脖颈上，留下一道浅浅的伤痕。

"你放水了？"

夏离看到他帽檐儿下面露出的一丝头发，风中传来一丝熟悉的味道。那种推测令他不敢置信，声音嘶哑："你是谁？"

刚才那种力量，如果早些使用的话，甚至如果不和夏离硬碰的话……他连反抗的机会都没有。他丝毫没有从剑刃上感觉到任何的力量。

那至强至怖的一剑，俨然是个花架子？！

血衣下，白骨修士沉默，面具之上却多了一道狰狞的裂痕，是面具救了他的命，否则夏离也来不及收手。

"说话啊！"夏离盯着他，声音却是自己未曾预料的愤怒。

沉默中，血衣的修士缓缓地抬起手掌，摘下右手的黑色手套，修长的五指显露。

紧接着，兜帽和白骨之面掀起。如瀑布一般的黑色长发从她的肩头垂落，少女终于袒露出自己的面容，清秀而执拗的面孔，却令夏离如遭雷殛。

"晏小苏？"

少年怔怔地看着她的面孔，愤怒被熄灭了，被无可抑制的悲凉和难过取代："果然是你，想要杀了我吗……"

"这次，你赢了。"晏小苏看着他的双眼轻声说。

寂静中，清脆的掌声从黑暗里响起，自始至终旁观的男人从黑暗中走出，微笑完美无缺。

"殿下，恭喜您通过第三次评议。"

▶ 章十三·最后的驱魔人

"殿下,恭喜您通过第三次评议。"

寂静里,蒙德走出来,说出了这句话,然后夏离的眼珠子掉了一地。

"等等,你说啥?"夏离抓着剑,目瞪口呆。

蒙德抚胸致礼:"三次评议,身世、血统和力量,您的表现,完美无缺。"

夏离茫然地看着蒙德:"你们不是来杀我的?"

"殿下你想多了。"蒙德摇头,"这只是第三次评议的一部分而已。"

"评议?"夏离觉得自己的脑子转不过弯来,看着蒙德似笑非笑的神情,却觉得有种无可遏制的愤怒从心中升起。他愤然扯起了蒙德的领口,低声怒吼:"只为了一个评议,一个评议!你就杀死了那么多人?"

"杀人?"

蒙德一愣,很快就无奈地笑起来:"那只是一些血包和橡皮子弹而已,我早说过,殿下你想多了……死者都是我们净化机关的成员假扮。整个计划为了保密,只有我和校长知道。除了您中间敢于挟持我之外,整个计划没有丝毫的漏洞,除了您绑架了我之外……"

夏离将信将疑地看着他,却听见远处的脚步声。披着红袍的修士们从阴影中走出,他们背后跟着的是浑身染血的"死者"们。

他们守在大门之外,当少年看向他们时,他们就跪地,向着新晋的公爵行礼。

良久,夏离的笑容变得苦涩和尴尬:"我通过了?"

"没错。"蒙德点头。

"斯图亚特家族为了通过评议,谋杀评议会的嫌疑可以洗清了?"

蒙德再次颔首。

"那康斯坦丁呢?"

"会即刻释放的。"蒙德无奈叹息,向背后挥了挥手,得到命令的下属掏出手机,向门外走去。电话打出去,康斯坦丁就会即刻被释放。酷哥范儿的秘书被囚禁了这么长日子,没有了他,夏离总觉得有些不习惯。

现在他就要被释放了,夏离紧绷的神经也终于随之舒缓,他踉跄的后退两步,吐出了肺腑中淤积的不安:"那就太好了。"

蒙德示意净化机关的人收拾现场,然后站在夏离身旁,有一句没一句地和他聊着什么。夏离心不在焉地应付着他。直到残局收拾完毕之后，夏离才终于清醒过来，猛地一拍大腿："坏了！"

在众人紧张疑惑的视线中，他小跑到拐角处的垃圾堆里，好不容易将二货老师刨出来。

幸好挖得早，这货的脸都憋青了，再晚来一会，恐怕他就在晕厥中憋死了。不过他的运气还真是好啊，每次都是夏离拼死拼活半天，结果他晕一会就什么事儿都没了。

夏离正准备将他弄醒，却听见背后严肃的声音。

"殿下，虽然您已经通过了最后的评议，可还有一件事情，我没有给你说清楚。"

蒙德的声音令夏离的心脏重新提起——算总账的时候，终于来了！

自从评议结束之后，他就一直在担心：不论自己是否晋升为公爵，可绑架了净化机关的负责人这事儿不能算完啊……现在倒好，开始秋后算账了。夏离心中顿时有些痛苦：这得罚多少钱啊？而且罚款还好，要命怎么办？

"咳咳，这个是黄昏议会命令我，如果您通过了评议，就交给您的东西。"

蒙德从口袋里抽出了一个密封的信封，放在了夏离的手中："按照规定，新晋的公爵在评议完成之后，就需要即刻赶往'黄昏议会'，这里是地址。"

夏离愣了一下，没想到这么大的机密竟然摆在了自己的面前。

一直以来，作为血族最高的权力核心，黄昏议会的所在地只有黄昏议会的成员才能够知晓。有人说它在苏格兰高地，也有人说它在一个墨西哥的地下酒馆中，种种传说里，每一种都足够的神秘和可怕。可唯有其中的人才能接触到真相。

蒙德看着夏离将信封装在怀里，缓缓点头："我会派人送您，接下来如何走，地址就在里面了。请您即刻动身吧，您的朋友我会送他到医院的……我会让克里斯汀·安托瓦内特来保证您的安全。"

夏离顿时眼神一亮，看向身旁沉默不语的少女，少女察觉到他的目光，神情依旧淡然，只是缓缓地颔首。接下来要怎么做自然不需多说，美女当前，大权在握，谁还管地上那个二货老师啊。

夏离接过信封，大步走向前方的"光明未来"。

旧金山郊区，在电话的讯号投入其中不久之后，封闭工场的大门被推开，一辆货车从黑暗中驶出，走上干道，融入旧金山的车流中。

白色的货车车厢上涂抹着可笑兔子标志，张大嘴巴伸出舌头，舔舐着手中的草莓甜筒。而在内部覆盖了装甲的车厢里，却只有一片阴冷的气息徘徊不去。

车厢的最里面，一张沉重的铁椅被焊接在车身上。随着道路的颠簸，被铐在椅子上的人也随之摇晃。那个人就像是监狱中最危险的囚徒，层层皮带将他的四肢束缚，六道镀银的铁环将他紧紧地锁死在铁衣上。隔着头套，车厢里只有他静谧的呼吸声。

就像是巨兽潜伏之时的悠长吐息，细微的声音里带着从深渊中吹来的风，漫长而冰冷，有种令人心惊肉跳的寒意。

在货车行驶到旧金山的闹市中后，负责看管的老警卫才缓缓起身，挥手示意背后全副武装的警卫放下枪口，伸手将囚徒的头套摘下。

就像是黑暗里骤然出现了锋利的光，那一双微微闭起的眼眸睁开了，微红的瞳孔沉默地看着警卫。

"喂，你被释放了。"

苍老的警卫镇定自若，没有像背后两个年轻人一样被目光刺伤。他已经足够老了，见惯了凶狠的暴徒之后，便对这样的目光有了免疫力。可是现在康斯坦丁这样危险的罪犯即将被释放，他却心有不甘。

"像你这样不杀人就活不下去的家伙，竟然也能被释放，上面真是脑子进水了。留下来给我做个伴儿怎么样？反正你出去也没地方可去。"

他絮絮叨叨地说着，枯瘦的手指却毫不磨叽，顺畅而自然的将囚徒身上的枷锁卸下，六条银铐，十二根皮带，还有一层混入了银丝的拘束衣。它们层层落下时，坠地有声。

康斯坦丁任由他摆弄着自己身上的锁链，只是淡淡地回应："不劳你操心。"

老狱卒闻声一愣，抬头看向他的眼睛，许久之后轻声感叹："这是要回家的眼神啊。像你这样的暴徒，竟然还有家可回？"

没有人理会他，康斯坦丁只是伸手按住了心口，那里的疤痕微微灼痛。

十二分钟，所有的拘束和镣铐都被卸下了，赤裸的康斯坦丁从铁椅上起身，慢条斯理地换上了衣服。直到最后，他将怀表放进胸口的内袋中，重新从一个赤裸的暴徒恢复成温文尔雅的秘书和绅士，皮鞋锃亮，衣着考究。

眼神的锋利被黑框眼镜遮盖，只显得冷漠。

"真是个幸运的家伙啊。"老狱卒看着他整理自己的领口的样子，点燃烟卷，"提到了家，就连血腥味都变得淡了。"

康斯坦丁回头看着他，似乎准备说什么。可在那一瞬间，轻微的擦碰令货车的车厢微弱地颤动了一下。

紧接着，有隐约的声音传来，像是两个金属片细微的摩擦声。隔着内部的装甲，那样的声音变得缥缈，细不可闻。

那一瞬，康斯坦丁暴起，将面色来不及变化的老狱卒一把按倒。

紧接着，轰鸣声如雷，灼红色的子弹穿透钢甲，将铁片熔化，冲进了车厢内部。

掺杂了银质的弹头硬度不足，在飞翔中被空气摩擦成赤红，在撕裂了薄弱的装甲之后，已经无力再从另一侧穿出。于是，当它们撞到另一侧的装甲之后，便被装甲弹开，变成了恐怖的跳弹。

无数燃烧的银沫刺破了车厢内部的黑暗，7.62毫米口径的银弹熔化，变成闪亮而灼热的暴雨。它们宛如精灵，在车厢里不断地跳跃、折射。这是世界上最残酷的风暴，将整个车厢变成了可怕的绞肉机。

一切都被撕扯成粉碎，在熔化的银水中燃烧殆尽。

车厢内，和卡车紧贴而行的货车此刻已经千疮百孔。

谁都想不到一辆缓慢行驶的卡车带有如此可怕的杀意。在擦身的瞬间掀开挡板，经过周密计算之后的枪口对准了藏身在装甲之后的目标，抓住了红灯变化的短短一瞬扣动扳机。

于是，来自地狱的火红之雨将货车内的所有人淹没。当弹箱中的机枪子弹倾泻完毕之时，数百颗子弹已经全部飞入车厢里。

不断进射的跳弹能够将车厢内变成地狱，人体被子弹打碎成浆，只要有人拉开满目疮痍的车门，那些黏稠的液体便会从缝隙中流出，那是炼狱的景色。

当红灯熄灭时，货车已经抛锚在了原地，冒出黑烟，即将爆炸。

——没有人能够在车厢里活下来。

设置了这个计划的人如此评价它。

在无数人尖叫奔逃的混乱中，卡车穿过了十字路口，抛下了即将爆炸的目标，混入旧金山的车流中。当它放下挡板之后，它又变成了旧金山随处可见的载货卡车，谁都想不到它背后的车厢里究竟藏着多少危险的东西。

除了紧贴在它底盘下面的康斯坦丁。

考究的西装被刚刚恐怖的"风暴"撕碎了，烧焦的衬衣挂在他身上，裸露出心口发红的伤痕。宛如伤痕下埋藏着炽热的火炉，可怕的热量让弹片撕裂的伤口灼红，迅速的收拢，愈合。可怕的恢复速度在他的身上体现。

现在，他的手指和脚尖吊在车盘之下，呼吸悠长，眼瞳中的血色冻结，银毒的痛苦和诅咒令他像是回到了很多年前。

那个时候，他还行走在日光之下，披着烙印着黑色十字的斗篷，短刀上有二十一道刻痕，人们都叫他"加百列"。

黑教团的猎魔人，告死天使——加百列。

长者信仰学院，大礼堂之下，地下停车库。

战斗的现场整理完毕后，净化机关的人已经离开了，只有蒙德留在最后，漫无目的地在这里徘徊。当他停留在那一道巨大的无尘之环中时，忍不住露出了赞叹的神情。

"真不愧是屠龙之剑啊。"

他曾经无比向往着这一门可怕的剑术，他还是人类的时候穷尽数十年都无法掌握它。那是宛如天谴一般的剑术，以恐惧为刃，以绝望为骨……寻常人一生都无法触碰到它的边界。但是早在十几年前，一路流浪来到美国的晏小苏便已经掌握了它。而现在，她的技艺早已经达到蒙德无法想象的境界，甚至能够将猛烈如巨龙的剑在最后一瞬刹住。

这么多年了，谁都不知道，那个女孩儿的身体里包藏着什么样的力量，但是……最后那一瞬，她为什么会输呢？

晏小苏永远不会放水，她握剑，就会全力以赴。她可以在最后的瞬间留下夏离的命，但绝不会为此认输。

就算那个男人是自己的未婚夫。

蒙德沉思着，捡起被晏小苏丢下的重剑。他出神地抚摸剑刃的切口。皮肤被割裂，可他眼中却终于出现了恍然大悟的光。沉默中，蒙德转身，将剑柄和卡在墙壁上的剑刃重新对接起来。

两段剑刃完美地贴合在一起，严丝合缝，只剩下最中央的那一小片空隙。看着那一道裂隙，他的眼瞳缓缓眯起。

这一把剑，不是因为受到格挡而崩裂的。因为在那之前的一瞬，便已经有人将它击断。刀剑即将交击的瞬间，有人从黑暗中出手，武器是一种极重又极锐的细小矢锋。借着巨响，它无声的飞出，洞穿空气。绝大的力量，精确洞穿剑刃上的一点，令它在瞬间分崩离析。

一片死寂中，他环顾着四周。最终，将视线落在天花板破碎的灯管上。在破碎的灯管下，一截没入水泥的尖锐铁片斩断了线缆，放出细小的电火花。

在闪烁的灯光里，蒙德像是想到了什么，似有所得地笑了起来。

三分钟后，维克多从黑暗中走出，低声汇报："公爵大人已经离开了。按照您的吩咐，是用您的车。斯图亚特公爵的车已经被我们征用了。"

"很好。"蒙德再一次点头，眼神浮现了深藏的阴郁，"现在旧金山有多少执刑者？"

维克多低下头："两小时前全员有二百一十人。可十二分钟前，您的命令被取消了，有更高层的命令将他们调走。抱歉长官，命令的权限太高，我没有办法查明来自于哪里。现在我们手头的人手，只剩下四十个了。"

"这不是理所当然的？"

蒙德又点燃一根烟，早有预料："走狗不听话，就没有继续留下来的价值了。调走下属还只是第一步，明天说不定就会有一张有罪的判决书等着我了……"

他低声笑起来，拍了拍副手的肩膀："维克多，不必愧疚，你做得不错。还有什么其他的好消息？"

"您让调查的事情已经有眉目了。"

"说说看。"他的眼瞳抬起来。

"从昨天午夜开始，就有身份不明的人陆续进入了旧金山，他们都是被贵族初拥过的后天血族，但是宗室评议会的档案里却没有他们的记录。"

"杀手就连名字都不需要，还需要在一个老掉牙的机构里登记？"蒙德略微的翻了一下调查报告之后，就将它们丢回了下属怀里，"虽然只剩下四十个人，但你们都准备好了吗？"

"当然。"维克多笑起来，扭头看向身后。

在封闭的地下空间中，黑色的身影们从四面八方的角落里出现：背着枪的男人，带着报纸的上班族，走秀的时装模特，或者是沉默的校工，他们褪去了伪装之后，换回了原本的冷峻面孔，集结在这里，无声的等待。

这是在被黄昏议会层层限制，调走了所有援军之后，净化机关最后的力量。

"诸位既然已经清楚自己选择了什么，那么我就不必多说了，因为我相信你们站在这里的时候已经准备好了一切。感谢你们因为我而违抗了议会的命令，但热血和信任对接下来发生的事情毫无意义。"

蒙德环顾着他们的表情，眼神依旧漠然，毫无温度："所以，既然准备好了，那就出发吧。"

大门在他的背后轰然开启，一道黯淡的光线照在他的脸上，像是终于照亮了他眼中的阴影和黑暗。

一辆漆黑的轿车从车库里开出，停在了蒙德的身旁。在车头高高翘起的标志上，斯图亚特家族的荆棘和铁剑的徽章闪耀着冷光。

"祝大家不要死吧。"

他轻轻地抚摸着那一道标志，轻声笑起来："毕竟代替一位公爵去吸引火力，这种事情我还是第一次做啊。"

轿车启动，校门在金属摩擦的尖锐声响中敞开，一行漆黑的车队如行进的军蚁，在无声中驶进了旧金山的街头。

无数引擎轰鸣的声响，交织成豪阔壮烈之声。

正午，阳光炽热。

这里是旧金山的闹市区，车水马龙中，一辆没有任何特殊标志的普通轿车在红灯区等待通行。

车内的少年在讲着电话，忽然听到远处的闹市中似乎有巨响扩散。可当从车窗后面抬头时，却什么都没看到。

车里的所有人都沉默着，换回黑色制服的少女在后排闭目养神。坐在她身旁的少年收起手机，想起刚刚管家在电话里的啰唆，就忍不住笑起来。

不像是康斯坦丁的肃冷和难以接近，亚伯却有些老年人常见的啰唆和固执，而且事无巨细，一定要自己亲手安排，也正因为如此，他才显得有些可爱。一些啰唆的话由他这样的人说出来，就令人信服。

车窗外是熟悉的景色，夏离觉得自己似乎曾经来过，可是又想不起这是什么地方。街道两侧是商业旺铺，人流如织，还有不少观光客在拍着照片。

隔着一扇车门，夏离不知为何，便对外面那个熟悉而热闹的世界有些羡慕。现在他要前往黄昏议会了，成为一名血族的公爵，将来只会距离那个世界越来越远。

到时候唯一能够提醒自己曾经身为人类的，恐怕只有身旁的这个已成为自己未婚妻的女孩儿了。

想到这里，他忍不住看向晏小苏，却发现她在看着自己，四目相对，她的眼神在淡然中有种微妙的复杂："怎么了？"

夏离有些尴尬的摇头："不、不，没什么。"

他扯着有些破烂的领结，觉得有些尴尬。外套破破烂烂也就算了，可衬衣上还沾着血，恐怕世界上还没有哪个公爵像他一样这么狼狈。

晏小苏沉默的从车里起身，在犹豫了一下之后，拉开了车里的暗门，取出了一整套崭新的衣服递了过来。夏离一愣，然后却又忽然一喜，有种莫名的欢悦令他遏制不住笑容。

"你准备的？这么周到？"

"不是我买的，本来就在这里。"

晏小苏看了看储物柜，淡然说："那个家伙一直有这个习惯，没想到现在还保留着。"

夏离低头看了看手里的西装，终于明白了。在蒙德的车里，恐怕也只有蒙德的衣服吧？虽然不是未婚妻提前准备的有些失望，不过她肯帮忙也再好不过。

"放心吧，崭新的，他不会在意的。"

晏小苏打量了一下他的身材，可飘忽的视线却忍不住落在他肩头的伤痕上，很快便收回眼神，低声说道："你和他的尺码差不多，应该穿得上。"

"可是，在哪里换？"夏离捧着衣服，有些犹豫了。

"就在这儿吧，我下车去买点水。"

晏小苏推开车门，又忽然回头，在犹豫了片刻之后，低声问："帮你带一份？"

察觉到她可以回避自己肩头的视线，夏离连忙摆手："什么都可以，你喝什么也给我带一份就好了。"

少女沉默着点头，车门关闭。

夏离看着她走远，低头看向手中的衣服。虽然不是自己的，但手工西装明显也是制作精良，以夏离以前的土鳖经历硬是认不出是什么牌子。晏小苏的眼光不错，说他和岳父的尺码差不多，那就肯定差不多，穿上后果然合身。

虽然蒙德没有同意，但夏离穿起来毫无压力。都说女儿是父亲的贴心小棉袄，这小棉袄都给自己了，何况一套衣服呢？

就在夏离整理领口，试图盖住衬衫上的血迹时，坐在前面开车的两个机关成员却扭过头，看向了夏离。

"殿下，我们收到的命令是将您带到这里，接下来应该去哪儿？"

夏离从旧衣服里摸出了一封信，发现牛皮纸竟然出乎预料的难撕，好不容易扯开口之后，从缝隙里却掉出了一张白色的车票。

夏离一愣，扯开了信封，发现里面什么都没有了，除了手里那一张细长的车票。始发站是自己所在的旧金山，发车时间是一个半小时之后。但终点站一栏却只有一个奇怪的蛇形印记盘绕着，仿佛去向是未知的，令人心慌。

夏离掏出手机打算联系蒙德，打了好几个之后却发现打不通，叹息道："我是山……大概是旧金山火车站？"

车窗外，有人轻轻敲了一下。套着大号明黄色荧光衣的交通警察站在外面，脸上还戴着墨镜："先生，这里不准停车，请尽快开走。"

说着，他左手从怀里掏出一沓纸，准备找出笔来开罚单，可啰唆的声音却戛然而止。

尖锐的刀锋，从他的胸口穿出来。

鲜血潺潺，流进车中，令夏离的脸色瞬间变得惨白。

正午一刻，金融区，一辆卡车撞破了北岸酒店的墙壁，破碎的残骸燃烧着，蒸发了淋漓的鲜血。

被斩断的机枪和灼热的弹壳在地上滚动着，酒店大厅之内已经满目疮痍。吸血鬼的尸首代替了复古油画和华丽的装潢，被银钉钉死在墙壁之上。

上身赤裸的康斯坦丁从燃烧的火焰中走出，心口"荆棘与狮鹫"的刻痕缓缓消散。他从酒店内服装专卖店倒地的衣架上提起一件大衣，摸了摸口袋之后，发现还有一包烟卷。凑着残骸上的火点燃之后，他再不看那些燃烧成灰烬的尸首，转身走到破碎的柜台前，拨通固定电话。

电话忙音响过两声之后被接通。

"康斯坦丁？你竟然没死。"

电话中的声音似乎有些遗憾："刚刚收到你被袭击的消息，我还挺开心来着……"

"蒙德，你在说笑话吗？"

"有吗？"蒙德低声笑起来，"我在恭喜你啊，你自由了。你有一个好主人。从今天开始，再也没有人能拿你过去的案底来调查你了，斯图亚特家族也洗清了嫌疑。接下来，就请继续作为一条忠犬，活在这个世界上吧。"

被嘲讽的话语结束，康斯坦丁的神情依旧漠然。

"事情还没完。"他轻声说，"幕后的真凶还没有找到，一切就称不上结束。"

"放心，就快了。"

电话那头传来打火机翻盖的清脆声响，紧接着是烟卷点燃的细微声音："在今天之内，一切都会水落石出。"

就在此刻，听筒里忽然传来了一声闷响，就像是隔着层层帷幕之后被掩盖的轰鸣。

"那是什么声音？"

康斯坦丁皱起眉头，察觉到不妙："你在做什么？"

"没什么，只是一发火箭筒打中了车队而已，真亏他们能搞得到啊。"

蒙德的声音像是在笑，声音轻佻："至于我，正在开着你家少爷的车在市郊乱晃。等那群自称为'死灰'找上门来。他们潜伏在这个城市里这么久，想要从公爵手里拿到圣杯的话，这是他们最后的机会了。"

语气虽然轻柔，但是轰鸣声却越来越近了，电话里传来了钢铁碎裂的尖锐声响。

就在沉默中，康斯坦丁握紧了电话，愤怒得有些无法遏制："你知道你在干什么吗？蒙德，你会死……"

"会死的是他们才对吧？我们可是净化机关啊。"

蒙德笑起来，在密集的枪声中，他的话语轻柔："我的父亲说过一句话，'万物有价'，如果我死了，就当我将当年欠老公爵的东西还给你们好了。"

在电波的杂音中，可以清晰地捕捉到子弹破空的声响，康斯坦丁甚至可以想象它们是如何擦着手机飞过，钉进了岩石中。

在混乱的声音里，模糊的声音传来，令康斯坦丁陷入沉默。

"……这样，她就不欠你们了。"

蒙德低声道别："再见。"

电话被挂断了，康斯坦丁静静地倾听着里面的忙音，五指愤怒地收紧，破碎的铁片从指尖滑落。

他无声地起身，穿过破碎的玻璃门，冲向战火升起的地方。

"虽然知道你们有火箭筒，但就连阿帕奇都有，未免有些太过夸张了吧？"

破碎的公路上吹着炽热的风，蒙德抬头仰望天空中那一片将自己覆盖的阴影。

在爆炸的轰鸣之中，钢铁的怪兽翱翔于天空之上，螺旋桨切裂空气的声音像是死神的尖啸。十九联装的海德拉火箭发射器喷吐火蛇，如同流星带着凄厉的呼啸从天而降，火焰从大地上升起。

机身上，炽热的机炮再一次开始旋转，灼热的子弹如同钢鞭一般从空中扫落，所过之处，一切掩体和车辆都变成千疮百孔的废物，在爆炸中彻底化为乌有。

哪怕是素质超人的"血族执刑者"也在如此狂暴的攻击之下人员锐减，从刚开始双方的激烈交战，一直到阿帕奇的登场，对方都付出了血淋淋的代价，但是现在轮到净化机关来为自己的疏忽买票了。

"给我查！究竟是哪个空军基地批准了它进入旧金山领空……"

手持着卫星电话的维克多对着远在天边的同僚怒吼，蒙德站在他的身旁，忍不住叹息，一脚将他从机炮的瞄准中踢开。

子弹将近在咫尺的卫星电话撕裂成粉碎，岩石崩裂。

"到现在查这些，有用吗？"

他将烟灰弹在地上，挥手下令："先把那群压着我们火力的家伙打下来，重武器我们又不是没有。"

说着，他看向身后掩体中的下属，在子弹的轰鸣中，魁梧的巨人缓缓起身，提起了地上的机枪。这次没有教袍的掩盖，阳光照耀在他的脖颈上，显露出一道凄厉的疤痕。那是曾经贯穿喉咙的创伤，几乎夺走了他的生命，也令他变成了哑巴。

他明白这一道命令的意义，沉默地半跪在蒙德的面前，从领口中掏出了一枚十字架，眼神祈祷。

蒙德俯瞰着他的眼瞳，如同神父一般将手掌按在了他头上："要我帮你祈祷吗？抱歉，费尔南多，主不会护佑吸血鬼的，但我会看着你走向死亡。"

巨人俯首叩拜，丑陋的脸上，心满意足。蒙德轻柔地拍了拍他的肩膀："去吧，到了你的时候了。"

于是巨人起身，迎着烈日，沉重的六管机枪重新扛在了肩膀上。他大步走出掩体，走进炽热的阳光中。

无数炽热的子弹穿透了风，擦着他的身体呼啸而过。他张开大口，无声地咆哮着，举起了缓缓转动的机枪，宛如暴风雷火一般的突进！

子弹打在了他的身上，但是却被植入皮肤的合金钢板所弹开，但长袍却被撕碎了，显露出下面筋肉鼓胀，宛如怪物一般的身体。

仿佛火炭一般的光落在他身上，令他惨白的皮肤迅速变得焦黑、破碎……蒙德沉默地闭上眼睛，不再去看他。

执刑者费尔南多，从小就被遗弃的畸形孤儿，退化的突变种。

虽然天生对日光没有抵御性，但他的勇猛却在净化机关中没有任何人能够匹敌。没有痛感的他是天生的武士，经过数十次手术之后得到的魁梧身体也令他变得越来越像是北欧神话中的巨人。

而现在，当他手持着机炮，一路淌着血和火，向前推进时，却再不见往日的疯狂和威严了，而是让人感觉难过。

这是一条必死的路，他注定代替所有人去死亡。

喷吐的火蛇丝毫不曾停止，费尔南多一路突破层层的火力封锁，在机枪横扫中。数台作为敌人屏障的装甲车也在火焰中被掀翻、爆炸。

到了现在，他浑身的血肉已经布满了子弹的创口，鲜血在烈日之下干涸、蒸发，他无声地咧开嘴，像是大笑着，望向天空中飞扑而下的直升机。

子弹洒落，铺天盖地。

最后的那一瞬，他亲吻了一下脖颈上的十字架，然后被机炮的火力所贯穿……在无声消弭的尘埃里，手持着机枪的身体无声倒下。

有一只手掌为他最后的左眼盖住了日光，蒙德弯下腰，抚摸着他迅速焦黑的脸，低声呢喃："休息吧，费尔南多，你将在地狱中永生……"

就在反攻的枪火之中，这个消瘦的中年男人从他手中接下了沉重的机枪，对准了天空中狂飙的钢铁怪兽，不再微笑，神情漠然的像是锈蚀的铁。

"——和我一起。"

狂暴的火舌冲天而起，燃烧的子弹划破天空，在直升机的装甲上留下凹痕和裂口，直至最后，银色的火线贯穿了钢铁飞鸟，引擎破碎的火焰引爆了它的躯壳。

燃烧的火雨从天而降。蒙德丢下机枪，从地上拔起长剑，斩下面前敌人的头颅。鲜血熄灭了燃烧的钢铁，那一颗头颅从敌人的脖颈上滚落，被一只黑色的皮鞋踩在脚下。

"听说你叫邓肯，是那个家族最后的死剩种吗？"

他抬头，看向前方。在那里，有满脸伤疤和狞笑的中年人开启了圣痕，力量显现。

可是蒙德没有笑，就像是微笑着的涂装剥落了，显露出伪装之后的狰狞："我记得当年清洗的时候，是有你这么一个死小孩儿的。你还记得我吗？"

"做梦都记得。"

邓肯拔出手枪和军刀，步步逼近："你现在是净化机关的负责人了？我还记得当年你冲进我家时，只不过是个参谋官。"

"那你知道我在成为吸血鬼之前，是做什么的吗？"

在炽热的风中，蒙德掏出打火机点燃嘴角的烟卷，脚下的头颅被踩得粉碎。

"——我是安托瓦内特的家主，神圣之名的传承者，这个世界上最擅长对付你们这群杂种的驱魔人！"

在最后二十九名"执刑者"的最前方，曾经最强的驱魔人拔出了自己的剑，冲着敌人露出了尘封的獠牙和狰狞。

继承了屠龙之血的，可不只有一个女人！

闹市之中，夏离茫然地看着警察胸前穿出的刀锋，鲜血从伤口里涌出来，沿着明黄色的荧光大衣缓缓地流下，滴落在马路上。

随着他倒下，他怀里藏着的冲锋枪也铿铛坠地。为了能够藏起它，那个交警穿起了累赘的荧光大衣，还将枪管锯断。可只要他身上吸血鬼的味道掩盖不住，就瞒不了世上最好的驱魔人。

尖叫声里，晏小苏甩掉了短刀上的血，收入袖中。

"吸血鬼，来杀你的。"

晏小苏钻进车中，将两杯红茶塞进他怀里，向着前面司机喊："快走。"

就在此时，外面已经有人发现了那个横死的杀手，发出了尖叫，有好几个腰间鼓鼓囊囊或者穿着宽松风衣的人向着汽车走来，将他们团团包围。

"遵命。"司机猛踩油门，但副驾驶上的人却忽然拔出手枪，对准司机连连扣动扳机。枪声里，血的颜色将车窗染红。

然后，枪口调转，对准了后座上惊呆的少年。

夏离还没有来得及反应，就看到面前一线银光亮起。弹指间，晏小苏拔剑，刺穿了杀手的手掌和喉咙，刀锋钉进他的喉咙中，灼热的银毒夺走了他的生命。

短短几秒钟，三个人就这样死在夏离的面前，令他心跳飞速飙高。可晏小苏却似乎压力不大，只是按下他的头，将他塞进车座下面。

紧接着，车壳剧震。

轿车之外，背包的旅客，手提着小包的主妇或者是神情冷漠、来去匆匆的社会精英们已经将这一辆车包围。他们彼此之前唯一的共同点，就是血色的眼瞳和手中已经对准了轿车的枪械。

数十条火舌从枪口中喷出，子弹尖啸着击打在轿车内衬的钢板上，轰鸣声几乎要将整个轿车掀翻。幸好这一辆毫不起眼的轿车经过了净化机关的改造，近距离稍微防御一下冲锋枪子弹是没问题的。

"咳咳，我说，你的红茶快洒了。"

夏离被晏小苏压在身下，手里还端着晏小苏塞给自己的红茶。少女柔软的身体紧贴着他，隔着轻薄的外套和羊毛衫，似乎能嗅到一丝清新的气味。夏离忍不住深吸了一口气，却发现她瞪了自己一眼。然后，肚子上又被敲了一拳。晏小苏的手法老道，一拳下去虽然不至于肠穿肚破，但至少也痛不欲生。

便宜不能乱占，尤其是不能在这么紧要的关头乱占……夏离心中流着泪，终于明白了这个道理。直到现在他怀里还抱着两杯红茶，抓也不是，放也不是。

"都这个时候了，你还拿着红茶？"

"你让我拿着的啊。"夏离万分委屈。

晏小苏瞪了他一眼，没话说了。在狭窄的车厢里，她灵巧地钻过椅背，跳进沾满血的驾驶席。引擎再次发动，油门踩死之后的轿车疾驰而出。

在拐弯的时候，两具尸体被晏小苏从驾驶席上踹了出去。现在她握紧方向盘，专注地控制着它在尖叫混乱的人群中冲出一条路。

夏离看着她全神贯注、如临大敌的样子，却又感觉汽车像是喝了酒之后在跳踢踏舞一般疯狂摇摆，顿时想要跳车。

"晏小苏，你不会没有驾照吧？"

"没有又怎么样?!我开过好几次了。"

晏小苏浑身紧绷，眉毛竖起，眼神愤怒得像是在驾驭着一条横冲直撞的巨龙。夏离努力抱着椅子,不让自己被甩飞:"究竟开过几次?"

"两、两次……"晏小苏的语气有些磕绊。

"连上这一次对吧?!"夏离快要晕车晕吐了。

"啰唆。"晏小苏瞪了他一眼,"你行你来啊!"

"中啊!"夏离等的就是这句话,将两杯红茶塞进她怀里,"我是北京车神的侄儿好吗?让开让开……"

在疾驰的车里,两个人挤在了驾驶席上。

有那么一瞬间,夏离握着方向盘,感觉到少女紧贴着自己的胸膛,长发在风中拂过自己的脸颊。顿时感觉心里跳了一下,像是什么都忘了。

他终于明白伯父说过的话,当他开着车,带着自己的女人,手握着方向盘,脚踩油门的时候就什么都不怕了。

哪怕后面再多的人追着,但脚下却踩着自由的影子。

可惜这样的感觉只有一瞬,晏小苏坐到了另一边,从暗格里抽出了枪,对准了背后穷追不舍的家伙们扣动扳机。

在精确的扫射下,一辆冒起烟来的车很快就燃烧爆炸了,可是在最后面的吉普中却有一个人从敞开的车顶盖里探出身来,肩膀上扛着一个沉重而怪异的东西,对准了狂奔的轿车。

那是一架、肩扛式火箭发射器?!

这种东西太犯规了点吧?!夏离心中咆哮:说好的侠盗猎车,为什么就忽然变成无主之地了?!

"晏小苏,坐稳了!"

他来不及抱怨,只能往死了打方向盘。

轿车在最后的瞬间向左拐出,擦过了背后那一道呼啸而来的流火。然后险些在扩散的冲击波中被掀翻。

剧烈的爆炸中,汽车如狂奔的野狗,粗暴地碾过了花池之后,冲上了另一条公路。

已经没有时间去看GPS定位了,夏离踩死了油门,沿着一条盘旋向上的路狂奔。在轿车背后不断地响起轰鸣和爆炸的声音,接连不断的子弹就追在屁股后面。

夏离只觉得脑子里乱糟糟的,似曾相识的景物不断的从面前浮现,两侧景物飞速掠过。不知道过了多长时间,他终于拐过最后一个弯道。

直到这时,他才发现为何这一路上,自己的心绪都如此不安。

"这里是……"

他环顾着窗外熟悉的铁栅栏还有肃冷的石雕，恍然大悟自己来到什么地方。

——斯图亚特家族墓地。

还没有让夏离愣神多长时间，一发榴弹就擦着车顶飞过，轰碎了前方"私人产业、立入禁止"的铁门。

在夏离背后，横冲直撞的车队掀翻了一大堆电话亭，向着前方碾压过来，可带着他们逃命的轿车的速度却开始直线下降。

"为什么不走了？"不断还击交火的晏小苏高声问。

"没油了……"夏离看着飞速下降的油表，他几乎可以想象油箱被弹片击穿、油料全部漏光的场景。晏小苏丢掉手里打空的MP5，一脚踹开了车门："那就下车！"

夏离身不由己地被拉出车外，晏小苏扭头辨别了一下方向之后，就扯着他的领带向着墓园狂奔而去。跟在后面的夏离只觉得这个姿势别扭异常，只能在心里默默夸赞："姑娘你遛狗的姿势挺熟练的啊……"

就在他胡思乱想的时候，晏小苏忽然将他压倒在地。紧接着一梭子子弹就横扫过来，夏离抬头时，只看到墓园门口警卫的尸首，鲜血从台阶上流下来，渗入了两侧苗圃里的松软泥土。

"又死人了？"他的脸上一白。

"不抓紧跑的话还会死更多！闪开！"

越野车的轮胎摩擦地面的尖锐声音传来，在晏小苏拉着夏离翻滚时，一辆沉重的越野车几乎从夏离的肩膀旁边碾压过去。

就在交错的那一瞬，夏离看到车门里探出的狰狞笑容，他打开车门伸手向自己抓来，可是一只纤白的手掌从旁边里刺出，如刀斧一般斩落在男人的喉咙上。

一瞬的交错，夏离听见了骨节断裂的声音，失控的越野车就那么狂飙着撞在墙上，在剧烈的爆炸中，留下了燃烧的残骸和一个缺口。

连着好几次险死还生，夏离已经彻底麻木了。可看着自己的家族墓地被这群土匪这么糟蹋，他还是有些难过。

就在背后，接连不断的刹车声响起，密集的脚步声如影随形。夏离不需要回头看都知道发生了什么，只好跟着少女朝墓园里狂奔。晏小苏负责交手还击，夏离负责抱着她的各种东西，倒也算分工明确。

就在刚冲过一个拐角之后，一阵枪林弹雨就从背后袭来，在墙上留下了凄厉的伤疤。

夏离心中一阵悲伤：合着刚刚成为公爵就要折在这里了吗？小时候伯父带自己去八大处，那个神棍给自己批的字儿果然没错啊，时运不济，命途多舛……

一阵枪林弹雨中，他感觉到怀里背包中的手机在不断震动，掏出来之后却发现只是一条短信的提示声。

　　在枪声的轰鸣里，他伸手拍了拍前方还击的晏小苏："有短信发过来了。"

　　"都什么时候你还顾得上这个？"晏小苏回头看了他一眼，再次为公爵的神经感觉到"自愧不如"。

　　"可放着它在这里震也不是个事儿啊。"夏离抓着手机递过来，"要不你先看看？"

　　"麻烦。"晏小苏回头瞪了他一眼，"你念算了。"

　　"哦、哦。"

　　夏离手忙脚乱地打开屏幕，窝在半截短墙后面，看了一半之后有些无奈："d、e、s……这单词上怎么还有音标？"

　　"那是法语，谁发来的？"

　　"一个不认识的号码，还挺短……"夏离数着上面的数字，"你说会不会是你的那些仰慕者？"

　　"知道这个手机号码的人不超过三个，你说呢？"晏小苏扫空了一整个弹夹，熟稔地换上了新的弹夹，"给我看看。"

　　夏离对着她举起手机，却在短暂的沉默中看到了令他不可置信的模样。

　　就像是一瞬间，海水漫过了浮沙，洗去尘埃。

　　少女的脸色再没有往日的凛然和淡薄，像是一瞬间，潮水涌来，将伪装洗去了，只剩下毫无血色的苍白。她沉默地看着手机的屏幕，眼神像是愤怒，又像是无法诉说的难过。

　　在无数子弹贴着头顶飞过的时候，她像是一瞬间失去了所有的戒备，只是低下头，低声地嗫嚅着什么。似是泪水的东西，从脸颊上晕染开来，宛如露水干涸。

　　"蒙德死了。"

　　夏离听到她的声音，如坠冰窟。

　　当最后一个敌人倒下的时候，喷出的鲜血染红了蒙德的半边Charvet衬衣。

　　蒙德沉默地看着他灰色的眼睛，后退了一步，剑从敌人的伤口中滑出。在遍地的尸骸中，他扭头四顾着，寻找着自己这边的幸存者。

　　"维克多……你这个家伙真是厉害啊。"

　　他丢下碎裂的长剑，给地上的已经死去的助手闭上了眼睛，踉跄走向前方，背后的伤口随着脚步而颤动起来，血渗透而出。

　　那是在混战中来自背后的一把匕首，也是他唯一没有想到的事情：净化机关中竟然也有"死灰"的间谍。那是最关键的一颗棋子，在最重要的时候出现，留下一刀之后，便被他切断了喉咙。

真是致命的一刀啊，还抹着巫毒。

蒙德抬起手，摸了摸后背那个贯穿的伤痕，仿佛能够感觉到生机从自己的身体中一点一滴地流逝。死亡在靠近，现在是他自己的时候了，可出乎预料的没有什么恐惧的感觉。

这一刻他早在等待，却晚来了十年。

蒙德踉跄走过了公路，低头看了看手机，发现还在信号屏蔽之中，便随手将它丢进一个倾覆的垃圾桶里。

在寂静燃烧的墓园中，他踩着地上的碎铁前进，停在喷水池的旁边。弯下腰，他认真而仔细地清洗着自己的双手，一遍又一遍，直到指甲缝里也没有血色残留。直到最后，倒在了破碎的长椅上，鲜血从他身后侵染出来，沿着长椅木板落下，滴答滴答。

"真暖和啊。"

炽热的阳光驱散了失血带来的寒冷，蒙德低声呢喃，从口袋里摸出了打火机，却找不到自己的烟卷，已经全没了。

他忽然低声笑起来，因为终于听见了一个脚步的声音。那个声音从黑暗中走来，不紧不慢，踩着敌人和自己人的尸骸。在一切结束之后，那个隐藏在幕后的人终于登场，脚步停在了长椅的后面，没有让蒙德看到他的脸。

鲜血滴答声里，蒙德听见了枪栓拉动的冰冷声音。

"看到从车里出来的是我，你是不是很失望？"

蒙德闭上眼睛，笑容苍白又得意。

黑暗中，那个沉默的人没有说话，但蒙德却能够感觉到他的眼神，愤怒又狰狞，可却没有丝毫的温度，只有熟悉的冷酷。这样的冷酷，蒙德觉得发自内心赞同，只有冷酷才是最好的面具。

可是，当人需要面具的时候，谁不是想要掩盖下面的恐惧和怯懦呢？只可惜，没有足够的力气留给他鱼死网破。冰冷的枪管钉在他的后脑之上，下一瞬死亡将至，蒙德低声呢喃着一个名字，等待死亡拥抱自己。

扳机未曾扣下，因为有一辆汽车冲入了远处的战场，横冲直撞。一个年轻的男人从车上跳下来，在尸骸之间高声呼叫着蒙德的名字，眼眸已经愤怒得像是在燃烧。

忌惮着来者的杀意，长椅后的那个影子无声地离去。临走之前，蒙德感觉到他刻毒的微笑。

"再见。"蒙德微微挥手，期待着不久之后他和自己在地狱中相逢。

当康斯坦丁沿着路上的血迹找到他时，那种令人厌恶又熟悉的笑容出现在他的脸上，令康斯坦丁皱起眉。

"康斯坦丁，你来晚了。"他笑起来，"你看我还有救吗？"

康斯坦丁看着他，沉默良久之后，缓缓摇头。

"那就太可惜了。"他笑起来，低声问，"这是我们第几次见面了？"

"第三次了。"康斯坦丁看着他，"第二次在你的监狱里，可我还记得九年前你闯进玫瑰庄园时的模样，狼狈又难看。"

蒙德咧了一下嘴："那现在呢？"

"更难看了。"康斯坦丁坐在了他的身旁，声音里听不出悲伤。

蒙德笑起来："康斯坦丁，你有烟吗？"

康斯坦丁掏出烟卷点燃，深吸了一口之后，将烟卷塞进了他的嘴里。

他疲惫地呼吸着，觉得尼古丁的气味从身体里扩散开了。伴随着迷离的往事，就像是温水，将他缓缓淹没。生命像是烟雾，一丝一缕的弥散在风中，升上天空。

"他会做得比我好，至少他能陪伴克里斯汀走到最后。"

"那是你的女儿，应该你去保护她。"

"我很想，可是我没有资格。"

蒙德深吸着烟卷，痛苦咳嗽起来，康斯坦丁伸手想要帮他，却被他死死地握住手腕。那种力量就像是铁钳，倾尽了最后的力量握紧："康斯坦丁，很多年之前，我犯了一个错。一步错，步步错。到最后，就连我妻子最后一面我都没有办法见到……我是一个失败的人，他跟我不一样。"

他剧烈地喘息着，破损的肺叶像要即将崩溃，声音渐渐低沉。

"蒙德……"康斯坦丁复杂地看着他。

"别傻愣了，去找他吧。"蒙德低着头，"他需要你。"

"我立刻就走。"康斯坦丁点头，仰望着那一轮仿佛遭受了诅咒的炽热太阳，泪水被蒸发了。

"康斯坦丁？"蒙德低声问。

"嗯，我在。"

"你推荐的法国餐厅，真不错啊。"

蒙德闭上眼睛，回想。回想着那一天晚上，灯光下少女的白色礼服和薄怒的双眸，回想着他们最后一次沉默的晚餐。

那是所有黑暗记忆中唯一存留的光，令他不至于迷失方向。有了这样的光，说不定在地狱里都能找到通往天堂的方向呢。

他轻声说了句什么，垂下头去，最后的笑容消散了。

烟卷熄灭。

正午十二点四十三分，电磁屏蔽终于结束了，没有人看到残骸中一只手机的屏幕亮起，消息闪现。

"任务结束，各单位撤离旧金山。——一级参谋官：蒙德"

信息发送完毕。

"调查结束，封存证据，将A—C序列的档案销毁。——负责人：蒙德"

信息发送完毕。

"经过在下的调查，圣杯一事，纯属子虚乌有。没有任何线索表明斯图亚特家族违背了禁令。经过查证之后，圣杯的证据系伪造，正在追查相关线索中。此事疑为黑衣教团为挑动血族世界内斗而设计的阴谋。——净化机关：蒙德"

信息发送完毕。

"désolé。"

破碎的屏幕上，发信箱里最后闪现了这样的字符，最后的署名，是蒙德。

——蒙德·安托瓦内特。

Désolé，对不起。这是迟来了十年的道歉。

▶ 章十四·神怒之日

"蒙德死了？不可能啊。"

夏离看着她的短信，总觉得哪里有些不对。

在他的印象中，像蒙德这样的幕后黑手老狐狸不是要先跟自己大战几百回合才能因为剧情杀青而挂掉的吗？

为什么就莫名其妙的……死了呢？

可是夏离看着那一条短信，却隐约已经明白：有些话，是非要快死的时候才能说出口的啊……这个世界上，这种无可救药的傲娇究竟有多少？

他不明白究竟发生了什么。自从来到美国之后，他就有太多不明白的东西。

越来越多的不明白令他越来越觉得愤怒，但是却不明白为何愤怒，或许是因为自己，或许是因为这个陌生的世界。

更多的时候，他无能为力。

"不要留在原地，我们必须先离开。"

少女背对着夏离，夏离看不清她的脸，却感觉到她的指尖冰凉，像是没有了体温。

寂静的疾奔中，没有任何声音。少女沉默地前行，拉扯着他横穿巨大的墓园，直到最后在拐角处和狂奔的敌人相遇。

那一瞬的狭路相逢，少年看到雪亮的银光从他的眼前闪现。

晏小苏不知从何处拔出了细长的短刀，然后反手将夏离拉回到拐角后面："蹲下，别动。"

紧接着，夏离就感到晏小苏抬起脚踝踩在了自己的肩膀上，飞身而起，踩在墙壁上层凸起的铁刺上。那个纤细瘦弱的身影在一指之间保持着不可思议的平衡，宛如贴墙而舞，飞燕盘旋，然后从天而降。

仅仅是在瞬间，她就已经和第一个人交错而过，紧接着冲入了包围之中，极冷的银光在空气中留下了三道稍纵即逝的弧，紧接着水袋皮革被切裂的声音才响起。

鲜血泼洒在扬起的白色裙角上，飘动如血云。

在七个人的包围里，少女身体紧贴着枪口舞动，宛如幻影。炽热的子弹从近在咫尺的地方扫过，却无法击中她的身体。那是与手持重剑、大开大合的时候绝不相同的风格，刚烈和轻柔的极致对立融合得如此完美和统一。

鲜血随着刀锋泼洒，浸染在墙上，变成了模糊而痛苦的画。

当最后一人倒地的时候，血泊中只剩下染血的少女。

"走吧。"晏小苏伸手将他从地上拉起来，可消瘦的身躯却又踉跄了一下，倒下。夏离下意识的抱住她，看到了她后背晕染开的猩红。

她受伤了，刀锋从后背刺入，险些贯穿了她的心脏。

"只是小伤，不碍事。"晏小苏喘息着，想要站起来，可力量仿佛随着温热的鲜血而流失了。直到这个时候，夏离才想起来，她只是人类而已。哪怕是比几乎所有血族都要强大的人类，也还是人类。没有那种超常的自愈能力，也没有莫测的圣痕。一旦超过了极限、一旦受了伤，就会崩溃，或者……死。

"蠢货，别发呆了！"

看到他又愣住了，晏小苏扯着他的领带，将他拉到身前："我只说一遍，明白吗？"

夏离看着血从她的手掌上流下，慌乱地点头。

"趁着混乱的时候，往外面跑，墓地背后就是公路，沿着它往下走，往人多的地方走……手机在我口袋里，等暂时安全了，打这个电话号码。"

少女用尽所有力气念出号码，夏离只记得问："哪儿的电话？净化机关里都有内鬼了，靠得住吗？"

晏小苏低声笑了笑，无力的手指松开了他的领带，轻声呢喃："黑教团……"

在羸弱的喘息里，苍白的少女闭上了眼睛，陷入晕厥之中，夏离却快要哭出来了。

一个公爵往猎魔人的总部、黑教团跑，就好像一只老鼠带着奶酪搬进了猫家里，那是往死路上送啊……可现在，夏离除了吸血鬼的宿敌之外，连往哪里跑都不知道了。

他哭丧着脸掏出手机，却又觉得自己真的快要哭出来了。他推了推少女的肩膀："喂，你醒醒，没信号啊。"

可就在寂静中，他却听见怀中少女的模糊呢喃，充满愤怒和难过。他愣了一下，低头看向她的脸颊，那是一个男人的名字。

"蒙德？昏迷了都还这么咬牙切齿，看起来你还真不喜欢你爸啊。"夏离无奈的将她抱起，低声自言自语，"没关系，没关系，咱俩都一样。嗯，我也不喜欢你爸爸……"

虽然不知道晏小苏知道自己体验了一把公主抱会不会很开心，但实在没办法，夏离也不可能效仿赵子龙将阿斗绑在自己身后。

况且就算是效仿赵子龙，他也只能轮到阿斗啊。

莫名其妙的，他又想到了几个月之前的那一场舞台剧，就像是某种启示一样。

有的人注定就是这样，不是银，也做不了高杉和新选组那样的人。世界留给他的位置只剩下一只鸭子的角色，他只是伊丽莎白，没有了假发就什么都做不到。

他将自己的上衣脱下来，用短刀切裂，包扎在她的伤口上。他们藏在角落里，听见远处的脚步声不断地逼近。他抓紧时间帮晏小苏止住了血。

"就算是鸭子也会上树呢，谁怕谁啊。"

他握紧纤薄的刀锋，咬紧牙关，准备拼死一搏，然后他就看到敌人手里的枪……现实就是如此残酷，夏离再次领会到了深入骨髓的悲催，连拼死一搏的机会都没有。

"小少爷，捉迷藏的游戏到此为止吧。"

牛仔打扮的男人以枪膛指着夏离的眉心："自我介绍一下，我叫邓肯。代替'银骨'向您问好。"

夏离沉默不语，只是愣愣地看着他身后，令他皱起眉头："你在看什么？"

"超人。"夏离认真地回答，却令邓肯哈哈大笑起来，"这种幼稚的骗术自从我十岁之后就再也不上……"

嘭！

他的眉心上爆出一道血洞，身体抽搐了一下，无力软倒在了地上。在他背后，魁梧而苍老的男人放下枪口，黑色的燕尾服在充满硝烟味道的风中飘起，银发竖拢在脑后，一丝不苟。

"少爷，我来迟了。"

管家亚伯抚胸行礼，风度翩翩。

此时此刻，夏离已经幸福得快要哭出来了。若不是众目睽睽之下，他都恨不得冲上去抱住老管家来亲两口。可就在他的话音还没起的时候，背后就有接连不断的上膛声传来，老人的眉头一皱，魁梧的身材越过了面前的少年，看向将自己重重包围的杀手们。

"可能是我太老了，所以搞不清现在的规则了吧？"

名为亚伯·克劳恩的苍老男子低声感叹，抚摸着手中的沉重猎枪。那是一支古朴而庄重的双管猎枪，枪身上以银色的铭文烙印着它的名字。

——Jackal，豺狼。

"请你们告诉我，是什么给予了你们这样的勇气？"

在炽热的烈日之下，老人抬起猩红的双眼，彬彬有礼地问："是什么让你们这群鬣狗一样的杂种，敢于玷污青铜荆棘的荣光？"

那一瞬，燃烧的银色从枪膛之中飞出，在轰鸣中枪火纵横，燃烧的赤红和流星的亮银交错，当第十六次惊雷声消散时，遍地只剩下残留的尸骸。

还有一个苍老的男人，屹立于血泊之中。

在他的背后，夏离已经目瞪口呆，他可从来都没有想到，自己的老管家竟然还有这么高的武力。就在爆炸的轰鸣中，亚伯转身拉起夏离的手，快速走向了前面："少爷，请您跟我来。"

"我们去哪儿？"夏离抱着少女跟在后面，脚步匆忙。

"现在黄昏议会和净化机关已经不可靠了。"亚伯低声说，"我们必须取出圣杯，否则他们不会放弃。十多分钟前，袭击了净化机关的车队，而且还杀死了蒙德先生……"

夏离愣了一下，下意识看向怀中的少女，神情有些难过。

亚伯拍了拍他的肩膀："少爷，请不要自责。这不是你的错，就连净化机关也没有料到开车的人是内鬼……"

就在温柔的劝慰中，他却感觉到少年停下了脚步。

苍老的管家疑惑地扭过头去，看到抱着晏小苏站在原地的夏离。他在沉默地看着自己，亚伯微微皱起眉，疑惑地问："少爷，怎么了？"

"亚伯，你怎么知道，开车的人是内鬼？"

夏离沉默半响之后，低声问："蒙德说过，我的行踪是完全保密的，你又怎么知道我在这里？为什么康斯坦丁从来都没有对我说过什么'圣杯'的事情，一次都没有！"

亚伯沉默了，最后，无奈叹息。

夏离后退了一步，缓缓摇头。觉得面前的这个男人忽然如此陌生。他忽然想起上次临别之时和他的对话，似有所悟的抬起手，捏了一下被老管家整理过的衬衫领口。

在血渍的浸染中，半个扣子大小的东西掉下来，落在地上，声音微小而清脆。

少年的脸颊苍白："你在我身上装了定位器？"

"其实鞋跟儿里还有一个。"

亚伯有些伤脑筋："没办法，等了这么多年，事到临头了，难免会有些激动，说错话的事情，您大概能理解吧？"

"不只是说错话吧？"夏离后退，缓缓摇头，"亚伯你究竟干了什么？"

"哎呀，您忽然问这个问题……"他挠了一下自己的鬓角，低声叹息，"我哪儿记得起来啊？太多了。"

夏离看着这个似乎有些沮丧的男人，低声问："比如杀死我的外祖父？"

"对，还比如杀了蒙德，杀了你。"

亚伯认真地点头："说实话，我原本以为干掉老公爵之后，就一了百了了。没想到，康斯坦丁又找到了你……可惜，他到得太早了。有他保护你，我没法下手，只能将你的资料交给宗室评议会。一直以来，我都觉得，像你这样的废物肯定没有办法通过评议，我或许可以借着你真正地找到圣杯，可惜，没想到你运气这么好。"

夏离咬着嘴唇，低声问："宗室评议会的人，也是你杀的？"

"多好的嫁祸方法，少爷。"亚伯挠了挠头发，摊手感叹，"这原本应该是一个完美的计划。"

说着，他的手指抬起，伸进了后脑的白发之中，神情骤然变得狰狞起来。就在嘶哑的低吼中，一根银色的钉缓缓地从颅骨中被拔出，在腐蚀着两指之上的血肉，咻咻作响。

银钉落在地上，可清脆的骨节摩擦声却从亚伯的躯壳中响起了，原本松弛的肌肉迅速地鼓胀起来，原本皮包骨头的老人此刻却在以肉眼可见的速度丰满起来。

"自从战争结束之后，我奉命就来到了斯图亚特家，这么多年来忠心耿耿……可是你的外祖父做了什么？他完全没有在意过我这个干瘪的、瘦小的，还瘸着一只腿的老仆人。我的奉献和牺牲都被他当作理所当然，我甚至连这个该死的第七公爵的一丁点秘密都接触不到！"

他咬牙切齿地抬起手，再一次将手掌伸入了后领之中，在钢铁和骨骼摩擦的声音中，再次拔出一枚银钉，一直被压抑的自愈能力开始飞速地涌现，他脸上的苍老皱纹和松弛的皮肤迅速收紧，直至最后，从苍老变得强壮而年轻，就像是一个三十多岁，风华正茂的男人。

可脸上，确实恶鬼一般的狰狞。

"亚伯，去清理花圃，亚伯，去泡红茶，亚伯，去整理客厅……我已经烦透了！烦透了！明白吗？"

亚伯平和的神情渐渐地变得疯狂，声音嘶哑："没办法啊，我必须拿到圣杯啊，只能杀了他……原本一切在这里就应该结束的！这一切都是你的错……"

"所以，你才要杀了我？"

夏离恍然大悟，却感觉到一阵悲凉："为了我，你杀了那么多人。"

"谁都是会死的，少！爷！"

他弯腰咆哮，神情夸张又做作，就像是一个戏子："可是有些人死的没有价值啊！比如你那个该死的外祖父！直到最后，他都没有吐露出哪怕一丁点的东西，哪怕一丁点！"

"所以你就杀了我的伯父？！"

夏离低着头，怒吼着打断了他的话："就为了那个子虚乌有的圣杯？"

"哈哈，哈哈哈，子虚乌有？"

他的脸上露出戏谑的神情："看来康斯坦丁真的什么都没有告诉你啊！少爷，你所信任的秘书先生，看来也是将你当作一个延续家族的傀儡？"

说着，他从自己的胸前拔出了最后一根银钉，头上白发顿时如同活过来一般迅速地疯涨，直至垂落在脑后，像是妖魔的长发，尖锐如针。转瞬之间，他已经变成了一个风度翩翩、年富力强的男子，可是他的神情却像是地狱里爬出来的妖魔。

"殿下，你真是太令我失望了。"

挥舞着手中的猎枪，他低声叹息："我一直都以为你是个废物，可你的运气为何总是那么好呢？为了圣杯，我付出了那么多，等待了那么多年，为何我总是和它失之交臂？为了它，我不惜杀死了老公爵，甚至出卖了你父母在中国的行踪，但为何会留下你？！"

寂静中，只有鲜血被烈火蒸发的声音，没有人回答他。

"你让我很失望，殿下。"

亚伯垂下头，沮丧地叹息："你应该死了的，你应该永远地留在那个龌龊的、肮脏的、不值一文的中国人家里。朝生暮死，像蟑螂一样……你为什么不肯乖乖地滚回属于自己的地方去呢？！"

夏离看着他，怒视着，却觉得自己快要落下泪来。那不是因为恐惧，是因为难过。

"亚伯，我一直那么信任你……甚至将你当作我的家人。"

他看着这个男人，忍着哽咽的冲动，低声问："你就、你就这么的想要圣杯吗？"

"不要说这种让人吐出来的话呀，殿下。"

亚伯烦躁地抠了抠自己的耳朵眼，向着夏离怒吼："别后退了，你跑不掉！外面已经被我的人彻底封锁！你为何这么愚蠢呢，殿下？！乖乖装作没有发现，配合我到最后不就可以了吗？！"

说着，他举起了枪，向着夏离勾动手指："过来。"

夏离沉默地看着他，缓缓摇头。

"好吧，我知道你不怕死。"

亚伯无奈叹息，枪口换了一个方向，指向了少年怀中的晏小苏："那她呢？放下她吧，乖乖过来……"

在沉默的对视中，夏离低下头，最后看了怀里的少女一眼，她还在沉睡着，或许根本不知道发生了什么事情。在梦境中，睡意香甜，只是不知道梦到了什么，修长的五指却深深抓着夏离的领带，不肯放手。

"到这个时候，还被牵得像一条狗啊……"

夏离低声呢喃，将她放在了倒地的长椅上，解下领带之后，他转身，第一次在这个"老朋友"面前挺起了胸膛："你要带我去哪儿？"

"不远……"

亚伯忽然笑了起来，扭头看向身后："就在这里啊，殿下。"

他踢翻了最后拦路的雕像，踩着破碎的残骸，仰望着数米之外寂静的墓园："斯图亚特家族墓地，又有谁能想到，斯图亚特家族最后的秘密就埋藏在这里呢？"

在炽热的风中，漆黑的墓碑在冷漠的倒映着世界。

百年之前，沉睡在这个城市之下的东西，即将被唤醒。

"还熟悉这里吗？"

亚伯抚摸着一块块黑色的墓碑，低声呢喃："梅丹佐是个老糊涂，没关系，我的脑子还清醒。这么多年以来，我徘徊在斯图亚特的家族里，却从来没有找到过它的踪迹，梅丹佐死了，却将它带进坟墓中。"

说着，他弯下腰，撬开地下的石砖。

在浸透了吸血鬼的血液之中，古旧的石砖上浮现出狰狞的刻痕，就像是伪装终于被揭去，如同铁枝和铜棘相缠的纹理向着四面八方扩散而去，甚至掠过了夏离的脚下。弹指之间，整个庞大的广场都被那么庞大又精巧的纹路所覆盖。

"这是世上最精巧的炼金咒文。"亚伯轻声感叹，"耗费了数十吨纯银和星锑，这么多年来了，依然光洁如新。"

"1850年，是梅丹佐建造了这个墓地，可从来没有人想到过，设计图上却并非人类所看到的那样简单。

"为了建造它，梅丹佐从净化机关的黑牢中找到了最后一位炼金术师，拓印下了他后背上炼金术师们世代相传的咒。紧接着，倾尽了斯图亚特家族的收藏，在这里以黄金的龙血和十二位公爵的'归亡之棺'布下了严密的王权之阵。

"超现实的力量令大地的硬度超越了钢铁，他的血作为源质融入了阵中，只为了守护一个秘密。当它启动时，身怀卑下之血的人，甚至无法直面它的威严……

"就像是奇迹一样，没有任何人发现这里埋藏的东西……包括我。"

亚伯叹息着，看向夏离的时候眼神中却出现了几分戏谑："如果不是我，少爷你恐怕到死都发现不了这个秘密吧？"

"亚伯，你究竟想要我怎么做？"

夏离握着拳，冷冷地看着面前早已不再熟悉的管家。

"开启它，用和梅丹佐同源的血……"

亚伯让开了通往墓碑的道路，微笑着说："虽然隔代的血统纯度勉强，但如果消耗一半的话，勉强开启也没问题了。别害怕，不会死的。我只要圣杯，家族和钱都是你的。"

说着，他的声音一顿，眼神中满是嘲讽："为了克里斯汀，你会这么做的吧，少爷？"

少年低头沉思，良久之后，夏离缓缓抬起猩红的眼瞳，轻声说："妄想。"

那一瞬，冰冷的银刃从少年的袖口中划出，被握紧，紧接着刺出，瞬间的穿刺如电光火石。

握柄上凸起的银刺嵌入手掌中，炽热的银毒随着灼痛而冲入血管，令右手之上的血脉凸起如攒动的蛇。在将晏小苏放下的时候，他悄悄的将这一把刀从晏小苏的袖子里取出来，藏进自己的袖管里。

银毒激发了他的力量，令他愤怒、疯狂、咆哮着刺出这一刀，快捷如电光，呼啸如雷。亚伯的笑容凝固了，他不应该提到晏小苏的。

第一次，夏离主动勉强运用了圣痕的能力，可动作却如此之快捷，快到他几乎都反应不过来，甚至尖啸声都被那一道穿刺的银光所撕裂了。

弹指即过的刹那，已经有血肉被贯穿，猩红的血从伤口中喷涌而出，流淌在纯银的刀刃上，蒸发了。隔着那一层薄薄的血红，亚伯微笑着注视着面前的少年，丝毫不在意自己的手被贯穿。

"少爷，您知道'银骨'吗？"

他攥紧了刀锋，紧贴着少年苍白的脸颊，低声说道："这是我的称号，因为我是后天吸血鬼中对纯银的伤害抵抗力最高的人。基因变异真好啊。瞧瞧那群刚刚被初拥了的可怜虫，哪怕是些微的银制品就足以造成永远的残疾。可是，对我却不一样。我忍受银毒伤害的范围是其他人的上百倍！"

在哧哧作响的声音中，他的笑容越发狰狞，声音嘶哑："所以，这种东西，对我是……没有用的！"

转瞬之间的巨大冲击令夏离弯下腰，觉得自己的脊椎几乎都要被隔着血肉踢断，无法呼吸。

在窒息的痛苦中，他抬起头，看到好整以暇的亚伯慢条斯理的将银刃拔出，拗断，手掌上只留下一道浅浅的焦痕！

"来吧，少爷，不要再逃避既定的结局！"

亚伯一脚踹在少年的身上，提起了他的衣领，拖曳着他，大步地走向了前方的墓碑，扣紧了他的手腕。

"庆贺伟大的胜利吧，少爷。"

他微笑着，向少年行了一个走样的军礼："这是我送给您迟来的贺礼。"

一瞬间，银刀贯穿了少年的手掌，将他死死地钉在墓碑之上。那一瞬，仿佛有无数宛如哀号一般的嘶哑声音。

与此同时，痛苦嘶吼的，是迅速失血的夏离。

他能够感觉到，仿佛有什么可怕的东西苏醒了，在死死地咬住自己按在基座上的手，贪婪地吞噬血液，然后向着伤口中灌入滚烫的铜汁。

燃烧一般的剧痛令他如同一个懦夫一般的嘶哑尖叫，可基座上却被一层渐渐扩展开来的血色所覆盖了，如同活物一般，鲜血沿着基座向上蔓延，一点一点地覆盖，吞没了整个墓碑。

基座的水泥在飞速地剥落，饱经风霜古铜色钢铁铭文开始扭动，变化，消失无踪，只剩下荆棘和剑刃缠绕的模样——斯图亚特的族徽。

大地开始震颤，仿佛有无形的潮向着四面八方席卷。而墓碑之上，细密裂纹在蔓延，令它迅速崩溃，化作尘埃。直至最后，它们被呼啸的风卷入了天空，变成灰色的阴云。

沉睡了数百年的炼金回路被激活，奔涌的龙血流淌在地下的银色回路中，无形的力量苏醒，从夏离脚下扩散，任何卑贱之血都在这一片直径数米的圆中直立，只能叩拜。

而漆黑的墓碑随着大地破碎，在大地的裂隙之下，有什么东西在缓缓升起。

那是铭刻着巨龙和荆棘的沉睡之物，上一代斯图亚特大公爵的沉睡之地。

——归亡之棺！

"就是它！"

背后不远处的亚伯激动得嗓音都开始发抖，在熄灭的炼金回路之上，亚伯蹒跚着前行，拖曳着地上的少年，将他猛然按在了铁棺之上。血液浸透了玫瑰和剑的纹章，像是没入了沙土之中，消失不见，可崩裂的声音却响起了。

等待了数十年的隐忍此刻化作了无法抑制的激动，他一脚踢开了血液干涸、再无利用价值的少年，环绕着铁棺，狂热地抚摸着它的纹路："梅丹佐，那一天你临死前出门，其实是为了它对不对？"

"你一直都是错的！你藏了它这么多年，妄想它能够和你一起与世长辞，你以为你会带着它死去……可这种力量绝不会只眷恋你一个！继承它的人，是我！只能是我！"

就像是疯了一样，他用枪柄疯狂地敲打着崩裂的铁棺，一次，又一次，令裂隙扩散，蔓延，令沉睡在黑暗中的东西苏醒。

夏离沉默地看着他疯狂的样子，却忽然为他感到难过：亚伯，你为了一个莫名其妙的东西努力了这么长时间，杀死了那么多人。可你现在快要得到它了，却像是要在得到它之前欢喜得疯掉了。

那种狂热欢喜的表情，丑陋得让人想要发笑。

可他现在却连笑的力气都没有了，他已经快要听不见伴随自己十八年的心跳声了，因为里面已经没有血液在流淌。失去了四分之三还要更多的血没有让他死去，反而让他苟延残喘，看到这一切。血族的体质没有为他带来好处，却在他临死之前看到了那么多的悲哀。

他的外祖父因他而死去，他的父母，因此而离开了他。他的一切不幸都来自于他莫名其妙的血统……长生？不死？强大？他根本不想要这些。他只是一只小黄鸭，有自己的破水塘就够了。海上的风浪距离他原本那么遥远，可这个黑暗的世界却有一天从天而降，夺走了一切的幸福。

莫名其妙地，他想道：外祖父死去的时候，是否也同样是这样的难过呢？

那一瞬，铁棺崩裂，掩埋在黄土之下的东西重新拥抱阳光。

所有人的呼吸停滞了。

寂静里，有风吹来，带着血气飞向天空，干枯的花枝从裂隙中翻滚着落在地上，散发着枯萎的香。

没有圣杯，没有力量。

只有一束枯萎的紫罗兰沉睡在久远的信笺和骨灰匣上，它穿过了悠长而陈旧的岁月，在阳光下最后一次绽放。

直到最后，无法压抑的笑声从夏离的喉咙里发出，那样的愉快和无奈，又是那样的悲凉。

"哈哈！哈哈哈……"

夏离像是碰到了天下最好笑的事情，几乎笑出眼泪来。在亚伯的怒吼中，他努力的用指尖触碰着一束枯萎的花枝。

早已经风干的紫罗兰在他颤抖的指尖破碎，跌落在风中，消失无踪。

铁棺轰然破碎，雪白的骨灰倾覆在风中，写满了字迹的信笺飘荡着，如同飞散的雪。

夏离躺在那些脆弱枯黄的雪中，终于看到铁棺内侧显露的铭文，令亚伯堕入地狱最底层的言语。

"1840年，梅丹佐与一位女士相逢，她美丽、纯净，是一位高贵的淑女，她的名字叫，艾米丽·丹·斯托克。

他们相遇、相识、相知，成婚。

1849年，她为了女儿，离开了这个污浊的世界，回归主的怀抱。愿她能够在天国看到人间的欢笑和美好。

梅丹佐的心和她在这里长眠。

——梅丹佐·斯图亚特。"

信、信、信……除了信之外，什么都没有！

夏离躺在地上，再也无法压抑自己嘲讽的笑声和泪水："哈哈哈哈……你找到的是什么？亚伯！"

他踉跄地爬起来，指着远处的男人大笑："你付出了这么多，只为了我的外祖父和外祖母的情书？哈哈哈，你可真是……"

他的笑声越大，亚伯沉默的表情就越狰狞，铁青的血管从脸上浮起，微微颤动着，看起来狰狞又愤怒。笑到最后，夏离几乎无法忍住自己的眼泪，他喘息着，向着那个男人咆哮："圣杯？连小孩子都知道啊，那种东西，怎么可能存在啊！"

"不在？"

死寂里，失神的亚伯看着满地的信笺，就像是瞬间又一次变成了一个枯槁又丑陋的男人。他低头看着风化的纸，良久之后失神地点头："对啊，不在。"

他低着头，弯下腰，发出了嘲讽的低沉笑声，就像是在笑他自己。用猎枪撑起身子，浑身的力气都像是消失了。

"没关系的。"

当他再一次抬起头时，表情重新恢复了淡然，可眼神却已经是逼近了崩溃的疯狂，是暴戾的猩红。

他低声重复："你死了之后，我可以慢慢地找。"

说到这里，他也笑了起来，梳理着自己黑色的长发："继承人死去，斯图亚特家族分崩离析，产业和钱被分割完毕，只有苍老的仆人守卫着最后一栋老宅，日复一日，年复一年……多感人的故事。少爷，有了我这样的忠仆，难道不应该发自肺腑地感激流泪吗？！"

"不，亚伯。"

夏离看着漆黑的枪膛，缓缓摇头："我只感到恶心。"

"少爷，过家家的游戏结束了，美国公爵七日游即将结束，让我们道别吧。现在是最后一个项目了，希望你能玩得开心。"亚伯从怀中掏出了手枪，慢条斯理地填装子弹，将旋转的弹巢重新填进枪中。

那一瞬，夏离心中浮现了冰冷的预感，却无法后退。

他的背后，就是沉睡的晏小苏。

亚伯微笑着将枪管对准他："这里有七颗子弹，向上帝祈求吧，你是选择自己，还是想要救赎她呢？"

带着宛如神父一般的神圣表情，他大笑着扣动扳机，在轰鸣中，少年的肩头迸射出鲜血，灼热的银弹放出腐蚀的毒，令血肉燃烧起来了。

"第一发，少爷，感觉如何？"

在亚伯戏谑的笑声里，挡在晏小苏前方的少年缓缓跪地，痛苦痉挛的青色血管从皮下浮现。他第一次尝试到中枪的滋味。瞬间的麻木和紧随其后的剧烈痛苦从伤口中释放出来了，就像是蠕动的蛇在血中穿行。

"第二发！"

亚伯扣动扳机，夏离的大腿上多出了一个血洞，鲜血泼洒而出，在平滑的石板上如血色的珍珠流动。少年痛苦地咽下了嘶哑的咆哮，怒视着面前的男人。

"痛苦吗？后悔吗？"

亚伯轻笑，晃了晃手中的枪："有没有怀念过那种血脉的力量？可惜你就连公爵的力量都没有啊，少爷！"

"砰！

在枪响中，少年终于发出狼狈而痛苦的尖叫，他倒在地上，被沉重的痛苦和伤口击垮了，狼狈到……就连眼泪都出来了。那是银和子弹，那是令理智都为之崩溃的剧痛。

"少爷，男子汉是不能哭的，但现在除外。"

亚伯向着地上的少年连连扣动扳机："哭啊！叫啊！这都是你的错啊！废物！都是你的错！你为什么不躲开呢！"

"闭嘴。"

地上的少年发出模糊的咆哮，艰难地用手臂将身体撑起。他流着泪，沙哑地低吼，视线被血遮蔽了。

少年低着头，就像是又一次听到了那个人的咆哮，最后的声音。那是记忆深处的回响，那个苍老的男人跪在雨水中，向他嘶哑地怒吼：跑啊！

他不愿意回忆，因为自己的怯懦，因为那一瞬间，自己真的想要跑掉了。他为自己的软弱而羞愧，也为自己的懦弱寻找借口。

因为没有力量啊，没有力量的人只能逃跑，你又要我怎么样呢？

可现在他终于不再难过了，虽然痛苦，可这一次他终于不用再跑了。

于是他第一次骄傲地、傲慢地昂起头，流着泪，大笑，向着面前的男人比画出不逊的手势。

"到此为止吧，少爷。"终于被激怒了，亚伯的笑容消散，像是被撕碎了，"说再见的时候到了。"

轰鸣声响起，呼啸的子弹擦过了夏离的手指，令他的身体一震，再震。

当剧痛传来的时候，少年僵硬地低下头，看到了心口浸染开来的猩红。它带着温热和血气扩散，就像是一朵盛放的石蒜花。

——荒唐的公爵之路，终于要结束了吗？

他自嘲地笑了笑，倒在地上，鲜红的血从他的身下蔓延开来，浸湿了地上碎裂泛黄的信笺，却令它们仿佛遭遇了火焰一样的开始燃烧。

在窒息和痛苦中，他张大口，模糊地哀鸣，却看到风中被血侵染的纸片，像是要抓住那个困扰着自己的梦魇，他竭尽全力地爬行着，将它握在手中，那是一张老旧的照片。

那是被尘封的旧时光。年轻男人和女人在微笑，似曾相识的老人在后面揽着他们的肩膀，眼眸中有幸福的光。他们的微笑穿过了漫长的时间，那是令人羡慕的快乐，可女人怀中的婴儿却毫不配合，号啕大哭。

夏离颤动的食指抚摸着它，却觉得疑惑又难过：为什么要哭呢，这个时候你应该笑啊。

"原来从小，你就是一个调皮孩子啊。"

夏离流着泪，握紧那张照片，努力地贴近着那种幸福，却又像是被残酷的幸福击溃。陈旧的时光卷着风，将他拉入回忆中去了。

依旧是在黄昏的走廊之中，他仿佛回到了很多年之前，躺在这个世界温柔的地方，可以放肆地号啕大哭。有人抚摸着他的脸颊，送给他独一无二的温柔笑容。夏离怔怔地看着她的脸，落下眼泪。

他第一次看清，母亲的模样。

这么多年来，她沉睡在回忆里，没有抛下自己，没有去西藏和尼泊尔做什么扯淡的灵修，他们活在自己的回忆中，拥抱着他，给他留下了最后的爱。

他们已经死了，不存在于这个世界上。

夏离用力地拥抱着她，流泪和哀求却无法阻挡他们的消散，直到一切逝去，黑暗和寂静吞没了自己，他失去了世界。

有人轻轻地抚摸着他的头发，面容苍老而模糊，仿佛似曾相识。

"想要活下去吗？"那个模糊的声音轻声问，声音像嘶哑的铁片在摩擦。

垂死的少年流着泪，艰难地点头。

于是，那个影子露出了微笑。他伸出手，按着少年破碎的心脏，声音轻柔，可宏大的却令整个大地都随之颤抖："那就活下去吧，孩子，不要死。"

那一瞬间，夏离睁大了眼睛。

就像是终于启动了某个开关，生命的结构被切换成和往日截然不同的循环。

心脏，被置换为某种神秘的、可怕的东西……吞进血液，吐出熔岩。这是无法以常理所去衡量的循环，也是恶魔的力量。

奇迹和魔法像是在此刻从传说中具现，化作水、形成火、卷起风，令大地崩裂，也将往昔的他埋葬，蜕变新生。

"孩子，我将今在永在的国留给你，盼你永生。"那个影子在少年耳边轻声呢喃，"自今日始，圣杯的力量，由你掌握。"

夏离听见了来自风中的声音，它们从碎裂的信笺中响起，在那些陈旧的时光中浮现。那个影子按着他的肩膀，令他忍不住随之呢喃。

"——凡有血的，便尽如草。"

就在寂静里，亚伯的笑容凝固了，他听见了终结到来的声音。

在地上，流淌的血泊骤然凝固，扩散戛然而止，紧接着宛如时光倒退，殷红的鲜血被不可思议的力量拉扯着，向后流淌。一滴滴红色的鲜血重新回到了伤口中，在躯壳中化作洪流奔涌。

亚伯呆滞地看着这一切，脚步后退。

可就在他的面前，那一具破碎的躯壳剧烈地颤动起来，急速地恢复着。贯穿手掌的银刀在燃烧，熔化成炽热的液体，落在了地上。

变形的子弹被蠕动的肌肉挤出，破裂的伤口在痉挛中弥合、消失无踪。每一滴鲜血从尘埃中飞起，回到了血管里。而垂死的少年，却缓缓从地上爬起，睁开了他的眼睛。

眼眸中，只剩一片幽深如漩涡的猩红。因为那一双眼睛里，没有怯懦，也没有软弱，只有一片令人心悸的空洞。

那一片血红之中，隐藏着俯瞰凡尘的冷漠和傲然。

亚伯后退了一步，他知道，有什么不妙的事情发生了。不，不是不妙，而是……糟糕！

明明是炽热的午后，可月光却仿佛从天而降，冰冷而温柔，将他缠绕。令他的头发急速生长，垂落腰间。

十八年的茧中寂寞，在此刻破茧、成蝶！

数千年来，圣殿和祭坛上被膜拜的神性在此刻降临，令他从凡人之中蜕变，向着更高处，更神圣、更伟岸的地方。

在那里，神力运行在水面，天地创生。神与人订约，以血为契。

此时此刻，仿佛极尽的光耀从天而降，沉睡的鲜血苏醒，令夏离的意志凌驾于万物之上。在他的背后，蛇与月的徽记交织成了古老的刻印，那是最初也是最后的……

——圣痕·超凡！

"亚伯……"

少年抬起头，向前踏出一步。宛如雷霆和电光驰骋而过，空气被碾碎的爆响中，狰狞的裂痕从大地上浮现。布满了整个广场的炼金之阵在那一瞬碎裂，在魂灵的哀鸣中，银和龙血蒸发，化作虚无。

而一个少年的身影，无声地从溃散的雾气中走出。

沸腾的银汁在地上流淌，仿佛受到了他的感召，如蛇一般蜿蜒游弋而来，回到了他的手中，形成轻巧而狰狞的短刀。

刀刃上烙印着荆棘和铁枝的图纹，冰冷的光照亮了少年的眼瞳。那是纯净而完美的银色，银色的眼瞳倒映着这个世界。

冷峻而完美的面容仿佛集结所有光辉，可是他嘴角却带着一丝肃冷和讥诮的笑容。

"你要去哪儿呢？"

"康斯坦丁？"

那一瞬，扑面而来的错觉令亚伯下意识想要退后，此刻站在他面前的明明是那个平凡的少年，可带给他的气息，却仿佛数十年前的康斯坦丁。

孤独、狠辣、冷漠，而且……像怪物一样的强大！

"他将这种力量，留给了你……"亚伯的表情剧烈地抽搐着，"为什么偏偏是你！你根本没有资格！"

"是吗？"夏离笑起来，满是无奈，"其实我也这么觉得。"

就像是和感情剥离了，和世界的距离逐渐变远，但在夏离的眼中，世界却前所未有的清晰，而且慢到不可思议。

血液在燃烧，就像是地壳中的熔岩突破阻挠，冲出了地表。

于是，他向着亚伯举起刀："那还等什么呢？亚伯，如果想要拥有力量的话，那就从我手里拿走它啊。"

亚伯沉默地看着他的眼神，表情抽搐着，少年眼神中的轻蔑如针和烈火一般刺痛了他的神经，令他变得愤怒得不可自抑："杀了它！"

就在愤怒的咆哮中，潜伏的刺客们终于得到了命令。他们头戴白骨的面具，从阴影之中浮现，向着消瘦的少年拔出武器。

他们才是真正的"归亡之骨"，血族所豢养训练出的杀手集团。

或者魁梧，或者矮小，手持着古老而沉重的铁锤，或者是银刃和枪械，三十六名敌人已经在瞬间将他包围。

于是寂静的广场上响起了河流奔腾的声响，来自于少年体内。少年猩红的眼眸抬起，可空洞的视线却像是穿透了他们，落在那个缓缓后退的男人身上。

"这是你和我之间的战争啊，亚伯。为什么要让别人来搅和呢？"

他踏前一步，那是肉眼不可见的急速，银色的刀锋在空中划过一道残光，掠过一名杀手的脖颈。鲜血喷涌，却恭顺无比地向后流出，不敢沾染在他的衣角上。

"今天早上的时候，有个修士教给了我《圣经》上的道理。他说……"

少年不紧不慢地前行，手中的短刀划出延续而凄厉的弧光，像是斩落月色一般的轻柔和冰冷。可他的声音，却愤怒得像是无数人在低沉咆哮！

"——通往贤人的道路两旁被自私的不公和恶人的暴虐所包围！"

夏离在血泊中前进，那种声音像是钢铁摩擦的冷厉低鸣："我将满怀仇恨和无比的愤怒，给予那些残害我的兄弟姐妹之人以回报！"

莫名的威严扩散，如铁一般冰冷，如火一般震怒。令大地震颤，微尘飘起又逃离，也令空气几乎凝固，无法呼吸！

枪械开火，子弹如暴雨。

刻骨的危机和杀意令"归亡之骨"们失控了，可是他们的动作、他们的子弹，都太慢，无法忍受的慢！

在银色眼瞳的倒影中，时光仿佛凝固了，一切都停留在此刻，狰狞和杀意里有绝望之美。

然后，一切都被夏离手中凌厉的残光所切裂。尖啸声凝固在这不可思议的静止中，甚至和空气摩擦的刀锋都变得像是燃烧起来。

修长的刀锋切裂了如暴雨的子弹，也势如破竹地斩裂了数具躯壳。

此刻，那个消瘦的少年仿佛变成神明在人间的化身，无可阻挡，也不容阻挡。

在鲜血和死亡的纷飞中，他撕裂了一切阻拦，摧枯拉朽！挥舞剑刃斩断了墓碑和背后隐藏的仇敌。

直至最后，短短的刀锋终于被一柄劈斩的重剑所阻挡。风声呼啸中，脆弱的银刀终于崩裂了，而剑刃，也在夏离的脸颊上留下一道血痕。

在前方，曾经的老人手提着狰狞的剑刃，须发皆张，暴戾如狼："少爷，你不应该学康斯坦丁的……"

在亚伯的手中，剑刃切裂了大地，留下了深邃的伤痕，剑刃飞舞之声如海啸。他和康斯坦丁朝夕相处超过四十年，他了解康斯坦丁甚至胜过康斯坦丁了解自己。

他知道康斯坦丁曾经的恐怖和现在的强大，也深知康斯坦丁的所有弱点。为了和康斯坦丁战斗，他甚至已经准备了数十年，康斯坦丁的每一个反应，每一次攻击他都了如指掌。

而现在，轮到这个该死的赝品来替康斯坦丁付出代价了！

风声的凄厉呼啸中，带着锯齿的重剑横斩，斩碎了夏离手中最后的武器，狂暴的力量也将他的身体向后推出。倒飞的少年撞在半截破碎的墓碑上，砖石迸射，他的嘴角流出一丝鲜血，眼中的银色黯淡。

"只有这点本事吗？少爷，这就是你的极限了吗？"

亚伯拖曳着剑刃而来，冷笑："失望，太令我失望了！直到现在，你在压制着自己的血脉，还在保留着自己一半人类的血统？愚蠢到让人想哭！"

少年低垂着头，沉默着，不言不语。

只是呼吸的声音却骤然变了，变得幽深，变得低沉。宛如深海的暗流摩擦，宛如铁鹰在风中展翅，青铜羽翼片片摩擦，带来浑厚低沉的铿锵杀意。

沉寂的静电被激发了，随着少年艰难地从地上爬起。无形的潮水从他的脚下拓展，压迫着微尘和灰烬向着四周败走。

破碎的大地上，夏离的脚下，一个无尘之圆在缓缓地成型。在此圆的界域之内，一切鲜血都不安的涌动着，哪怕是亚伯的躯壳之中，也如同沸腾一般，焦躁不安。

那是纯粹的杀意，超越了躯壳，足以扭转现实的精神力量，那是一个奇迹。

在纯净之圆中，少年附身，从地上提起了两柄破碎的刀和剑，刀剑相击，迸发的声音宛如洪钟大吕，威严狰狞！

再一次的，低沉吟诵声响起，亚伯听见了震人心魄的嘶哑声响。那是最后的祈言，也是给予罪人的末日判决。

"当我将复仇之火赐予你时，你当知晓。"

夏离提起了长剑和刀锋，在空中划出了完美的弧，如日轮。莫大的威严从他的躯壳中苏醒、升起。

那一瞬间，熟悉的气息从少年的躯壳中苏醒了，那是他无数日夜中曾经嫉妒发狂、恐惧入骨的眼神：坚定、冰冷，血色的阴郁中有狮子一般的狰狞。

那是……

"梅丹佐！！！你已经死了！！"

他失控地怒吼着，向着那个笼罩了他半生的阴影冲去，凝结成了一声愤恨的剑刺出，将那无形之圆撼动了一个缺口。

于是，如海潮一般的气息涌现。

那种至高至伟的力爆发了，无可阻挡，宛如万军之主、万王之王从天而降，投下了制裁的怒吼。

罪人即将死去，诸国也将破灭，头戴皇冠的七首恶龙被斩下头颅，尸身随着破碎的大地沉入炼狱。这是最后的启示，也是无人能挡的惩罚。

那一瞬，世界寂静，只有夏离的声音低沉回响。

他说："——我的名字，是'耶和华'！"

地狱的毒火终于从黄土中喷出，雷光从天而降。撕裂电光，冻结时空，剑刃在那一瞬释放出无法直视的力量。

这是远胜晏小苏数倍的斩龙剑术，安托瓦内特家族传承了千年的除魔之剑，仅仅是目睹过一次之后，便在此刻完美地复刻而出。

被血色环绕的少年向前走出，重剑在身后的大地上留下了深邃的沟壑，咆哮声响起，如怪鸟，如长啸。

瞬间，昭示着终结惩戒的剑刃斩落，宛如要刺死最后的恶龙。

剑刃失去形体，看起来像是不可思议的光，仿佛钢铁也在这极尽奢华和壮美的劈斩中融化了，裹挟着灼热的火红飞出！

那一瞬的碰撞无可形容，剧烈的轰鸣如潮一般在静谧的空间回荡。濒临破碎的灯光闪烁，艰难地亮起，又复熄灭。

阳光碎裂，因为剑刃切碎了风。

黑暗从血色中渗出，吞没了一切。剑刃只在空中留下了一道笔直的划痕，将亚伯的躯壳贯穿。

当一切寂静时，少年的剑刃发出崩裂的声音，灼热的剑刃破碎，落地，像是在那一轮斩击中燃烧殆尽。

夏离转身，看到背对着他的亚伯。刚刚回到他身上的青春远去了，亚伯的头发现出斑驳的银白。

在寂静里，他缓缓低下头，脖颈之上，一道惨烈的裂隙从领口向着腰间辐射，晕染的血色扩散。

"我等了这么多年……"

亚伯呆滞地看着天空："梅丹佐，我终究输给了你。"

夏离抛下手中的剑柄，看着他可笑的样子，却不知道说什么才好，最后拍了拍他的肩膀，转身离开。

在伤口崩裂的声音中，鲜血泉涌，亚伯跪倒在地上，嘶哑地怒吼："梅丹佐！！梅丹佐！！！"

少年的银色仿佛如潮水一般褪尽，不再扭过头看他。在他的背后，亚伯的躯壳在阳光下迅速崩裂，鲜血在阳光下迅速蒸发。

"少爷，你根本不知道自己选择了什么，一切都还没有结束，这是一条必死的路。"他仰天倒下，带着怨毒和不甘低声地笑着，"我会在地狱里等着你。"

夏离停下脚步，扭头看着他的眼神，最后却忽然笑起来："不，亚伯，我会上天堂。"

就像是听到了一个笑话，亚伯低声呢喃着什么，沉入了永恒的黑暗里。

少年踩踏着残骸和血回到原处，破碎的长椅上少女依旧在沉睡。一切和他离开之前一样，这令他无比心安。

远处已经有警笛的声音响起，就算是血族的势力再如何庞大，也无法将堪比战争的交火规模掩盖太长时间。

他小心地将少女抱起，却发现少女的眼眸眨动着，困倦地睁开眼睛："发生了什么？"

看着她疲倦而懵懂的样子，夏离轻轻摇头："没什么，只是一个噩梦而已。"

"哦。"晏小苏低声呢喃，"我也做了一个噩梦。"

"噩梦很快就会过去的。"夏离低声回答，"睡吧，很快就要结束了。"

"你哭过吗？"她看着少年的侧脸，低声问。

"没有，男人哪里能哭啊。"

夏离摇头，泪迹早已干涸。他微笑着，倾听着近在咫尺的心跳声，有种不可抑制的冲动令他轻声问："晏小苏，你真的喜欢我吗？"

许久的沉默之后，困倦的少女低声回答："至少不讨厌。"

"是吗？那就太好了。"

夏离笑起来，走出了燃烧的墓地，带着她，消失在人潮中。

任务——"银骨"

最新记录：2013年11月13日，亚伯·克劳恩以及三十二名"归亡之骨"死亡。目标人物2号：夏离出现位置变化。计划变更，旧金山成员执行方案三号，开始潜伏。

任务，失败。

转入后备方案三号。

……

正午一点三十分，一辆残破的汽车急刹在旧金山火车站前方。冷峻的男人推开了面前的警卫，冲进拥挤的候车厅，在接到一个电话之后，转身穿过了复杂的通道，最后推开门，来到空空荡荡的月台之上。

在那里，月台上的少年等待已久。

"哟，康斯坦丁，气色不错。"刚刚挂掉电话的少年扭头，向着来者微笑，"看来他们没有严刑拷打。"

少年衬衣的领口上还带血迹，穿着有些破的西装，可是嘴角的笑容却有一种不可思议的淡然和沉静。

在他的怀中，少女静静地沉睡着。

"殿下，在下来迟了。"康斯坦丁看着他身上的伤口，低下头，单膝跪地，伸手想要从疲惫的少年手中接过少女。

"你也想抱？"夏离小气地转身，护着怀中的少女，"不行，这可是我未婚妻。"

愧疚的康斯坦丁抬头，错愕的眼神看到少年的微笑。

"起来吧。"夏离说，"这不是你的错。不过你来得比我想象的早，可以陪我一起等火车。"

康斯坦丁缓缓点头，起身静静地站在了少年身旁。

"亚伯死了。"少年望着延伸向远处的铁轨，轻声说，"是我杀了他。"

康斯坦丁沉默地颔首，没有说话。

夏离看着面前的月台，自顾自地说着自己的经过，到了结尾却忽然笑起来。

"我一直都没有想过，外祖父那么能打的汉子也会写情书……真是厉害，或许我这辈子都比不上他。"

他扭头看着冷峻的秘书："康斯坦丁，你觉得我有可能做好这个公爵吗？"

"殿下您当之无愧。"康斯坦丁的声音坚定，如同陈述真理。

"总觉得会很早死啊。"少年轻声感叹。

康斯坦丁低下头："在公爵大人去世的时候，我已经发过誓，再也不会让家族的继承人死在我的面前。"

"放心，我哪里有那么容易死啊。"夏离轻声笑着，"我可是会长命百岁，生很多很多小孩子给你添麻烦的。"

"少爷……"康斯坦丁沉默许久之后欲言又止。

"嗯？"

"对于血族来说，百年的生命，已经算是夭折了。"

"……"

正在夏离无语的时候，却像是幻觉一样，第一次看到了康斯坦丁的笑容。

那样柔和的笑容就像雾气，稍纵即逝。年轻的秘书抚胸致礼："那么殿下，我将陪伴您，直到生命的尽头。"

"嗯，那就再好不过了。"

火车汽笛的鸣叫声传来，在铁轨的震荡中，老式的蒸汽摩托从视线的尽头出现，在钢铁摩擦的声音中，老旧的列车停在了月台的前方，喷吐出了炽热的蒸汽。

古典雅致的列车内部空无一人，车门却无声地敞开在少年的面前。

"现在，你可以抱一会了。"

夏离小心翼翼地将沉睡的晏小苏交给秘书，从口袋里掏出了车票，对照了一下车次之后点头："前往黄昏议会的车，看来就是这一班了。"

康斯坦丁道别："祝您一路顺风。"

"嗯，等我回来。"夏离向他挥手，踏上了列车的台阶。

当他走上列车之后，车门无声地关闭，悠长的汽笛声再次响起。在铁轨震荡的声音中，列车再次启动，前行。

窗外的康斯坦丁渐渐后退，消失不见。夏离环顾着空无一人的车厢，油然感觉到一阵寂寞。

他随意坐在椅子上，等待列车到站，可淤积的疲惫终于爆发了，它们从心底上升，带来了困倦和昏沉。

"但愿醒来之后有大餐。"

少年低声呢喃着，靠在椅背上，沉沉睡去。

在炽热的阳光里，柔和的风吹来，黑色的列车驶向了旅程的尽头。

▶ 尾声

当一切陷入寂静，夜晚来临。

夏离在窗外星辰的光芒中苏醒，茫然地环顾着四周。列车依旧向着前方驰骋，可车厢里却是静谧的黑暗，没有任何的灯光。表面破碎的腕表上显示的时间是十一点五十八分。他已经睡了九个小时，可旅程终点的黄昏议会却似乎还没有到来。

他无声地起身，环顾着四周，却觉得有些孤单。

"有人吗？"他轻声问。

就像是听到了他的声音，车厢尽头的大门忽然开启了，浅黄色的灯光亮起，照亮了来者佝偻的身影。

他是如此的苍老，满面皱纹，仿佛没有了手杖支撑便无法继续前行。煤油灯的光照亮了他浑浊的眼睛，还有束成马尾垂落在脑后的银色长发。

"罕见的少年人啊。"

老者凝望着夏离，露出了然的眼神，声音沙哑："请跟我来吧，现在还不算迟到。"

"迟到？"

夏离犹豫了一下，跟在了他的背后。在苍老男人缓慢的前行中，他们无声地穿越了一道道空旷的车厢，时代仿佛在随着车厢的变换迅速地倒退着。

从最开始现代的设计风格，一直到维多利亚时期蒸汽文明萌芽的粗粝和奢华，再到中世纪马车中一般的精巧和华丽。

一路上老者沉默无言，夏离也不知道说什么才好，只是觉得这个男人莫名的熟悉，仿佛在哪里曾经见过。就在他们的脚步声停在最后的门前时，低沉的汽笛声从远方传来，宛如钟声响起。

昨日的最后一秒悄然流逝，零点时分到来。雕刻着史诗和神话传说的浮雕之门无声地打开，最后的车厢展露在少年面前。

在赤色的窗帘和下属的拱卫之下，古老的圆桌坐落在车厢的中央，六名无声等待的来客抬起头，看着他们。

他们之中有男有女，或者苍老，或者美艳，又或者带着男女莫辨的中性魅力，眼神中带着审视和好奇，向着两位最后到来的成员颔首致礼。

就在羊脂蜡烛的柔和光焰中，老者熄灭了煤油灯，将它递给了身旁的夏离。夏离下意识接过之后，却发现老者握住了自己的手，带着他走进了静谧的车厢。

"亲爱的朋友们,十年之后再次相逢,来到这里的老朋友们没有改变,也没有缺席,真是幸运。"他环顾着在座的所有人,看着妩媚的少妇、肃冷的中年人、带着刀疤的旅行者、披着狐裘的枯瘦老人、戴着逆十字的苍老神父……

"天平,华尔街的新兴贵族;彭多拉贡,龙血的传承;美蒂奇,意大利的流浪旅人;罗曼诺夫,古老的冰霜之国的末裔;逆十字,黑暗之君的信仰;还有我……斯内克,苟延残喘的蛇之大公。"

寂静中,老者每念到一人的名字,便有一人起身,向着他致礼。

直到最后,蛇之大公缓缓地举起了少年的手掌:"以及最后的,铁棘与荣耀的守卫者——斯图亚特。"

"我的同胞们,时隔两个世纪,离开我们的兄弟终于再次回到了我们的圆桌面前!"

在寂静里,夏离曾经有过一面之缘的老神父笑起来,轻声地鼓掌,紧接着,所有人都抬起手,掌声如暴雨。在掌声的包围中,夏离手足无措地环顾着他们,到最后,疑惑的视线落在蛇之大公的脸上。

"初次见面,斯图亚特公爵。"

苍老的公爵掀开遮蔽了那个庞大世界的幕布,声音肃穆而沙哑:"欢迎来到血族的核心,仅限于此夜,也只存在于此处的黄昏议会。"

在掌声里,夏离笑起来,踏上了最后的台阶。

这一日,斯图亚特之名再次驾临了黄昏议会,注定光耀。

第七人,终于到来。

第一部完

公爵日记

著者
白泽　路寒

总策划
周政

总监制
杨翔森

发行经理
曾筱佳

营销经理
冯展

责任编辑
彭富强　段莉苗

特约编辑
施俊杰

流程编辑
李晶

视觉策划
木子棋

封面设计
刘志豪

版式设计
李映龙

封面绘制
飞熊

印务协作
周文强　周赞

品牌运营
湖南人民出版社运营中心

出版者
湖南人民出版社

本作品中文简体版权由湖南人民出版社所有。
未经许可，不得翻印。

图书在版编目（CIP）数据

公爵日记 / 白泽，路寒著. —长沙：湖南人民出版社，2015.10
ISBN 978-7-5561-1108-4

Ⅰ．①公… Ⅱ．①白… ②路… Ⅲ．①长篇小说—中国—当代 Ⅳ．①I247.5

中国版本图书馆CIP数据核字（2015）第236617号

公爵日记

著　　者	白泽　路寒
总 策 划	周　政
总 监 制	杨翔森
责任编辑	彭富强　段莉苗
特约编辑	施俊杰
封面设计	刘志豪
版式设计	李映龙
出版发行	湖南人民出版社　[http://www.hnppp.com]
地　　址	长沙市营盘东路3号
邮　　编	410005
经　　销	湖南省新华书店
印　　刷	湖南凌宇纸品有限公司
版　　次	2015年10月第1版
	2015年10月第1次印刷
开　　本	710mm×1000mm　1/16
印　　张	18
字　　数	368千字
书　　号	ISBN 978-7-5561-1108-4
定　　价	28.80元

版权所有·侵权必究

凡购本社图书，如有缺页、倒页、脱页，由发行公司负责退换。